TALES
OF
THE
ALHAMBRA

阿兰布拉宫

［美］华盛顿·欧文 著

王赟 译

陕西师范大学出版总社

图书代号　　WX23N1202

图书在版编目（CIP）数据

阿兰布拉宫 /（美）华盛顿·欧文著；王赟译 . 一西安：
陕西师范大学出版总社有限公司，2023.9

ISBN 978-7-5695-3424-5

Ⅰ.①阿…　Ⅱ.①华…　②王…　Ⅲ.①散文集－美国－
近代　Ⅳ.① I712.64

中国国家版本馆 CIP 数据核字（2023）第 035645 号

阿兰布拉宫

A LAN BU LA GONG

［美］华盛顿·欧文　著　　王赟　译

出 版 人	刘东风
责任编辑	高　歌
特约编辑	海　莲　李正莘
责任校对	宋媛媛
封面设计	吴黛君
封面绘图	吴黛君
出版发行	陕西师范大学出版总社
	（西安市长安南路 199 号　邮编 710062）
网　　址	http://www.snupg.com
印　　刷	小森印刷（北京）有限公司
开　　本	620 mm×889 mm　　1/16
印　　张	23
字　　数	279 千
版　　次	2023 年 9 月第 1 版
印　　次	2023 年 9 月第 1 次印刷
书　　号	ISBN 978-7-5695-3424-5
定　　价	89.00 元

华盛顿·欧文（Washington Irving，1783—1859）。美国有两个开国元勋，一是政治上开国的华盛顿，一个是文学上开国的华盛顿。萨克雷称他是"从新世界派来的文学公使"。

——木心《文学回忆录》

正义之门

夏宫的喷泉

水中阿兰布拉宫的倒影

墙上精巧的浮雕

屋顶上蜂房状浮雕

桃金娘中庭

卡洛斯五世宮殿

修订版 [1] 前言

　　本书收录的故事和随笔，一部分来自我在阿兰布拉宫旅居的那段日子，其余部分是依据见闻在其基础上陆续添加的。我力求做到原汁原味地保留当地的风土人情，希望能够栩栩如生地呈现那个奇妙的小世界——那个我不期而遇的世外桃源。据我所知，外界对它的诸多看法，与真实情况截然不同。经过深思熟虑，我将这个小世界描绘成半西班牙半东方的风格，一个集英雄主义、浪漫诗歌以及怪诞传说为一体的混合体。我追溯着宫墙内优雅而壮美的历史遗迹，记录着帝王和骑士的古老传说，那些载入史册的人物曾在这殿堂上指点江山。本书还收录了一些光怪陆离的传说，而故事的主人翁就是城堡废墟中的原住民。

---

　　[1] 编注：本书首次出版于1832年，1851年出版修订版，作者于修订版新增的注释，见书中"原注"。

　　这些零散的文稿在文件夹中封存了三四年，直到 1832 年的某个晚上。当时我在伦敦，隔天就要启程回美国，因为要为回国做准备，所剩的时间寥寥无几，所以将稿子稍做整理就交给了出版社。

　　对于目前这个版本，我进行了重新编排和修订，又增加了一些内容。总之，我尽力完善作品的整体性，希望为读者带来更加丰富的阅读体验。

华盛顿·欧文

森尼赛德，1851

目录

Contents

第一章 旅　程

　　1829 年春天，本书作者出于好奇前往西班牙，在一位俄国驻马德里外交官朋友的陪同下，经历了从塞维利亚到格拉纳达的漫游探险。我和朋友分别来自相隔遥远的地球两端，有幸在巧合的机缘下相识，并因品味相近结为莫逆之交，相伴同游于浪漫的安达卢西亚。不管他此刻是忙碌于履行工作职责，还是混迹于富丽堂皇的厅堂，抑或流连于大自然动人心魄的美景中，希望当他看到这本书时，能回忆起我们历险时的点点滴滴，就像我一样——我会永远记得他的风范和忠诚，无论时空如何变换，这份怀念都不会被磨灭。[1]

　　讲述故事之前，请允许我就西班牙的风土人情多说几句。在许多人的想象中，西班牙应该具有柔美的南国风光，弥漫着意大利式的奢华气息。实际上却恰恰相反，除了一些沿海省份，西班牙大部分地区环境严苛而沉郁，山脉陡峭、平原空旷、树木稀少，带着令人难

---

　　[1] 原注：修订版的补充说明——我认为没必要掩饰，我这次旅行的同伴是多尔戈鲁基亲王，现任俄国驻波斯王庭的外交大臣。

以言喻的沉寂和孤独感，就像非洲大陆一般荒蛮苍凉。由于看不到树林和篱笆墙，也听不见小鸟的鸣唱，人们会觉得更加寂寥。秃鹫和苍鹰时而盘旋于山崖之间，时而翱翔于平原之上，害羞的大鸨成群结队地出没于杜鹃花丛中。在其他国家随处可见的小鸟——那些能让周遭充满生机和活力的小精灵，在西班牙却难觅踪迹，只有在少数几个人口聚集地区的果园和花园中才能发现它们的影子。

偶尔会有旅行者横穿内陆省份。站在种植着谷物的广袤田野上远眺，绿意摇曳风中，时不时会有裸露的焦土穿插在田间，却看不到耕作的农夫。在某个险峻的山顶或是峭壁之上，旅行者会蓦然发现一个村庄，那里往往还保留着塌陷的城堞和荒废的瞭望塔。在古代，这些村庄原本是防御要塞，是为了内战或抵御摩尔人侵袭而建造的。由于饱受流匪之患，西班牙绝大部分农耕地区还保留着群聚而居、相互守望的习俗。

尽管大部分地区林木稀疏，缺乏绿色植被所赋予的柔和魅力，但在这肃穆庄严的环境中，西班牙人民与生俱来的优良品质就显得尤为高贵了。正因为目睹了西班牙人的生存环境，我更加深刻地懂得了他们自豪、坚韧、勤俭、克制的特质，敬佩他们不畏艰难困苦的气概和对沉溺享乐的蔑视态度。

在西班牙肃穆简朴的风貌中，存在着某种触及灵魂的崇高品质。卡斯泰拉和拉曼查平原广袤无边，目之所及是一幅坦荡浩渺的景象，如大海般庄严壮丽，令人难以忘怀。在这无边无际的荒野上漫步，不时会有成群的牲畜闯入视线；孤独的牧人雕像一动不动地守护着这片大地，他手中细长如尖刀的矛直插上空；偶尔会有长长的骡队缓缓经过，仿佛在沙漠中行进的骆驼队；也有身佩短枪和匕首的骑手在原野上逡巡。这个国家，不论风俗文化还是人们的外貌，都带有阿拉伯特色。 人们由于对自身安全感到担忧，所以大多随身携带武器。 无论是在荒野还是平原，牧人都带着毛瑟枪和刀具； 富有的地主更是鲜少不带铳枪就冒险前往集市，有时还有仆人肩扛短枪随行。 哪怕最近便的旅途，人们也得做好随时应战的准备。

行路之艰险，催生出一种类似东方篷车商队的临时旅行队伍，只是规模尚小。 零散的脚夫及运货车辆集结成装备精良的商队，共同商议着出发的日子； 零星的旅行者使商队更显庞大，也更具威慑力。就是这样原始的方式，让整个国家的商路保持畅通。

骡夫是这片土地上的常客，他们从比利牛斯山或阿斯图里亚斯出发，先到阿尔普哈拉斯山，再到塞拉尼亚·德隆达山区，有时会跨越整个半岛直达直布罗陀海峡。 他们吃苦耐劳，粗布缝制的褡裢[1]里只装着少许干粮，鞍弓上挂着的皮质水瓶里装着酒或清水——在贫瘠的山脉或干旱的平原行进时就靠它解渴； 晚上睡觉时，一块麻布垫在地上就是床铺，再拿鞍当枕头。 他们个子不高，四肢匀称，肌肉强健，充满力量。 他们的脸颊因日晒而变得黝黑。 他们目光坚定，表情内敛，偶尔才会被突发的激情点亮。 他们性格直爽，很有男子气概，而且彬彬有礼，与人相遇时总会郑重地致敬："Dios guarde à usted！"（"上帝保佑您！"）或 "Va usted con Dios, Caballero！"（"上帝与您同在，骑士！"）

大多数的骡夫把全部身家都押在了驮运的货物上，因此总是把武器握在手里或挂在鞍上，随时准备拿起武器誓死抵抗。 骡夫们凝聚起来的力量，足以击退单个或是小股的土匪。 土匪骑着安达卢西亚

---

[1] 原注：褡裢是阿拉伯人发明的一种方形口袋，将一块宽约 1.5 英尺的长条布的两端朝中间折叠缝合而成。 它可以搭在马鞍上，两侧各垂下一个口袋当作鞍袋使用。

骏马在骡队附近徘徊，就像海盗缠着商船，却迟迟不敢动手。

西班牙骡夫吟唱的民谣数不胜数，伴随他们消磨漫无尽头的旅程。骡夫侧身坐在骡背上，用高亢的嗓音唱出缓慢悠长的旋律。骡子似乎也听得全神贯注，配合节拍踏着步伐。这些歌谣原始而朴素，曲调极少变化。有些是关于摩尔人的古老爱情故事，有些是圣徒传奇，不过更多的是胆大妄为的走私犯和强悍土匪的故事，因为西班牙民间最富有诗意的英雄就是走私犯和强盗。骡夫常常会根据沿途的景色以及途中遭遇的事件即兴创作歌曲。西班牙人普遍擅长歌唱和即兴创作，据说是一脉承自摩尔人。

身处荒芜孤寂的旷野，耳边回荡着描绘这苍茫景色的歌谣，骡铃声伴随其间，心中的愉悦无与伦比。我至今还记得在山隘口偶遇一列骡队的情景，那如诗如画的一幕令我难以忘怀。最先传来的是带头骡子的骡铃声，轻快的韵律划破了空中的寂静；紧接着是骡夫的歌声，他在唱一首传统民谣，高亢的嗓音足以吓跑在周围游荡的动物。远远望去，骡队在蜿蜒崎岖的峡谷间缓慢行进，骡夫们时而沿着峭壁下行，身影在蓝天的映衬下显得格外清楚；时而顺着寸草不生的深坑艰难地向上攀爬。随着他们靠近，由精纺羊毛、流苏和鞍褥构成的艳丽装饰渐渐映入眼帘；而当悬挂在骡夫背包及马鞍之后，随时能上膛的铳枪掠过眼角时，又给人一种危机四伏的感觉。

我们即将进入古老的格拉纳达王国，这是西班牙高山最多的地区。那里峰峦叠嶂，斑驳的大理石和花岗岩随处可见，灌木和树林却十分稀少。群峰之间崎岖不平的地带是郁郁葱葱的山谷，荒漠与园林在此争夺领地。长久以来，人们在怪石嶙峋的谷底辛勤耕耘，最终使得无花果树、柑橘树和枸橼树结出累累果实，桃金娘和玫瑰盛放。

在荒凉的山隘口，分布着高墙环绕的城镇和村庄，看上去像峭壁上的鹰巢，四周散布着摩尔式城垛，高山顶上还保留有废弃的瞭望塔。这样的景象使人遥想起骑士时代，以及格拉纳达被征服的悲壮史诗。

旅行者翻越这些高山时，常常得下车牵着马步行。崎岖不平的山路忽而急升，又忽而陡降，就像破碎的阶梯。有的路段开凿在令人目眩的峭壁上，俯临深不可测的山谷，而且没有护栏，行人稍有不慎就有可能跌入黑暗的深渊；有的路段穿过坎坷不平的峡谷，因冬季山洪的冲刷变得难以通行。某些僻静地段会不时出现竖立着十字架的石头堆，一方面为了纪念遭遇抢劫而被害的可怜人，同时也为了警醒行人——也许悍匪此刻就躲在附近，如豺狼一般窥视着他们。

有一次，我们穿行在蜿蜒狭窄的山谷间，突然被一声沉闷的嘶吼吓了一大跳，应声望去，山腰上的绿草丛中赫然出现一群凶猛的安达卢西亚公牛——那种在角斗场进行决斗的斗牛。突然与这些庞然大物狭路相逢，我心底涌上一种难以言喻的刺激感。这些雄壮的公牛整日在荒野间游荡，接触到的只有牧人，然而即便是牧人也不敢随意靠近它们！公牛站在高高的岩石上，那低沉的吼叫以及满含敌意的目光，给这片荒凉景象平添了几分野性。

不知不觉，我已经讲了不少关于西班牙旅行的话题，原本只想大概介绍一些基本特色，但是与这个半岛有关的记忆，都萦绕着鲜明的浪漫情怀，使我沉溺其中，难以自拔。

按照预定路线，我们要穿越山区才能进入格拉纳达，山区的路面仅比骡道略微好走一些，而且据说这儿常有强盗出没，于是我们采取了双重保险措施：骡夫提前一两天带走值钱的行李，只给我们留下衣物及其他旅行必需品，还有路上的费用；为了以防万一，我们预留了一笔钱，这是给路上的"君子们"准备的。 有些旅行者没有做好破财免灾的准备，一旦不幸遭遇打劫，难免会被一无所获的匪徒狠狠修理一顿。"像他们这样的强盗，冒着上绞刑架的风险在路上洗劫行人，如果徒劳无功，他们会抓狂。"

我们俩各骑一匹健马，另有一匹马驮着一位强壮的比斯卡亚小伙以及轻薄的行李。 小伙二十岁左右，兼任我们的向导、马夫、男仆以及贴身保镖。 为了履行最后一项职责，他配备了一把火力强劲的卡宾枪。 他向我们承诺，如果遇到小偷或是单个劫匪，他会全力保护我们；但他同时也坦言，如果遇到的是成群结伙的匪徒，比如"埃西亚之子"，那他也无能为力了。 出发之际，少年极力吹嘘自己的武器，只可惜他的将才终究无用武之地，这把利器全程都只是安静地挂在马鞍后面。

依据租用马匹时签订的协议，一路上喂养和安置马匹的费用，以及比斯卡亚随从的花费，都由马匹主人承担，这笔钱主人已经事先给了随从。 但我们留了个心眼儿，私下对随从表示，尽管我们已经同主人谈好了价格，但只要他诚实可靠，我们会给他额外的好处——他和马匹一路上的费用由我们支付，当然，主人给的那笔钱也归他。这笔意外之财加上不时馈赠的雪茄，让我们彻底赢得了少年的心。事实上，他是个诚实、开朗且善良的家伙，而且与随从界的奇人——著名的桑丘 [1] 一样，满腹的警句格言，以至于我们都渐渐改称他为桑丘了。 作为一个地地道道的西班牙人，尽管我们对待他亲密无间，他却从未得意忘形过，哪怕是在欣喜若狂的时刻也谨守礼仪，绝不逾越主仆界限。

---

[1] 译注： 西班牙作家塞万提斯作品《堂吉诃德》中的随从。

　　以上就是我们为这趟旅程所做的最基本的物质准备，而更重要的是，我们还为即将展开的远征做足了心理准备——首先是欢欣鼓舞，充满期待；其次是下定决心进行历险，不管前路是顺畅还是艰险，都安之若素；最后还要用流浪者的态度，随遇而安地融入不同阶层和生存状态的人群。我认为这才是在西班牙旅游的最佳方式。对怀有如此意志和决心的旅行者来说，西班牙是怎样一个神奇的国度啊！那些看似糟糕的酒吧就像被施了魔法的城堡，充满了冒险色彩，在那里的每一餐都会让你大有收获，就让别的游客因为找不到平坦的收费公路和奢华的高档旅馆而抱怨吧！那种煞费苦心营造的舒适环境，那种过分讲究的教养和文明，只会让一个国家变得了无生趣。我宁愿去攀登荒芜的山峰，随心所欲地漂泊漫游，徒步远征。我挚爱的浪漫至极的老西班牙，以一种野性难驯却无比坦诚、热情的姿态，向世人展露它的万种风情！

　　一切准备就绪。

　　5月里一个明亮的清晨，大约 6 点半，我们骑马踱出了美丽的塞维利亚。新近结识的一位女士和一位绅士陪我们骑行了几英里 [1]，这是西班牙十里相送式告别。

　　我们经过了艾拉河畔的古老小镇阿尔卡拉，它如女善人一般为塞维利亚提供源源不断的面包和清水。阿尔卡拉面包师烤制的面包非常可口，塞维利亚也因此闻名天下。其中，阿尔卡拉出产的面包圈颇负盛名，被誉为"上帝的面包"，我们当然不会错过这样的美味，于是叫桑丘把褡裢装满，以备路途所需。这个慷慨博爱的小镇不但被冠以"塞维利亚的烤箱"的称号，还被称为"面包师之城"，因为

---

[1] 译注：英美制长度单位，1 英里等于 5280 英寸，合 1.6093 公里。

城里的居民大多从事这一行当。在阿尔卡拉通往塞维利亚的大道上，骡队和驴队川流不息，而且牲口背上都搭载着大筐的长条面包和面包圈。

如上所述，阿尔卡拉也为塞维利亚供应清水。小镇还保留着当年罗马人和摩尔人建造的巨大水库，清水通过宏伟的水渠被输送到塞维利亚。阿尔卡拉的泉水清透甘甜、无比纯净，这是它出产的面包如此美味的重要原因之一。

我们在阿尔卡拉停留了一段时间。这里有一处古代摩尔人的城堡遗址，是塞维利亚人钟爱的野餐聚会之地，我们流连于此，度过了许多愉快的时光。高大宏伟、遍布枪眼的围墙包围着一个宏伟的方形塔楼，塔楼里还能看到地下谷仓的遗迹。瓜代拉河顺着山脚流淌过这片废墟，发出呜咽一般的水声。河面遍布芦苇、灯芯草和睡莲，两岸挂满杜鹃、野蔷薇和黄色桃金娘的枝条，还点缀着五彩缤纷的野花和芳香四溢的灌木丛。河的两旁是果园，里面生长着柑橘、枸橼和石榴，还不时传来夜莺的啼叫。

小河上架着一道别致的拱桥，通往对岸一座古代摩尔人为城堡所建的磨坊，磨坊旁有一座保护磨坊的黄色石质塔楼。磨坊的墙上挂着一张渔网，渔船停泊在不远处的河边。一群衣着艳丽的农妇正漫步于拱桥之上，她们的身影倒映在平静的水面。这样一幅如诗如画的景象，足以让每一位风景画家心醉神迷。

在人迹罕至的河道上，常常能看到由古代摩尔人建造的类似的磨坊，这是西班牙一道独特的风景。磨坊通常以石头砌成，大多是堡垒的形式，带有城垛，墙面上遍布枪眼，让人不由得联想起危机四伏的遥远过去。在战争频发的年代，敌对双方随时可能遭遇突袭或是扫荡，这种堡垒式磨坊既有利于劳作的人随时拿起武器抵抗，又可以为他们提供一个临时的避难所。

我们的下一个落脚点是甘杜尔。这里有一座残留着塔楼和库房的摩尔人城堡遗址，站在塔顶可以居高临下地俯瞰广袤肥沃的平原，还能远眺朗达山脉。这片土地经常遭受劫掠，外来的劫匪将庄稼悉数毁坏，又从牧场抢走成群的牲畜，然后将牲畜连同俘获的农夫排成长长的队列，快速越过边境离开。这座城堡当年就是为保护这片沃野而修建的。

我们在甘杜尔找到一家不错的客栈，店里的伙计都不知道确切的时间，因为当地只在下午两点敲钟，其他时间全靠猜。我们觉得眼下应该是吃饭的时间，就愉快地订了餐。在厨师准备饭菜的空当儿，我们参观了曾经的甘杜尔侯爵的府邸。它已经破败不堪，只有两三间屋子还能勉强住人，里面的陈设也非常简陋，但依稀能感觉到它曾经的富丽堂皇；那露台上似乎还有美丽的夫人和优雅的骑士在散步；花园里有一个爬满了葡萄藤的鱼塘和挂满果实的椰枣树。接待我们的是一位体态丰腴的馆长，他手捧一束玫瑰，殷勤地将它献给与我们同行的那位女士。

府邸下方有一座磨坊，磨坊前种着柑橘树和龙舌兰，还有一条清澈的小溪。我们在树荫下找了一个地方坐下，这时磨坊的伙计们纷纷丢下手里的活儿，过来陪我们坐着抽烟——安达卢西亚人热情洋溢，随时随地都能闲聊。他们在等理发师。理发师每周来帮他们打理一次须发，确保每个人都保持整洁。不一会儿，理发师骑着驴子来了，这是一位十七岁的少年，他迫不及待地炫耀在集市上新买的包袱，这个新包袱可以用作褡裢或是鞍袋；少年花费了一块钱，这笔钱得在6月圣约翰节之前支付，不过他相信自己可以靠修剪胡子攒够。

当城堡里那个"惜字如金"的钟敲响时，我们已经吃好饭了。
告别了塞维利亚的朋友和等候理发的磨坊伙计，我们骑马踏上了平
原。西班牙随处可见宽广的平原，常常一连数英里见不到一棵树或
一间屋子。如果有旅行者像我们一样试图穿越平原，那么当大雨倾
盆而下时，旅行者会不幸地发现无处可躲，唯一的屏障就是身上的西
班牙斗篷，虽然它可以连人带马一起罩住，却会随着跋涉的距离渐远
而变得越发沉重。每熬过一场大雨，就会看到预示下一场雨的阴云
又在集聚。不幸中的万幸，在雨停的间隙，明亮温暖的安达卢西亚
阳光会从阴云后迸射出来，在下一次大雨来临之前，将湿漉漉的斗篷
晒得半干。

太阳下山后不久，我们到达了阿拉阿尔，这是一个群山环绕的小
城镇。城里有一队民团士兵正屏气敛息地搜寻强盗。在这样的内陆
城镇，外国游客非常少见，因此我们的出现引来了居民们的惊叹和议
论。客栈老板连同两三个穿着褐色斗篷、自认为见多识广的老家伙，
凑在客栈的角落里仔细核实我们的护照，一位警察在昏暗的灯光下做
着记录。护照上的外文让他们犯了难，不过我们的桑丘及时伸出了
援手，他用西班牙人能言善辩的口才说明了我们的身份。与此同时，
我们递出几支雪茄，立刻赢得了在场所有人的心。大家很快一改前
态，热烈地欢迎我们，连老板都亲自来为我们服务，老板娘则大张
旗鼓地将一把大灯芯草垫扶手椅摆放到我们房间——这是贵宾才享有
的待遇。巡逻队的长官与我们共进晚餐，他是个活泼健谈的安达卢
西亚人，曾在南美洲打过仗。他滔滔不绝地讲起自己在战场和情场
上的功绩，言辞夸张，不时神秘兮兮地转动眼珠，激动得手舞足蹈。
他向我们表露，他已经掌握了当地强盗的名册，并决心要把每一个坏
家伙捉拿归案。他还承诺派一名士兵护送我们。"一个就足够啦！先

生们。强盗都知道我，也认识我的人，只要我的手下现身，就能吓得整座山上的强盗发抖。"我们婉拒了他的好意，因为我们有英勇非凡的桑丘保护，即使面对安达卢西亚的强盗，也无所畏惧。

正当我们与卓甘瑟[1]用餐时，吉他的旋律伴随着清脆的响板声传入我们耳畔，接着有人开始合唱一首流行歌谣。原来，客栈老板将附近一带的音乐家、业余歌手和乡村美人都召唤来了，院子里呈现出一派典型的西班牙节庆景象。我们与客栈老板夫妇、巡查队长官一起，在面朝庭院的拱门下落座，开始欣赏人们的轮流弹唱。当地的俄尔普斯[2]是一位快活的鞋匠，他长着黑黝黝的大胡子，很讨人喜欢。他把衣袖卷到肘部，弹奏吉他的技艺如大师一般高超。他唱了一首多情的小调，边唱边向女人们眉目传情，这位"歌神"显然是她们的宠儿；随后，他又与一位丰满健美的安达卢西亚少女跳了一支弗拉明戈舞，使全场观众热情高涨。然而在场所有的女子，都无法和客栈老板的女儿——美丽的珀皮塔相比。她偷偷溜出去为聚会盛装打扮，回来时，她的头上插满了玫瑰，身上穿了波列罗上衣，身旁相伴着一位年轻英俊的龙骑兵。人群中的她是如此光彩照人！聚会混杂了士兵、骡夫和村民等形形色色的人们，但没有一个人醉酒失态，大家纵情欢乐，但都保持着理智。

假如画家看到此情此景，定会立即拿起画笔：舞者们构成了一幅颜色鲜艳的画，士兵们只穿着半身军服，农夫们裹着褐色斗篷。当然不要忘掉那位瘦弱的老警察——他身披一件黑色短斗篷，完全没有留意周围发生的事情，只是自得其乐地坐在角落里写着什么；

[1] 译注：英国作家乔治·韦列斯公爵的滑稽剧《排演》中的一个虚构人物。他杀了所有战士，"不放过朋友，也不放过敌人"。

[2] 译注：希腊神话中的琴手，其琴声能感动禽兽木石。

他身旁那盏散发出微弱光芒的大铜灯，看上去像是堂吉诃德时代的东西。

第二天早上，阳光明亮又暖和，就如诗歌所描绘的 5 月清晨该有的模样。7 点我们离开阿拉阿尔时，客栈里所有的人都来送行。

旅行还在继续。我们经过一个富饶的村庄，这里庄稼遍地，郁郁葱葱，但和昨天一样，原野上看不到人或房子，因为人们都聚集在村庄里或山上的要塞中——仿佛还在防备摩尔人对这片富庶的土地发起突袭。不难想象，当庄稼成熟、收割，烈日炙烤过的枯黄土地裸露出来，那将是怎样一幅单调孤寂的景色。

中午，我们进入一片树林，树林旁有一条小溪，溪畔翠草葱茏。我们下马准备午餐。这可真是一个奢华的进餐环境，四周野花环绕，灌木丛散发出芳香的气息，耳边萦绕着鸟儿清脆的啼鸣。考虑到客栈食物储备有限，而我们可能得穿越大片荒无人烟的区域，所以我们提前让随从往褡裢里装满了冷食。他往那个大约 1 加仑[1] 的酒囊[2] 里灌满了上等的瓦尔德佩纳斯葡萄酒。为了确保食物供给，我们把这些东西看得比他的枪更重要，所以敦促他一定要谨慎保管。老实说，我们这位与美食爱好者桑丘·潘沙同名的随从，确实是一位精打细算的采购员。一路上，尽管我们不断消耗着褡裢和酒囊里的食物，但它们就像神奇的宝囊，总能马上被填满。原来每次我们在客栈用完餐，机警的随从便将余下的食物装进口袋，以便途中享用。他乐此不疲。

此时，我们面前的草地上摆满了各种各样的食物，甚至还有从塞维利亚带来的美味火腿。随从走到稍远的地方坐下，用褡裢里剩

---

[1] 译注：英美制容量单位，英制 1 加仑合 4.55 升，美制 1 加仑合 3.79 升。

[2] 原注：酒囊是皮质的口袋或瓶子，肚子大颈口窄，也是东方式的。《圣经》上警示："不要用老瓶装新酒。"这句话曾让年少时的我疑惑不解。

下的东西填饱肚子。他偶尔举起酒囊抿上一两口，就开心得直咂巴嘴，就像一只喝饱了露水的蚱蜢。我们谈论着收集的美食，又说到了桑丘在卡马乔婚礼上享用的炖肉。交谈中，我发现这小伙子对堂吉诃德的掌故如数家珍，并且就像很多西班牙人一样，坚信故事是真实的。

他带着试探的表情说道："先生，那是很久以前的事情了。"

"非常久远了。"我回答道。

"离现在大概有一千年之久了。"他的表情依然不太确信。

"我敢说至少有那么久了。"

随从心满意足了。因为他对美食的热爱可比拟著名的桑丘，对此，他乐开了怀，一路上便自称桑丘了。

吃完饭，我们把斗篷铺到树荫下的草地上，奢侈地睡了一个西班牙式午觉。乌云在天空中堆积，一阵狂风自东南方席卷而来，警告我们得赶紧离开了。不到5点，我们就到达了奥苏纳，这是一个依山而建的城镇，约有一万五千人，城里有一座教堂和一座废弃的城堡。

客栈建在城墙之外，看上去沉闷无趣。晚上很冷，人们聚集在烟囱旁的一个火盆四周。老板娘是个干瘪的老女人。当我们进入客栈，旅客们都斜眼打量我们。我们以对待绅士的慎重态度，抬手轻触自己的帽檐，然后面带笑容、礼貌恭敬地向他们行礼问候，这使对方脸上那种骄傲且防备的表情松弛了下来。我们走过去，坐在他们中间，点燃雪茄，并将雪茄盒传递一圈，以此赢得了青睐。西班牙人都很注重礼节，不管是何种身份，来自何种阶层。而且一般来说，西班牙人无法抵御雪茄的诱惑。当然你得很小心，不能表现出一丁点儿居高临下的姿态。

第二天一早，我们离开奥苏纳，进入群山之中。 周围是地形复杂的荒野乡村，寂静的平原之间是高山和峡谷，一路上景色如画，却异常孤寂。 路边时不时会看到十字架，警告路人此地曾经发生过惨案，表明我们已经进入强盗出没的地带。 这一带曾因匪徒横行而闻名于世。 公元9世纪，土匪头子奥马尔·伊本·哈桑凭借铁血无情的武装力量，竟然撼动了科尔多瓦哈里发的统治。 在费迪南德和伊莎贝拉统治的时期，阿里·阿塔尔——既是洛克萨要塞的老司令，也是鲍勃狄尔[1]的岳父——经常扫荡这片区域，因此这一带也被称作"阿里·阿塔尔的后花园"。

我们途经富恩特·拉·佩德拉，附近有一个同名的小盐水湖，平静如镜的湖面倒映着远处的高山。 从这里已经能够看见安特克拉了，这座古老的城市因战争而闻名，群山环抱，贯穿了整个安达卢西亚。 城外是一片肥沃的田野，镶嵌在怪石嶙峋的群山之中，宛如一幅画卷。 我们跨过一条平缓的河流，穿过幽静的篱笆墙和花园，来到城门前。 此时已近黄昏，林中夜莺正在尽情地歌唱。 这个令人肃然起敬的城市处处展现出西班牙的传统特色。 由于位置偏远，外国游客极少踏足此地，因此人们还在使用十分传统的东西。 老人们戴的是古老的猎帽，这种帽子曾经在西班牙随处可见； 年轻男人戴的是圆顶小毡帽，这种帽子边缘上卷，帽檐上装饰着小团的黑色簇绒，看上去就像倒扣在底盘上的茶杯； 女子穿戴的是传统的头纱和长裙。 显然，巴黎的时装还没传到这里。

我们沿着一条宽阔的街道找到了一家名叫圣费尔南达的客栈。原本我猜想，安特克拉虽然占地面积不小，但游客稀少，因此旅馆很

---

[1] 译注： 格拉纳达的末代国王。

可能收费低廉且条件窘迫。不过实际情况让我们惊喜，晚餐是那么丰盛，房间和床铺更是出乎意料地干净舒适。在我们打算回屋睡觉时，桑丘已经把丰厚的"战利品"尽收囊中，他就像那个同名的桑丘一样得意，骄傲地宣称他的褡裢中应有尽有。

5月4日一大早，我漫步来到古代摩尔人的城堡遗址。这是在古罗马人的要塞遗址基础上修建的。我坐在倒塌的塔楼废墟上，眼前的景色宏伟壮丽，却也预示着世事无常。

与迷人的景色相比，发生在这里的故事以及蕴含的浪漫情怀，更加令人神往。当年就是在这块土地上，发生了无休止的争斗，格拉纳达古国因此闻名于世。而我现在身处的地方正是古国的心脏。在我的下方，古老的勇士之城——安特克拉坐落在群山之中，它被无数次地载入史册，民谣将它的名字传唱至四方。当年那支西班牙骑兵就是从远处那个山口出发，翻过那道山崖，进而对格拉纳达发起突击，最终征服了整个王国。那支军队里有西班牙最高级别的军官和最勇猛的骑士，那场使战争终结的马拉加群山大屠杀异常惨烈，使整个安达卢西亚陷入无尽的哀痛。

城外的平原一直向远方铺展，平原上有花园、果园、庄稼地，以及反射着阳光的草地，其美丽富饶的程度仅次于著名的格拉纳达平原。我的右边是情人石，它像一座陡峭的海岬延伸入平原。当年，摩尔一位要塞司令的女儿和她的爱人被追捕，走投无路之际，两人从情人石上绝望地跃下。

下山时，教堂和修道院恰好敲响晨祷的钟声，回声飘荡在沁人心脾的空气中。安特克拉是这个农业地区的商贸中心。市场上的行人渐渐多起来，车辆装载着各式各样的作物，从平原上接连驶来，路旁有很多刚采摘的新鲜玫瑰在售卖。安达卢西亚的女子，无论长幼，如果没有在乌黑的长发上插一朵宝石般耀眼的玫瑰，那么身穿再华丽的服饰也无济于事。

回到旅馆，我看见桑丘正与旅馆老板及老板的两三个跟班儿聊得火热。有人给桑丘讲了一个塞维利亚的美妙传说，于是老板搜肠刮肚，想要讲一个同样美妙的安特克拉故事。

他说，公共广场上曾有一座公牛喷泉，泉水就是从那石头雕刻而成的公牛嘴中喷出来的。公牛的脑袋下方刻着一行字：公牛前面有财宝。于是，很多人去挖掘公牛喷泉前的土地，但都一无所获。其中一个狡诈的家伙试图从不同的角度来解读这句铭文："财宝应该是在公牛的额头上，我才是那个幸运儿！"他以为自己找到了真相，于是趁着夜色，手拿木棍来到喷泉前面，把公牛的脑袋敲了个粉碎。猜猜他最终得到了什么？

"无数的金子和钻石！"桑丘急切地喊道。

"什么都没有，"老板干巴巴地回答，"不仅如此，他还毁掉了那座喷泉。"

老板的跟班儿哄笑起来，觉得桑丘被老板糊弄了；我想这个笑话一定是老板的保留节目。

我们 8 点离开安特克拉，沿着小河愉快地骑马前行，经过散发着春天气息的花园和果园，耳边是夜莺的歌声。我们还绕过了高耸入云的情人石。

上午，我们经过了阿奇多纳，这座城市坐落在半山腰。从耸立在城市后的三叉形的峰顶上，可以俯瞰整个城市和周围的摩尔要塞遗址。我们经由一条陡峭的石板路进入阿奇多纳，这条路有一个振奋人心的名字——平原大道。沿着这条路拾级而上真是一件苦差事，而从这座山城的另一面下山，更是一项艰巨的任务。

中午，我们在山间一块可爱的小草坪上歇脚，旁边是汩汩流淌的小溪，从这里能遥望阿奇多纳。我们把马儿拴在绿草遍地之处，把斗篷铺在一棵榆树下的草地上。桑丘打开褡裢准备用餐。自打遭到嘲笑，桑丘就变得异常沉默，但此刻，他的脸上恢复了神采。他带着一种胜利的表情拿出褡裢。褡裢里装着过去四天收集到的食物，其中，最丰盛的还是前一晚从安特克拉那家客栈"搜刮"来的，这些"战利品"给桑丘带来了极大的信心，驱散了客栈老板的嘲笑带来的不快。

"公牛前面有财宝！"桑丘大声喊道。他一边呵呵笑着，一边从褡裢里一样样取出食物，仿佛取之不尽一般——先是一块几乎没有动过的烤羊羔前腿，然后是整只的鹧鸪，接着是一大块包在纸里的盐腌的鳕鱼，再就是火腿、半只小母鸡，还有几个面包卷，一堆橘子、无花果、葡萄干和核桃，酒囊里也装满了上等的马拉加葡萄酒。他从那神奇的褡裢里每掏出一样稀奇的美食，就很享受地欣赏一下我们瞠目结舌的表情，最后，他仰面躺在草地上笑着大声嚷道："公牛前面！公牛前面！哈哈，先生们，安特克拉的那些人以为桑丘是个笨蛋，可是桑丘知道哪里可以找到财宝。"

正当我们拿这个小笑话取乐的时候，一位神情肃穆的乞丐向我们走来，他看上去像一位朝圣的信徒。他长着花白的胡须，挂着一根拐杖，年纪应该很大了，不过他没有因年老而弯腰，反而将高大的身躯挺得笔直，隐约可见他年轻时的英俊外表。他头戴一顶安达卢西亚圆帽，穿着羊皮短大衣、皮质马裤，打着绑腿，穿着凉鞋，破旧的衣服虽然打着补丁，却还算体面。他的举止看着也很有男子气概，说话时语气中带着西班牙人民的恭谨和谦卑。我们此刻正好欢迎这样一位客人，于是给了他一些银子，还有一块上好的小麦面包、一杯精选的马加拉葡萄酒。老人感激地接受了馈赠，但并没有为此低声下气地多说些什么。他呷了一口酒，然后举起酒杯对着光，眼里微微闪现出惊喜的光彩，随后他一口喝尽："我好多年没有品尝过上等的美酒了。对一个老家伙而言，这是对心灵最大的慰藉。"他又看着那块美味的面包说道："上帝保佑这样的面包！"说着把它放进口袋。我们让他赶快吃掉面包，他却回答："不行啊，先生们，葡萄酒我可以拿走或是喝掉，可是面包得带回去与家人一起吃。"

桑丘征询似的与我们对视一眼，得到同意之后就从分量较足的食物中再分出一些给老人，条件就是他得坐下来与我们一起享用。

于是老人在离我们稍远的地方坐下，开始慢慢吃起来，表现出近乎贵族般的克制和礼仪。老人举止优雅又泰然自若，让我不由得猜想，也许他曾过着相当富足的生活。他的话语也是如此，尽管质朴，却时不时夹杂一些非常生动且富有诗意的措辞。因此我判断他可能是一位潦倒的骑士。后来我发现自己判断错了——老人的言谈举止在西班牙并不出奇，西班牙人天生追求礼仪，即便是底层人民，只要神志清醒，大多都有这样诗化的想法和言语。老人告诉我们，他做了五十年的牧人，后来失去了工作，变得一无所有。他说："年轻的时候我无忧无虑，日子过得很好。现在我七十九岁了，沦为了乞丐，感觉越来越力不从心了。"

老人并非一直都在乞讨，只是最近实在饥饿难耐，才强忍着屈辱出来行乞。他动情地讲述了自己平生第一次陷入无望的困境、在饥饿和尊严之间苦苦挣扎的经历。当时他从马拉加回来，途经西班牙最大的平原之一，沿途人烟稀少，身无分文的他已经好几天没吃东西了，就在快要饿死的时候，他去一家乡村旅馆门前乞讨，得到的回答是："看在上帝的分儿上原谅我吧，兄弟！"这是西班牙人委婉回绝乞丐的惯用语。老人说："我转身走了，心中的屈辱胜过了饥饿。后来我来到一条河边，高高的河岸下面是深不见底的湍急水流，我很想跳下去一了百了。当时我在想，像我这样一个又老又无用的倒霉蛋还活着干吗？可是当我站在湍急的水流边时，脑海中浮现出了圣母马利亚，于是我立即转身离开了。我继续前行，看见路边不远处有一座乡间宅院，便走上前跨进院子大门，里面的房门是关着的，不过有两个年轻的先生坐在窗边，我走上前乞讨，却只得到一句'上帝保佑你，兄弟！'窗户就关上了。我虚弱地爬出院子，此时我已被饥饿完全击倒，心想可能大限到了吧，就在门前躺下把自己交给圣母，蒙住头等待死亡降临。没过多久，宅院主人回来了，看到我躺在他家门外，就揭开我头上的盖布。他怜悯我须发皆白，便将我带到家中并拿来食物。所以先生们啊，你们得始终坚信圣母的庇佑。"

老人要回故乡阿奇多纳，从这里我们能清楚地看见环绕阿奇多纳的陡峭高山。老人指着城堡废墟说："在格拉纳达战争时期，有一位摩尔国王曾住在那座城堡里。当伊莎贝拉女王率领着强大的军队前来进攻时，国王站在矗立在云霄中的城堡里，俯视并嘲笑伊莎贝拉女王。就在这时，圣母降临到女王面前，指引她找到了一条无人知晓的山中密道，女王的军队通过密道，突然出现在摩尔国王眼前。国王被惊得目瞪口呆，竟然骑马跳下了悬崖，摔得粉身碎骨。那悬崖边的岩石上至今还能看到当年留下的马蹄印。"老人说："先生们请看，那就是女王的军队所走的密道，它就像一条缎带围绕在山腰；神奇的是，只有从远处才能看到那条路，一旦走近，它就会消失不见。"

老人所指的那条传说中的密道，应该是山间一道堆积着泥沙的沟壑，从远处看它轮廓分明，走近后它在视觉上就变宽了，因而边界也模糊了。

美酒佳肴让老人的心暖和起来，他继续给我们讲述城堡里摩尔国王宝藏的故事。

纪念馆馆长和公证员曾三次梦到宝藏，于是两人按照梦境的指引前去搜寻。老人的家紧邻城堡遗址，晚上，他的女婿听到馆长和公证员用锄头和铲子挖掘的声音。但至于他们找到了什么，无人知晓。总之，馆长和公证员突然变得很有钱，却始终守口如瓶。就这样，老人尽管曾经与宝藏只有一墙之隔，却注定无缘得到。

我注意到与摩尔人宝藏相关的故事在西班牙很流行，尤其是在最贫穷的人们之间。在物资匮乏的现实下，善良的人们擅长用想象来慰藉自己——干渴的人向往喷泉和溪流，饥饿的人向往美食盛宴，而贫穷的人则向往埋藏成堆的金子——乞丐的梦想无疑最富想象力。

下午，我们骑马穿过一个名叫"国王道"的崎岖陡峭的峡谷，它是通往格拉纳达王国的最大关口之一，费迪南德国王曾在这里指挥过军队。我们顺着山路往前走，一直到日落时分，才终于看到那个著名的前线小城洛克萨，费迪南德国王的军队就是被挡在了这座小城的城墙外。在阿拉伯语里，"洛克萨"有护卫的意思，这座小城曾经的确是格拉纳达平原最前沿的防护阵地。曾在这处要塞坐镇的老将是凶悍的老阿里·阿塔尔，即鲍勃狄尔的岳父；鲍勃狄尔也是在这里集结部队，发动了那次灾难性的突袭。结果，突袭以老阿里司令牺牲、鲍勃狄尔被俘告终。洛克萨坐落在山口的顶部，位于整个关隘的制高点，因此被称作"格拉纳达的钥匙"，完全是名副其实。洛克萨背靠的那座山峰荒凉又粗犷，别有一番风情。城中心耸立着一座岩石小山，山顶是摩尔人城堡废墟，岩石山底部经受着赛尼尔河的冲刷。河水从石缝间蜿蜒而过，流经果园、花园和草地，最后从一道道摩尔式桥梁下流淌而过。 站在城中央，仰望是粗犷荒凉的景色，俯瞰则是苍翠繁茂的景象。 赛尼尔河的景色同样泾渭分明——桥面以上芳草萋萋，水面倒映着岸边的花园和果园，一派祥和； 桥面以下水流湍急、涛声喧哗。 格拉纳达的圣山内华达山终年积雪，为这一片五光十色的美景竖起了一道天然屏障，这是浪漫的西班牙最富特色的风景之一。

我们在城门处下马，让桑丘牵马去旅馆，我们则漫步城中，欣赏独特的风景。 我们经过一座桥，正要往一条景致优美的步行道走去，这时，祈祷的钟声响了。 听到钟声，周围的行人不管是在忙碌还是在玩耍，都驻足脱帽，在胸前画着十字，口中默念，进行晚祷。 在西班牙一些严守传统的地区，这种虔诚的风俗依旧十分盛行。 这晚的夜色浓烈而美丽，我们一直闲逛，暮色渐浓，新月在道旁的榆树枝条间若隐若现。 正当我们沉浸于静谧的美景中时，远处传来了呼唤声："啊哈，先生们！ 可怜的桑丘离开堂吉诃德就什么也做不了。"我们一直未归，把桑丘吓坏了。 洛克萨是一座民风剽悍的山地城市，到处是走私犯和巫师，桑丘不知道会发生什么，所以跑出来找我们。他一路打听，得知我们走过这座桥，而后欣喜万分地发现我们正在人行道上散步。

桑丘带我们去的旅馆名叫"皇冠"，店内的氛围与城中的完全一致，住店的客人似乎还保留着古人那种勇猛凶悍的性情。 老板娘是个年轻貌美的安达卢西亚寡妇。 她穿着修身的黑丝长裙，其上点缀着珠子串成的流苏，衬托出她优美的身段和圆润柔韧的肢体。 她步履坚定而轻快，一双黑眼睛如火焰般热辣。 她妖娆多姿，花枝招展，很明显，她对倾慕的眼光已经习以为常。

老板娘有一个兄弟，两人年纪相仿，外貌相当，是安达卢西亚青年男女的完美典范。这位兄弟身材高大，体格健美，充满活力，有着匀净的橄榄色皮肤、乌黑发亮的双眼，还有微微卷曲的、齐到下巴的栗色胡须。他的衣着十分华丽——合身的绿色天鹅绒短夹克上装饰着许多银质纽扣，口袋里插着白色手绢，配套的马裤两边各有一排银扣，脖子上系着一条粉色的丝质手绢，一个圆环将手绢两端穿起来固定在胸前，衬衣的前襟打着精致的褶皱，腰间系着配套的腰带，小腿套着质地上乘、做工精良的黄褐色皮质护腿套，开口处露出长袜，黄褐色的鞋包裹着纤秀的双脚。

老板娘的兄弟正站在门口，一个衣着同样华美的男子骑着马凑上去低声而急切地跟他说着什么。男子大概三十岁，有着宽阔的胸膛，尽管他脸上长了一点儿麻子，但无损于他极具罗马人特征的英俊容颜。他给人一种无拘无束、无所畏惧甚至有点儿胆大妄为的感觉。他那匹强壮的黑骏马身上装饰着流苏和其他各种各样奇特的饰品，马鞍后还挂着两支大口径短枪。显然，他跟老板娘的兄弟交情甚好，不过也许应该说，他是老板娘众多倾慕者中比较突出的一位。他在旅馆消磨了一个晚上，兴致高涨地唱了几首大胆直白的山地情歌。

事实上，这个旅馆本身和里面的住客都能让我联想起走私犯——那边角落里的吉他旁就摆着一把短枪。在我们吃晚餐的时候，两个可怜的阿斯图里亚斯人垂头丧气地走进来，哀求老板给点儿吃的，并收留他们一晚。他们原本去了山里的一个集市进行交易，但回来时被拦路抢劫，装载货物的马匹被抢走了，钱也没了，就连衣服也被扒了个精光；他们试图反抗，结果又被痛打了一顿，最后几乎赤身裸体地被丢在路边。我那天性仁慈的同伴听了他们的悲惨遭遇后大为不忍，于是给他们点了晚餐并安排了床铺，又给了他们一笔钱作为返程的路费。

　　夜色渐深，旅馆里那充满戏剧性的氛围愈加浓厚。一个大块头男人踱进门来，开始与老板娘闲聊。他六十岁左右，体格非常强壮，穿着普通的安达卢西亚服装，腰间却插着一把大马刀，留着大胡子，身上带着点儿不可一世的傲慢，似乎每个人都十分敬仰他。

　　桑丘悄声告诉我们，这个人是唐·文图拉·罗格里格斯。他是洛克萨的英雄和守护者，因过人的臂力和功绩而远近闻名。当年法国人入侵的时候，他一个人突袭了六个法国士兵。他趁着法国士兵睡觉的时候，先搞定他们的马，然后用马刀袭击他们，有几个士兵当场毙命，剩下的也都被他送进了监狱。为了表彰这次壮举，国王特别赐予他每天一个比塞塔[1]，并且授予他"阁下"的称号。

　　可是这位英雄浮夸的言行举止把我逗笑了。他是个典型的安达卢西亚人，既勇敢又爱吹牛。那把马刀他不是握在手里就是挎在腰间，始终不离身，就像一个孩子抱着心爱的玩具。他管马刀叫圣塔·特蕾莎，还说："我一拔刀，地面都在颤抖。"

　　我在旅馆待到很晚，听着各式各样的人讲述千奇百怪的故事。西班牙旅馆那种无拘无束的气氛能让每个人都敞开心扉、畅所欲言。这里有和走私犯相关的歌谣，有强盗的故事，有游击队的事迹以及摩尔人的传说。摩尔人的传说是标致的老板娘讲述的，她用诗意的语言描述了地狱，或者说是洛克萨城中某些地狱似的地方——那些黑暗的洞穴，在洞穴中能听到地下的河流和瀑布发出的神秘莫测的声音。传说摩尔国王把金银财宝都藏进了那些洞穴，并且自那时代起，那里就藏着摇钱树。

　　直到躺下，我还是异常兴奋，满脑子浮现着这一晚在这古老的勇

---

[1] 译注：西班牙货币。

士之城的所见所闻。 刚刚合上眼，我就被一阵嘈杂的喧闹声吓得跳下床；我想哪怕是那位拉·曼查英雄[1]，也会被这吵闹声吓到——尽管他在西班牙小旅馆里的经历都很惊心动魄。 那响动听上去好似摩尔人又攻进城里了，抑或是老板娘讲过的魔鬼出现了。 我衣冠不整地出门探查情况，却发现只是一场热闹的婚礼，大家在庆祝一个老人与一位丰满妖娆的少女喜结连理。 我对新郎致以衷心的祝福，愿他们尽情享受婚礼舞曲。 然后回到床上，一觉睡到了早上。

起床穿衣的时候，我饶有兴致地观察起窗外的人群。 有一群相貌出众的年轻男子，他们穿着合体的、样式别致的安达卢西亚服装，披着褐色斗篷，头上俏皮地扣着小小的圆顶男士帽，通身都是特有的西班牙式风采，令人无法模仿。 他们那种轻松活泼的表情，我在朗达山那些打扮入时的山民脸上也看到过。 说实话，附近的安达卢西亚人整日在城市和村庄之间游荡，似乎有足够的时间和钱财；"骑马，扛枪"，他们总是谈笑风生，烟不离手。 他们的吉他弹得很出色，常常与美女们对唱情歌，还以擅长波列罗舞而远近闻名。 所有的西班牙男人，不管多么穷困，都会像绅士一样充分享受闲暇时光，他们认为遇事慌张不是真正的骑士应该有的风度。 可是安达卢西亚人快活闲散的日子与无所事事的穷困生活不是一回事，因为在安达卢西亚地区，从附近山区到沿海一带，走私行当都十分盛行，这无疑为当地人活泼开朗的天性提供了物质保障。

与这群鲜衣怒马的年轻人形成对照的是两个长腿的瓦伦西亚人。他们牵着一头载满货物的驴子，背上斜插着毛瑟枪，仿佛随时准备战斗。 他们身穿圆领衫和刚到膝盖看着像苏格兰短裙的宽松亚麻衬裤，

[1] 译注：代指堂吉诃德。

腰间紧束着红色腰带，脚上是茅草编的凉鞋，头上裹着一圈带有些许穆斯林风格的彩色头巾，可是头顶还露在外面。总体来说，他们身上有着很明显的传统摩尔人印迹。

离开洛克萨时，一位骑士加入了我们；他骑着一匹骏马，带着精良的武器，还有一名火枪手跟在他身后。他殷勤地向我们行礼，然后自我介绍说，自己是海关的长官。我猜他掌管的是一支武装组织，职责大概就是在路面上巡查并缉拿走私犯，而那名火枪手是他的护卫之一。在与他同行的这个上午，我从他那儿了解到走私犯的一些详细情况。

西班牙的走私犯群体已经渐渐发展成为一支杂牌骑兵队伍，他们从各地汇集到安达卢西亚，其中从拉曼查来的尤其多。他们有时会在直布罗陀的集市或是海岸边，交接准备走私的货物，然后在约定的夜晚将其偷运出境；有时会按照约定趁着夜色去海边接船，这时候走私船会在海岸线上的特定区域徘徊等候。

走私犯们聚在一起昼伏夜行。白天要么藏进深山峡谷，要么躲在偏僻的农庄。在农庄里他们往往能得到热情款待，因为他们会慷慨大方地把走私货当作礼物送给主人家。事实上，在很多山村和农庄里，村民的妻女身上穿戴的精美饰品大都来自快活又大方的走私犯。

到海岸边接船的走私犯趁着夜色站在海岬或礁石顶上，向大海张望，如果远远望到海上有船靠近，就会发出信号——有时是用斗篷罩住灯笼，然后猛地揭开再遮住，如此反复三次。如果对方回应，那么他们就下到岸边准备交接货物。船靠近海岸后，走私犯就把船上的小艇全都放到水面上，方便卸货。走私货物装在便于马匹运输的口袋中，走私犯们匆匆将它们扔在海滩上，然后接头的人迅速搬上马背，接着四散进入山区。他们所走的路线途经最艰险、最荒凉也最偏僻的地带，所以几乎不可能暴露行踪。海关部门的护卫不会费力去追寻他们的踪迹，而是采取其他措施——只要听说走私队伍正载着货物返回，海关的工作人员就会全副武装，在山谷进入平原的入口处设卡埋伏，有时多达十二个步兵和八个骑兵。步兵进入山谷，埋伏在草丛中，走私队伍一经过他们就开火，这时走私犯会往前逃窜，但前面有骑兵挡着，于是激烈的对抗随即展开。走私犯在遭遇强大火力进攻时会不顾一切地反抗：有的下马躲在马后开火反击；有的砍断绳索让货物掉在地上以阻挡追兵，然后试图骑马逃跑；有人成功逃跑，只是失去了货物；有人却连马带货一起被抓住；还有人什么都不要了，只身爬上山逃跑。一直竖着耳朵听得津津有味的桑丘大声喊道："然后，他们就变成了合情合理的强盗！"

听到桑丘使用"合情合理"一词，我不由得失声大笑。海关长官告诉我，事实确实如此，走私犯们在遭受严厉打击之后，便认为自己有占据这条道路并向来往旅客征收过路费的权利，直到积累了足够的钱财去配置走私所需的马匹和装备。

临近中午，同行的伙伴向我们告别，然后带着他的火枪手转向一个陡峭的峡谷。不久之后，我们走出山区，进入久仰大名的格拉纳达盆地。

我们是在一条小河边的橄榄树林里进行最后一顿午饭的。那里环境优美，不远处的那片树林和果园就是索陀·狄·罗马花园，关于它，有个迷人的传说。据说朱利安伯爵建造这个静修之所，是为了安抚女儿弗洛琳达。这里曾是摩尔国王在格拉纳达的乡间度假胜地，现在被授予了惠灵顿公爵。

当我们可敬的随从最后一次从褡裢里取出食物时，他的脸上流露出些许伤感，他是在为行程即将结束而叹息。他说，跟着我们这样的骑士，他愿意走遍天涯。这顿饭我们吃得依然很开心，一切都是那么祥和，那么令人愉悦。凉爽的山风吹来，带走了阳光的炙热。眼前是一望无际的壮美平原，远处耸立着阿兰布拉宫的红塔，它俯瞰着充满浪漫色彩的格拉纳达城，内华达山积雪的顶峰在天边闪烁着银光。

花丛中蜜蜂在嗡嗡飞舞，橄榄树丛中鸽子发出咕咕的叫声，饱餐后的我们被这些哼唱弄得昏昏欲睡，于是铺开斗篷，最后一次睡了个西班牙式午觉。等最闷热的时间过去，我们继续我们的旅程。不一会儿，我们赶上了一个胖胖的小个子男人，他骑在骡子上的样子憨态可掬。他很快跟桑丘攀上了话，他发现我们是外地人，就自告奋勇要带我们去找个好旅馆。他自称是公证员，对这个城市了如指掌："哦我的天！先生们啊，你们将要看到的是怎样一座城市啊！整洁的街道，繁华的广场，壮丽的宫殿，还有美女。"我打断他："可你提到的那家旅馆，你能保证是个好地方吗？"

"我保证！圣母马利亚！格拉纳达最好的一家！金碧辉煌的大厅、奢华的卧室、羽绒被铺的床……先生们啊，你们会如同阿兰布拉宫里的奇科国王一般享用美味佳肴。"

"马的伙食如何？"桑丘问道。

"就像奇科国王的马呀，早餐吃巧克力、牛奶和糖做的蛋糕。"他冲着随从狡黠地挤了挤眼睛调笑道。

我们对公证员的保证很满意，便不再追问。在他的带领下，我们安静地骑马前行，他不停地扭头对我们大发感慨，赞叹格拉纳达是如何雄伟壮丽，而我们将会在那家旅馆度过如何美妙的时光。

就这样，我们穿过一道道由芦荟和无花果树组成的篱笆墙，沿途的原野上是一座座鲜花簇拥的花园，让格拉纳达平原显得更加风光旖旎。到达城门时已是日落时分，乐于助人的小个子向导带着我们走街串巷，最后终于走进一家旅馆。他就像回到家中一样随意，呼唤着老板的教名，向老板介绍我们是身份尊贵的骑士，必须用最华丽的房间和最丰盛的食物款待。这番话使我们立即联想起在吉尔·布拉斯[1]面前以恩人自居的陌生人，他在彭纳弗洛儿的旅馆里向老板夫妇介绍吉尔·布拉斯时，口沫横飞，好一通吹捧："你们不知道有机会接待这样一位贵客是何等幸运。你们得把这位年轻绅士视作世界第八大奇迹——只有这屋子里最好的东西，才配得上来自桑迪兰的吉尔·布拉斯先生，他值得你们像对待王子一般地盛情款待。"陌生人点了鳟鱼做晚餐，用吉尔的钱大吃大喝。

我们暗暗决定，不能让公证员像小说中的陌生人一样用我们的钱享用鳟鱼，于是没有邀请他共进晚餐。后来我们发现根本不用为自己的忘恩负义而内疚，因为天还没亮，我们就意识到那个小个子无赖把我们骗到了格拉纳达最寒酸的旅馆——他无疑是旅馆老板的好朋友。

---

[1] 译注：法国作家勒萨日的代表作《吉尔·布拉斯》的主人公。

第二章　阿兰布拉宫

　　西班牙的编年史渗透着厚重的历史感，充满浓浓的诗意，任何对历史或诗歌感兴趣的游客，都会被这个浪漫的国度深深吸引。阿兰布拉宫之于这些游客，就像卡巴圣堂之于穆斯林。这个充满东方风韵的宫殿，催生出不计其数、亦真亦假的传奇故事。西班牙人和阿拉伯人以它为背景，创作了数不胜数的歌谣，借以歌颂爱情、战争和骑士精神。这里曾是摩尔国王的皇宫，到处都是充满亚洲风情、熠熠生辉、精妙绝伦的奢侈品。摩尔国王曾主宰这个被称为"人间天堂"的王国，并为之奋战到最后。

　　皇宫只是阿兰布拉堡垒的一部分，堡垒的外墙环绕着整座山峰，沿着围墙分布着许多塔楼。站在由内华达雪山延伸出来的那道山梁上，可以俯瞰格拉纳达全城。就外观来看，皇宫仅仅由塔楼和防护墙拼凑而成，整体建筑缺乏美感，不像是经过精心规划的，令人难以置信的是，宫殿内是如此高雅奢华、美轮美奂。在摩尔人时代，堡垒的外围区域能够容纳一支四万人的军队，当遭遇叛军袭击时，堡垒能充当保卫皇室的要塞。

摩尔王国由基督教掌控之后，阿兰布拉宫继续作为皇家领地而存在。历史上，卡斯蒂利亚王室曾在里面居住过一段时间。查尔斯五世曾计划在围墙内修建一座豪华宫殿，但因地震频发，最终没能完成。阿兰布拉宫最后的皇室居民，是18世纪早期的菲利普五世和他美丽的皇后——来自帕尔玛的伊丽莎贝塔。人们为了迎接这对皇室夫妇，在阿兰布拉宫内大兴土木，不仅彻底翻修了宫殿和花园，还新建了一个由意大利艺术家设计装修的套房。但这对皇室夫妇没住多久便离开了，最终宫殿变得冷冷清清。

阿兰布拉堡垒依旧保留着几分军事色彩，执掌的总督受命于皇室，其管辖范围一直延伸到格拉纳达市郊，与格拉纳达司令分权而治。堡垒里驻扎着规模庞大的驻军。总督住在摩尔皇宫前部的一间套房里，他通常不会下山去格拉纳达，除非是阅兵。堡垒虽小，但应有尽有，围墙内分布着几条街道，道旁房屋林立，还有一座圣弗兰西斯修道院和本地教区教堂。

皇室的离开，对阿兰布拉宫来说是沉重的打击。华美的大厅逐渐变得破败，甚至坍塌；花园荒废了，喷泉也干涸了。慢慢地，一些无法无天的人住了进来——走私犯利用这个独立的行政区域，肆无忌惮地进行着走私活动；在格拉纳达一带为非作歹的小偷和恶棍们，也把这里当作避难所。最后，在强大的本地驻军的介入和干预下，整个社区被彻底清洗了一番。结果是，除了诚实可信且有合法居住权的居民，其他人不得在此逗留；大部分房屋被拆除，只留下一个小村庄，以及修道院和教区教堂。

在西班牙最近的一次战斗中，法国人占领了格拉纳达。法国军队入驻了阿兰布拉堡垒，军队指挥官偶尔会住在阿兰布拉宫中。作为征服者，法国人具有与众不同的开明思想和审美标准。因为他们，摩尔人留下的这座高雅而壮美的丰碑得以幸存，不至沦落到彻底荒废或坍塌的地步。法国人修葺了屋顶，整修了大厅和画廊，使其免受风雨侵扰；重新在花园里种满花草，清理了水道，使喷泉重新喷洒出晶莹剔透的水花……西班牙也许应该感激这些侵略者，是他们保护了这个美丽而独具一格的珍贵遗迹。

法国人在撤离之前炸毁了外墙上的几座塔楼，因此这座堡垒很难再起到防御作用，也失去了军事要塞的意义。现在驻扎在此地的只有几个老弱残兵，其主要职责就是守卫几座偶尔充当国家监狱的塔楼。总督也不再居住在阿兰布拉的高山之上，而是搬到了格拉纳达城中心，那里更有利于他履行职责。

既然说到阿兰布拉堡垒的现状，就不得不提到它的现任指挥官——弗朗西斯科·德塞尔纳阁下。我亲眼见证了他为保护宫殿而做的不懈努力。他在职权范围内，利用有限的资源，尽力保全宫殿。他的先见之明和慎重态度，使宫殿避免了好几次损毁事故。如果他的前任们也能恪尽职守，那么如今的阿兰布拉宫或许还保留着最初的完美状态；如果政府能够提供足够的资源以支持他的热忱奉献，那么此处的历史遗迹也许还能传承许多代，继续为这片土地增光添彩，满足四方来客的好奇之心，并给他们以启迪。

到达这里的第一个清晨，我们就去探访了这座历史悠久的古堡。之前已有太多游客对它进行了详尽的描述，因此我在这里不再赘述。不过，在讲述某个事件及其引发的感想时，我会简要地介绍一下部分相关的建筑。

离开客栈后，我们穿过著名的维瓦拉姆布拉广场，这里曾是摩尔人举行马上长矛比武大赛的场地，现在变成了熙熙攘攘的市场。而后，我们来到扎卡丁大街，当年，这里是摩尔人大市场；如今，大街两旁还保留着许多东方色彩浓厚的小商店和窄胡同。 走过司令官邸前的空地，我们踏上一条蜿蜒而上的狭窄街道。 这条街的名字叫"卡莱"，摩尔人称其为"戈梅雷斯"，这是骑士时代格拉纳达一个著名的摩尔家族的姓氏，这个家族的传说曾被载入史册，也被编成诗歌广为传唱。

我们沿着卡莱街，到了格拉纳达大门。 这座由查尔斯五世修建的、希腊风格的宏伟大门是阿兰布拉堡垒的入口。 大门附近有两三个衣衫褴褛的退伍老兵，他们正躺在石凳上打盹儿，说不定他们就是格拉纳达曾经的望族——塞格里斯家族或阿文塞拉赫斯家族的后人。 其中有一个混混儿模样、又瘦又高的男子，他披着锈褐色的斗篷，但明显是为了遮挡里面的破烂衣衫。 他懒洋洋地晒着太阳，与一位站岗老兵闲聊着，看到我们走进大门，他凑上来，自告奋勇地要带我们参观堡垒。

作为游客，我并不喜欢话多的向导，何况这个毛遂自荐的男子看上去也不怎么样。

"你对这个地方非常熟悉吗？"

"没人能比得上我啦，先生！ 我是名副其实的'阿兰布拉之子'。"

很显然，西班牙人擅长用诗意的表达——"阿兰布拉之子"这个称号立刻打动了我，以至于在我看来，他的破衣烂衫似乎也焕发出了具有尊严的光辉。 破败不堪却有着厚重的历史积淀，这就是此处历史遗迹命运的写照，也适用于生存于斯的贵族的子孙后代们。

我又问了几个问题，发现他确实当得起这个称号。 自格拉纳达被征服以来，他的家族就世代居住于阿兰布拉堡垒。 他说，他叫马蒂奥·希梅内斯。 我问道："那么，或许你是伟大的红衣主教希梅内斯的后裔？""只有上帝知道，先生！ 也有这个可能。 我们是阿兰布拉最古老的家族，没有掺杂一丁点儿摩尔人或犹太人的血统。我知道我们来自某个伟大的家族，但忘了是哪一个，不过我父亲对此一清二楚，他的小屋就在上面的堡垒中，屋里还挂着一个盾形纹章。"没有哪个西班牙人不自称与某个高贵的家族有着千丝万缕的关系，不管眼下是多么贫穷。这位可敬的"阿兰布拉之子"尽管衣衫褴褛，却让我心悦诚服，于是我愉快地接受了他的效劳。

我们走进一个幽深而狭长的山谷，踏上一条陡峭的林荫道，道旁装点着石凳和喷泉，四周环绕着风景优美的树林，林中穿行着无数小径。在我们的左侧，阿兰布拉宫的高塔悬于半空；而在我们的右侧，山谷对面一块突起的岩石上耸立着高塔，与阿兰布拉宫的高塔遥遥相对。这就是朱砂塔，因其鲜红的颜色而得名。塔的建造年代已不可考，不过远早于阿兰布拉宫，有人推测是罗马人修建的，也有人猜测是某个流动的腓尼基人部落修建的。

我们沿着陡峭的林荫大道拾级而上，来到一座宏大的方形塔楼脚下，这是摩尔人修建的碉堡，进入阿兰布拉堡垒的主干道就要从其下穿过。碉堡里聚集着一群老弱残兵，除了守卫在大门前的一名骑兵，其余老兵都裹着破烂的斗篷躺在石凳上睡觉。这个出入口名为"正义之门"，因为这门廊里曾设有法庭，专门审理家长里短的案件。这种做法在东方国家很常见。《圣经》提到过："应该在所有的大门里派驻法官及其他官员，依凭正义进行审判。"

大门的前廊是一道宏伟的马蹄形阿拉伯式拱门，其高度是塔楼的一半。拱心石上雕刻着一只很大的手，前廊里侧的拱顶上也有拱心石，上面以相同的手法雕刻着一把巨大的钥匙。有些自认为了解这个符号的人，言辞凿凿地说那把钥匙象征着信仰或权力，名为"大卫之钥"。就如先知所说："我必将大卫的房门钥匙放在他的肩头，他开，无人能关，他关，无人能开。"(《以赛亚书》，第二十二章第二十二节）这把钥匙代表先知获得了征服的力量——"拥有大卫之钥的人，他开，无人能关，他关，无人能开。"(《启三世》，第三章第七节）

但是，这位名副其实的"阿兰布拉之子"给出了完全不同的解释，而他的看法代表了大多数人——只要是与摩尔人有关的东西，都被当地老百姓赋予了神秘的魔幻色彩。人们以这座古老的摩尔人堡垒为背景，创作出了千奇百怪的传说。马蒂奥说，其中有一个传说源自堡垒最早的居民，而且是由他的祖父流传下来的。据说，石刻的大手和钥匙本是一道魔法机关，而这机关与阿兰布拉的命运休戚相关。设立机关的摩尔国王是个伟大的魔法师。有人说，国王把自己出卖给了魔鬼，继而对堡垒施了魔咒，堡垒才抵抗得住暴风雨和地震的侵袭，在其他摩尔建筑几乎被摧毁的情况下，堡垒依然屹立不倒。依据这个传说，只有当大手抓到钥匙时，堡垒才会彻底崩塌，到时就会发现摩尔人埋在地下的宝藏。

尽管听说了这个不祥的预言，我们还是冒险从被施了魔咒的大门经过。大门上方竖立着的圣母雕像使我们稍觉安心，但愿圣母的庇护能使我们免受魔法威胁。

穿过碉堡后，我们沿着一条窄道一路向上，在围墙之间蜿蜒曲折地穿行，然后来到了一片开阔之地。这里名叫"水坝广场"。当年，摩尔人在这地底的原生岩石层中开凿出巨大的蓄水坝，然后通过水渠引来达罗河水以供堡垒使用。这里还有一口深不见底的水井，井水清凉澄澈。这些遗迹充分展现了摩尔人优雅不凡的品位，他们的不懈努力就是为了得到至纯至净的水源。

广场前方是一座富丽堂皇的宫殿。据说，查尔斯五世之所以兴建这座宫殿，就是为了盖过摩尔人宫殿的光芒。当时，为了给这个庞大的工程腾地方，人们把摩尔人专为越冬而建的宫殿拆除了大半，还封了宏伟的大门。因此，如今要进入摩尔人宫殿，只能经由角落一个朴素而有些简陋的门道。尽管查尔斯五世兴建的宫殿雄伟壮丽，可我们还是将其视作一个傲慢的入侵者，带着几分不屑一掠而过，然后敲响了摩尔宫殿的门铃。

等待开门的时候，自封向导的马蒂奥告诉我们，皇家宫殿现在由一位可敬的老妇人照管，就是安东尼娅-莫利纳夫人。当地人依照西班牙的风俗，亲切地称呼她"安东尼娅大婶"。她负责维护摩尔大厅和花园的整洁，以及带领游客参观。我们正说着话，一个丰满、娇小的安达卢西亚少女把门打开了，马蒂奥管她叫德洛丽丝[1]。少女一脸明快的笑容，性情开朗，似乎该换个更快乐的名字。马蒂奥悄声告诉我们，她是安东尼娅大婶的侄女。正是这位好心的小仙女，带我们参观了这个梦幻般的宫殿。

我们在德洛丽丝的引领下走进大门，仿佛瞬间跨越了时空，被魔杖送到了一个东方古国，进入了阿拉伯故事的场景中。建筑粗陋的外观与眼前的美景形成的鲜明对比，给我们带来了无比强烈的冲击。这是一个宽阔的庭院，长约150英尺[2]，宽将近80英尺，铺着白色的大理石，庭院两头是别致的摩尔式柱廊，其中一个柱廊托着一个回纹雕花的画廊。飞檐的线脚及墙壁的很多部位都刻印着纹章和密文。还有高浮雕，上头用古代和现代阿拉伯字母书写着君王和阿兰布拉宫建造者的格言，以及歌颂君王慷慨伟大的话语。庭院中央有一个长约24英尺、宽约27英尺、深约5英尺的大水池，承接来自两个大理

[1] 译注：德洛丽丝在西班牙语里是悲伤的意思。
[2] 译注：英美制长度单位，1英尺等于12英寸，合0.3048米。

石花瓶的水流。 这个庭院被称为"玉泉院"[1]，池底不计其数的金鱼闪着微光，池边的篱笆墙上爬满了玫瑰。

穿过玉泉院旁边的一道摩尔式拱门，我们进入著名的狮子院。 它是整座建筑中保存最完好的一处，完美呈现了皇宫当年的盛景。 庭院中央便是被无数诗歌和故事传唱的著名喷泉： 雪花石铺底的水池依旧闪烁着钻石般的光芒，托举水池的十二只狮子仍喷洒着水晶般的水流——这就是狮子院的来历。 一切仿佛都还保留着鲍勃狄尔时代的模样。 但实际上，这些狮子雕工拙劣，配不上它们的盛名，这或许是某位迷恋此处美景的人的仿制品。 按照古代摩尔人的习惯，庭院的地面会巧妙地铺上地砖或大理石，但如今的庭院里砌着花坛，这是法国人在占领格拉纳达后做出的改变。 庭院四周环绕着精巧的阿拉伯拱廊，拱廊上镶嵌着镂空花丝装饰，支撑拱廊的是一根根细长的白色大理石柱，据说，当年这些石柱是镀金的。

就建筑风格而言，狮子院以及宫殿内的绝大部分地方，都是优雅胜过宏伟，传达出精妙绝伦的情调，烘托出纵情欢愉的氛围。 眼前这些仿佛神话故事中才有的柱廊，还有墙上那些似乎触之即碎的回纹装饰，经历了这么多个世纪的洗礼，地震和战火的侵袭，还有游客破坏性的盗窃之后，竟然还能保存得如此完整，真令人难以置信！ 不得不说民间传说似乎也有几分可信——这座宫殿确实像是受到了魔法的保护。

狮子院的一侧有一道纹饰富丽的大门，通往阿文塞拉赫斯大厅，大厅的名字是为了纪念当年在此惨遭背弃和屠戮的阿文塞拉赫斯家

---

[1] 译注： 来源于阿拉伯语 al Beerkah，水池的意思。

族的勇士。有人质疑这个故事的真实性，而我们谦卑的向导马蒂奥特意指着大门旁的一道边门说，当年，就是在那里，可怜的勇士们被一个接一个地带进狮子院，而后在院子中央那个白色大理石喷泉旁被砍了头。他还把地砖上一些大块的红色印迹指给我们看，说那就是勇士的血迹。据民间传言，那些血迹永远都洗不掉。

见我们相信了这个故事，马蒂奥接着说，晚上狮子院经常会发出一些含混低沉的声音，就像有很多人低声细语，还不时夹杂着轻微的叮当声，就像从远处传来的锁链撞击的声音。据说，这就是被谋杀的阿文塞拉赫斯勇士的幽灵发出的声响，他们在被害现场徘徊不去，是为了呼唤上天，请求把惩罚降临到谋害他们的凶手身上。

马蒂奥提到的声响确实存在，没过多久，我就有幸亲耳听到了。其实那是从给喷泉供水的地下水渠和管道传出的，是水流冒泡的咕咕声和撞击管道时发出的叮咚脆响。不过，出于体贴，我没有对这位谦卑的"阿兰布拉宫编年史学家"挑明真相。

大概是见我没有表现出怀疑，马蒂奥大受鼓舞，又讲了一个从他的祖父那里听来的故事，并再三保证这是真实的。

从前，有一位退役老兵，他负责给游客介绍阿兰布拉宫。有一天半夜时分，他路过狮子院，听到阿文塞拉赫斯大厅传来脚步声，起初以为是有客人在那里逗留，就走过去一探究竟。结果他大惊失色地看到，那里有四个衣着华丽的摩尔人，他们身穿镀金胸甲，腰佩镀金弯刀和镶嵌宝石的匕首，庄严地来回踱步。他们看到老兵，便停下来向他招手，吓得老兵落荒而逃。从那以后，老兵再也不敢踏进阿兰布拉宫。马蒂奥却坚信，老兵其实是放弃了到手的财宝，因为他觉得摩尔人是想告诉老兵财宝的埋藏之地。后来，接替老兵的人领悟到这一点，他来到阿兰布拉时一贫如洗，一年后就去了马拉加，还在那里置办了房子和马车，至今他的后人仍住在那里，成了马拉加最富有、最古老的家族之一。马蒂奥据此明智地推断，肯定是摩尔人显灵让那个人发现了金子的秘密。

现在我确信自己结交了一位多么可贵的朋友——这位"阿兰布拉之子"通晓当地所有的传说和野史，并对它们坚信不疑。对严谨刻板的人而言，这些传说可能毫无价值，而我打心底里对他满脑子的奇谈怪论感兴趣，决定深入了解这个见多识广的底比斯人。

阿文塞拉赫斯大厅正对着一道装饰华丽的大门，通向另一个大厅。这个大厅淡雅而开阔，精巧而优美，铺着白色的大理石地板，有一个引人遐思的名字——"两姐妹厅"。有人确信不疑地认为，这个名字源于那两块并排铺设并占据了大半地面的雪花石地板。马蒂奥也坚信这个观点。有人则倾向于一个更有诗意的解释：这名字是为了纪念曾经住在此处，并为这大厅增光添彩的后宫美人。聪明伶俐的小向导德洛丽丝也认同这个看法，这让我很高兴。德洛丽丝指向室内门廊上方的一个阳台说，那个走廊通向女人们的卧房。"先生您看，那里被栅栏和窗格封起来了，就像修道院礼拜堂里嬷嬷们听弥撒的走廊。所以说，摩尔国王把他的妻子们当修女关了起来。"格子"百叶窗"如今仍保存完好，当年那些黑眼睛的后宫美人，也许就躲在窗后，旁观下面大厅里的赞布拉舞等各色表演。

大厅四面都设有凹室，里面放着软凳和长榻，以供王公贵族安卧，他们曾在此美梦沉酣，而这样的美梦让东方学家心驰神往。大厅上方的圆屋顶能够保证室内空气流通，屋顶上的灯笼投射出柔和的光线。旁边的狮子喷泉发出令人神清气爽的水声，从另一面的林德拉萨花园也传来水波荡漾的温柔呢喃。

这充满东方色彩的美景不禁令人联想起浪漫的阿拉伯爱情故事。

眼前仿佛出现了神秘的东方公主，她正在走廊上向我们挥舞雪臂；又或者，一双乌黑发亮的眼睛正从格子窗后面注视我们。仿佛就在昨天，大厅中还有美人们蹁跹流连，如今"两姐妹"在哪里？扎莱达斯和林德拉萨去了哪里？

古代摩尔人修建水渠，把水从山上引到了阿兰布拉宫。水流沿着这条躺在大理石路旁的水渠流淌，将整座宫殿环绕一圈儿，为浴室、金鱼池以及庭院中的喷泉供水。完成了为皇宫和园林供水的任务，水流沿着林荫道一路向下，往格拉纳达流去。丰沛的水源使阿兰布拉山上溪流潺潺，喷泉常年不息，树林四季常青，整座山峰浓荫蔽日，美不胜收。

只有经历过南方酷暑的人，才能深刻体会到这个居住环境的惬意之处：一边享受山里吹来的习习凉风，一边欣赏谷中满目的苍翠。正午时分，山下的城市在酷热中喘息，大平原被烘烤得热气蒸腾，而山上开阔疏朗的大厅中却是另一番景象——从内华达雪山过来的凉爽气流拂过高高的屋顶，从花园带来芬芳，让人不由得想要进入梦乡。这真是酷热季节里难得的享受。微微眯起双眼，从阴凉的阳台上眺望着沐浴在阳光中的山光水色，耳畔是树叶的沙沙声和水流的轻柔呢喃。这一切都是如此令人沉迷。

这里就不再详细介绍宫殿中的其他房间了，我的主要目的是让读者对这里的居住环境有所了解，如果你感兴趣，可以继续跟随我在宫中参观，直到了解这里的每一寸地方。

阿兰布拉宫远景

摄影 Jebulon

第三章 关于莫里斯科建筑

阿兰布拉宫的墙上装饰着精巧的浮雕和绚丽的阿拉伯藤蔓花纹，在外行看来，就像是精雕细镂而成的。它们的细节富于变化，整体看来又和谐统一。拱顶和圆屋顶上装饰着精妙绝伦的蜂房或霜花状浮雕，还有花样繁多到令人目眩的钟乳石和垂饰，设计令人惊叹。摩尔人用巴黎的石膏板制成模具，再把模具巧妙地连接起来，这样就制成不同形状和尺寸的花样图案。往墙上装饰藤蔓花纹，或在穹顶装饰钟乳石状的灰泥工艺品，这种做法起源于大马士革，后来在摩洛哥由摩尔人发扬光大。撒拉逊建筑中最精致而富有想象力的细节处理，都要归功于摩尔人。

这些巧夺天工的花纹图案，其实是通过简单而巧妙的方法绘制而成的——先用互为直角的线条将空白的墙面划分成不同部分，就像画家在临摹前做的准备，然后在每个部分画上一连串相交的圆弧；最后将这些交叉的直线和圆弧连接，就能扩展成千变万化又风格统一的装饰画。通过这种方式，画家能迅速而准确地绘制图案。[1]

这种灰泥工艺品大量使用镀金技术，尤其是在装饰圆屋顶时。图案的空隙用鲜艳的颜料，比如朱砂红或天青石色，掺杂着蛋清涂抹。据福特[2]所说，在绘画史早期，最先使用这些颜料的是埃及人、希腊人和阿拉伯人，后来阿兰布拉的摩尔艺术家也开始使用。经过了这么多个世纪，这些颜料仍鲜艳如初，真是令人叹为观止！

客厅墙面离地几英尺高的部分贴着釉面砖，墙砖参照灰泥装饰模板的风格进行排列，组成各式各样的花纹图案。有的图案上还有国王的徽章，徽章上刻着箴言。釉面砖——在西班牙语里叫"阿诸列卓斯"，在阿拉伯语里叫"阿兹－诸那吉"——源于东方，因为具有清凉、洁净和防虫的特质，所以非常适合在炎热的环境里使用。釉面砖常用于铺设大厅和喷泉，以及浴室的墙面和地面，还可用于装饰房间的墙壁。福特认为，釉面砖出现的年代非常久远，因为它最常见的颜色是宝石蓝和蓝色，所以他推断《圣经》曾经提及这种砖——"他脚下的路是用一种宝石蓝的石头铺设的"（《出埃及记》，第二十四章第十节）；以及"看啊，我将赋予这些石头华美的颜色，用宝石蓝做底色"（《以赛亚书》，第五十四章第十一节）。

釉面砖（或者叫瓷砖）很早就被引进了西班牙，人们曾在公元8世纪的摩尔人遗址中发现过这种砖。伊比利亚半岛至今还在生产釉面砖，并在最豪华的宅院中大量使用，尤其是南部省份的避暑房屋，釉面砖被用于铺设地面和装点墙壁。

在西班牙占领荷兰期间，釉面砖被带到了荷兰。荷兰人热衷于

---

[1] 原注：厄克特《大力神之柱》，第三册第八章。
[2] 译注：指英国旅游文学作家理查德·福特。

维护家居清洁，毫不犹豫地接受了釉面砖，于是西班牙的阿诸列卓斯和阿拉伯的阿兹－诸那吉，最终成了众所周知的荷兰砖。

第四章　重要谈判

　　我们依依不舍地离开了那个充满诗意和浪漫的地方，回到简陋的西班牙小客栈。 一天快要结束了，我们带着手信去拜访阿兰布拉总督，并在见面时满含热情地向他描述了亲眼所见的种种胜景，还情不自禁地表达了疑问——领地里有个如此美妙的天堂，总督为什么还要住在城里？总督解释道，对古代君王来说，堡垒的外墙在发生叛乱时能起到保护作用； 然而就目前而言，山顶的皇宫远离办公地点和社交场所，住在那里实在有诸多不便。 他微笑着继续说："但是先生们，如果你们觉得住在阿兰布拉宫如此令人向往，那么请不用客气，阿兰布拉宫中的那个套间，你们可以随意享用。"

　　西班牙人认为这是至关重要的礼节——告诉你把他的家当作自己家： 这所房子随时听候阁下差遣。 事实上他的任何东西，只要你喜欢，他都会双手奉上。 不过，婉拒对方的好意也是良好教养的表现，所以我们只是鞠躬致谢总督的一番美意。 但是我们错了，他真心实意地提议："宫殿里有些闲置房间，可以拜托照管皇宫的安东尼娅大婶整理一下。 她还能照料你们的生活起居。 只要你们与大婶谈好食宿事宜，也不介意宫中的粗茶淡饭，那么奇科国王的宫殿便归你们居住了。"

我们听取了总督的建议，于是经过陡峭的卡莱街，穿过正义之门，去找安东尼娅大婶谈判。我们内心仍在怀疑，这会不会只是一场梦？我们担心堡垒中那位勤恳的夫人会对我们的请求犹豫不决。好在那里还有一位能帮我们说话的盟友——明眸善睐的小德洛丽丝，在之前的拜访中，她风度翩翩，令我们折服，她那光彩照人的模样吸引着我们重返皇宫。

不过一切很顺利。好心的安东尼娅大婶承诺可以提供一些简易的家具。我们向她保证，哪怕睡在地板上都没关系。她为我们提供三餐，全是家常便饭，我们对此很知足。她的侄女德洛丽丝会为我们提供必要的起居服务。交易达成之后，我们高兴得把帽子扔向空中。

第二天，我们就搬进皇宫，开始了和谐共享王位的日子。然而，这种梦幻般的日子只过了几天，我那位可敬的同伴便被召唤到马德里履行外交职责，因此不得不"退位"，留我一人"主宰"这浓荫蔽日的王国。我随心所欲地满世界游荡，流连于心旷神怡的景象，乐此不疲。而此时此刻，我身处这个古老的魔幻宫殿，日子在不知不觉间溜走，我明白，我已对它着迷得无法自拔。对于亲爱的读者，我总是心怀友善，希望能与他们亲密无间地分享秘密，包括我在这妙不可言的梦幻状态下的种种遐思和探索。如果读者拥有足够的想象力，能够感受到这里的魔力，那么与我在传奇的阿兰布拉宫中共度的这个夏日，一定不会让你失望。

先简单介绍一下我的居住环境。或许在之前的皇宫主人看来，我在皇宫中的生活实在太过简朴，但至少我的"王位"不会像历代前任那样遭人觊觎而被推翻。 我的房间位于皇宫前部，在总督套房的另一头，面向水库广场。 房间是现代风格，卧室门正对着的一排半摩尔半西班牙式的小房间，安东尼娅大婶一家就住在那里。

这位勤俭的夫人从游客那里收取一些小费。 另外，作为维护皇宫整洁的报酬，花园的出产均归她所有。 而她呢，偶尔会为总督献上一些鲜花和水果。 安东尼娅大婶家里有一个侄女和一个侄子，这两个孩子是她两个兄弟的孩子。 侄子曼努埃尔·莫利纳有着西班牙绅士的风度，是位可敬的年轻人。 他在西班牙和西印度的军队里服过役，目前在学医。 他希望将来能在堡垒里行医，这样一年就能拿到至少一百四十美元的报酬。 安东尼娅大婶的侄女便是前文提到过的娇小丰满的德洛丽丝，据说她以后会继承姑姑的全部财产，包括堡垒里的一间小屋。 马蒂奥·希梅内斯私下告诉我，那屋子虽然已经摇摇欲坠，但一年能带来一百五十美元的收入。 在这位一贫如洗的"阿兰布拉之子"眼里，德洛丽丝是一位不折不扣的女继承人。 这位观察力敏锐的人士还告诉我，曼努埃尔和他明眸善睐的堂妹之间已经悄悄产生了情愫，只等拿到医师文凭和教皇颁发的血亲关系豁免许可，他们就可以携手开始幸福的生活。

安东尼娅大婶诚实地履行了租住协议。 对随遇而安的我来说，伙食已经相当不错了。 活泼开朗的小德洛丽丝将我的房间整理得井井有条，就餐时还为我提供服务；我能指派一个名叫佩佩的大个子少年。 佩佩一头金发，有些口吃，平时在花园里干活，他很愿意充当我的贴身男仆，不过"阿兰布拉之子"已抢先一步占据了这个职位。 自打在堡垒大门前第一次遇见马蒂奥，这个机灵鬼总是想方设法参与我的出行，直至被正式雇用。 目前他兼任我的男仆、向导、护卫，以及野史爆料人。 为了让他在履行职责的时候体面一点儿，我不得不给他购置一些衣物，于是他就像蛇蜕皮一样丢掉了那件破旧的褐色斗篷，换上时髦的安达卢西亚帽子和短上衣，然后得意扬扬地在堡垒里晃来晃去，搞得他的同伴们都大吃一惊。忠诚的马蒂奥最大的毛病就是骄傲自满，他知道这个职位是强求得来的。我一直过着悠然自得的生活，在我看来，马蒂奥是一个无足轻重的人物，所以他绞尽脑汁地想要为我做点儿什么。他的过分殷勤，使我"深受其害"——我再也没有机会独自走出宫殿的大门到堡垒里去散步，因为他总是紧紧跟随，并且喋喋不休地为我解说看到的每一样东西；当我去附近的山林中冒险时，他坚持要当我的护卫，不过我很怀疑，假如遭遇袭击，相较于奋起反抗，他更可能会凭借一双长腿逃跑。不管怎样，这个可怜的家伙至少算得上是个有趣的同伴。他头脑简单却风趣幽默，就像聒噪的乡村理发师，絮絮叨叨地讲述着阿兰布拉及附近地区的小道消息；他满肚子都是关于当地风土人情的典故，这是他最大的财富。每每看到高塔、拱廊或大门，他都能讲出精彩纷呈的故事，而且对这些故事深信不疑。他说，这些故事都是从祖父那里听来的。

马蒂奥的祖父是一位传奇的小裁缝，活了将近一百岁，平生只离开过堡垒两次。在一个世纪的大半岁月里，他就像个老船长，经常召集一群德高望重的老人到自己的船上闲话家常，他们聊着发生在这里的或精彩或隐秘的故事，一聊就到大半夜。这位堪称"阿兰布拉活历史"的小裁缝，一辈子的生活轨迹和思想行为，都被阿兰布拉的宫墙限制。他生于斯长于斯，在这里呼吸、生存，直至死后被埋葬。对子孙后代而言，值得庆幸的是，他平生所积的奇闻逸事并没有随着他的离开而消逝。值得信赖的马蒂奥还是孩子时，就是最专注的听众，他倾听着祖父的讲述，积累了许多关于阿兰布拉的宝贵传说。这些传说在书里多半找不到，但对任何一位好奇的游客来说，都极具吸引力。

以上便是我的全体"皇室"成员。我敢说，之前入主这座宫殿的君王们，没有人像我这样幸运——被人细致入微地侍奉，享受宁静祥和的生活。

清晨，佩佩等我起床后，给我带来了刚采摘的花朵，德洛丽丝灵巧地把它们插进花瓶，这个小女孩把精心装饰我的房间看作一种荣耀。我的餐桌随心所欲地摆放在不同的地方，有时是在某个摩尔大厅，有时是在狮子院鲜花和喷泉环绕的拱廊下面。只要出门，殷勤的马蒂奥就会给我带路。我们或去群山中最浪漫的幽静之处，或去邻近山谷中最受游客欢迎的宜人之所，总之，每一处都有着精彩的传说。

一天之中的大部分时间，我更愿意独处，不过到了晚上，我常常会加入安东尼娅大婶的小型家庭聚会。聚会通常在一个古老的摩尔会客室里举行，这个房间曾经的富丽堂皇依稀可辨。但如今，它作为这位夫人的客厅、厨房兼礼堂，房间的一角被生硬地装上了一个现代壁炉，壁炉冒出的烟熏黑了墙壁，使得墙上那些古老的阿拉伯纹饰快要消失了。凉爽的夜风从通往阳台的窗户吹进房间，阳台下方就是达罗山谷。我一边享用着简单的晚餐——水果和牛奶，一边与他们闲聊。西班牙人有一种天生的才能，或者说与生俱来的智慧——不管境遇如何，也不管接受的教育程度深浅，几乎每个西班牙人都能成为一位知情识趣又令人如沐春风的同伴。而且，因为自尊自爱的天性，他们绝不会粗鲁无礼。安东尼娅大婶没有念过书，却是一位聪明能干的女人；明眸善睐的德洛丽丝只读过三四本书，却具有天真而又敏锐的迷人气质，常常会冒出一两句朴实却一针见血的俏皮话，让我大吃一惊。曼努埃尔有时会给我们读一些卡尔德龙写的古老喜剧故事，他的意图很明显——提升自我的同时让堂妹德洛丽丝开心；可惜让他难堪的是，通常故事的第一出还没念完，小女孩儿就睡着了。经常会有一些贫穷的朋友或求助者来拜访安东尼娅大婶，他们都是附近的村民，其中有些是老弱残兵的妻子。由于安东尼娅大婶负责照管皇宫，这些人非常尊敬她，会给她带来本地的新闻，还有从格拉纳达听来的消息。从这些琐碎的信息中，我知道了很多稀奇古怪的事情，也了解到了当地人为人处世的方式和秉性特征。

这就是我所经历的悠然自得的日子。在这片据说常有幽灵造访的土地上，浪漫的故事层出不穷，每一天都妙趣横生，让我终生难忘。幼年时我坐在哈德逊河岸边，第一次读到希内斯·佩雷斯·德海塔斯的著作，那是一个以格拉纳达内战为背景的虚构历史故事，讲述了赛格里斯家族与阿文塞拉赫斯家族之间的恩怨。后来我常常梦见自己去了格拉纳达，并且无数次幻想过漫步在阿兰布拉宫浪漫的大殿中。现在美梦终于成真，我却难以置信。不敢相信自己就住在鲍勃狄尔的宫殿里，也不敢相信自己能站在阳台上俯瞰勇士之城——格拉纳达。我漫步穿行在这些东方风格的殿堂，耳边是喷泉的叮咚声和夜莺的歌唱声；我深吸一口玫瑰的芬芳，感受着山上的凉爽宜人，我几乎幻想自己正身处天堂。娇小丰满的德洛丽丝就是天堂里双眸闪亮的女神之一，她的使命便是确保忠实信徒过得安详。

第五章　阿兰布拉宫的居民

在辉煌岁月里，国王的宫殿是非王公贵族不得入内的，然而世事无常，王朝衰落以后，多半沦为乞丐的窝棚。阿兰布拉宫正在经历这样的快速转变。高塔坍塌后，不久就会被衣衫褴褛的一家子占据，他们住在镀金的大堂里，与蝙蝠、猫头鹰为伴。标志着贫穷的破衣烂衫，在窗户和枪眼之外随风飘荡。

我曾饶有趣味地观察阿兰布拉宫的居民，他们就这样将皇家宫殿据为己有，这仿佛是老天的精心安排——为了给这人间至尊的悲剧安排一个闹剧的收场。其中一个小个子老妇人甚至有个滑稽的皇家称号——"贝壳女王"。她叫马利亚·安东尼娅·萨博内亚，个头很小，像个小精灵似的，没人知道她的来历。她住在宫殿外侧一个小小的楼梯间里，从早到晚就坐在冰凉的石头走廊上，一边做针线活儿一边开心地歌唱，并且与经过的每个人插科打诨。再也没有比她更穷困的人了，但她却是我见过的最快乐的小妇人。她最擅长的就是讲故事，我相信她凭着脑中无穷无尽的故事，足以与《一千零一夜》里的雪赫拉莎德媲美。在安东尼娅夫人的夜间茶话会上，她也常常是一位谦卑的参与者。这个神秘的老妇人似乎拥有精灵的法力，因为尽管她如此矮小、丑陋且贫穷，却异常幸运，她声称自己结过五次半婚，"半次"是因为那个年轻的龙骑兵在追求她期间不幸去世了。

与小个子"贝壳女王"旗鼓相当的人物是一个酒渣鼻胖老头。他穿着一件铁锈色的外衣，戴着一顶佩有红色帽章的油布三角帽。他也是名正言顺的"阿兰布拉之子"，在这里生活了一辈子，担当过各种职务，比如代理警官、教堂司事、高塔底下那个壁手球场的记分员等等。他一贫如洗，可是并不妨碍他吹嘘自己是显赫的安吉拉尔家族的后裔——来自科尔多瓦的伟大首领贡萨尔沃就出自这个家族。事实上，他的大名是阿隆索·德·安吉拉尔，与征服史上那个赫赫有名的大人物同名同姓。这老头曾在堡垒的教堂里滥竽充数，被一群粗俗无礼的当地人唤作圣父；可我觉得，圣父通常是对教皇的尊称，被用在这样一个老头身上实在是荒谬。命运无常，让这样一个衣衫褴褛的怪老头，拥有与伟大的阿隆索·德·安吉拉尔同样的名字和血脉。他的祖先是安达卢西亚骑士精神的典范，当年参与了对坚不可摧的阿兰布拉堡垒的攻坚战。如今与祖先同名同姓的他，却在城堡里过着乞丐般的生活。如果阿伽门农和阿喀琉斯的后裔依旧羁留在特洛伊古城的废墟，命运也不过如此吧！

在这鱼龙混杂的人群中，我发现了爱唠叨的随从马蒂奥·希梅内斯的一家人，就数量而言，他们确实称得上举足轻重，马蒂奥自夸是"阿兰布拉之子"并非毫无根据。他的家族从征服时期就住在这里，但世代贫穷，家产从未超过一块金币。他父亲是织带工，继传奇的裁缝祖父后接任了一家之长，现在快七十岁了，住在铁门上方一间自己亲手用灰泥和芦苇搭建的茅草屋中。屋里摆放着一张形状怪异的床、一张桌子和两三把椅子，唯一的木头柜子里除少量衣物外就全是"家族档案"。这些档案其实就是一代一代传下来的诉讼文件，可见他们看似脾气随和，骨子里却争强好胜。大部分诉讼都是因为多嘴多舌的邻居质疑他们血统的纯正。我真的怀疑，也许就是旁人对他们家族纯正血统的嫉妒，连累他们世代贫穷至此，因为他们不得不把钱都花在公证人和警官那里。茅草屋的荣光都集中在墙上那块纹章盾牌上，上面有许多名门望族的四分之一臂章，包括卡埃塞多侯爵的。这个穷困潦倒的家族宣称自己与那些贵族都有亲属关系。

至于马蒂奥，他大约三十五岁，娶了妻子，而且有许多孩子，正竭尽全力延续家族血脉。一家人在村子一间破烂不堪的茅草屋里，勉强维持着世代延续的穷困生活。他们是如何挣扎求生的，估计连他们自己都觉得是个奇迹。西班牙家庭求生的本事，对我来说一直是个谜。然而他们不光活下来了，看上去还过得非常快活。闲暇时，马蒂奥的妻子会到格拉纳达大道散步，怀里抱着一个孩子，身后还跟着几个。最大的女儿已经快成年了，头上插着鲜花，随着响板翩翩起舞。

世上有两个阶层的人，生活对他们来说意味着漫长的假期——最富有的和最贫穷的，前者是因为不需要做事，后者是因为无事可做。但没有人比得上贫穷阶层的西班牙人，因为他们掌握了在一无所有且无所事事的状态下享受生活的艺术。一半是因为气候，一半是因为天性。对西班牙人来说，夏季有阴凉儿，冬季有阳光，食物有一点儿面包、大蒜和油，有衣服蔽体，还有一件褐色的破斗篷和一把吉他，就足矣了。贫穷算得了什么！对西班牙人来说，贫穷并不丢人，它就像破旧的斗篷，被他们以一种浮夸的方式披在身上，尽管衣衫褴褛，他们依旧神采奕奕。

诸位"阿兰布拉之子"正是秉持这种安贫乐道的生活哲学的典

范。正如摩尔人所幻想的那样，天堂似乎就在这块乐土的上空，我常常也有这样的幻觉——这群穷困潦倒的人好像还保留着黄金年代的一缕光芒。这里的人一贫如洗，整天无事可做，什么都不放在心上。可他们尽管每天悠闲，却像最勤快的手艺人一样，留意着每一个休息日和节庆日。他们会参加格拉纳达及周边地区的庆祝活动和舞会，圣约翰节前夕就到山上点燃篝火，整个月夜跳舞狂欢，庆祝丰收——尽管堡垒里的那小块土地只能出产几蒲式耳[1]小麦。

本章结束之前，我还得讲讲当地一个令我印象深刻的娱乐活动。

我曾多次见到一个瘦瘦高高的家伙蹲在塔顶，手里挥动着两三根鱼竿，看着像在钓星星，这个"空中渔夫"使我大惑不解。后来在不同的地方，我又看见别的人蹲在围墙或堡垒的高处做同样的事情，就更加困惑了。最后还是请教了马蒂奥，才解开谜团。

大概是因为空气十分清新纯净，阿兰布拉堡垒如同麦克白的城堡，成了很多家燕和岩燕的繁衍之地[2]。燕子成群结队地在高塔之间嬉戏盘旋，就像刚出校门的调皮孩子。用串着苍蝇的鱼钩诱捕这些正以令人炫目的速度转着圈的鸟儿，是"阿兰布拉之子"们最爱的娱乐活动之一。这群衣衫褴褛但怡然自得的居民，用他们无处发挥的聪明才智，发明了这种"空中钓鸟"的游戏。

---

[1] 译注：英美制容量单位（计量干散颗粒用），1蒲式耳合8加仑。英制1蒲式耳合36.37升，美制1蒲式耳合35.24升。

[2] 编注：典故出自英国剧作家莎士比亚《麦克白》班柯的台词："那种夏天的顾客，惯住殿堂的燕子，喜欢来筑巢，证明了这里就自有一股甜香引人入胜。哪一处飞脚、壁缘、拱门或者瞭望台都有这种鸟在那里构筑吊床和传代的摇篮呢。我看出它们居留、繁殖的地方空气美好。"

第六章　大使厅

　　有一次，我去拜访安东尼娅大婶，偶然发现会客室的角落里有一道神秘的门，看上去像是通往皇宫中较为古老的殿堂，这激起了我的好奇心。我推门走了进去。门后是一道黑漆漆的狭窄走廊。我一路摸索，来到一个黑压压的楼梯口，楼梯盘旋而下，通向科马雷斯塔的一角。我顺着墙壁摸黑走下楼梯，终于在尽头找到了一扇小门。

　　推开门的一瞬间，我被晃得眼花缭乱。这个金碧辉煌的房间是大使厅的前厅，旁边玉泉院的喷泉正喷射着晶莹剔透的水花。前厅和庭院之间隔着一道精美的画廊，画廊下方用纤细的柱子支撑，柱头镶嵌着莫里斯科风格的镂空雕刻拱肩。前厅的两端各有一个凹室，凹室屋顶用彩绘和灰泥工艺装饰得五彩缤纷。我经过一道华丽的大门，走进盛名远扬的大使厅——穆斯林君王的皇家礼堂。大使厅占地面积约37平方英尺，高60英尺，占据了科马雷斯塔整个内部空间，但看上去还是那么富丽堂皇。墙壁上装饰着奇特的莫里斯科风格的灰泥纹饰，天花板原先也采用了这种工艺，布满了精巧的霜花图案和钟乳石形状的挂饰，并且用鲜艳的色彩和镀金进一步美化，可以想象当年是怎样一幅美不胜收的景致！不幸的是，一块横跨整个大厅的巨大拱顶在地震中垮塌了，如今的拱顶是雪松制成的。拱顶用短木条交叉排列而成，造型奇特，色彩鲜艳，仍保留着东方特色，使人联想到"先知书"和《一千零一夜》中出现过的"朱砂红雪松天花板"[1]。

从窗户往上直至高不可及的拱顶，那一大片空旷而深邃的空间仿佛吞噬了所有的光线，晦暗不明中透露出些许庄严肃穆的气息，似乎还能隐约看见当年浓墨重彩的镀金屋顶，透过遥远的时空传来一缕璀璨的光芒。

国王的宝座就安置在正对大门的一个凹室里，宝座上刻着一段铭文："优素福一世（完成阿兰布拉宫修建工程的国王）将此作为帝国的宝座"。大厅中的布置似乎都围绕宝座做了精心安排，呈现出令人惊叹的庄严之感，不像其他宫殿散发着优雅之气。坚不可摧的科马雷斯塔耸立在陡峭的山坡上，从塔顶可以俯瞰宫殿全景。大使厅三面厚实的墙壁上都开有窗户，外面的风光一览无余。站在中间那扇窗户外的阳台上，向下便可将翠绿的达罗山谷、谷底的人行道、树林和花园尽收眼底；向左可以眺望大平原；前方高耸的山峰上，阿尔巴辛小城纵横交错的街道、露台和花园都清晰可见，在那边的峰顶上也曾矗立着一座可与阿兰布拉宫媲美的堡垒。查尔斯五世站在这扇窗户前欣赏外面引人入胜的美景时，曾感慨道："失去这一切的人，命中注定是个倒霉鬼。"

这个让皇帝都赞叹不已的阳台，成为我闲暇时最爱去的地方之一。一天即将结束时，我坐在那里，享受漫长而静谧的时刻。太阳

---

[1] 原注：见厄克特《大力神之柱》。

从紫色的阿兰布拉山后缓缓落下，将灿烂的余晖洒在达罗山谷里，给阿兰布拉宫朱红色的高塔涂抹上一层绚烂而沉郁的色调；远方大平原的上空笼罩着的水雾，在落日余晖的映射下，仿佛一片金色的海洋。没有一丝微风来扰乱这一刻的宁静，不时有微弱的音乐和嬉戏声从达罗山谷的花园里传来，使我身后的宫殿更显肃穆，如同一座静默的丰碑。此情此景玄妙无比，记忆似乎赋予了这一刻魔幻般的魅力。破败的高塔在落日的余晖中，反射出耀眼的光芒，仿佛重现了它们光彩照人的旧日风貌。

我坐在这里欣赏斜阳中摩尔皇宫如梦似幻的美景时，不由得想起皇宫里随处可感的精巧、优美和奢靡的特质；而西班牙征服者所建的哥特式宫殿雄伟壮观却肃穆阴郁，与前者形成了鲜明对照。迥异的建筑风格也充分体现出两个民族截然不同且不可调和的天性——双方为了争夺这个半岛的主权，进行了旷日持久的战争。我随即陷入了对摩尔人独特命运的沉思，他们的存在是一部传奇，在历史上谱写了一段辉煌的篇章。

摩尔人在西班牙的统治强大而持久，但我们不知如何准确地称呼他们。他们的国家并没有被世人认同，甚至没有能够传世的名字。他们就像从遥远的阿拉伯海洋席卷而来的巨浪，狠狠地砸在欧洲的海滩上，自始至终，这巨浪都蕴藏着强大的力量。摩尔人的征服大军，从直布罗陀的礁石一直横扫到比利牛斯山的峭壁，就像他们那些征服叙利亚和埃及的同胞一样势不可当。要不是在图尔斯平原遭遇阻拦，法国乃至欧洲全境都会被东方帝国征服，那样的话，恐怕如今巴黎和伦敦的庙宇上空就会闪耀新月旗的光辉了。

这支联合的大军最终被比利牛斯山挡住了，结束了声势浩大的扫荡，转而寻求在西班牙建立持久和平的统治。作为征服者，摩尔人的温和克制可与英勇善战媲美，在相当长的时间里，他们将这两个特性结合得那么完美无缺，以至于没有一个敌对的国家能与之抗衡。远离故土的摩尔人热爱这片他们认为是安拉赐予的土地，竭尽所能为人民造福，使这里更加美好。他们建立了英明而公正的法律体系，为统治奠定了坚实的基础。他们还大力推广艺术、科学，发展农业、制造业和商贸。渐渐地，帝国变得繁荣昌盛。他们源源不断地将优雅之风引入西班牙，同时将阿拉伯文明极盛时期的东方智慧之光播撒到落后的欧洲西部。

西班牙的阿拉伯城市是手工艺者研习和提高技艺的胜地。求知若渴的学生从四面八方来到托莱多、科尔多瓦、塞维利亚和格拉纳达的大学，学习从阿拉伯传来的科学知识，并且接受珍贵的古代文明的熏陶。热爱诗歌的人们纷纷聚集到科尔多瓦和格拉纳达，沉浸在这东方诗歌和音乐的海洋里。身披铁甲的武士从北方赶来参加格斗训练和礼仪培训，以提升骑士风范。

西班牙的穆斯林纪念碑上、科尔多瓦的清真寺里、塞维利亚的城堡中，还有格拉纳达的阿兰布拉宫里，至今保留着镌刻的铭文。这些铭文都在夸耀摩尔人统治的强大和永恒。那么我们可以简单地把这看作傲慢和自负吗？一代又一代、一个世纪又一个世纪，时光流转，摩尔人依旧占据着这块土地，他们的统治时间比诺曼征服者占领英格兰的时间还久。穆萨和塔里克 [1] 可能从未想过，自己的子孙有一天会被驱逐出这块土地。他们逃亡时经过的那道海峡，当初战无不

[1] 编注：从711年起，阿拉伯的穆斯林政权进入伊比利亚半岛，穆萨、塔里克都是重要元勋。711年，塔里克大军从北非横渡直布罗陀海峡。不久，他的上司穆萨也加入。到718年为止，穆斯林已经掌控了伊比利亚半岛中部、南部的广大地区。

胜的穆斯林大军也曾途经。就如同罗略^[1]和威廉^[2]及其战友做梦也想不到，自己的后代会被赶回诺曼底海滩。

这个帝国尽管取得了如此辉煌的成就，在西班牙却始终只被当作灿烂的异国文明，它在这片土地上竭尽所能也没能扎下根来。摩尔人与西方邻居有着不可逾越的信仰和文化的隔阂，与东方的血脉故乡又隔着重重沙漠和海洋，因而成了一个被孤立的族群。因为这片土地是武力征服来的，所以摩尔人在西班牙挣扎求生的历程就是一场旷日持久的英勇战斗。

摩尔人是征战的前哨和先锋。当时的伊比利亚半岛就是一个巨大的战场，来自北方的哥特人和来自东方的阿拉伯人在这里为争夺控制权而战，最终顽强不屈的哥特人战胜了英勇无畏的阿拉伯人。

历史上从来没有哪个族群，像曾经统治西班牙的摩尔人一样湮灭得如此彻底。他们现在身在何方？去巴巴里海滩和附近的沙漠地区看看，那个盛极一时的帝国的残余臣民在遭到驱逐后，已经分散融入非洲的巴巴里人中间，不再是一个独立的族群。尽管在长达八个世纪的岁月里，他们曾作为独立的族群存在过，但如今却连一个专有的名字都没留下。他们占据了几个世纪的家园拒绝接纳他们，把他们当作侵略者和掠夺者。只有少数几块纪念碑，还能证明他们曾经的权威，就像那些孤立于内陆的岩石，是洪水肆虐的痕迹。阿兰布拉宫就是这样一座傲然独立于基督教领地的丰碑，一座独立于西方哥特式大厦的东方宫殿；它还是一份精美的纪念品，纪念那个英勇、聪

---

[1] 编注：原是维京人，在法国西北部诺曼底地区建立了政治势力。11 世纪早期开始，诺曼人逐渐占领了英格兰。

[2] 编注：罗略的后代，也是第一个登上英格兰王位的诺曼人。

慧又优雅的族群摩尔人曾经征服和统治过这块土地，建立了繁荣昌盛的帝国，然后悄然退出了历史舞台。

第七章　耶稣会图书馆

　　自从开始沉迷于各种幻想，我的好奇心被大大激发，我想要了解更多关于阿拉伯君王的事情。他们留下的这座饱含东方情调的丰碑，充分展现了东方文明的灿烂辉煌，他们的名字至今还镌刻在宫墙上。为了满足好奇心，我走下那个满载梦幻和传说，令人浮想联翩的阳台，前往大学里古老的基督会图书馆，希望能在积满尘土的书卷中一探究竟。

　　这个基督会图书馆曾是举世闻名的知识宝库，现在却只剩从前的一点儿模糊影子。法国占领军掠走了所有的手稿和珍本，留下许多基督教神父的鸿篇巨制和几部风格怪异的西班牙文学作品。然而我特别珍视的，是一些羊皮封面的编年史。

　　在这个古老的图书馆里，可以安静且不受打扰地徜徉于文字之间，我在这里度过了许多愉快的时光。管理员慷慨地将大门和书柜的钥匙都交给我，因此我能独自待在图书馆里追寻快乐，尽情地徜徉在知识的宝库里，这是多么难能可贵的机会！要知道，有多少如饥似渴的学子，正苦于无法开启被封存的智慧之泉。

　　通过这段时间的探索，我搜集到一些阿兰布拉宫相关历史人物的史料，将部分内容记述于此，希望读者会感兴趣。

第八章　阿尔汉马——阿兰布拉宫的兴建者

　　格拉纳达的摩尔人将阿兰布拉宫视作一个精美绝伦的艺术品，传说兴建这座宏伟宫殿的国王使用了魔法——至少用了点金术，因为只有这样他才能挥金如土地建造如此奢华的宫殿。我将在下文对其治国方略做个简短的介绍，揭开他的财富秘密。

　　据阿拉伯历史记载，兴建阿兰布拉宫的国王全名叫穆罕默德·伊本－伊－阿赫马尔，通常简写作阿尔汉马，传说他由于发色[1]而得此名。

　　阿尔汉马出身于高贵而富有的纳萨尔部落。伊斯兰纪元592年（公元1195年），他出生于阿尔乔纳。据说当时一位星象大师根据东方习俗观测了星象并宣称是大吉之象，还有一位隐士也预测阿尔汉马的前途将会一片光明。后来，他果然将这些预言变为了现实。在他

---

[1] 原注："摩尔人将金发称为阿尔汉马，这个词也被他们用来形容朱红色。格拉纳达国王家族的标志就是一头金发，所以摩尔人也这样称呼他，格拉纳达国王听了之后便接受了这个称呼。"——《阿方索十一世的编年史》，第四十四章，《布莱达》。

成年之前，著名的托洛萨平原战役爆发了，使得摩尔人帝国四分五裂，西班牙穆斯林与非洲穆斯林分道扬镳。不久，西班牙穆斯林内部也出现了分裂。为首的是手握重兵的割据势力，野心勃勃地想要掌控半岛。作为纳萨尔部落的酋长和将军，阿尔汉马也投身争斗之中。在战火纷飞的阿尔普萨拉山区，阿本·胡德竖起大旗，宣称自己是穆尔西亚和格拉纳达的王，但不久就被阿尔汉马挫败。交战各方冲突频发，阿尔汉马随后又夺取了几处战略要地，接着被部下拥立为哈恩的王。阿尔汉马心怀大志且斗志昂扬，决意要夺取整个安达卢西亚的统治权。他英勇过人又慷慨大方，战无不胜，攻无不克。公元1238年，阿本·胡德去世，这位强大的酋长生前所占有的领地都由阿尔汉马接管。同年，在万众的欢呼声中，阿尔汉马正式入主格拉纳达。民众之所以拥护他，是因为相信他是唯一能够结束分裂并且统一帝国的首领，盼望他力挽狂澜，让帝国免于落入他人之手。

阿尔汉马在格拉纳达建立了王朝，他是显赫的纳萨尔家族中问鼎国王宝座的第一人。为了保卫自己的小王国，阿尔汉马对邻国保持警惕，他命令军队采取措施做好防御，包括修复和加固前沿要塞、加强首都的防御工事。他在军事要塞派驻常规军，同时分配给每名士兵一块土地，作为士兵供养家人、喂养马匹的经济来源，这样士兵与其保卫的土地之间就变得利益攸关了。事实证明，这些措施行之有效。

由于摩尔人的统治四分五裂，基督教迅速夺回了很多在古代拥有的领地。"征服者"詹姆斯占领了整个巴伦西亚，"圣人"费迪南德亲自率军来到格拉纳达的防御堡垒哈恩的城墙之下。阿尔汉马冒险领军到城外迎战，结果却遭遇惨败，最后狼狈地逃回首都。哈恩堡垒一直在坚守，整个冬天都牵制着敌人；但费迪南德发誓——不攻占此城绝不拔营。阿尔汉马明白，增援哈恩堡垒不太可能，但是一旦哈恩沦陷，首都必定被围；同时他很清楚，自己没有足够的实力与强大的卡斯蒂尔王朝抗衡。于是他当机立断，秘密潜入基督教阵营，出人意料地出现在费迪南德面前，然后坦承自己是格拉纳达国王。他说道："我来，是因为信赖您的高尚品质，想将自己的安危置于您的掌控之下。我将自己的一切都敬献给您，希望能成为您的属下。"他一边说，一边跪下亲吻国王的手以表忠诚。

费迪南德被这份毫无保留的信任打动了，于是决定展现自己的宽宏大量。他把阿尔汉马这个从前的敌人扶了起来，并像朋友一样拥抱对方，他拒绝接受阿尔汉马的财产，还让阿尔汉马继续统治格拉纳达。阿尔汉马只需作为封地领主每年进贡一次，和其他贵族一起参加议会，必要时带领特定数量的骑兵参战。此外，费迪南德授予阿尔汉马骑士称号，并亲手为他佩戴象征骑士身份的武器。

不久之后，阿尔汉马就应费迪南德的征召前去履行封臣职责，协助国王完成了那场围攻塞维利亚的著名战役。阿尔汉马与他精心挑选的五百格拉纳达骑兵，凭着举世无双的技艺操控战马、挥舞长矛，在战役中脱颖而出。然而这也是一次让阿尔汉马蒙羞的战斗，因为他的军队不得不与穆斯林同胞刀剑相向。

阿尔汉马在这次征服中展现出的勇猛为他带来了令人悲哀的盛名，不过他获得了费迪南德的信任，成功将人道主义引进战场，这才给他带来了真正的荣光。1248年，闻名于世的塞维利亚城向卡斯蒂尔王朝投降，阿尔汉马满怀悲哀和忧虑地回到自己的王国。看到穆斯林的统治已经沉疴难返，于是突发感慨："如果不是抱负不凡，我们的生命又怎会有痛苦和压抑。"每当处于焦虑之中，他总会重复这句话。

阿尔汉马回到格拉纳达后，看见为表彰他的英勇战绩而建的凯旋门，还有蜂拥而至为他欢呼的臣民。他以仁慈的统治赢得了臣民的心，所到之处都能听到人群呼喊"征服者"，可他只是悲哀地摇摇头说："只有上帝才是征服者。"从此以后，这句话便成了阿尔汉马的座右铭，后来被他的子孙传承了下去。如今悬挂在阿兰布拉宫大厅墙上的阿尔汉马家族的徽章上，就镌刻着这句座右铭。

阿尔汉马以称臣为代价换取了和平，但他深知，由于根深蒂固的差异和世代积累的仇恨，和平只是暂时的。因此，他遵照古老的箴言——"和平时期武装自己，夏天备好冬衣"，开始采取行动。他加强统治，维护内部稳定，增加军火储备，促进实用的工艺发展，以拓展国家的财富和实力。他把城市交给那些勇敢谨慎且深受民众爱戴的勇士管理，组建治安警察队伍，建立严格的司法管理制度。他亲自参与对穷困无依者的救助，让他们时常有机会与自己面对面交流。他帮助盲人、老人、病人和其他丧失劳动能力的人，为他们建立医院并常常去看望他们——他的拜访并不是在特定的时间走个过场，那样的话弊端就会被隐藏；他会突击拜访并悉心询问，关切病人的治疗效果以及负责管理救济事务人员的表现。他还兴建学校，同样经常亲自突击检查，了解年轻人接受教育的情况。他开设了肉铺和大众烤房，让民众能以合理的价格买到健康的食品。他开凿水道和沟渠，将充沛的水资源引进城市，进而灌溉大平原，还修建了浴室和喷泉。多措并举之后，这座美丽的城市变得富足兴旺，城门边挤满了商贩，仓库里堆满了来自四面八方不同国家的奢侈品和日用品。

阿尔汉马用丰厚的奖金和福利吸引手艺精湛的工匠。他改良马及其他家畜的品种，大力发展农牧业。在他的精心呵护下，土壤的天然肥力翻了番，王国迷人的山谷里百花齐放。他促进蚕丝养殖和织造业的发展，以至于格拉纳达的织机生产的丝绸精美细密，毫不逊色于叙利亚丝绸。此外，他大力开采山区的金银等金属矿产，并精心打造金银钱币，成为格拉纳达史上第一位将自己的名字刻印在钱币上的国王。

13世纪中叶，阿尔汉马结束围攻塞维利亚后返回格拉纳达，开始修建壮美的阿兰布拉宫。他亲力亲为监督工程进展，经常隐藏身份穿梭于艺术家和工匠之间，指导他们的工作。

阿尔汉马胸怀大志且成就彪炳史册，然而他本人却十分简朴，并不耽于享乐。他的衣着朴素到与百姓毫无二致。他只有几位妻妾，他为她们提供奢华的生活，却很少踏足后宫。妻妾都来自王公贵族之家，他待她们如同良朋益友，还设法让她们彼此间建立友谊。闲暇时，阿尔汉马喜欢待在花园里消磨时光，尤其是阿兰布拉宫的花园，为此他收集了许多珍稀美丽又芳香怡人的花木。他在花园里阅读历史，或者让人讲述史书。他请来贤明而博学的大师教导三个儿子，只要有时间还会亲自指教。

阿尔汉马一直信守诺言，心甘情愿地归顺费迪南德国王，做他的封臣，并且不断表明自己的忠诚和顺从。1254年，声名卓著的费迪南德逝世于塞维利亚。阿尔汉马派遣大使率领一百位高级别的摩尔骑士前往塞维利亚，向国王继承人阿隆索十世表示哀悼。葬礼举行时，骑士围绕在国王棺材周围，每人手持一支点燃的蜡烛。此后每一年，这位穆斯林国王都坚持用庄严的祭奠仪式，表达自己对费迪南德·埃尔·桑托国王的敬意。与此同时，祭日当天，总会有一百位摩尔骑士从格拉纳达来到塞维利亚参与祭奠，在富丽堂皇的天主教堂中央，他们手持蜡烛护卫在这位逝去的杰出人物的墓碑周围。

阿尔汉马直到老年还保持着旺盛的精力和精明的才干。公元

1272 年，七十九岁的阿尔汉马带着饱满的骑士精神跨上战马，前去抵御侵袭的敌人。大军从格拉纳达出发之际，骑行在前方的一名主将手持的长矛突然被拱门撞断。这个意外令谋士们大惊失色，他们认为这是大凶之兆，便恳求国王放弃这次行动。但阿尔汉马没有同意，坚持继续行军。据摩尔人编年史记载，正午时分死亡之兆应验了，阿尔汉马突然发病，差点儿从马上摔下来。部下将他抬到担架上准备送回格拉纳达，可是病情发展得太过迅速，以至于军队不得不在大平原上停下来扎营。阿尔汉马剧烈抽搐，口吐鲜血，医生惊恐万状却无计可施，几个小时之后他就停止了呼吸。当时，阿隆索十世的兄弟——卡斯蒂尔亲王唐·菲利普阁下就守在他的身旁。人们在阿尔汉马的遗体上涂抹防腐香料，然后将其放进银质棺材，最后埋葬在阿兰布拉宫中一座珍贵大理石建成的坟墓里，视他如父母的臣民为他的逝去悲恸欲绝。

前文说过，阿尔汉马是显赫的纳萨尔家族中坐上国王宝座的第一人。我应该再加上一句——他还是一位辉煌王国的缔造者。作为伊比利亚半岛上凝聚穆斯林的最后一股力量和最后一抹光芒，这个王国注定会在历史和浪漫传奇中占据一席之地。阿尔汉马所开展的事业规模宏大，因此开销也相对庞大，然而国库却似乎始终很充足。这个看似矛盾的现象使得一个传说流传开来，那就是阿尔汉马精通魔法，能将不值钱的金属变成金子。不过，如前文介绍，只要对阿尔汉马的国内政策稍加了解，就能明白到底是怎样的点金魔术让他拥有了取之不竭的财富。

第九章　阿兰布拉宫的竣工者

前文特别介绍了一位曾在阿兰布拉宫执政的穆斯林君王，下文我将简要介绍另一位——优素福·阿布尔·哈吉格。他完成了阿兰布拉宫的修建并使它臻于完美。

公元 1333 年，优素福登上格拉纳达的王位，他同样出自纳萨尔家族。穆斯林作家这样形容优素福：仪态高贵，强壮有力，面容白皙；他将胡须留长并染成黑色，看上去更具庄严的君王气度；他举止优雅，和蔼可亲，彬彬有礼；他在作战时心怀仁慈，从不允许滥杀；他宽待妇孺老弱，善待修士等圣洁的隐居之人，对他们总是心存怜悯并全力庇护。

在作家的笔下，优素福慷慨、勇敢，将聪明才智用于谋求和平而非发动战争。然而，他却经常为形势所迫拿起武器，结局也通常很不幸。优素福所经历的不幸事件之一，便是联合摩洛哥国王，为对抗卡斯蒂尔和葡萄牙国王而进行的萨拉多战役，但不幸战败。这给西班牙的穆斯林统治带来了几乎致命的打击。

萨拉多战役之后是长期的休战，这一时期优素福的天性释放出了真正的光辉。他记忆力超群，通晓科学，具有渊博的学识；他品位优雅，被誉为那个时代最好的诗人；他致力于教导人民以提高他们的道德修养，在每个村庄都建立学校，推行统一而简单的教育体系；他规定凡是超过十二户人家的村落都必须修建清真寺，改进宗教仪式、民间节庆习俗以及大众娱乐活动，剔除粗俗不雅的内容；他重视城市治安，建立夜间守卫和巡逻制度，并亲自督查市政管理方面的问题；他还致力于继续完成祖辈开始的建筑工程，同时规划并开展新的建设项目。

阿兰布拉宫竣工之后，1348 年，优素福主持修建了雄伟壮丽的正义之门，它后来成为阿兰布拉堡垒气势恢宏的入口。他装饰和美化了阿兰布拉宫的许多厅堂和庭院，镌刻在宫墙上的铭文记录了他的事迹。他还建造了宏伟的马拉加城堡，尽管它现在已经倒塌了，但从那庞大的遗址犹能看出，当年这座城堡内部之华丽足以与阿兰布拉宫媲美。

君主的天赋和性情会深刻地影响其执政时代的风气。格拉纳达的豪门贵族纷纷效仿优素福高雅不凡的品位，城中渐渐出现了很多富丽堂皇的宅院。地面铺满马赛克瓷砖，墙面和天花板上装饰着巧夺天工的回纹雕花、镀金，配上天蓝和朱砂红等鲜艳的色彩，其中还巧妙地镶嵌着雪松等珍贵木料。数个世纪之后，这些宅院大多不再完好，但这些木料依旧光彩夺目，令人赞叹。大多庭院都修建了喷泉，喷泉的水花使空气保持清新凉爽；还修建了石质或木质的高塔，塔身遍布风格奇特的雕花和装饰品，覆盖在塔上的金属板反射着阳光。对于建筑，格拉纳达的高雅人士大多力求精致。一位阿拉伯作家的优美比喻可以让我们对当年的盛况略知一二："优素福时代的格拉纳达，就像一只装满了祖母绿和红锆石的银瓶。"

优素福国王天性仁慈又宽宏大量，有一段逸闻为证。萨拉多战役后的休战局面最终被打破，优素福想尽办法挽回却没能成功。他的死敌——卡斯蒂尔王朝的阿方索十一世亲自率领强大的军队对直布罗陀展开围攻。优素福无可奈何，只好派遣军队前去支援。就在他焦虑不安的时候，消息传来——对手突然卒于瘟疫。优素福不但没有因此而欣喜若狂，相反，他对死者的崇高品质致以敬意，并且表达了深切的哀悼："唉！这个世界失去了一位最杰出的君王。不管是对于敌人还是朋友，他都是一位崇尚美德的君主。"

西班牙的编年史学家记录了这个最能体现优素福宽宏大量的事件。根据他们的记述，摩尔骑士受国王的影响，纷纷服丧哀悼。就连差点儿遭到入侵的直布罗陀人，在听说这位带军来犯的敌国君主死在军帐中之后，也相互约定不对基督徒实施复仇行动。军队护送阿方索的遗体撤退的当天，成群结队的摩尔人从直布罗陀赶来，他们面带悲伤地静立路旁，目送哀痛的送葬队伍。前线的摩尔指挥官对死者表达了敬意，并且让送葬队伍一路畅通地将阿方索的遗体从直布罗陀护送回塞维利亚[1]。

优素福如此宽容地哀悼敌人，可惜没多久，他也不幸离世了。那是1354年的某一天，优素福到阿兰布拉宫的皇家清真寺祷告，一个疯子突然闯进来，将一把匕首插进优素福的肋间。优素福立即大声呼救，当护卫和大臣赶到时，国王正在血泊中濒死挣扎。他试图说话，但已发不出声音。失去知觉的国王被众人抬回寝宫，不久便停止了呼吸。

---

[1] 原注：当他们听说阿方索国王死了之后，直布罗陀城堡里的摩尔人接到命令，不允许对基督徒采取行动，于是他们没有对基督教军队发起进攻，而是相互说道："那是一位高贵的国王，一位伟大的领袖。"

优素福被埋葬在一个宏伟的白色大理石坟墓中，蓝底金字的墓志铭记录了他的美德：

> 一位国王和殉道者长眠于此。他出身高贵，温文尔雅，博学多才，品德高尚；他因优雅的仪容而闻名于世；他宽容、虔诚和仁慈的品格被格拉纳达的全体国民称颂。他是一位伟大的国王、一位杰出的统领、一把锋利的穆斯林之剑。在当世最强大的君王之中，他是一位英勇无畏的旗手。

曾回响着优素福死前悲鸣的清真寺至今还在，但记载着他美德的墓碑却早已不知去向。优素福曾经满怀自豪与喜悦地装饰阿兰布拉宫，他的名字被镌刻在优雅精美的花纹之间，与这座举世闻名的宫殿同生共存。

第十章　神秘的房间

一天，我在阿兰布拉宫的大厅里信步走动，进入一个僻静的画廊后，我的注意力被一扇门吸引，显然它很可能通往宫殿中我未曾踏足的地方。我尝试把门打开，却发现门是锁着的，敲了敲也没有得到回应，并且，听敲门声感觉像是在空荡荡的房间里回荡。也许门后就是城堡中经常闹鬼的厢房，里面似乎藏着什么秘密。怎样才能解开这个隐藏在黑暗中的不为人知的秘密呢？是否应该像浪漫故事中的英雄一样，在夜里一手举灯一手握剑前来探秘？还是想方设法从结巴花匠佩佩、可爱的德洛丽丝或健谈的马蒂奥那里探出真相？又或者干脆向城堡女主人安东尼娅夫人寻求答案？思前想后，我选择了最后一个方式，尽管这个方法并不浪漫，却直截了当。然而，结果让我大失所望——根本没有秘密。我拿到了钥匙，随时可以进去探个究竟。

我回到那扇门前，打开后发现正如我所猜测的那样，里面是一排空房间。房间布置与皇宫别的地方截然不同，建筑风格既华美又古典，完全是欧式的，没有一点儿摩尔色彩。

　　靠近入口的两个房间屋顶很高，雪松天花板已有多处破裂，上面牢牢地镶嵌着刻有水果和花卉等精美图案的镶板，还夹杂着造型奇特的人脸和面具装饰。原先墙壁上悬挂着锦缎，但现在已不见踪影，取而代之的是游客涂鸦——他们用杂乱无章的字迹玷污这座高贵的纪念碑，奢望能千古留名。窗户已损毁，房间几乎是直接暴露在风雨之中。房间面朝一个幽静迷人的小花园，在玫瑰和桃金娘丛中闪耀着雪花石喷泉晶莹的水光。房间周围长满了柑橘和枸橼树，有些枝条一直伸入房间里来。再往里走是两间客厅，较为狭长低矮，同样面向花园。嵌着镶板的天花板保存得尚为完好，上面被划分成格，每一格都绘有成篮的水果和花环，制作工艺精妙不凡。墙面绘制着意大利风格的壁画，可是如今画面已模糊不清。窗户都被损毁了。在这排别具一格的房间尽头拐角处，是带着护栏的开放式画廊，画廊朝向花园的另外一侧。整套房间装修得如此精美典雅，建筑风格与邻近的厅堂迥然不同，而且紧邻幽静的小花园——地理位置显然也是精挑细选的，于是我对它的来历产生了兴趣。

　　我经过询问得知，这套房间是 18 世纪早期由意大利艺术家设计装修的，为了迎接即将入住阿兰布拉宫的菲利普五世和他的第二任妻子——来自法尔内塞的伊丽莎贝塔，帕玛公爵美丽的女儿。套房是为皇后及其家族中的女士准备的，屋顶较高的房间中有一间曾是皇后的卧室。一道狭窄的楼梯通往楼顶景色宜人的露台，那里曾是摩尔王妃的观景台，与后宫相连。重新装修后，露台成为伊丽莎贝塔皇后香闺的一部分，如今虽然已被墙隔断，但还保留着当年的名字——"皇后的梳妆台"。

　　从皇后卧室的一扇窗看出去，可以望见夏宫被浓荫遮掩的阳台，另外一扇窗的外面则是之前提到的幽静小花园。那个极富摩尔特色的小花园就是颇有历史渊源的林德拉萨花园，只要说到阿兰布拉宫，就多半会提到它。

不过，我从未听说过林德拉萨，更不知她是怎样的人，于是查寻了相关史料。她是马拉加要塞司令的女儿，是左撇子穆罕默德宫廷中一位声名远播的摩尔美人。她的父亲是穆罕默德的忠实追随者，在穆罕默德被赶下王位时将其收留在自己的城堡中。穆罕默德夺回宝座后，重赏了这名忠诚的部下，并将阿兰布拉宫中的一个房间赐给他。之后，穆罕默德将林德拉萨许配给纳萨尔——一位年轻的赛西特里安王子，也是公正王阿本·胡德的嫡系后裔。毋庸置疑，二人在宫中举行婚礼，或许就在林德拉萨花园的凉亭中度过了蜜月[1]。

早在四个世纪前，美丽的林德拉萨就已逝去。她住过的这个柔美的庭院尽管经受风雨的侵蚀，但景色依旧迷人如初。她畅游过的花园如今仍开满鲜花。她曾临水照镜的喷泉依旧像水晶一样光可鉴人，尽管雪花石不再像从前那般雪白，杂草丛生的池底成了蜥蜴的出没地。但恰恰是这衰败的景象，为园中景致增添了几分别样的情趣，同时也令人心生感慨——沧海桑田，人类所创造的一切，都会不可逆转地走向衰亡。

优雅而矜持的伊丽莎贝塔住过的华屋早已变得荒凉破败。但我坚信，即便我目睹过这些房间刚建成时金碧辉煌、高朋满座的盛况，也会认为眼前的景色更加动人心弦。

当我回到总督套房时，感觉眼前的一切变得寻常而乏味，难以与我刚刚所见的诗情画意相提并论。于是我突发奇想——为什么不

[1] 原注：摩尔国王会出面干预贵族的婚姻，因此皇室成员的婚礼都在皇宫中举行，宫中始终有为举办婚礼而备的特定房间。——《漫步》，第二十一章，《格拉纳达漫步》。

换到那些房间里呢？就像摩尔君王那样，住在花园和喷泉环绕的房间里，那才叫住在阿兰布拉宫中。我把想法告诉安东尼娅夫人一家，他们对我的不理智大惊失色——居然有人想住在那么偏僻荒凉的房间中！德洛丽丝连声惊呼道："住在那里肯定会倍感孤独，因为周围没有任何人，只有蝙蝠和猫头鹰在空中盘旋，还有躲在附近浴池屋顶的狐狸和野猫会趁夜出来游荡。"好心的大婶提出了更具说服力的反对意见："附近有很多流浪汉，周围山上的洞里还住着成群的吉卜赛人。皇宫很多地方都坍塌了，因此外人能够轻而易举地偷溜进来。如果让别有用心的人知道有个外国人独自住在那么偏远破败的房间里——呼救都没人听得见的地方，说不定晚上就会有不速之客造访，因为在那些人看来，外国人总是很有钱的。"但这些劝说都没有打消我的好兴致。这些好人只得尊重我的想法，叫来木匠和马蒂奥，很快就把门窗修复到还算安全的程度。收拾妥当之后，我就搬进了伊丽莎贝塔当年的香闺。善良的马蒂奥主动要求住在前厅充当我的护卫，但我觉得，他未必会有展示英勇气概的机会。

我自以为做好了充分的准备，但也不得不承认，在那里度过的第一个晚上真是难以言喻的凄惶，倒不是因为担心外界的危险，而是这个地方本身的氛围以及由此引发的浮想联翩，让我坐卧难安。这里发生过太多暴力事件，有多少掌权者曾一时风头无两，最后却惨淡收场。回房间的路上，我从科马雷斯塔充满宿命感的大厅经过，突然想起年少时令我不寒而栗的一句话：

命运在黑暗中紧皱双眉坐于城墙之上，当大门打开，我走进去，一个阴郁的声音在大堂上空回荡，讲述着难以名状的悲凉往事。

安东尼娅大婶全家护送我来到新住处，告别时，他们满脸愁容，仿佛我正身处险境。他们离去的脚步声先是在废弃的前厅里回响，接着是在空荡荡的画廊里，而后彻底消失了。我转动钥匙把门锁好，脑海里浮现出妖魔鬼怪的故事——那些故事的主人公总是独自在施了魔法的房子里冒险。

此时此刻，我的大脑中充斥着各种杂乱的想法，让我感到压抑不已，以至于想起美丽的伊丽莎贝塔和她的宫廷女伴们时，也觉得凄凉万分。这些美人曾为此处增光添彩，她们在这里得到过短暂的美好时光，这个宫殿领略过她们优美的身影和纵情欢乐的场面。但后来呢？她们去了哪里？她们都已化作尘土，徒留一堆芳冢！唯有记忆的幽灵还在这空荡荡的庭院中游荡。不知为何，我心中又升起一股难以名状的敬畏之情。我倒是愿意将这种忐忑的心情归咎于强盗——怕他们突然破门而入。但我很清楚，真正的理由毫无依据甚至荒唐可笑，那就是源于育儿室的迷信思想。尽管我早就将其抛在脑后，但眼下，它似乎慢慢复活并影响了我的思绪，使得我眼中的一切开始变得不同寻常——窗下的枸橼树枝被风吹得沙沙作响，令人毛骨悚然。我看向林德拉萨花园，只见树林里黑影幢幢，灌木丛如鬼魅般模糊不清。我关上窗户，这才感觉如释重负，但很快又觉得房间里有点儿不对劲——屋顶传来窸窸窣窣的轻微声响，接着一只不祥的蝙蝠从天花板上一块破损的镶板后钻了出来，扑扇着翅膀在房间内飞舞，掠过那盏孤灯，差点儿扑到我脸上；雪松天花板上奇特的高浮雕脸孔饰物，仿佛正皱着眉头阴沉地瞪着我。

我嘲笑自己怯懦，于是站起身，决定以闯荡魔法屋的英雄气概把它打败。我拿着灯，准备去宫中游荡一圈。然而，尽管我鼓足了勇气，这个任务仍出乎意料地艰巨。我壮着胆子穿过荒凉的大厅和神秘的画廊，灯光只能照到我身体周围的一小片地方，我借着微光继续前行，黑暗像四面墙一样朝我压过来。拱形的走廊就像洞穴，大厅的天花板也消失在黑暗之中。我想起安东尼娅大婶的警告——可能会有人非法闯入这荒凉而破败的房屋。我不由得担心阴影里会不会潜藏着心怀不轨的流浪汉。我甚至被墙上自己的影子吓了一跳，还有走廊里自己的脚步声引起的回音，也使我停下脚步四处张望。我经过了许多有着阴暗过往的地方：这条黑暗的走廊通向的清真寺，正是当年优素福被卑鄙小人杀害的地方；而就在这个画廊里，有位皇亲因为爱情被君王阻挠，而弑杀了君王。一阵低沉的声音在我耳畔响起，仿佛有人捂着嘴说话，夹杂着锁链的咣当声。声音似乎是从阿文塞拉赫斯大厅传来的。我知道那是地下水道的水流声，但夜里听来格外怪异。我不由得想起了这声音背后的悲惨故事。

不一会儿，当我穿过大师厅时，一个真切而可怕的声音突然响起，低沉的呻吟夹杂着嘶吼，似乎来自我所站的地下。我赶紧驻足聆听。可那声音忽而像从塔外传来，忽而又像来自塔内的某处；忽而像野兽的号叫，忽而又像捂住嘴时发出的尖叫和含糊的呓语。周围一片死寂，在如此特殊的场景里听到这样的声音，实在令人毛骨悚然。我再也没有勇气继续巡游，用远胜于出发时的速度迅速返回。回到住所，我把门牢牢闩上，这才感觉呼吸稍微顺畅了一些。

第二天清晨醒来时，阳光洒在窗户上，那令人欢欣鼓舞的光线照亮了屋内的每个角落，让一切景致现出原本的模样。我不敢回想昨晚在阴郁和黑暗中的种种幻觉和可怕的阴影，更难以相信这些精美的景致到了晚上会被幻觉披上恐怖的外衣。

后来我发现，半夜听到的号叫和嘶吼并不是我的幻觉，小侍女德洛丽丝告诉我，那是她姑姑的兄弟的胡言乱语。他是一个可怜的疯子。每当疯病周期性发作时，他就会被关在大使厅下方一间拱顶房间里。

虽只是过了几晚，但房间周围的景致以及身处其间的感受便发生了彻底的变化。我刚住进来时，夜空中还没有月亮，渐渐地，漆黑的夜幕中出现了月亮的身影，并且一天比一天饱满，最后，一轮璀璨的圆月高挂在塔顶上方的天空中，柔和的月光如水般流进每个庭院和厅堂。窗外的花园原先被笼罩在浓郁的黑暗中，此时被柔和的月光照亮了，柑橘和枸橼也镀上了一层银边。在这月光下，玫瑰丛中娇艳的花朵隐约可见，喷泉也反射着银光。直到此刻，我才感受到墙上镌刻的阿拉伯铭文的诗意：

这花园如此美丽，满园的鲜花与天上的群星交相辉映。雪花石池子中蓄满水晶般清透的泉水，有什么能与之媲美？唯有那轮圆月，她正在晴朗的夜空中散发光芒。

在这天堂般的地方静享夜晚，我在窗前一坐就是几个小时。我呼吸着花园里甜蜜的芬芳，思考着历史人物波澜起伏的命运，是他们让周围这些珍贵的纪念物更富有传奇色彩。一天晚上，万籁俱寂，远远传来教堂的午夜钟声，我再次出发去周游皇宫，而这回与第一次的经历有着天壤之别。这一次没有漆黑和神秘，没有埋伏在黑暗中的坏家伙，我也没有联想起发生在这里的神秘事件。一切看上去都是那么开阔、高远而美好，使我产生了愉悦而浪漫的遐想——花园中似乎出现了林德拉萨漫步的倩影，古老的穆斯林王国格拉纳达那杰出的骑士精神，又一次在狮子院大放光芒！月光如洗，面对这样的美景，任谁都会感到词穷，叹为观止。

安达卢西亚夏季的午夜气温适宜，置身其中仿佛进入了一个纯净的空间，不仅灵魂得到了净化，精神也得到了升华，连身体也变得柔软了，仅仅是处于此处就已是无上幸福。月光为这一切增添了魔幻般的魅力，它就像一只神奇的手轻拂过阿兰布拉宫，使其重新展现出光鲜的模样——岁月带来的累累伤痕和风吹雨打留下的斑斑印记都被抚平了，大理石变得像从前一样雪白，柱廊和厅堂也焕发着光彩。

我仿佛踏进了阿拉伯传说中的魔法宫殿！我登上鸟笼般狭小的露台，即"皇后的梳妆台"。站在轻巧的拱廊上，迎着阵阵凉风，俯瞰月光下的达罗山谷，这是何等惬意的享受！往右看，月光抹去了内华达山脉高耸的山峰峥嵘的棱角，峰顶的积雪在深蓝色天空的映衬下好似闪着银光的白云，简直如仙境一般！我倚靠着"皇后的梳妆台"的矮墙，朝格拉纳达的方向望去，阿尔巴辛就像一张铺开的地图，上面的一切都沉浸在深沉的美梦中——白色的宫殿和修道院在月光下沉睡，云雾缭绕的大平原若隐若现，宛如梦境。有时能听到微弱的响板声从阿拉米达传来，那是快活的安达卢西亚人在夏夜通宵跳舞狂欢。有时还会听到勾魂的吉他旋律和情意绵绵的歌声，那或许是因月色迷离而陷入爱情的男子，正对着心爱的姑娘唱情歌。

这就是我在月夜中看到的朦胧画面。在这令人浮想联翩的宫殿里，我流连忘返于月光下的庭院、大厅和露台。"用甜蜜的遐想填满我的脑海"，梦幻与情感的交织，使我彻底沦陷于这南方的仲夏夜之梦，当我上床睡觉时往往天都快亮了。林德拉萨花园里喷泉哗哗流淌的水声，送我慢慢进入了梦乡。

第十一章　从科马雷斯塔俯瞰

　　夜晚的清新凉爽依稀尚存，在一个安谧的清晨，我们登上科马雷斯塔，以鸟儿的视角欣赏格拉纳达的美景。

　　来吧！可敬的读者们，跟随我的脚步进入这个装饰着华丽花格窗的门厅。从这里可以通向大使厅，但我们要去往旁边的一道小门。当心！这里有一段很陡的盘旋楼梯，光线很暗。格拉纳达的君主和皇后当年就是从这里登上塔顶，紧张而焦虑地关注进犯敌军的动向和发生在大平原上的战斗。

　　我们来到了屋顶露台，现在可以舒一口气了。站在这里，城市和村庄一览无余，眼前是一幅壮丽景象：嶙峋的高山、翠绿的山谷、肥沃的平原、城堡、教堂、摩尔式高塔、哥特式圆屋顶、倒塌的废墟，还有鲜花盛开的森林。让我们靠近围墙一些，将视线投向高塔下方。整个阿兰布拉平原铺展在我们眼前，平原上遍布着庭院和花园；紧邻塔底的是玉泉院，花丛环绕着大大的金鱼池；旁边是狮子院，著名的喷泉和精巧的摩尔式拱廊依稀可辨；还有亭台楼阁中央的林德拉萨花园，小巧玲珑的花园中生长着玫瑰和枸橼树，以及绿意盎然的灌木丛。

　　远处的围墙之间分布着方形塔楼，围墙沿着山脊延伸，包围了整座山峰，那是阿兰布拉堡垒的外围。如你所见，有的塔楼已经倒塌了，巨大的废墟埋藏在藤蔓、无花果树和芦荟丛中。

　　让我们向北看。这边的高度令人目眩，塔基就建在下面这座陡峭的山坡之上。看！那厚实的塔壁上有一道长长的裂缝，可见这座塔曾遭受过地震。频发的地震使格拉纳达陷入恐慌，这座摇摇欲坠的高塔终将变成废墟。塔底有一条幽深狭长的山谷，从群山中绵延而出，越来越开阔，这就是达罗山谷。看那条小河，它从树木环绕的露台下流出，蜿蜒流经果园和花园。在古代，它因出产黄金而著名，至今还有人去河里淘沙，寻找珍贵的金矿。再看那些掩藏在树林和葡萄园中的白色亭台，它们不时从这儿或那儿反射出耀眼白光，那是摩尔人为享受清新的园林生活而修建的乡间别墅。曾经有位摩尔诗人形容，这些楼阁就像撒在一张绿宝石盘上的无数珍珠。

　　夏宫矗立在半山腰，周围环绕着茂盛的树林和花园，那里空气清新凉爽，还有美不胜收的白色高塔和长长的拱廊。夏宫是摩尔国王的避暑山庄，它比阿兰布拉宫更清凉。山庄上方光秃秃的山巅上，有一堆已辨认不出形状的废墟，那是"摩尔座椅"。有一次，鲍勃狄尔遭遇叛乱撤退到这里，他坐在那里满怀哀伤地俯瞰战乱中的皇城。

　　山谷中有水渠，不时传来潺潺水声，水渠旁有摩尔人的磨坊。远处是达罗河岸边的林荫大道，被当地人称为阿拉米达，这既是人们最爱的晚间休闲胜地，也是情侣喜爱的夏夜约会地点。有人会在墙边的长凳上伴着吉他弹唱到深夜，不过现在时间还早，所以看不到玩乐的人，只有几个闲逛的修道士和一群取水人。摩尔人曾使用东方样式的水罐，从阿韦拉诺斯喷泉取来清凉的泉水。沉甸甸的泉水把取水人的腰压弯了。阿韦拉诺斯喷泉是深受人们喜爱的度假胜地，被称作"阿迪拉马尔"，意思是"眼泪之泉"，通过远处的山道便可到达。旅行家伊本·巴图塔曾提到过它，摩尔人的史书和浪漫故事中也对它不吝笔墨。

那是什么？原来是一只老鹰被我们吓得从巢穴里飞出来。这座塔已成为野生鸟类繁衍生息的场所，各类燕子——尤其是岩燕，成群结队地在裂缝和洞穴间出入。晚间，当别的鸟儿都休息了，阴沉的猫头鹰就会从潜伏的巢穴中飞出来，站在围墙上发出不祥的叫声。看！那儿有只老鹰，因被我们惊扰而逃出窝，急速往下飞，掠过树梢，朝夏宫上方的废墟飞去了。

远处雪山的峰顶在夏日蔚蓝的晴空中，就像朵朵白云。那是内华达山，是格拉纳达的骄傲和欢乐之源。正是由于内华达山的无私奉献，阿兰布拉才得以拥有清凉的山风、四季常绿的植被、喷涌不息的喷泉和潺潺流淌的溪水。这座雄伟壮丽的高山为格拉纳达带来了南方城市少有的宜人景色——郁郁葱葱的植被、北方夏季特有的温和天气、灿烂明媚的热带阳光、万里无云的蔚蓝天空。内华达山是半空中的雪库，随着气温升高，积雪渐渐融化，催生出无数溪流。这些溪流顺着阿尔普萨拉山的山谷和沟壑流淌，使得所有的僻静山谷都成了苍翠欲滴的肥沃乐土。

内华达雪山是名副其实的"格拉纳达之光"，是整个安达卢西亚地区最高的山峰，哪怕在最偏远的角落也能看到它。骡夫行走在酷热的平原上，远远地便能看到结着冰霜的雪山顶峰，他们会用欢呼表达敬意；当西班牙水手在遥远的湛蓝色地中海航行时，他们会站在甲板上遥望内华达雪山，一边回想格拉纳达的欢乐的往昔，一边用低沉的声音唱着古老的摩尔情歌。

让我们向南看，高山脚下是一排不毛的山丘，一支长长的骡队正在缓慢挪动。那是穆斯林统治落幕的地方。当年，不幸的鲍勃狄尔站在山巅，最后看了一眼格拉纳达，心中满是浸透灵魂的痛苦和哀伤。这就是歌曲和故事中的著名片段——"摩尔人最后的叹息"。

顺着这排贫瘠的山丘一直往下延伸，直抵富饶丰美的大平原。旷野上遍布着树林、花园和果园。赛尼尔河蜿蜒穿行，延伸出无数银练般纵横交错的水流。古代摩尔人修建了水渠，用以灌溉大平原，换来了如今四季常青、鲜花簇簇的景象。这里有别致的凉亭、花园和乡间楼阁。命运多舛的摩尔人曾为这一切浴血奋战。现在住在这里的是西班牙农民，但即便是简陋的茅舍或农庄，也还是保留着阿拉伯花纹及精美的装饰——这里应该曾住着优雅的贵族。

看！就在这多灾多难的平原中央，连接了新老两个世界的历史。远处那排反射着晨光的城墙和塔楼是圣达菲城，是格拉纳达被围攻期间，城墙和塔楼被大火烧毁之后重新修建的。哥伦布就是被召唤到这座城中，与那位英勇不凡的女王签下协议，从此开始了发现全新"西方世界"的伟大旅程。西面有一处海岬，其后是闻名世界的皮诺斯桥。当年哥伦布以为不会得到西班牙皇室的支持，准备去法国宫廷碰碰运气，就是在这座桥上，女王的信使追上了他。

皮诺斯桥远处延绵着一行山脉，那是大平原西侧的边界，曾是格拉纳达的天然屏障。在群山之巅，你还能看到当年的勇士们驻扎过的城镇。灰色的城墙和城垛与其下的岩石连成一片。瞭望塔耸立在群山顶端，像是在俯视山谷两侧。人们曾经无数次从那里发出警示信号——晚上用火把，白天用狼烟，以此告诉同胞敌人来袭的消息。 也是在这群山中，有一个叫作洛佩关的崎岖峡谷，当年基督教军队经过这里，翻越山峰进入大平原。 光秃秃的艾尔维拉山有着陡峭的铅灰色山崖，一直延伸到大平原的中心地带。

某位阿拉伯作家曾写道："摩尔人的历史记载了许多慷慨的行为和高尚的事迹，这些故事必将一直被传颂，永远留存在人们的记忆里。"

让我们坐在这矮墙上，讲一段逸事。

公元 1319 年，伊斯梅尔·本·费拉格站在高高的科马雷斯塔上，看到艾尔维拉山脚有一片雪白的营房。 带队的是堂·胡安和堂·佩德罗，他们是阿方索十一世年少时的摄政亲王。 他们向伊斯梅尔·本·费拉格国王发出挑衅。

也许是因为兵力不足，也许是因为从附近城镇调动的军队尚未到达，年轻的伊斯梅尔国王迟迟没有应战。 不久，亲王们便拔营踏上了归程。 此时，伊斯梅尔国王集结好了军队，任命勇猛的奥斯米恩为指挥官。 在山谷中，奥斯米恩击败了亲王的军队，两位亲王战死。 堂·佩德罗的遗体被抬回家，而堂·胡安的遗体却在漆黑的夜晚不翼而飞了。 堂·胡安的儿子写信给摩尔国王，恳请国王找到父亲的遗体，并给予父亲以亲王应有的尊荣。 伊斯梅尔国王没有计较堂·胡安曾是自己的敌人，只记得他是一名英勇的骑士、一位高贵的亲王。他下令全力搜寻堂·胡安的遗体，最后在峡谷中找到了，并送回了格拉纳达。 伊斯梅尔让人把棺木安放在阿兰布拉宫的大厅高处，在四周放置火把和蜡烛。 同时，他给堂·胡安的儿子写了一封信，让其派遣护卫队来护送遗体，并说明自己是诚心诚意地想要交还遗体。

故事到此为止。

太阳已经升到山峰之上，将炽烈的阳光洒在我们头顶。 屋顶露台的地面被照得发烫。

　　快走！我们去狮子院喷泉旁的拱廊里纳凉。

内华达雪山

摄影 Jared Ray Coleman

第十二章　逃跑者

　　我们在阿兰布拉宫遇到了一点儿麻烦，德洛丽丝阳光灿烂的小脸笼罩上了一层乌云。这位娇小的少女对各种各样的宠物都充满了柔情，出于善良的天性，她在一个废弃的院子里养了许多宠物。一只盛气凌人的雄孔雀带着雌孔雀，统领着自命不凡的火鸡、爱发牢骚的珍珠鸡，还有一大群公鸡和母鸡，仿佛帝王一般。但最近一段时间，德洛丽丝最关注的，是一对刚刚走进神圣婚姻殿堂的鸽子，她对这对新婚夫妻的热情，甚至超过了那只玳瑁猫对它的小猫崽。

　　德洛丽丝在厨房旁边搭了一个小鸽棚，作为新婚夫妻的公寓。鸽棚的窗户对着一个安静的摩尔式庭院。两只鸽子在里面幸福地生活着。屋顶和院子沐浴在阳光中，它们对外面的世界一无所知，也从未想过飞出宫墙，或飞到高塔上去。令这位好心的小女主人欣喜的是，这对忠贞不渝的夫妻收获了爱情的结晶——两枚洁白的鸽子蛋。夫妻俩的表现实在令人称道，它们轮流坐在窝里，直到将蛋孵化。雏鸟需要父母温暖的呵护，夫妻俩总是一个守在家中，一个外出觅食并带回充足的食物。

　　然而，幸福的婚姻生活在某天发生了逆转。这天清晨，德洛丽丝喂完雄鸽子后突发奇想，决定让它见识一下外面广阔的世界，于是推开一扇俯临达罗山谷的窗户，把鸽子高高地抛向阿兰布拉宫的宫墙外。这只惊慌失措的鸟儿生平第一次拼尽全力扇动着翅膀，它先是飞快地滑向谷底，接着急速飞升，几乎冲上了云霄。它大概从来没有飞到过这么高的地方，也从来没有像现在这样享受过飞翔的快乐。它就像一个刚接手家业的公子哥儿，眼前展现出一片光明的新天地。就这样，它被突如其来的自由冲昏了头，一整天都在打着圈不停地飞翔，从一座塔飞到另一座塔，从一棵树飞到另一棵树。德洛丽丝试图诱惑它回家，但所有的尝试都失败了，就算往屋顶上撒谷子也不管用。它似乎忘了家，忘了温柔的伴侣和年幼的孩子。更让德洛丽丝焦虑的是，雄鸽子遇到了两只强盗鸽子，这些无赖鸽子的专长就是诱惑流浪的鸟儿去它们的窝棚。这只逃跑的鸽子像所有第一次出外闯荡的愣头青一样，被这两个粗鲁却见多识广的伙伴迷住了。新伙伴让它感受到了真正的生活，并介绍它进入社交圈。它整天跟着新伙伴四处盘旋，掠过格拉纳达所有的屋顶和塔尖。雷暴雨来临了，它没有回家；夜色深了，它还是不见踪影。更糟糕的是，坐立不安的雌鸽子飞出去寻找它那抛妻弃子的伴侣，结果，可怜的雏鸟由于离开父母的时间太长，缺少遮风挡雨的温暖怀抱，就这样悲惨地死了。

　　夜深了，有人带话给德洛丽丝，说在夏宫的塔尖见过那只逃跑的鸽子。夏宫的管理员碰巧也有一座鸽棚，据说他的鸽群中就有两三只喜欢诱骗别家鸽子的坏家伙，它们是附近所有鸽子爱好者的噩梦。德洛丽丝立刻得出结论——逃跑的鸽子身边那两只长羽毛的骗子，肯定出自夏宫。作战会议随即在安东尼娅大婶的会客室召开。夏宫的管辖权独立于阿兰布拉宫，因此这两个地方的管理者之间，即使不存在嫉妒，关系也还是有些紧张。会议决定，由结巴男孩儿佩佩担任大使，前往夏宫与管理员交涉，要求对方一旦发现那个逃犯，就把它视作阿兰布拉宫的臣民立刻遣返。佩佩出发了，他在月光下穿过树林和大道，踏上了外交征程。一个小时后，他带回一个不幸的消息——夏宫的鸽棚里并没有德洛丽丝的鸽子。他还说，夏宫的管理员严肃地保证，如果他发现那只流浪的鸽子，哪怕是半夜三更，也会立即将它抓捕并押送回阿兰布拉宫，交还给黑眼睛的小女主人。这个悲惨的事件就这样没了下文，伤心的德洛丽丝几乎夜夜难眠。

有这样一句诗："在夜里黯然神伤，快乐却于清晨降临。"这天清晨，我一出门就看到德洛丽丝抱着那只逃跑的鸽子，眼里闪烁着快乐的光芒。那个淘气鬼一大早就出现在宫墙上，有些害羞地在屋顶上盘旋，最后钻进窗户当了自首的囚犯。可是即使这个逃跑者主动回了家，也还是失去了主人的信任。它狼吞虎咽的模样充分表明，它就像一个浪子，完全是因为饿坏了才回来的。德洛丽丝批判了这坏鸟背信弃义的行为，用各种骂无赖的话痛斥它；可是出于女性的温柔，她还是将鸟儿抱在怀里亲个不停。不过我发现，为了以防万一，德洛丽丝剪掉了鸟儿的翅膀，从此它再也飞不起来了。我提到这个，是为了提醒那些丈夫在外浪荡的可怜女人，也许德洛丽丝与鸽子的故事，可以为她们提供一些值得借鉴的经验教训。

先锋
PIONEER

关注新华先锋官方微信

您将有机会获得以下权益：

▼

先锋好书，码上领取

原创投稿及建议反馈　　　热门经典书单及新书资讯

优质听书抢先体验

热门经典书单及新书资讯

原创投稿及建议反馈　　每日优厚赠书福利

更多惊喜，敬请关注

异星危机

世界科幻奖大满贯得主玛莎·威尔斯作品
横扫雨果奖、星云奖、轨迹奖

作者：（美）玛莎·威尔斯
书号：978-7-5596-5676-6
定价：49.00元

▶ "杀手机器人"系列第一弹
▶ 你只是创造了我，但休想控制我

人工条件

世界科幻奖大满贯得主玛莎·威尔斯作
横扫雨果奖、星云奖、轨迹奖

作者：（美）玛莎·威尔斯
书号：978-7-5596-5347-5
定价：49.00元

▶ "杀手机器人"系列第二弹
▶ 你可以毁灭我，但我决不妥协

紧急救援

世界科幻奖大满贯得主玛莎·威尔斯作品
横扫雨果奖、星云奖、轨迹奖

作者：（美）玛莎·威尔斯
书号：978-7-5596-5377-2
定价：49.00元

▶ "杀手机器人"系列第三弹
▶ 拒绝被定义，我有选择的自由

撤离战略

世界科幻奖大满贯得主玛莎·威尔斯作
横扫雨果奖、星云奖、轨迹奖

作者：（美）玛莎·威尔斯
书号：978-7-5596-5312-3
定价：49.00元

▶ "杀手机器人"系列第四弹
▶ 没有谁能阻止我成为自己的英雄

漫长的寒冬

《亚特兰蒂斯》作者、美国新生代科幻
小说家A.G.利德尔重磅力作

作者：（美）A.G.利德尔
书号：978-7-5596-5264-5
定价：59.00元

▶《出版人周刊》《卫报》等媒体盛赞
推荐
▶ 太空冒险与科幻想的绝妙融合，
重塑你对人类命运与宇宙未来的
思考

《环太平洋》(全3册)

《环太平洋》电影官方小说炫酷登场，
热血机甲燃爆K次元

作者：（美）阿历克斯·欧文
（美）格里格·凯斯
书号：978-7-5502-2692-0,
978-7-5596-1768-2,
978-7-5596-1767-5
定价：137.80元

▶《变形金刚》《钢铁侠》作者X《星球
大战》《星际穿越》作者强强联手
打造新时代的科幻经典
▶ 还原完整的《环太平洋》世界带给
你视听震撼之外的文字盛宴

坐在教室最后一排的男孩

"水石书店童书奖"总冠军、英国BBC
"蓝彼得童书奖"

作者：(英) 昂加利·Q.劳夫
书号：978-7-201-15169-4
定价：49.00元

- "卡内基儿童文学奖"提名、2019年"Jhalak奖"入围
- 与《哈利·波特》一起入选《泰晤士报》推荐"小学必读书单"
- 讲述爱和勇气，让我们从绝境走向光亮

追星星的孩子

英国年度催泪故事，感动万千家庭的治愈小说

作者：(英) 昂加利·Q.劳夫
书号：978-7-201-16807-4

- 荣膺英国"多样化图书奖"桂冠
- 入围"卡别基文学奖"、UKLA图书奖、《书商》杂志BAMB读者奖
- 水石书店、《卫报》《星期日独立报》感动推荐

村上春树·猫

一本关于村上春树和猫的书

作者：(日) 铃村和成
书号：978-7-5502-3842-8
定价：39.50元

- 聚焦村上文学中无处不在的喵星人
- 爱你就把你写进故事里
- 用温馨笔触呈现人和猫相伴的每一天
- 超萌超文艺的暖心之作，爱猫的你一定懂得

村上春树·美食

戒不掉的村上春树，戒不掉的爱与美食

作者：(韩) 车侑陈
书号：978-7-5168-2510-5
定价：49.00元

- 村上骨灰级书迷+专业料理人倾情解读
- 用美食去了解一个全新的村上文学世界
- 正是那些热衷享美食的主人公使得荒诞的情节变得温暖真实

村上春树·旅

开启边走边读吃边玩的寻找村上之旅

作者：(韩) 申成锁
书号：978-7-5193-0156-9
定价：39.50元

- 跟随村上春树的笔触，寻找每一个有故事的地方
- 内附村上春树专访，另赠村上春树·旅私人地图

村上春树·西班牙

跟着村上春树，走进谜一般的西班牙

作者：(日) 小阪知弘
书号：978-7-5596-3500-6
定价：49.00元

- 西班牙文化专业学者在线解读，从全新角度为你呈现一个村上文学新世界
- 全彩印刷，颜值爆表。附赠独家手绘明信片

村上春树·音乐

探访村上春树的世界，走进音乐和文字的盛宴

作者：（日）栗原裕一郎
书号：978-7-5695-0996-0
定价：49.00元

▶ 给我一首歌的时间，为你呈现村上文学的另类打开方式
▶ 知名乐评人专业解读，每首歌均配有专辑封面图和中英对照歌名
▶ 附赠超值手绘明信片

话说对了，孩子就会听

日本育儿作家杉山美奈子33堂亲子沟通情景课

作者：（日）杉山美奈子
　　　（日）田村记久惠 绘
书号：978-7-201-13553-3
定价：59.00元

▶ 父母与孩子交流的实用指南
▶ 父母告别压力，"熊孩子"成为宝贝
▶ 儿童教育专家"知心姐姐"卢勤作序推荐
▶ "樊登读书"五星指数推荐

一路向西：东西方3000年

历史作家陈舜臣横跨7000公里，穿越3000余年

作者：（日）陈舜臣
书号：978-7-5168-2544-0
定价：79.00元

▶ 一路向西，开启探寻历史文化的新征程
▶ 凝聚古今智慧之光，追溯人类文明之源；精彩呈现一部描绘世界文明走向的壮阔史诗

帝国与文明

东京大学&早稻田大学教授写给现代历史研修课

作者：（日）出口治明
书号：978-7-5511-5982-1
定价：89.00元

▶ 每一座城，都是一部世界史
▶ 从伊斯坦布尔到罗马，十个影响人类文明进程的城市，带你读全球帝国史

借钱

**钱不是问题，没钱才是问题
一本借钱都要买的书**

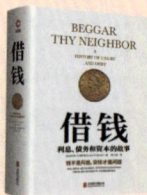

作者：（美）查尔斯·R.盖斯特
书号：978-7-5596-2993-7
定价：168.00元

▶ 曼哈顿教授教你摸清"钱生钱"的门道
▶ 跳出"富人越富，穷人越穷"的怪圈
▶ 摆脱隐形贫困，实现财富自由

**先锋旗舰店
天天折上折**

新华先锋天猫店
（淘宝扫码，进店挑选）

第十三章　阳　台

大使厅中间那扇窗户后的阳台，就像一个瞭望台，我经常坐在那里观望头顶的天空和脚下的土地。除了展现在面前的壮丽的高山、峡谷和平原，阳台正下方忙碌的人生一角也值得一看。山脚下有一条步行道，或许它没有赛尼尔河畔繁华，但也多姿多彩。这个社区为数不多的上层人士，包括神父和修道士，或为了饭前开胃，或为了饭后消化，经常来这里散步。路上还有来自下层社会、身穿安达卢西亚盛装的俊男美女，以及大摇大摆的走私犯；有时，你还能看到半遮面孔的神秘人在游逛。

这幅流动的画面描绘了西班牙的日常生活和特点。我满怀欣喜，看得入迷。天文学家为了研究遥远的星星，利用望远镜将其放大；我和天文学家一样，也有一架高清望远镜，借助它我可以看到阳台下形形色色的人物表情，甚至可以通过他们的表情和动作猜出谈话内容。从某种意义上讲，我是一个隐形的旁观者，这种方式最难能可贵的地方在于，我不必放弃独处，不必背离喜好安静和害羞的习性而勉强融入社交场合，不必像个演员一样站到舞台中央。我能尽情地观察人生百态，享受其中的无穷乐趣。

在阿兰布拉宫下方的狭长山谷里，有一个规模庞大的社区，一直延伸到阿兰布拉宫对面的阿尔巴辛山。那里的房子多是摩尔式建筑——圆形的天井，里面有清凉的喷泉。夏季，居民们每天的大部分时间都是在院子里或露台上度过的，这为我观察他们的居家生活提供了便利。

在某个西班牙故事里，有一个学生把马德里的露天场所当成观察对象。从某种程度上来说，我欣赏这个学生。话多的随从马蒂奥·希梅内斯偶尔会扮演阿斯蒙蒂斯[1]，为我讲述大宅院里居民的奇闻趣事。

通常，我更愿意发挥想象编织故事。有时，我在阳台一坐就是几个小时，我会根据眼前发生的偶然事件和场景构想故事脉络，猜测那些忙碌的人所从事的职业。在我的日常观察对象中，鲜少有人拥有漂亮的面孔或迷人的身段，因此，我没能依据这些角色编造出一个戏剧化的完整故事。另外，时常有人跟我唱反调，不按照我分配的角色行事，以至于打乱整个故事情节的发展。

一天，我用望远镜观察着阿尔巴辛的街道。我看到一队人马护送着一名新信徒去修道院。一些特殊的细节引起了我对那位女信徒极大的同情。那是一位漂亮的年轻女子，她面色苍白，看起来极不情愿。她穿着新娘服饰，头上戴着白色花冠。我猜，她心里一定十分渴望着世俗的爱情。一个神情严肃的高个儿男人走在女子身旁，那应该是她的父亲。人群中还有一个身穿安达卢西亚服装的年轻男子，他皮肤黝黑，相貌英俊，双眼凝视着女子，愁眉不展。我觉得他一定是女子的秘密爱人，可惜现在有情人被永远地拆散了。当我

---

[1] 译注：犹太神话中窥人隐私的恶魔。

看到队伍中僧侣和修道士们严肃的表情时，心中的愤怒愈演愈烈。队伍来到修道院的小礼拜堂前。最后一缕阳光停留在女子的花冠上。她跨过那道决定命运的门槛，走进礼拜堂。人们穿着僧袍，唱着圣歌，鱼贯而入。她的那位爱人在门前停留了片刻才走进去。我能够感受到他的悲痛。

我在脑海里描绘着修道院里面的情形：可怜的新信徒脱去只穿了半日的华服，换上修道院的长袍。人们将新娘的花冠从她额前取下，她那美丽的长发丝丝缕缕垂下来。她念诵着一成不变的誓言，躺进棺材，任凭人们将尸布盖在自己身上。这样一场"葬礼"，正式宣告了她与世俗世界的诀别。女子的叹息声淹没在管风琴深沉的曲调和修女们哀伤的安魂曲中。她的父亲却不为所动，没有流一滴泪，而她的爱人……算了，我无法想象他的痛苦，关于他的画面，我脑中一片空白。

过了一会儿，人们四散离去。他们将继续享受阳光，回到鲜活的世界中；而那位戴新娘花冠的女子将不会出现。修道院的门将她和这个世界永远地隔绝开来。女子的父亲和爱人一边急切地交谈着，一边往前走着。年轻男子似乎很激动，边说边比画。正当我以为这个故事会以暴力收场时，一座建筑挡住了我的视线。眼前的戏剧就此落幕。那之后，我总是怀着痛苦的心情密切关注那座修道院。深夜，我看到修道院一座塔上的僻静阁楼里，有一盏孤灯在窗户后散发着微弱的光芒，我自言自语："就在那里，忧伤的修女在哭泣，也许此刻，她的爱人正痛不欲生地在窗下的街道上徘徊。"

多嘴的马蒂奥打断了我的遐想，就像捅破了蜘蛛网一样，颠覆了我用幻想编织的爱情故事。他凭借一贯的热情，收集到了整个事件的所有信息。原来，浪漫故事的女主人公既不年轻也不漂亮，她没有爱人，完全是自愿出家，而且那座修道院声誉很好，她在里面过得很开心。

　　过了好久，我才原谅修女违背浪漫故事的最基本原则对我造成的伤害——她在修道院里过得如此开心，害我徒然伤悲。而后，我把注意力转移到了一位妩媚的女子身上。她有着黝黑的眼睛、黝黑的肤色；一连几天，她都躲在一个被花丛和丝篷遮挡的阳台上与人幽会。对方是一位英俊的黑皮肤骑士，蓄着漂亮的小胡子，经常在她窗下的街道上守候。有时，他一大早从女子家里偷偷溜出来，用披风遮住全身，只露出双眼；有时，他乔装打扮在拐角处溜达，显然是在等候暗号潜入女子的房间。晚上，女子家里会传出吉他的叮咚声，阳台上会晃起一盏灯。我构思的情节与阿玛维瓦公爵[1]幽会的情节类似，但再次被推翻。那所谓的情人其实是女子的丈夫，一个有名的走私犯；我见到的所有神秘信号和举动，毫无疑问都属于走私活动。

　　我每天在阳台上观望，看四周的景色随时间的推移而改变，以此自娱。

　　天边刚刚泛起鱼肚白，山边的农庄传出第一声鸡鸣，整个社区从睡梦中慢慢苏醒，开始恢复生机。在酷暑难耐的夏日，凉爽宜人的清晨时光异常珍贵，人们都赶在太阳完全升起之前忙碌起来——骡夫驾着满载货物的车踏上了旅途；旅行者把卡宾枪挂在马鞍后，骑马走出旅店大门；皮肤黝黑的农夫把一筐筐晒足了阳光的水果和挂着露珠的新鲜蔬菜放上车，驱赶着懒洋洋的牲口从乡村赶来；精打细算的主妇们已经纷纷赶往市场……

　　太阳升起来了，阳光透过茂密的枝叶洒进山谷，晨祷的钟声在清

---

[1] 编注： 出自奥地利作曲家莫扎特的喜歌剧《费加罗的婚礼》。

新纯净的空气中回荡，提醒人们祈祷的时刻来临了。骡夫在礼拜堂前停下载满货物的马车，将棍子插在腰后的皮带上，手拿帽子走进礼拜堂，梳理一下浓黑的头发，开始聆听弥撒并虔诚祷告，祈盼这次旅程顺利。接着，一双玉足悄然而至。那是一位优雅的女子，她穿着修身的长裙，摇着手里的扇子，精美的头纱下面闪动着一双黑眸，似乎正在寻找教堂做晨祷。她精心搭配了饰品——精致的鞋子和蛛网长袜，盘起鸦黑色丝质长发，插上一枝闪耀着宝石光芒的现摘玫瑰。这一切都表明，在她思想的王国里，天国的感召无法与世俗的诱惑抗衡。那位紧随其后的监护人，不管你是她那谨慎的母亲还是未婚的姨妈，抑或是警惕的嬷嬷，千万要牢牢看住她哟！

清晨的时光转瞬即逝，街上挤满了行人、马匹和满载货物的牲口。喧嚣声渐起，就像波涛汹涌的海面。当太阳挂到头顶时，一切都暂停了。城市在热浪的喘息中陷入了萎靡。

午睡时间来临，人们关上窗户、拉上窗帘，躺在自家最阴凉的角落里休息；修道士饱餐后在房间里打着呼噜；强壮的搬运工倚靠着货物在人行道上休息；农夫等干活的人则躲在阿拉米达的树荫下，伴着悦耳的虫鸣进入梦乡。街上只剩下兜售泉水的运水工，他们自卖自夸的吆喝声使人精神抖擞："比山上的雪还要凉爽的泉水啊！"

随着太阳渐渐落下，街上开始恢复热闹。晚祷钟声响起，人们纷纷跪下祈祷，仿佛大自然也在为白日酷暑的结束而欢呼。这是一幅欢快的场景，人们纷纷到外面呼吸清凉的空气，在达罗山谷和赛尼尔河边的人行道及花园中漫步，尽情享受这短暂的黄昏。

夜幕降临了，景色又有了不同的色彩。灯一盏一盏地亮起来，这边的人们在窗前的阳台上点燃一支蜡烛，那边祈祷的人们在圣人像前点亮一盏灯。就这样，整座城市在黑暗中慢慢现出轮廓，点点灯火就像夜空中的星星。大街小巷传来此起彼伏的吉他声和响板声。我坐在高处，就像正在欣赏一场大型音乐会。"享受当下"是热情快活的安达卢西亚人的信条。而舒适宜人的夏夜，为他们贯彻这一信条提供了最佳环境。人们欢快地跳着舞，唱着缠绵的小调和激情四溢的夜曲，向爱人表达倾慕之情。

在这样一个夜晚，清风拂过山冈，树梢沙沙作响。我坐在阳台上，谦卑的"野史学家"马蒂奥坐在我身旁。他指向阿尔巴辛一条僻静街道上的宽敞宅院，讲起了一段逸事。我将记忆中的故事写进了下一章。

窗外的城市
摄影 Michael clarke stuff

第十四章　泥瓦匠历险记

从前，格拉纳达有个泥瓦匠，他天天干活，所有的节假日，甚至星期一都不休息。尽管他已经竭尽全力，但还是越来越穷，赚的钱难以养活家人。

一天晚上，睡梦中的泥瓦匠被敲门声惊醒。他开门一看，是个又高又瘦、面色惨白的神父。

"听着，诚实的朋友！"陌生人说，"听说你是个值得信赖的基督徒，今晚你愿意接受一份差事吗？"

"神父大人，我当然愿意，只要能拿到合理的报酬。"

"报酬没有问题，但我需要蒙住你的眼睛。"

泥瓦匠对此毫无异议。神父蒙上泥瓦匠的眼睛，带领他走过许多崎岖不平的小巷和弯弯曲曲的通道，最后在一所房屋的大门前面停了下来。神父拿出钥匙，打开嘎吱作响的门。他们走了进去，接着将门关好闩上。泥瓦匠根据脚步的回声判定，自己经过了走廊和宽阔的厅堂，已经来到宅院最深处。接着，蒙在泥瓦匠眼睛上的布条被取了下来，他发现自己站在一个天井里，只有一盏灯发出幽暗的光。 院子中央有一座已经干涸的摩尔式喷泉。

神父让泥瓦匠在喷泉池里砌一个小型的拱顶墓室，砖和灰泥都已备好。 泥瓦匠干了整整一夜还没完成，天都快要亮了。 神父往他手里放了一块金子，将他双眼蒙住送回了家。

神父问他："你愿意回来把活干完吗？"

"神父大人，我非常愿意，只要还能拿到优厚的报酬。"

"那好吧，明天半夜的时候我会再来。"

神父如约而至，泥瓦匠终于把墓室建好了。

神父对他说："现在，你得帮我把尸体搬过来。"

听到此话，可怜的泥瓦匠身上汗毛都吓得竖了起来。 他双腿颤抖，跟随神父来到一个僻静的房间。 不过，他没有看到预想中的恐怖死尸，只看见角落里有三四个大罐子，这才松了一大口气。 罐子显然装满了钱，两人费了九牛二虎之力才把它们都放进墓室。 之后，他们封上墓室，砌上砖，使水池恢复原样，看不出修建墓室的痕迹。

神父再次蒙上泥瓦匠的眼睛，不过回去的路线与来时的完全不同，神父带着泥瓦匠在迷宫似的街道和胡同中穿行了很长时间，最后停了下来。

神父将两块金子放在泥瓦匠的手里，对他说："在这里等着，直到教堂敲响晨祷的钟声。 如果你在那之前揭开眼罩，魔鬼就会降临到你的身上。" 神父说完离开了。 泥瓦匠老老实实地等着，同时开心地把玩着金子，听着金子在他手里叮当作响。 教堂的晨祷钟声一响起，他就立刻揭开眼罩，发现自己站在赛尼尔河岸边。 他赶快回到家。 之后的两周，一家人尽情享受着泥瓦匠两个晚上的劳动成果，可惜两周过后，他们又回到了揭不开锅的日子。

泥瓦匠继续像以前那样接点儿活儿干，日夜祈祷，不错过每一个节假日。可是，年复一年，一大家子人越发骨瘦如柴，衣衫褴褛，看着就像流浪汉。

一天晚上，泥瓦匠坐在自家茅草屋前，一个有钱的老吝啬鬼上前搭话，那人是当地有名的地主，拥有很多房产，但一毛不拔。有钱人看上去很焦虑，他打量了泥瓦匠好一会儿才说："朋友，我听说你很穷。"

"先生，这还用说，明摆着的。"

"那么，我想你会很高兴有份活儿干，即便工钱不多。"

"大人，我和格拉纳达别的泥瓦匠一样，要价不高。"

"那就行。我有个老房子一直没人住，觉得不值当就没有花钱维修，可现在房子完全塌了，我得找个人想办法修补一下，价钱当然是越低越好。"

随后，泥瓦匠被带到一所荒废的大宅院，那里看着快成废墟了。他们走过几个空荡荡的大厅和房间，来到最靠里的院落，一座古老的摩尔式喷泉立刻映入眼帘。泥瓦匠瞬间回想起在这院里的做梦般的经历。

"不好意思，打听一下，这里从前住的是什么人？"他问。

"一个讨厌的家伙！"老地主嚷嚷道，"那是个特别抠门的老神父，不管别人死活的自私鬼！听说他非常有钱，又没有亲属，人们都以为他会把钱留给教堂。他死后，许多神父和修道士都跑来争夺他的遗产，却只找到一个装着几块金币的皮包。我就更倒霉了，那老鬼仍旧霸占着房子却不用交房租了，法律也拿死人没法子。有人咋咋呼呼地说，在那个死鬼神父睡觉的房间里，整晚都有金子叮咣作响的声音，就好像老头在那儿数钱，有时候院子里还会传出叹息声和呻吟声。不管是真是假，我的房子从此背上了闹鬼的恶名，再也没有人愿意来租了。"

"好吧，"泥瓦匠坚定地说，"让我免费住这房子，直到你找到租客。我会尽力修好房子，还会让那个闹腾的鬼安分下来。我是一个虔诚的基督徒，口袋里空空如也，就算是魔鬼本人变成一大袋金子落到面前，我也不会被吓跑。"

地主愉快地接受了泥瓦匠的提议。泥瓦匠带着家人搬进了这所宅院，他陆续完成了所有的修缮工作，逐渐将房子恢复成原来的样子。夜里，神父原先的卧室再也没有传出过金块碰撞的声音，而在白天，泥瓦匠口袋里却发出了类似的声响。总之，泥瓦匠变得非常有钱，在邻居们羡慕的目光中成了格拉纳达最富裕的人之一。他给教堂捐了一大笔钱，这无疑是为了让良心得到安宁。关于秘密墓室，他一直守口如瓶，直到临死前才告诉了继承家业的儿子。

第十五章　狮子院

　　这座古老的宫殿如梦似幻，这正是它最独特的魅力所在。它就像拥有神奇的魔力一般，使人在恍惚间进入幻想的世界——你的脑海中浮现出许多古老的场景，而眼前真实所见的景象，却仿佛披上了一件用回忆和想象编织的外衣。

　　我满怀欣喜地徜徉在这"虚无的阴影"之中。每一个适合神游遐想的地方，都令我流连忘返，其中最令我痴迷的，是狮子院及其周边的几个大厅。

　　在这里时光仿佛放慢了脚步。摩尔人倾力打造的辉煌殿堂，仍然如当年一般优雅迷人。地震撼动了宫殿的根基，摧毁了无比坚固的高塔。可是你看！那些纤细的石柱却毫发无伤，精巧单薄的拱廊也都完好无损；还有穹顶上精美的回纹雕花，虽然看上去如透亮的霜花般脆弱，但其实历经了数个世纪，仍然像摩尔艺术家刚刚制作完成时的样子。

　　在令人神清气爽的清晨，我坐在充满宿命感的阿文塞拉赫斯大厅中，在沉淀着历史的纪念物的环抱之下，静静地书写着。我很难

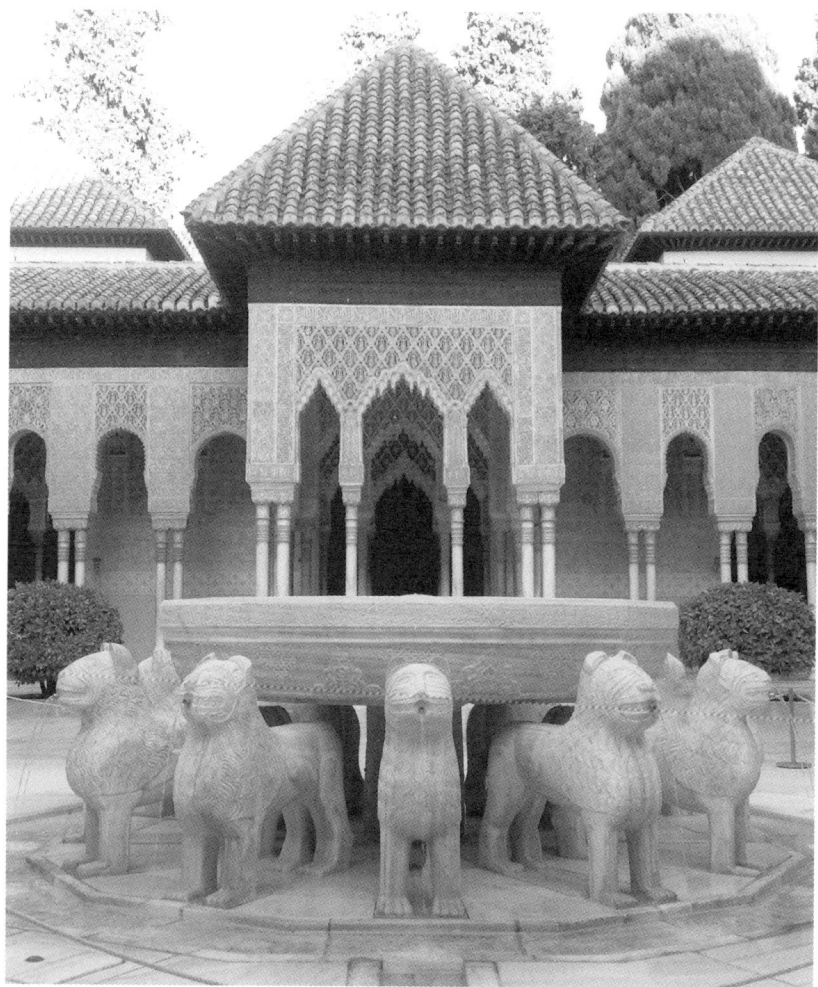

狮子院
图片来源 Wikimedia Commons

将眼前静谧美好的画面，与那个暴力血腥的古老传说联系起来。此时此刻，一切都是那么妙不可言，仿佛这一番悉心布置就是为了让人感受到幸福和仁爱。屋顶上的灯笼投射下柔和的光线，色彩艳丽的屋顶仿佛是经仙子之手打造的。透过一扇华丽的回纹雕花拱门，我看到狮子院中的景象——灿烂的阳光下，拱廊高大而敞亮，喷泉闪耀着光芒；活泼的燕子一头扎进院子，又急速飞到半空，在屋檐上叽叽喳喳闹个不停；蜜蜂嗡嗡地在花圃中辛勤忙碌；五彩斑斓的蝴蝶在花丛中飞舞，成双成对地在阳光下嬉戏。你只需稍微发挥想象力，便能想象出一位忧伤的后宫美人在这奢华的东方宫殿里久久徘徊，不忍离去的情景了。

如果你想换个角度，感受一下这些景色中蕴含着的浓厚的宿命感，那就等暮色降临之后来吧。当庭院被夜幕笼罩，大厅陷入幽暗，眼前的一切将变得无比宁静而沉郁，进而与悲壮的历史传说完美交融。这种时候，我更喜欢去公正厅。那里有一道幽暗的拱廊横跨大堂上方。当年在这个大厅里，费迪南德和伊莎贝拉及他们的朝臣，为庆祝成功占领阿兰布拉宫举行了隆重的大弥撒仪式。我能想象出当时的盛况：厅中有大获全胜的征服者，有戴着高冠的教士、光头的僧侣、穿戴钢盔铁甲的骑士，还有遍身绫罗的朝臣。十字架、权杖和教会旗帜、宣告胜利的军旗，还有西班牙领主宣示主权的旌旗，汇成一片，以胜利者的姿态猎猎飘扬。我仿佛看到哥伦布，这个未来新世界的发现者，正远远地站在一个不起眼的角落，充当盛典中籍籍无名的观众。大厅的穹顶上回荡着神圣的唱诗声和低沉的赞美曲。

短暂的想象结束了，盛典化为虚无——欣喜若狂的君王、神父、勇士，以及那些可怜的摩尔人，都消失了。这个欢庆胜利的大厅早已被忘却，变得十分荒凉。午夜时分，蝙蝠从穹顶上掠过，猫头鹰的叫声从附近的科马雷斯塔上传来。

几天前的一个夜里，我走进狮子院，看到一位戴头巾的摩尔人正安静地坐在喷泉旁。我被吓了一大跳，以为关于这里的想象变成了现实——数个世纪前，被施了魔法的摩尔人冲破诅咒，出现在我面前。后来我才知道，他是来自北非巴巴里的特图安土著，在格拉纳达的扎卡丁大街开了一家商店，售卖大黄、小饰品和香水。他的西班牙语讲得很流利，我们交流没有问题，谈话间我发现他十分聪明能干。他告诉我，夏天，他经常上山到阿兰布拉宫中逗留半日，这里使他想起北非巴巴里一带的古老宫殿，两地的建筑及装饰风格非常相似，只是巴巴里的更加富丽堂皇。

我们在宫中漫步，他给我指出了几处富含诗意的阿拉伯铭文。"啊，先生！"他对我说，"摩尔人占据格拉纳达的时候，是一个多么快乐的民族，与现在完全不同。当年的摩尔人脑袋里只有爱情、音乐和诗歌，他们在任何场合都写诗，然后配上音乐。写出最美诗篇的男子，定会得到大家的热爱；而拥有最美妙嗓音的女子，就会被众人追求。那时候，如果谁想讨要面包，得到的回答就是：'给我来一个对句。'哪怕是最穷困潦倒的乞丐，只要他用押韵的诗歌乞讨，也常常能得到金子作为回报。"

我问道："那种对诗歌的热爱，现在已经不复存在了吗？"

"不是的，先生。在巴巴里，哪怕是底层的穷人也会写对句，而且和古时候的一样美妙。可是现在写诗不再像当年那样能得到丰厚的报酬了。相较于音乐和诗歌，人们更喜欢金子的声音。"

他正说着，忽然看到了一段铭文，大意是预言这座宫殿的主人与世长存。他摇摇头又耸耸肩，为我解释了这段话，接着说道："也许这不完全是奢望，如果当初鲍勃狄尔没有将首都拱手让出，那么西班

狮子院
图片来源 Wikimedia Commons

牙君主就无法占领格拉纳达。"

我列举出史实，尽力为不幸的鲍勃狄尔辩护；我说导致摩尔人统治覆灭的内乱起源于鲍勃狄尔残酷冷血的父亲，但这位摩尔人后裔并不接受。他说："或许莫利·阿布·哈桑残忍，但他英勇、机警、忠贞，而且爱国。如果他当初选择的是一位合格的继承人，那么格拉纳达就很有可能还属于我们。可是他的儿子——鲍勃狄尔破坏了他的计划，削弱了他的统治，在宫中播下叛国的种子，还引发了军营内部的争斗。愿主降下诅咒，惩罚鲍勃狄尔的背叛！"说完便愤然离开了阿兰布拉宫。

这位伙伴让我想起一段逸事。一位朋友在巴巴里地区旅游时，曾经拜访过特图安的帕查[1]。这位摩尔人首领特意问起西班牙，尤其是受人欢迎的安达卢西亚地区，还有格拉纳达的风景名胜和皇宫遗址。我朋友的回答唤起了首领的思绪——摩尔人的祖先在西班牙建立的古老王国和创造的辉煌历史，被所有摩尔人珍藏在心底。首领转向随从，摸着胡须，饱含深情地发出一声悲叹："这样一根权杖，竟会从忠实的信徒手中滑落！"接着又自我安慰道："总有一天摩尔人会夺回属于我们的合法领地，也许那一天不会太远。"

巴巴里的大多数摩尔人都怀有这样的愿望和信念。他们认为西班牙，或者说安达卢兹——古代摩尔人对安达卢西亚的称呼——是摩尔人世代相传的合法领地，是暴力和背叛使他们丧失了继承权。摩尔人的这个观念根深蒂固。他们被驱逐出格拉纳达之后便分散定居于巴巴里地区。特图安的部分摩尔人还保留着古时候的姓氏，比如派斯和梅迪纳。这些家族自认为血统高贵，拒绝与其他家族联姻。

据说，这些高贵的摩尔家族在失去祖先的领土后一直悲叹，每逢周五便去向安拉祷告，祈盼格拉纳达早日回到自己手中。他们毫不怀疑并满怀期待地等待着这一天。有些摩尔人还保留着古代的地图和地契，甚至房门钥匙，以证明祖先在格拉纳达拥有过房产和庭院，等盼望已久的回归日子到来时，他们就凭借这些"证据"合法继承祖先遗产。

与摩尔人的谈话使我开始沉思鲍勃狄尔的命运。人们给鲍勃狄尔起了一个贴切的绰号——佐戈伊比，即"不幸的人"。他的不幸始自摇篮，一直到死都没有完结。如果他曾希望流芳百世，那么命运

---

[1] 译注：或称巴夏，土耳其等国的高级官员。

真的跟他开了一个残酷的玩笑。对摩尔人统治时期的西班牙浪漫史稍有了解的人可知：没有一个人不痛恨所谓的"鲍勃狄尔的暴行"；没有一个人不被温柔的皇后的悲惨命运打动——鲍勃狄尔冤枉皇后不忠，判处她死刑；没有一个人不为那场惨无人道的屠杀义愤填膺——据说，鲍勃狄尔下令在狮子院斩杀了三十六名英勇的阿文塞拉赫斯勇士。经过民谣、戏剧以及浪漫故事的渲染和传播，鲍勃狄尔的恶名已经深入人心。看过相关书籍的外国游客来到这里，都会问起见证了阿文塞拉赫斯勇士被斩首的喷泉，还会用惊惧的目光凝视据说关押过皇后的带格子窗的画廊。不管是在大平原还是山区，农夫们都会一边弹吉他，一边用通俗的对句唱出鲍勃狄尔的故事，而听众则会跟着痛斥鲍勃狄尔的种种恶行。

事实上，从来没有哪个历史人物像鲍勃狄尔一样遭遇如此多的诽谤。我研究了鲍勃狄尔时期西班牙作家编写的编年史和信件，也仔细查阅了阿拉伯作家撰写的史籍，却没有发现丝毫证据能够证实那些阴险且充满恶意的控诉。

上述传说大多来自一部叫作《格拉纳达内战》的历史小说。这部小说是在历史人物的基础上虚构的，讲述了在摩尔帝国最后的挣扎年代，赛格里斯家族和阿文塞拉赫斯家族之间的仇杀故事。小说最早的版本是西班牙语，据说是居住在穆尔西亚的希内斯·佩雷斯·德西塔从阿拉伯语翻译过来的，之后它又被译成其他各种语言。弗洛里安在创作寓言故事《攻克格拉纳达》时，大量引用了该书的内容。就这样，虚构的故事广泛流传，而历史却被掩盖。小说中掺杂着面目全非的历史片段，其荒诞无稽已在字里行间显露无遗，书中关于摩尔人生活方式和风俗习惯的描写与真实情况相去甚远。但如今的人们——尤其是格拉纳达的农民——对这些故事深信不疑。

　　我认为，这个作品如此歪曲历史，简直就是一种犯罪。尽管在浪漫故事里可以允许自由发挥，但有些底线是不容触犯的——逝去的知名人物属于历史，不能随意诽谤。可以想象，不幸的鲍勃狄尔必然对西班牙人怀着刻骨的仇恨。因为在王国之位被褫夺后，他遭受了无尽的苦难，而且名誉被肆无忌惮地诽谤，这使他在故国和父辈传承下来的宫殿中，彻底沦为声名狼藉的笑柄。

　　如果读者有兴趣，愿意花点儿时间了解历史，那么我会在接下来的章节，呈现一些有据可查的史实，还原阿文塞拉赫斯勇士们的命运真相。这或许有助于为鲍勃狄尔洗脱强加的罪名，包括他背叛并屠杀显赫的阿文塞拉赫斯家族的诸位勇士，以及审判和囚禁皇后等等。

第十六章　阿文塞拉赫斯家族

在西班牙，来自东方的势力与来自西非的势力之间存在着鸿沟。东方的势力认为自己血统纯正，西非的势力中最好战且最强大的是柏柏人部落，他们起源于阿特拉斯山和撒哈拉沙漠地区，后来征服了北非沿海部落，建立了摩洛哥城，通常被称作摩尔人。这两股势力在相当长的时间里，为了争夺西班牙的统治权而频繁开战。

阿文塞拉赫斯家族在东方享有崇高的地位。他们来自本尼·萨拉吉部落，是纯正的阿拉伯后裔。他们在科尔多瓦煊赫一时，或许由于西哈里发王朝的覆灭，他们迁到了格拉纳达。在格拉纳达，这个家族成为英勇无畏的骑士精神的典范，光耀了阿兰布拉宫廷，并且在历史和浪漫传说中赢得了一席之地。

穆罕默德·纳萨尔绰号为"左撇子"。在动荡不安的统治时期，阿文塞拉赫斯家族发展到了顶峰，同时也走到了最危险的位置。这位时运不济的君主于 1423 年登上王位，对英勇的阿文塞拉赫斯家族宠信备至，他任命家族首领优素福·阿本·泽拉格为首相，并提拔优素福的亲戚朋友担任朝廷要职。其他部落首领被这样的举措激怒了，于是密谋反抗。最后,民众掀起一场大规模暴动,攻破了皇宫。国王从花园逃到海边,然后乔装打扮渡海去非洲,投奔他的亲戚突尼斯国王。

这位逃亡国王的堂兄弟穆罕默德·扎古尔继承了王位,两任国王的喜好完全不同。前任国王曾下令禁止马上格斗和竞赛,而现任国王不光举办庆典和竞赛,还亲自参加这些活动。他改换装束下场参与控马、赛马、跑马竞技等项目,并且大摆宴席款待众位骑士,送给他们丰厚的礼物。

相比之下,前任国王宠信的大臣们的待遇一落千丈。现任国王表现出强烈的恨意,迫使五百多位举足轻重的骑士逃离了这座城市。优素福·阿本·泽拉格带领四十名阿文塞拉赫斯家族的骑士连夜离开格拉纳达,前去投奔卡斯蒂尔王朝的胡安国王。年轻而慷慨的胡安国王被他们的陈情打动,于是给突尼斯国王写了一封信,邀请对方协助逃亡的国王夺回王位并惩罚篡位者。忠贞不屈的首相亲自护送信使前去突尼斯,并在那里与逃亡的君主会合。胡安国王的信起了作用,左撇子穆罕默德带领着五百名非洲骑兵回到安达卢西亚。阿文塞拉赫斯勇士和其他追随者闻讯赶来。穆罕默德收复了格拉纳达。篡位者逃进阿兰布拉宫,却被手下士兵砍了头。当时是 1428 年,篡位者登上王位不过两三年而已。

左撇子再次登上王位,他给予忠诚的首相至高无上的荣誉。阿文塞拉赫斯家族重新获得了君王的盛宠。左撇子国王派遣大使前去拜会胡安国王,感谢他提供的帮助并提议建立友好联盟。卡斯蒂尔国王却要求穆罕默德向自己称臣并每年进贡,穆罕默德断然拒绝。穆罕默德以为卡斯蒂尔王朝内乱不止,自顾不暇的国王不会因此发难。然而,这个决定给格拉纳达带来了战乱,敌人扫荡了大平原,好在勇士们四处抗击，最终取得了胜利。

左撇子国王统治的最大隐患在朝廷内部。当时格拉纳达有一个名叫堂·佩德罗·韦内加斯的骑士。他的幼年经历就像一个浪漫故事——他出身于高贵的卢克家族，八岁时不幸被俘，而俘获他的是阿尔美利亚亲王西德·亚希亚·阿尔纳亚尔[1]；亲王收养了他，让他和自己的孩子一块儿长大。这些塞尔西里安族的王子们家世很是显赫，是阿本·胡德——格拉纳达早年的国王之一——的嫡系后代。后来，堂·佩德罗与西德·亚希亚亲王的女儿塞尔西里安公主之间渐生情愫。如今，在格拉纳达塞尔西里安曾居住的摩尔宫殿中，还能看见这位美丽公主的名字，也能依稀看出这座宫殿当年的富丽堂皇和优雅精致。之后，二人结为连理。就这样，西班牙卢克家族的后裔融入了阿本·胡德国王的血脉。

这就是堂·佩德罗·韦内加斯早年的故事，当时他被视作一个心智成熟、积极上进且胸怀大志的人。然而现在看来，他从那时起就在策划阴谋，企图把穆罕默德从岌岌可危的王位上拉下来，再将塞尔西里安家族中最年长的王子优素福·阿本·阿尔哈玛送上王位。为了得到卡斯蒂尔国王的支持，堂·佩德罗秘密出使科尔多瓦。他给胡安国王详细讲解了整个计划：只要胡安国王带兵出现在大平原上，优素福·阿本·阿尔哈玛就会率领一支强大的军队投奔到他的旗下；一旦优素福登上王位，就会向胡安国王称臣。胡安国王听完后承诺会提供帮助。堂·佩德罗带着好消息迅速返回格拉纳达，参与谋反的骑士开始以各种各样的借口陆续离开首都。当胡安国王越过边境线现身时，优素福·阿本·阿尔哈玛带领八千人马投奔到他的旗下，

[1]原注：阿尔坎塔纳《格拉纳达史》，第二百二十六页注解。

并亲吻他的手以宣示效忠。

无休无止的残酷战争让整个王国哀鸿遍野、民不聊生。形形色色的阴谋暗流涌动，其中大多数阴谋都演变成了叛乱。穆罕默德眼看着走到了末路，而阿文塞拉赫斯家族始终坚定地站在他身后，为他浴血奋战。在洛克萨之战中，阿文塞拉赫斯家族为穆罕默德做了最后一搏。战斗中，族长优素福·阿本·泽拉格英勇地力战至死，家族中很多杰出的骑士也战死沙场，这场战争让这个家族遭受了灭顶之灾。

穆罕默德被再次赶下王位。他逃到马拉加，因为那里的要塞司令仍忠诚于他。

优素福·阿本·阿尔哈玛——通常被称作优素福二世——于1432年1月1日成功进驻格拉纳达。可是，他发现整座城市都笼罩在愁云里，因为半数的居民在哀悼逝去的家人，每个贵族家庭都失去了亲人。洛克萨之战使这个王国失去了一些最勇猛的骑士。

皇家仪仗队行进在寂静的街道上。新国王不但没有得到民众的拥护和爱戴，也没有得到阿兰布拉宫中的朝臣的效忠。优素福日夜担忧自己地位不保，因为被废黜的国王就在咫尺之遥的马拉加，而且效忠前任国王的突尼斯国王正在为他争取支持，更重要的是自己在格拉纳达不受欢迎。连番征战已经使他筋疲力尽，加上极度忧虑，优素福半年后就撒手人寰了。

听到优素福死去的消息，左撇子穆罕默德迅速从马拉加赶来，再次登上王位。国王选出阿文塞拉赫斯家族中最出色的骑士阿卜杜勒巴尔担任首相。首相表现出令人敬佩的宽宏气度，他建议国王抑制报复冲动，采取宽大政策。国王赦免了绝大多数敌人，包括夺权的优素福。优素福的遗产分给了他的三个孩子——长子阿本·切利姆继承阿尔美利亚亲王的头衔，还被任命为阿尔普萨拉山马切纳地区的领主；幼子艾哈迈德被授予洛查尔爵士的称号；女儿埃奎维拉则继承了丰饶的大平原上的田产，以及格拉纳达市区的多处房产和扎卡丁大街上的店铺。除此之外，首相还建议国王与这个家族联姻，使其更加忠诚于皇室。于是，穆罕默德将自己的一位姑姑[1]嫁给了阿本·切利姆，还将美丽的林德拉萨赐给篡位者的弟弟纳萨尔王子为妻。

只有塞尔西里安公主的丈夫堂·佩德罗没有得到宽大处理，因为他被视为这场战争的始作俑者。阿文塞拉赫斯家族指控他造成了毁灭性的灾难，戕害了众多英勇的骑士，国王也痛斥他为叛徒。堂·佩德罗察觉到自己有被捕并受到惩处的危险，于是告别妻儿，前去投奔哈恩国王。在那里，他和他的舅兄优素福一样，在不正当的野心的驱使下发动阴谋叛乱，进而受到良心的谴责，陷入彻底的绝望，最终于1434年在深重的屈辱和悔恨中死去。

左撇子穆罕默德命中注定还会遭受劫难。他有两个侄子——绰号"瘸腿"的阿本·奥斯米恩住在阿尔美利亚，是个野心勃勃的人；阿本·伊斯梅尔，住在格拉纳达，交友甚广。伊斯梅尔正在与一位美丽的姑娘谈婚论嫁，但他的国王叔叔突然将这位姑娘许配给了一位亲信，这令阿本·伊斯梅尔怒火中烧。于是，他骑着马，带着武器，率领众多骑士离开格拉纳达去往前线。这件事引起了人们的普遍反感，与伊斯梅尔王子过从甚密的阿文塞拉赫斯家族尤甚。阿本·奥斯米恩听到民众的非议，心底的野心被点燃了。1445年9月，他突然来到格拉纳达，发动了一场令国王叔叔大惊失色的叛乱，迫使叔叔

[1] 译注：原文如此。

退位，并自封为王。

这一次，阿文塞拉赫斯家族对左撇子国王大失所望，认为他没有能力担任一国之君，因此不再支持他。阿卜杜勒巴尔带领阿文塞拉赫斯家族及其他骑士离开了朝廷，到蒙特弗里奥安营扎寨。他写信给逃亡到卡斯蒂尔王国的阿本·伊斯梅尔王子，邀请他来军营，表示支持他登上王位。阿卜杜勒巴尔建议王子秘密离开卡斯蒂尔王国，以免遭到胡安国王的阻挠。但是，王子相信胡安国王是宽宏大量的，便对国王坦承了一切。他是对的。胡安国王不仅允许王子离开，还承诺提供帮助，为此特意写了几封信给前线指挥官，让其交给王子。王子带着装备精良的护卫队安全到达蒙特弗里奥，随后，阿卜杜勒巴尔及其跟随者便拥立他为格拉纳达的国王。当时，胡安国王忙于应付内乱，难以为伊斯梅尔提供帮助，因此，阿文塞拉赫斯家族成了王子最重要的支持者。由于阿本·奥斯米恩有纳瓦拉和阿拉贡的两位国王的支持，这对堂兄弟进行了长时间的争斗。

此后数年，国家因为内部倾轧和外来侵略变得满目疮痍，每一寸土地都沾染了鲜血。阿本·奥斯米恩很英勇，经常身先士卒，但他以铁血手腕进行统治，不但激怒了贵族，也失去了民心。而伊斯梅尔仁慈宽厚，赢得了人民的爱戴，不断有人从格拉纳达逃往蒙特弗里奥的军营，伊斯梅尔一派的力量持续增强。后来，卡斯蒂尔国王与阿拉贡、纳瓦拉的国王达成和解，便派遣精兵强将前来帮助伊斯梅尔。伊斯梅尔带领联军从蒙特弗里奥的战壕向格拉纳达进发，奥斯米恩前来应战，一场血战就此展开。堂兄弟俩在战斗中都表现得英勇无比。最后，奥斯米恩落败逃进城门，他命令城民拿起武器，却没有得到响应。深知自己大势已去，他决心以一场血腥报复来结束君王生涯。他躲进阿兰布拉宫，把疑似背叛自己的显要骑士召唤进宫，并将他们杀害。这就是前文提到的那场屠杀。阿文塞拉赫斯大厅也因此成为"死亡之地"的代称。一番残暴报复之后，百姓拥立伊斯梅尔为王的欢呼声传到宫里。奥斯米恩带着心腹经由梭尔山和达罗山谷逃进了阿尔普萨拉山。此后，他们经常在那一带洗劫路人和村庄，过上了盗匪的生活。

1454 年，阿本·伊斯梅尔二世登上王位。他向胡安二世国王称臣并赠送厚礼，进一步巩固双方的友好关系。他对忠诚的属下大加赏赐，对因为自己而失去亲人的家庭给予抚恤。在他统治期间，阿文塞拉赫斯家族再次脱颖而出，成为最受国王信任且享有无上荣耀的骑士家族。伊斯梅尔不好战，他最突出的成就在于公共设施建设，至今在太阳山一带还能看到他主导的工程的遗址。

同样是在 1454 年，胡安二世去世，绰号"无能者"的亨利四世继位成为卡斯蒂尔国王。由于民众反感向卡斯蒂尔王朝称臣纳贡，伊斯梅尔有意忽视新国王，不再继续保持与前任国王的友好联盟关系。亨利国王憎恨这种漠视，于是打着追讨岁贡的旗号不断进犯格拉纳达，还试图拉拢和收买奥斯米恩及其手下。他派出的骑士非常骄傲，拒绝与亡命之徒同流合污，反而决心要抓住奥斯米恩。不过，奥斯米恩躲过了追捕，他先是躲在塞维利亚，后来又逃到卡斯蒂尔。

1456 年，外来军队大举进犯大平原。伊斯梅尔为了换取和平，同意每年向卡斯蒂尔国王进贡一定数量的财物，并释放六百名俘虏——如果当年的俘虏人数不够，就释放摩尔人质充数。他如数履行了严苛的条约，统治的数年间，王国和平安宁，到处洋溢着节日气氛，一派繁荣昌盛的景象。伊斯梅尔的王妃是阿尔美利亚亲王西德·亚希亚·亚伯拉罕·阿尔纳亚尔的女儿，两人育有两个儿子——

阿布·哈桑和绰号"少年"的阿比·阿卜杜拉 [1]。这两人就是鲍勃狄尔的父亲和叔叔。我们现在已经非常接近格拉纳达最终被征服的多事之秋。

1465 年,莫利·阿布·哈桑在父亲去世后继承了王位。他继位之后的第一件事,就是宣布不再向卡斯蒂尔王朝进献屈辱的岁贡。这是后来爆发灾难性战争的原因之一。不过我在下文列举的史实,只限于与阿文塞拉赫斯家族的命运以及针对鲍勃狄尔的指控相关。

读者一定还记得绰号为"善变者"的堂·佩德罗·韦内加斯。1433 年,他逃亡到国外,留下了两个儿子阿布·卡西姆和雷杜安,以及女儿赛西特里安。这三个孩子的母亲拥有纯正的皇室血统,加上阿尔美利亚亲王的缘故,他们与前任国王和现任国王都是姻亲,因而在格拉纳达一直享有尊贵的地位。两个儿子都拥有杰出的才能与百折不挠的勇气。女儿赛西特里安嫁给了西德·希阿亚——优素福国王的孙子,也是萨格勒的内兄。

拥有如此强大的背景,阿布·卡西姆被任命为首相,雷杜安成为国王最信任的将军之一,这些也就不足为奇了。然而,兄弟二人的高升引起了阿文塞拉赫斯家族的嫉恨。他们回想起了当年那场几乎令家族倾覆的灾难,以及战死的众多勇士,而造成这一切悲剧的,便是堂·佩德罗引发的战乱。两个家族在那次战争中结下了世仇,后来又发生了难以调和的分裂,两个家族的矛盾更加尖锐了。

莫利·阿布·哈桑年轻时娶了堂妹 [2] 艾莎·拉霍拉公主——他

---

[1] 译注: 西班牙语,即少年或青年。

[2] 译注: 依据前文表述推断,左撇子穆罕默德应是莫利·阿布·哈桑的堂祖父,而艾莎·拉霍拉应是莫利·阿布·哈桑的堂姑。

的叔叔左撒子穆罕默德的女儿[1]。二人育有两个儿子，长子鲍勃狄尔是法定的王位继承人。不幸的是，阿布·哈桑年老时又娶了伊莎贝拉·德索利斯，一个年轻貌美的俘虏。她的摩尔名字为众人所知——索拉娅，她也生了两个儿子。两位王妃的争斗致使后宫分裂成敌对的两派。索拉娅得到了首相阿布·卡西姆·韦内加斯及其兄弟雷杜安·韦内加斯的支持，从而获得了他们身后强大的亲族势力的支持。阿文塞拉赫斯家族则坚定地站在艾莎王妃一边，部分原因是坚决与韦内加斯一脉保持敌对，更重要的无疑是忠诚于老恩人左撒子穆罕默德及其女儿。

和所有宫廷斗争一样，后宫的分裂愈演愈烈，阴谋诡计层出不穷。莫利·阿布·哈桑被灌输了这样一个想法：艾莎正在策划一场阴谋，企图推翻他，再把儿子送上王位。盛怒之下，国王把艾莎和鲍勃狄尔母子关进了科马雷斯塔，并扬言要杀掉鲍勃狄尔。在生死攸关的那个晚上，忧心如焚的母亲和侍女用头巾将儿子从窗户缒到塔下，等候在外的支持者们带着鲍勃狄尔，快马加鞭地躲进了阿尔普萨拉山。

艾莎王妃可能就是传说中被鲍勃狄尔囚禁并判处死刑的皇后的原型，除此之外，找不到更相近的史实了。但是，这个事件中的暴君是鲍勃狄尔的父亲，而被囚禁的皇后是他的母亲。

差不多是在同一时期，阿文塞拉赫斯勇士在阿兰布拉宫遭遇了屠杀，这也是莫利·阿布·哈桑所为，因为他怀疑这个家族参与了企图推翻自己的阴谋。据说，首相阿布·卡西姆·韦内加斯提议杀鸡儆

---

[1] 原注：阿尔·马克卡里《穆罕默德王朝史》，第八册第七章。

猴[1]。如果这是事实，那么这个残暴的手段完全没有达到预期的效果，因为阿文塞拉赫斯的勇士们毫不畏惧，始终坚定地支持着艾莎和她的儿子鲍勃狄尔。 而韦内加斯一脉则站在莫利·阿布·哈桑兄弟阵营的最前沿。

不得不提一下这两个敌对家族的最终命运。 在格拉纳达王国最后的挣扎时期，韦内加斯家族是向基督教征服者俯首投降的贵族之一。 他们放弃了伊斯兰教的信仰，回归祖先信奉的宗教，因而获得了官职和财产，并且与西班牙家族通婚，他们的子孙后代成了这片土地上的贵族。 而阿文塞拉赫斯家族始终忠于信仰、忠于国王，为了看不到希望的使命拼尽全力，最后跟随西班牙穆斯林王朝这艘巨轮一起沉没，身后只留下一个流芳百世的英勇名字。

以上就是这段历史的基本脉络。 我相信已经清楚地说明了鲍勃狄尔和阿文塞拉赫斯家族相关历史的真相。 关于鲍勃狄尔指控皇后、残忍对待妹妹的传说，是没有根据的。 他对待家人总是和蔼可亲、充满温情。 他一生只娶了一位妻子，即莫雷马——洛克萨要塞老司令阿里·阿塔的女儿。 老阿里在守卫前沿阵地的过程中立下赫赫战功，他的故事被写入诗歌和故事中加以传扬。 在对基督教领地发起的最后一次进攻中，老阿里牺牲，鲍勃狄尔则沦为阶下囚。 在鲍勃狄尔颠沛流离的一生中，莫雷马对他忠贞不渝。 鲍勃狄尔被卡斯蒂尔国王剥夺王位之后，莫雷马跟随他来到阿尔普萨拉山谷，住在分配给他们的陋室中。 后来费迪南德出于猜忌和防备的心理，使用阴险的手段，强行收回了这间陋居。 就这样，鲍勃狄尔在故土彻底失去

---

[1] 原注： 阿尔坎塔纳《格拉纳达史》，第十七章。 同时参见阿尔·马克卡里《穆罕默德王朝史》，第八册第七章，详见唐帕斯夸尔·德古杨戈斯的注解。

了立足之地，他准备乘船前往非洲。 由于长期的焦虑和苦痛的折磨，莫雷马身心俱疲，一病不起，而忧虑使她的病情雪上加霜。 自始至终鲍勃狄尔都对莫雷马关怀备至。 为了她，鲍勃狄尔将远航的日期也推后了好几周，这让满心猜忌的费迪南德大为恼火。 后来，莫雷马不幸离世，显然是因心力交瘁而死。 费迪南德接到探子的汇报后心满意足，因为他终于盼到鲍勃狄尔起航了。[1]

---

[1] 原注: 关于这些史实的权威性，参见我《征服格拉纳达》一书修订版的附录。

第十七章　鲍勃狄尔的纪念物

我脑海中不断萦绕着不幸的鲍勃狄尔，于是决定返回阿兰布拉宫，返回这个承载了他君王生涯和深重苦难的地方，搜寻与他有关的纪念物。

科马雷斯塔大使厅的正下方有两个拱顶房间，其间隔着狭窄的通道。据说，鲍勃狄尔和他的母亲艾莎·拉霍拉当年就是被关在这里。整座塔也就这两间屋子适合做牢房。房间的外墙异常厚实，窄小的窗户上安着铁条。窗外狭窄的石头走廊环绕着塔的三面墙，走廊外侧有一排低矮的护栏，走廊到地面的垂直距离非常高。传说，艾莎皇后就是在这条走廊上，趁着夜色，用头巾将儿子缒到塔下，等候在山边的忠实随从与之会合后，一同骑着快马逃进深山。

三四百年过去，这个戏剧化事件的发生地几乎没有什么变化。我缓缓踱过走廊，脑海里不时浮现出那晚的情景——焦急的皇后怀着忐忑不安的慈母之心，俯身趴在护栏上，仔细聆听马蹄的回响，直到它消失在幽深的达罗山谷中。

接下来，我打算前去寻找鲍勃狄尔诀别阿兰布拉宫时走过的那扇门。鲍勃狄尔离开阿兰布拉宫后，献出了首都和王国之位。或许是出于悲痛，或许是出于某种迷信想法，他向国王提了一个要求：在他之后，任何人都不能从那道门通过。根据史书记载，心怀悲悯的伊莎贝拉准许了这个请求，于是那道门被砌成了高墙。[1]

我花了点儿时间打听，却没能找到那道门。后来，谦卑的随从马蒂奥·希梅内斯告诉我，那道门一定是被石头堵住了。城堡里最年长的居民说，他记得听祖父和父亲说过，有一道神秘的大门从未被打开过，当年奇科国王就是从那里离开阿兰布拉堡垒的。

马蒂奥将我带到居民所说的地方，那道门位于一座庞大建筑的中央。这个名叫"七层塔"的建筑在当地家喻户晓，因为据说，这里总会出现一些奇怪的幽灵和摩尔人的幻象。依据旅行家斯温伯恩的说法，这道门最初是皇宫的正门。格拉纳达历史研究者们则认为，它是皇室成员居住区的入口，国王的卫兵在此站岗守卫。整座堡垒的正式入口是宏伟的正义之门，而这道门，或许是最接近皇宫的出入口。当年鲍勃狄尔从这道大门离开去往大平原，将首都的钥匙交给西班牙国王，留下首相阿本·科米萨在正义之门等候，迎接接管堡垒的先遣部队和官员[2]。

曾经雄伟壮观的七层塔现在已变成一堆废墟，法国人在撤离堡垒时用炮火将其完全摧毁了。巨大的墙体碎块散落在茂盛的野草丛中，

---

[1] 原注：阿兰布拉宫有一扇门，当年摩尔国王被西班牙国王费迪南德俘虏后从这扇门走出宫去，继而把城堡献给了费迪南德。为了纪念这场重要的战役，摩尔国王请求费迪南德永远关闭这扇门，费迪南德同意了。从那时起，人们不仅再也没有打开过这扇门，还在它旁边修建了强大的堡垒。——《摩尔人历史词典》（西班牙语版本），第一卷，第三百七十二页。

[2] 原注：格拉纳达投降过程的细节，已经有很多人用不同的方式陈述过了，包括一些见证者。我在《征服格拉纳达》一书的修订版中，依据最新、最权威的资料，对相关情节做了适当的调整。

被葡萄藤和无花果树肆意横生的枝条掩盖。大门那被炮火震裂的拱顶还在，但门框已被滚落的石头堵死，这意外地实现了鲍勃狄尔最后的心愿。

我骑上马，按照末代国王撤离的路线走了一遍——先是翻过洛斯·马蒂罗斯山，然后沿着同名修道院的花园外墙一直走，进入一条崎岖的峡谷。谷底长满了茂密的芦荟和印度无花果树，峡谷两旁排列着挤满了吉卜赛人的洞穴和棚屋。下坡的路陡峭难行，我只能牵着马步行。可怜的鲍勃狄尔惨淡离场时没有穿城而过，部分原因是不希望臣民看到他屈辱难堪的模样，部分原因很可能是为了避免引起民愤。后来的先遣部队选择同样的路线上山前往堡垒，无疑也出于这些理由。

这崎岖的山谷充满了悲伤的回忆。我走出山谷，经过"磨坊之门"，踏上一条供人们休闲散步的林荫大道，然后顺着赛尼尔河继续前行，最后到达一个小礼拜堂。这里原本是清真寺，现在成了圣塞巴斯蒂安的修道院。据说，鲍勃狄尔就是在此处将格拉纳达的钥匙交给了费迪南德国王。我骑着马慢慢穿过大平原，来到一个小村庄。当年，悲伤的鲍勃狄尔在撤退前一晚将家人和随从送到这里，然后独自去面对征服者的目光，以免母亲和妻子经受刻骨铭心的屈辱。沿着这些悲凉离场的皇室成员走过的道路，我来到一排荒凉凄清的山丘脚下，这是阿尔普萨拉山的前沿高地。在这里的一座小山顶上，鲍勃狄尔最后看了一眼格拉纳达，从此，山头有了一个表达鲍勃狄尔悲痛之情的名字——"眼泪之山"。山后有一条弯弯曲曲的沙路，它穿过毫无生机的荒原，通往流放之地。看到此情此景，伤心欲绝的国王肯定会更加绝望吧！

我扬鞭催马，登上山顶的岩石。在这里，鲍勃狄尔收回告别的目光，发出最后一声悲叹。这里被称作"摩尔人最后的叹息"。被逐出一个王国、一座宫殿，谁会怀疑鲍勃狄尔的痛苦和悲伤？对他来说，告别阿兰布拉宫意味着放弃祖辈传承下来的荣耀，割舍生命中所有的光辉岁月。

也是在这里，艾莎皇后的指责更是加重了鲍勃狄尔的伤痛。母亲艾莎皇后曾无数次帮助他渡过难关，并且一直试图以自己坚强的意志影响他，结果却不尽如人意。母亲说："你没能像个男子汉一样保家卫国，却哭得像个娘儿们！"她的话中更多的是嘲笑，而非温情。

查尔斯五世从格瓦纳主教口中听说这段逸事时，带着轻蔑的表情大肆嘲讽鲍勃狄尔的懦弱。这位傲慢的君王说："如果我是他，宁可埋尸于阿兰布拉宫，也不愿躲进阿尔普萨拉山忍辱偷生。"那些手握权柄、前程似锦的贵人总是轻易指责战败者缺乏英雄气概，但他们不会懂，那些一无所有却还能坚强地活下去的人，其生命将会因苦难而得到升华！

我从"眼泪之山"慢慢下来，信马踱回格拉纳达，渐渐放下了鲍勃狄尔的悲惨往事。综合史料，我觉得鲍勃狄尔是个好人。在动荡不安的短暂统治期间，他表现出温和亲民的性情。统治伊始，他平易近人的作风便赢得了民心。他宽容大度，在遭遇反叛时也不曾采取严厉的惩罚措施。他勇气十足，但不够坚定，陷入困境时总会动摇。他薄弱的意志使他失去了英雄气概，也加快了失败的步伐。假如当年他更有魄力一些，或许会得到一个辉煌的结局，或许他会更受人敬仰，也更有资格成为西班牙精彩历史剧目的终结者。

第十八章　格拉纳达的公共节日

　　曾经衣衫褴褛的向导兼忠诚的随从马蒂奥·希梅内斯对于节假日有着超乎寻常的热情，他总是滔滔不绝地谈起格拉纳达的民间及宗教节庆。在一年一度的圣体节庆典筹备期间，他频繁往返于阿兰布拉与格拉纳达之间，每天向我汇报精彩的筹备情况，试图引诱我离开凉爽宜人的避暑胜地，跟他一起下山去凑热闹。庆典前夕，我终于被他的反复劝说打动。就像古代的哈伦·阿拉斯基德国王在首相贾法尔的陪伴下展开探险之旅，我在马蒂奥的护送下离开阿兰布拉宫。

　　太阳还没落山，城门口已是一派喜庆景象，这里挤满了身着盛装的山民和来自大平原、披着褐色披风的农夫。格拉纳达四周环绕着绵延不绝的高山，群山之间分布着许多城镇和村庄。每逢节假日，这一带的山民就把格拉纳达当作欢庆聚会的最佳场所。在摩尔人统治时期，每逢维瓦拉姆布拉节，全国各地的骑士都会赶到格拉纳达，参加隆重的半军事化庆典。如今，周边地区的精英仍会到这里参加盛大的庆祝活动。事实上，阿尔普萨拉山和朗达山一带的很多山民都保留着摩尔人的印记，他们无疑是鲍勃狄尔的臣民的后裔。

在马蒂奥的带领下，我穿过人潮汹涌的街道，来到曾因赛马和格斗竞赛而闻名的维瓦拉姆布拉广场。摩尔人通过众多民谣，传唱着这里的爱情故事和勇士传奇。为了第二天将举行的盛大游行活动，人们用木头在广场四周搭起了一条走廊，为了方便散步，又点起通明的灯火。此刻，广场四面的露台上有乐队表演，走廊里云集了格拉纳达最美丽时尚的人，他们或相貌出众，或穿着打扮不凡，不论男女都围着广场一圈一圈地漫步。这里有来自偏远山区的美女，她们身材曼妙、眼波流转，身着艳丽的安达卢西亚盛装；也有来自朗达要塞的山民，那里因走私犯、斗牛士和美女层出不穷而远近闻名。

走廊里一片欢声笑语，熙来攘往。广场中央挤满了来自附近村庄的农夫，他们没有华丽的盛装，来这里只是为了欢庆佳节。随处可见快乐的农夫，或一家人或几家人一起围成圈。远看广场就像吉卜赛人的营地。人们听着传统民谣，拨弄着吉他曼声吟唱，有的谈笑风生，有的伴着清脆的响板跳舞……

我和马蒂奥从熙熙攘攘的人群中穿过，有时能看到一些村民坐在地上，分享着简单的食物，气氛十分融洽。他们看见一旁闲逛的我，都会盛情邀请。在西班牙，即使是贫穷的人们，也保留着热情好客的习俗，这样的传统源自曾经占领格拉纳达的摩尔人，最早可追溯到住帐篷的阿拉伯人。

夜色渐浓，欢快的人群逐渐散去，乐队的演奏停下了，打扮得光鲜靓丽的时髦人物也纷纷回家了，但广场中央仍挤满了人。马蒂奥告诉我，农民们不论男女老幼，大多会留下过夜，幕天席地地睡在广场上。确实，在这宜人的夏夜，露天睡觉也不需要被褥，何况，对吃苦耐劳的西班牙农民来说，床铺是奢侈品，有人甚至对它嗤之以鼻。西班牙人通常只需把褐色斗篷往身上一裹，将披巾或鞍布在身下一铺，就能躺在地上睡个好觉。如果有个马鞍当枕头，那简直就是奢侈的享受了。马蒂奥的话很快应验了，农夫们纷纷躺在地上准备睡觉。午夜时分的维瓦拉姆布拉广场，看上去就像军队的露营地。

第二天日出时分，我和马蒂奥再次来到广场。那里还有很多露宿的人。有的人前一晚纵情跳舞狂欢，现在仍在休息；有的人前一天结束劳作后才离开村子，连夜跋涉，赶到这里时天都快亮了，只有好好睡一觉才有体力参加庆祝活动；还有很多人陆续赶到，他们住在深山或大平原上较为偏远的村庄里，昨天晚上出发，今早才携妻带子到达广场。每个人都兴高采烈，互相打着招呼，愉快地交谈着。

天色渐亮，快乐的气氛愈发浓厚。各个村庄的代表团陆续进入城门。每支队伍的领队人都是神父，他们扛着各自村庄的十字架和旗帜，举着圣母像和守护神像。队伍的阵容关乎全村的荣誉，因此争强好胜的农夫会相互攀比。就像古时的骑士聚会，每个城镇和村庄都会派首领及武士扛着旗帜去保卫首都，或是在节日庆典上为家乡争光。

分散的队列最后聚集成一支庞大的游行队伍，向着维瓦拉姆布拉广场缓缓行进。队伍经过街道，道旁的窗户和阳台上都悬挂着华丽的挂毯。所有的宗教团体、军政首脑、各个教区和村庄的负责人，都会参加大游行。教堂和修道院倾尽所有，纷纷拿出珍藏的旗帜、神像和圣人遗物等。大主教走在队伍中央的一顶锦缎华盖下，周围环绕着下级要员及其家眷。这支庞大的队伍伴随着高亢悠扬的奏乐，缓缓走向教堂。街道两旁人山人海，却一片肃静。

一支由教士组成的游行队伍穿过维瓦拉姆布拉广场，这令我想起这里曾是展现骑士精神和夸耀威势的场所。时过境迁，我不禁被这巨大的变化深深触动。在这古老的广场上，给我留下深刻印象的还有专门为庆典布置的装饰物。为游行活动而搭建的木质走廊长达几百英尺，正面覆盖着帆布，上面是某位谦卑且爱国的艺术家绘制的长长的画卷。画作体现的是历史和传说中征服格拉纳达的主要场景。格拉纳达的浪漫传奇就这样融入了当地人的日常生活，让人们不断有机会重温历史。

返回阿兰布拉宫的途中，马蒂奥依旧兴高采烈地说个不停。"啊，先生，在格拉纳达举办盛大庆典再合适不过了！"他感慨地说，"在这里，寻求快乐根本不需要花钱——全都免费提供。光复日！啊，先生，无与伦比的光复日！"这个伟大的日子满足了马蒂奥对幸福生活的憧憬和向往。后来我知道，这个节日是为了庆祝费迪南德和伊莎贝拉占领或者说收复格拉纳达而设立的。

马蒂奥说，在这喜庆的日子里，每个人都会加入狂欢派对。阿兰布拉宫的瞭望塔上，咣咣咣的警钟声将持续一整天，声音响彻大平原，回荡在群山之间，以召唤远近的农夫参加庆典。"女孩们可开心啦！谁要是敲响警钟，来年一定能找到丈夫！"

庆典当日，阿兰布拉宫全天对民众开放。曾经专属于摩尔君王的大厅和庭院里，回响着吉他和响板的乐声，安达卢西亚盛装打扮的人们，跳着继承自摩尔人的传统舞蹈。

为了纪念光复而举行的大游行沿着主要街道往前推进。有人小心翼翼地取出作为光复遗物的费迪南德和伊莎贝拉旗帜，交由主旗手以胜利者的姿态高高举起。当年君王们四处征战时随身携带的移动神坛，也被摆放在皇家礼拜堂的历任君王墓前，大理石墓碑上雕刻着统治者们的肖像。随后会举行隆重的大弥撒仪式，在仪式的特定环节，主旗手戴上礼帽，在墓前挥舞旗帜。

当天夜里，为了庆祝光复，剧院会上演一出备受欢迎的独特剧目——《万福马利亚》。 戏剧讲述了赫尔南多·德尔·普尔加的丰功伟绩。 普尔加绰号"功臣",是一名英勇的武士,也是格拉纳达的民众最热爱的英雄。 在格拉纳达被围攻期间,无论是摩尔人还是西班牙勇士,都奋不顾身地投入了战斗。 在一个安静的深夜,赫尔南多·德尔·普尔加带领几名随从冲到格拉纳达的一座清真寺门前,用匕首把刻有"万福马利亚"字样的小木块钉在大门上,借此表明将这座清真寺敬献给圣母。[1]

摩尔骑士佩服普尔加的勇气,但也憎恨这样的羞辱。 塔尔菲是最勇猛的摩尔骑士之一,他把刻有"万福马利亚"的小木块绑在马尾上,骑着马在敌方军队面前转悠挑衅。 为了维护圣母的尊荣,加尔西拉索·德拉维加立刻上前应战,一个回合就把摩尔人杀死,夺回了小木块,并将其插在长矛顶端高高举起,借以宣示忠诚、宣扬胜利。

根据这一事件创作的戏剧大受欢迎,虽已上演了无数次,但仍令观众陶醉其中,魅力丝毫不减当年。 舞台上,受人热爱的普尔加在摩尔首都的心脏地带来回踱步,发表着宣言,台下的观众爆发出热烈的欢呼。 当普尔加把小木块钉到清真寺的大门上时,观众雷鸣般的掌声几乎要把剧院的屋顶掀翻。 而摩尔人的扮演者却只能忍受观众的怒火,这情形就像那位拉曼查英雄观看希内斯·德·帕萨蒙特表演的木偶戏时一样[2]。 当看到塔尔菲拔下小木块拴在马尾上时,有的观众甚至暴怒而起,似乎要跳上台去报复那侮辱圣母的恶人。

萨拉尔侯爵是赫尔南多·德尔·普尔加的嫡系后代和法定继承

---

[1] 原注: 更多细节参见《征服格拉纳达》。

[2] 编注: 这里的"拉曼查英雄"指的是堂吉诃德,希内斯·德·帕萨蒙特也是《堂吉诃德》里的人物。

人。为了纪念和表彰普尔加的壮举，国王允许萨拉尔侯爵继承他的特权，比如——可以在特定场合骑马进入大教堂，可以坐在唱诗班中间参加荣升仪式且不用脱帽……不过，固执的教士们大多对此表示抗议。我在社交场合遇到过这位年轻的侯爵，他的相貌和言谈举止都让人如沐春风，唯有那双明亮的黑眼睛里似乎藏着不羁的火焰。维瓦拉姆布拉广场上的装饰画卷中，有几幅生动地表现了那位家喻户晓的英雄创下的功绩。普尔加家族中的一名老仆看到画卷后流下了激动的泪水，赶紧回家告诉了侯爵。可这位年轻的主人只是笑了笑，老人只好转向去告诉侯爵的兄弟。西班牙贵族普遍对老家仆宽容以待。老人喊道："跟我来吧，先生！您比侯爵有心，与我一同去看看祖先的光辉事迹吧！"

为了纪念光复日，几乎每个村庄和山中小镇的百姓都会举办庆祝活动，庆祝从摩尔人的桎梏中得到解放。据马蒂奥所说，许多从光复之日起就世代珍藏的战争纪念物，会在这一天重见天日，主要是一些古老的战甲和武器，包括大双手剑和带有火绳的笨重火枪等。幸运的社区可能还有古老的火炮，很可能是当年用过的伦巴第火炮。只要这些社区负担得起火药的费用，就会让轰隆隆的炮声在山间响上一整天。

这天还会上演一场模拟战争的戏剧。在街上游行的群众，有的穿着古老的盔甲充当正义守护者，有的则打扮成摩尔武士。广场上搭起一个帐篷，里面的圣坛上供奉着圣母像。原本只是一场模拟战斗，但有时，战斗双方会忘记这是在演戏，以至于拳脚相加，陷入恶战。毋庸置疑，战斗将以正义守卫者胜利而结束。盛大的游行继续进行，扮演正义守卫者的人们赢得了热烈的掌声和夸赞，而扮演俘虏的人们则戴着锁链跟在队伍后面。群众欢欣鼓舞，同时也深受教诲。

　　庆祝活动开销很大，有些小社区在资金短缺的年份便不举办庆典，但只要情况好转，就会再次全情投入，倾尽所有操办一番。

　　马蒂奥告诉我，他偶尔会参与庆典的筹办工作，还会参加战斗表演，不过他总是扮演正义的一方。

第十九章　当地风俗

西班牙人对于讲故事，尤其是奇闻逸事，有一种东方式的热情。夏夜他们围坐在小屋门前，冬日则挤在烟囱旁通风口的角落，乐此不疲地倾听精彩的圣人传奇、旅行者的冒险经历，以及走私犯和强盗们胆大妄为的事迹。这个国家狂野而孤独，信息传递不通畅，别国人们经常谈论的话题，这里却鲜少有人提及。在这片土地上，旅行方式还很原始，因此，几乎每位旅客都有过浪漫的冒险经历，也因此，西班牙人对世代相传的传奇故事一直情有独钟。加上他们擅长夸张，故事就会演变得越来越匪夷所思。

在所有的故事主题中，最广为流传、最受老百姓喜爱的，要数"摩尔人的宝藏"。当你翻越荒凉的高山，进入古代侵袭和劫掠事件多发的地带，就会见到很多摩尔瞭望塔，它们或盘踞在峭壁之上，或俯临村庄。如果向骡夫打听，他就会取出嘴里的烟卷，开始讲述一段传说，多半是关于摩尔人埋在塔底的金子。城里的每一座城堡废墟，都有一个关于金子的传说，附近的穷人们一代又一代，口耳相传，讲述着这些故事。

与通俗小说一样，这些故事大多源自传闻。在争战不休的几个世纪里，这个国家变得支离破碎，每个城镇和城堡都有可能突然易主。所以当遭遇围攻、袭击或驱逐时，很多摩尔人把金银财宝埋在地下，或藏进地窖和井里，就像如今某些暴君统治或战争频发的东方国家。他们以为流亡很快会结束，日后能再回来寻找这些珍宝。因此在过去的数个世纪里，肯定不时有人碰巧在摩尔人的城堡或住所废墟中挖到过大量的金银钱币。只需几次这样的奇遇，就会演变出上千个传奇故事。

这样的故事通常都带着几分东方色彩，兼具阿拉伯式和哥特式的风格。事实上，我觉得西班牙各方面都是如此，南部省份尤其明显。故事里的宝藏都被施了魔咒，并被法术、守护法宝、凶兽或暴龙守卫着。有时，守卫是受法术控制的摩尔人，他们身披盔甲、手持宝剑，像雕像般一动不动、不眠不休。

阿兰布拉堡垒在历史上享有特殊地位，理所当然地成了民间传说中最热门的宝藏圣地。人们接连从堡垒里发掘出文物古董，极大地提高了传说的可信度。有人曾在城堡里挖到一个装着摩尔人钱币和一副公鸡骨架的陶土容器，当时聪明的研究员断定公鸡是被活埋的。还有人在挖掘出的容器里发现一只很大的陶土甲壳虫，虫身刻满了阿拉伯铭文，据说这是一个奇妙的神秘护身符。阿兰布拉堡垒穷困潦倒的居民，发挥全部的智慧联想，于是堡垒中每个大厅、高塔和地下室，都成了传奇故事的发生之地。

通过上文，我相信读者已经大概了解了阿兰布拉堡垒的地理环境。下面我将介绍更多与之相关的精彩传说。

我在附近游玩时收集了民间传闻的片段，然后将这些片段稍加整理，使其成为完整的故事，就像一个考古学家，从字迹难辨的信件碎片中，拼凑出一段完整的历史。如果严谨的读者对这些传说感到不可思议，请一定先记住这个地方的特色，并给予适当的宽容。 切勿用日常生活和普通场景中的法则来看待这个地方，请记得，这是在一座被施了魔法的宫殿，一个"鬼魂出没"的地方。

第二十章　风标宫

　　阿尔巴辛山是格拉纳达海拔最高的地方，它从狭窄的达罗山谷拔地而起，与阿兰布拉宫相对着。 高耸的阿尔巴辛山上曾有一座摩尔皇宫，在无所不知又聪明睿智的马蒂奥·希梅内斯的帮助下，我竭尽全力才找到那片几乎无迹可寻的皇宫遗址。 当初，在长达几个世纪的时间里，宫殿一直被称作"风标宫"，因为宫殿一侧的角楼上有一个骑马武士的青铜塑像，它能随风转动，被格拉纳达的穆斯林视作有警示作用的护城符。 传说塑像上刻着以下阿拉伯铭文：

　　智慧的阿本·哈布兹以此警告：
　　安达卢兹必须时刻防备敌人的突袭。

　　据古老的摩尔编年史记载，阿本·哈布兹是塔里克征服军的一位首领，在西班牙征服战争中占领了格拉纳达要塞。 据推测，他打造这座青铜塑像是为了警示安达卢西亚的人们： 在这强敌环伺的境况中，守护安宁要依靠所有人，人们必须时刻警惕并做好随时上战场的准备。

包括历史学家马尔莫尔在内的学者认为，巴迪斯·阿本·哈布兹曾是格拉纳达的摩尔苏丹，而那座"风向标"则是一个由来已久的不祥之物，预示着穆斯林的统治不会长久，它上面刻着以下阿拉伯铭文：

> 伊本·哈布兹·巴迪斯预言：
> 安达卢兹终有一天会沦陷并消亡。[1]

另一位历史学家提供了不同的警示铭文，他依据的是费迪南德和伊莎贝拉时代著名的托钵僧西迪·哈桑的权威论述。当时，人们为了维修宫殿取下风向标，而西迪·哈桑正好在现场。这位受人尊敬的托钵僧说，他亲眼见到了那个风向标，它是七角形的，上面刻着这样的诗句：

> 美丽的格拉纳达有座宫殿，
> 宫殿上立着一个护城符，
> 那是一个骑士塑像，
> 却能随风转动，
> 它向明智者揭示了一个秘密：
> 灾难不久将会降临，
> 宫殿及其主人都将毁灭。

---

[1] 原注：马尔莫尔《摩尔人叛乱史》。

预言很快就应验了，在这个被认为不祥的风向标被动过后，灾难便发生了。当时，格拉纳达的国王老莫利·阿布·哈桑正坐在奢华的帐篷里检阅军队，勇士们穿着华丽的丝质战袍和闪亮的铁甲，骑着快马，手持宝剑、长矛和镶嵌着金银的盾牌，从国王面前列队走过。突然，一阵暴风雨从东南方滚滚而来，天空中乌云密布，紧接着大雨倾盆而下。山洪卷挟着石块和树木，从高山上咆哮着冲下山来；达罗河水漫出了河堤，冲毁了磨坊和桥梁，花园里一片狼藉；洪水席卷整座城市，淹没了房屋，卷走了居民，连大清真寺门前的广场都成了一片汪洋。惊慌失措的人们逃进清真寺，祈求安拉怜悯，他们认为暴雨和洪涝预示着更加可怕的灾难将接踵而至，而事实的确如此。据阿拉伯历史学家阿尔·马克卡里考证，洪涝只是灾难的开始，格拉纳达随后爆发了惨烈的战争，导致王国最终走向灭亡。

有权威的历史资料证明，风标宫上这个神秘的骑士护城符确实与某种不祥之兆有关。

下一章，我将继续讲述阿本·哈布兹更多令人惊叹的事迹。如果有人质疑故事的真实性，我建议直接去咨询马蒂奥·希梅内斯，以及阿兰布拉宫中的历史学家们。

第二十一章　阿拉伯占星师的传说

数百年前，摩尔国王阿本·哈布兹统治着格拉纳达。他是个退隐的征服者，年轻时四处征讨，年老体衰时便想与世无争地度日，种种月桂树，尽享从邻居那里抢夺的财宝。

然而，现实却不尽人意，这位理智又平和的老国王不得不面对年轻一辈的挑衅。和老国王年轻时一样，王子们对战斗和名利热情高涨，纷纷打算清算各自的父辈与他之间的恩怨。老国王在年轻时，对一些偏远地区采取过高压手段；现在年事已高的他打算归隐，这些地区的人却开始蠢蠢欲动，有人甚至叫嚣着要进攻首都。就这样，老国王陷入了四面楚歌的境地。格拉纳达四周环绕着荒凉陡峭的高山，就算有敌人突袭也不易察觉，因此，可怜的阿本·哈布兹终日神经紧绷。

老国王在高山上修建瞭望塔，在每个山口派驻哨兵，命令他们一旦发现敌人就发出信号。他们白天点起狼烟，晚上则燃起火把，可是这些措施都不奏效。狡诈的敌人避开了所有的岗哨，然后出其不意地从僻静的山谷冲出来，在国王眼皮子底下大肆扫荡，最后带着战利品和俘虏扬长而去。世上还有哪个和平退隐的征服者如此狼狈？

陷入困局的阿本·哈布兹烦恼不已。这时，一位年老的阿拉伯占星师来到宫廷。占星师看上去老态龙钟，长长的白胡子一直垂到腰间，他仅凭一根刻有象形文字的拐杖从埃及一路走到这里。占星师的名声早就在格拉纳达传开了，他叫易卜拉欣·埃本·阿布·阿尤布，他的父亲阿布·阿尤布是最后离世的先知同伴。据说，易卜拉欣出生于穆罕默德时代，在他还是孩子的时候，就跟着阿姆鲁征服军到了埃及，之后在那儿学了很多年巫术，还跟随埃及祭司学习魔法。

此外，据说易卜拉欣发现了长生不老的秘密，所以他才得以活到将近两百岁的高龄。可惜他发现这个秘密时年事已高，因此只能满头白发、一脸皱纹地继续活下去。

国王对这位神奇的老人盛情款待，与其他年迈的君王一样，他非常愿意与占星师交往。国王在皇宫里为占星师安排了房间，可占星师更愿意住在崖壁上的洞穴里，从那儿他能够俯瞰格拉纳达城。如今，阿兰布拉宫就位于崖壁的洞穴所在的位置。占星师命令士兵扩大洞穴，形成一个开阔的厅堂，再将洞顶挖一个圆口，这样，即使他坐在洞中也可以观望天空，甚至白天也能观测到星星。他又在洞穴大厅的墙壁上刻满埃及象形文字、各种神秘符号和星象图形。他还在大厅中添置了很多设备。这些设备是他亲自指导格拉纳达手艺精湛的工匠制作的，除了他，没人知道它们的功能。

不久，睿智的易卜拉欣就成为国王最信任的谋士，每当遇到紧急情况，易卜拉欣总能给国王提出中肯的意见。有一次，阿本·哈布兹痛斥邻邦毫无道义的侵犯，哀叹自己为了防备敌人日夜不安。占星师听毕静默了片刻，说："王啊，您知道吗，我在埃及见过一个非常神奇的机关。它是由一位垂暮的女祭司设计的，就放置在巴萨城后面的高山上，俯临宽阔的尼罗河谷。那是一座公鸡站在公羊头顶的黄铜塑像，里面有可以转动的枢轴。一旦有外敌入侵，公羊就会转向敌人的方向，公鸡也开始打鸣。有了这个机关，城里的居民就能提前知晓敌人来犯的消息，以及他们的方位，这样便能及时做好防御准备。"

"老天，那真是太好啦！"向往和平的阿本·哈布兹惊叹道，"这个机关简直就是无价之宝！公羊可以观察周围的敌情，公鸡可以及时报警。真主阿克巴！如果我的皇宫也有这样一个哨兵守护，那我便可高枕无忧了！"国王欣喜若狂。

占星师继续说道："阿姆鲁（愿他安息！）征服埃及之后，我留在埃及向当地的祭司学习，研究他们膜拜神灵的习俗和仪式，希望能掌握令埃及祭司扬名天下的秘术。有一天，我和一位老祭司坐在尼罗河畔聊天，他指着沙漠中一座耸立的宏伟金字塔说：'与埋藏在那座金字塔里的法术相比，我们能传授给你的微乎其微。金字塔的中央有一间墓室，里面安放着大祭司的木乃伊；大祭司参与并建成了这座令人震撼的金字塔。大祭司的陪葬品中有一本非常神奇的书，书中记录了法术的所有秘密。这本书原本是亚当在堕落之后得到的，后来传到智者所罗门王手里，在这本书的指导下，所罗门王修建了耶路撒冷神庙。至于它最后是怎么传到了大祭司手里，那就只有无所不知的神知道了。'听了埃及祭司的这番话，我心中顿时燃起一团火，渴望得到那本书。当时，我能够指挥许多征服军和埃及土著，于是开始着手挖掘那座庞大而坚固的金字塔。历尽千辛万苦，我终于进入金字塔的内部。顺着里面的一条密道，经过恐怖的迷宫，我最终来到金字塔中央的墓室，大祭司已经在那里躺了无数个世纪。我先拆掉木乃伊外层的棺木，然后一层一层地解开紧紧缠绕的绷带和裹布，最后在木乃伊的胸口发现了那本珍贵的书。我用颤抖的手抓住它，然后摸黑离开了金字塔，留下木乃伊独自躺在黑暗寂静的棺材里，等候最终的复活和审判。"

"阿布·阿尤布之子，"阿本·哈布兹惊叹道，"你真是个伟大的旅行家，见识过这么多神奇的事情！可是金字塔的秘密、智者所罗门王流传下来的秘术，对我有什么好处呢？"

"王啊！我研究了这本书中所有的法术，能够召唤魔鬼来帮助我完成计划。对我来说，巴萨城那个护城符已不再是秘密，我能造一个同样的——不对，应该说是更好的护城符。"

"睿智的阿布·阿尤布之子啊！"阿本·哈布兹赞叹道，"这样一个护城符，远胜于高山上所有的瞭望塔和边界上的岗哨。只要你能帮我建造一个这样的卫兵，就可以拥有无尽的财富了。"

为了达成国王的心愿，占星师立即投入建造。他在皇宫上方的阿尔巴辛山的峭壁之上修建了一座宏伟的塔楼，据说使用的石头全部取自埃及的金字塔。塔楼顶层的圆形大厅内，占星师依照罗盘在大厅的每个方向都开了一扇窗户，并在每扇窗前设置一张桌子，桌子上摆放着一支由骑兵和步兵组成的木质微型军队，桌子上方挂着一支刻着特殊巴比伦字母、锥子大小的矛。大厅的黄铜大门被一把大铁锁锁着，钥匙由国王亲自掌管。

塔顶有一座摩尔骑士的青铜塑像，骑士一手拿着盾牌，一手握着一柄垂直指向天空的长矛，塑像底部安装着一个枢轴。骑士面朝格拉纳达，仿佛在站岗放哨；一旦敌人靠近，它就会转向敌人的方向并平举长矛，仿佛准备战斗。

护城符安装完毕之后，阿本·哈布兹盼望着敌人来犯，渴盼的程度与之前担忧敌袭而长吁短叹时的忧虑程度相当。没过多久，国王的愿望实现了。 一大早，哨兵前来报告，青铜骑士的脸转向了艾尔维拉山，长矛直指洛佩关。

"敲响战鼓，吹响军号，通知士兵们拿起武器，格拉纳达全城警戒！"阿本·哈布兹命令道。

"王啊，"占星师说，"我们没必要惊动市民，更不必让勇士们拿起武器，我们可以不费一兵一卒就能杀退敌人。 让随从都退下吧，我们一起去塔上的密室大厅。"

老阿本·哈布兹倚靠着比他年长的易卜拉欣·埃本·阿布·阿尤布的手臂，勉强爬上高塔。 两人一打开黄铜大门，就看见朝向洛佩关的窗户大开着。 占星师说："就是这个方向有危险，王啊，靠近一点儿，来看看这张桌子的神奇之处。"

阿本·哈布兹国王走近桌子，令他吃惊的是，桌上的木头雕像全都在动。 马儿在跳跃奔跑，武士们挥舞着武器，隐隐传出战鼓和军号的声响，还有武器的撞击声和马儿的嘶鸣声，但这些声音都不太分明，好似正午躺在阴凉处打瞌睡时听到的蜜蜂或苍蝇的嗡嗡声。

"王啊，请看，"占星师说，"这表明敌人来了。 他们一定是越过远处的高山，从洛佩关过来的。 如果您希望兵不血刃，给敌人制造一些恐慌和混乱来逼退他们，就拿这支魔法小矛的钝头击打雕像；如果您想用杀戮的方式让敌人血债血偿，那就用小矛的尖头刺雕像。"

阿本·哈布兹的脸色铁青，他用颤抖的手一把抓住小矛，白胡须因狂喜而颤抖。 他蹒跚着走到桌前，狠声叫道："阿布·阿尤布之子，我想让对方流点儿鲜血来偿还血债！"

阿本·哈布兹一边说一边将魔法小矛刺进一些木雕，又用钝头击打剩下的雕像。 木头士兵被小矛扎过之后就倒下了，如死人一般躺在桌面上； 被钝头击打的士兵则转头扑向同伴，开始自相残杀，乱成一团。

占星师费尽力气，终于拉住这位往日再平和不过的君王，这才没有使敌人全军覆没，在他的劝说下，老国王终于离开了塔楼。随后，国王派侦察兵到洛佩关附近的山里侦察敌情。

侦察兵带回情报，敌军出了深山之后，行进到快能望见格拉纳达的地方时突然起了内讧，士兵调转矛头自相残杀，死伤无数，现在已经撤退到边界之外了。

见识到护城符的神奇作用后，阿本·哈布兹欣喜若狂。"我终于能过平静的生活了，现在所有的敌人都掌控在我手心里。睿智的阿布·阿尤布之子啊，你为我带来这样的福分，想要什么回报呢？""作为一个上了年纪的哲学家，我的要求极其简单。王啊，您只要赐给我一些基本的物料，让我随心将洞穴布置成适于隐居的住所，我就心满意足了。"

"一位真正的智者，又如此清心寡欲，多么难能可贵啊！"阿本·哈布兹赞叹道，心里暗自庆幸。他命令司库满足易卜拉欣的任何要求，帮助易卜拉欣好好布置隐居之所。

占星师命人在洞府的石壁上开凿多处房间，使它们与占星大厅组成一个套房，并在房间里放置豪华的软凳和长沙发，张挂最华丽的大马士革丝绸。他说："我上了年纪，这把老骨头坐在石凳上无法好好休息，这些潮湿的墙壁也得好好遮挡修饰。"他还让人修建浴室，要求提供各种香水和精油。他说："沐浴是为了对抗无情流逝的岁月，让我的身体恢复一些柔韧和活力。因常年废寝忘食地做学问，我的身体日渐衰弱。"房间里的银质水晶灯，散发出比日光更加柔和的光线。芳香灯油是按照占星师在埃及墓中找到的秘方特制的，能够经久不灭。他说："太阳光对老人来说太过刺眼，只有柔和的灯光才适合哲学家看书学习。"

司库因装修洞府的巨额花费叫苦不迭，牢骚满腹地去找国王。然而国王早已许下承诺，只好耸耸肩说："这位老人对埃及金字塔等宏伟遗址很有研究，因此对于静修之地的布置自有主张。不过，任何事情都会有完结的时候，我们只需要再忍耐几天。"

国王是对的。静修之所终于完成，最后建成了一个豪华的地下洞府。占星师非常满意，一连三天把自己关在里面做研究。后来，占星师再次出现在司库面前，说道："还有一件事情必须解决——我在脑力劳动之余需要一点儿精神慰藉。"

"睿智的易卜拉欣啊，我受命为您提供静修所需的一切，请尽管吩咐。"

"我希望能有几个舞女做伴。"

"舞女！"司库惊讶地重复道。

"舞女。"智者严肃地回答，"而且必须是年轻漂亮的，因为她们的青春和美貌能让我精神焕发。几个就足够了，我是一个易于满足的哲学家。"

哲学家易卜拉欣·埃本·阿布·阿尤布在豪华的地下洞府里享受着神仙般的生活。与此同时，爱好和平的阿本·哈布兹在塔楼上利用魔法雕像与敌人进行着激烈的战斗。对阿本·哈布兹这样生性平和的老人来说，这个魔法机关简直完美，它把战争变成了游戏，消灭整支军队如同挥手灭掉苍蝇一般易如反掌。

阿本·哈布兹沉迷于这项娱乐，开始挑衅邻邦，诱使其发兵。然而邻邦一再遭受从天而降的灾难，渐渐地不再冒险发兵了。因此，长达几个月，青铜骑士一直处于静止状态。可敬的老国王失去了惯有的消遣，便开始对平静单调的生活感到厌烦。

有一天，护城符骑士突然转动身体并放平长矛，矛头对准瓜迪克斯山。阿本·哈布兹迅速登上塔楼，却发现朝向瓜迪克斯山方向的武士雕像都静止着。国王很困惑，派遣一支骑兵到山里侦察敌情。

三天后，骑兵回来汇报："我们搜查了山里的每一个关隘，却没有发现一个士兵或是一支枪，只有一个国色天香的少女。她当时正躺在喷泉旁睡午觉，我们把她当作俘虏带回来了。"

"国色天香的少女！"阿本·哈布兹惊呼道，眼中迸发出热切的光芒，"把她带到我的面前来。"

于是，一位美少女被带到了国王跟前。少女穿着亮丽的服饰，是阿拉伯人征服西班牙时期哥特最流行的样式。她那乌黑的长发上点缀着白得耀眼的珍珠；额上佩戴着闪闪发光的宝石，与她那迷人的眼波交相辉映；脖子上戴着一条金链，上面挂着一把垂到她腰间的银琴。

少女的黑眼睛流露出勾魂摄魄的光彩，瞬间点燃了阿本·哈布兹那颗尚未完全枯萎的心；她摇曳生姿，莲步款款，让老国王神魂颠倒，忘乎所以。国王欣喜若狂地问道："世上最美丽的女子啊，你是谁？"

"我父亲是一位哥特亲王，不久前，他的军队在这深山中遭到了类似于魔法的袭击，最终全军覆没，他自己也被迫流亡。现在我又成了俘虏。"

"王啊，当心！"易卜拉欣·埃本·阿布·阿尤布悄声说道，"这个女人可能就是传说中的北方女巫。对没有防备的人来说，她们的魅惑无法抵挡。我似乎从她眼里看到了巫术，她的一举一动都带着魔力。毫无疑问，她就是护城符指认的敌人。"

"阿布·阿尤布之子，"国王说道，"我承认你是一个睿智的人，也是一位大魔法师，但是对女人却知之甚少。我了解女人，即便是与妻妾成群的智者所罗门王相比也毫不逊色。我看不出这少女有什么危害，她那么美丽，正是我最爱的那种。"

"王啊，请听我说！"占星师说道，"护城符已经助您取得了众多胜利，但我从未与您分享过战利品。现在请把这个来路不明的俘虏赐给我吧，让她用银琴抚慰我孤独的心；即使她是女巫，我也有魔法与之抗衡。"

"什么！你还要女人！"阿本·哈布兹喊道，"你有那么多舞女还不够吗？"

"我的确有舞女，却没有歌女。当我学到疲惫时，非常想听美妙的歌谣解解乏。"

"放下贪念吧！隐士，"国王不耐烦地说，"这个少女，我要留给自己。她将给我极大的安慰，就像书念女子亚比煞对待智者所罗门王之父大卫那样。"

占星师百般恳求和劝诫，仍遭到了国王的回拒，最后二人不欢而散。分别之际，占星师再次提醒国王当心这个危险的俘虏。可是被爱情冲昏头脑的老国王怎么听得进去呢？贤明的占星师将自己关进隐居洞府，满心的懊恼和失望。而此时陷入温柔乡的阿本·哈布兹，一心想的是如何赢得哥特美人的青睐。他确实不年轻了，但非常富有——上了年岁的情人通常都很大方。他从扎卡丁大街搜罗到琳琅满目的名贵珍宝，把来自亚洲和非洲的丝绸、首饰，以及贵重的宝石和稀有的香水统统摆在公主面前。为了博美人一笑，他还精心安排各种娱乐表演，歌谣、舞蹈、比武大赛、斗牛……仿佛格拉纳达的节日盛景永不落幕。然而，这位哥特公主对这些精彩纷呈的场面似乎习以为常。至于礼物，她来之不拒。她的美貌让男人心甘情愿地付出所有。 这位美人似乎以国王的财富缩水为乐，把他超乎常人的慷慨视作理所当然。

　　精神可嘉的老情人指望以殷勤和财宝博得美人的芳心，可最终未能如愿。 美人确实没有皱过眉头，但也没有露过笑颜。 每当国王表达爱意，她就拨动琴弦。 琴声好像带有魔力，国王一听就犯困，随后慢慢进入梦乡，醒来后他会觉得自己神清气爽，可对美人的热情也相应地减淡了。 就这样，国王的求爱遇到了极大的阻碍。 每次国王都被琴声带入愉悦的梦境，他渐渐沉溺于此。 国王耽溺于美梦，却不知整个格拉纳达的市民都在嘲笑他昏庸，抱怨他为了一支曲子而挥金如土。

　　最后，危险来临了。 但这一次，护城符没有发出警示。 首都爆发了叛乱，武装暴民包围了国王的宫殿，威胁要杀掉国王和他的情妇。 这时，老国王彰显出埋藏在心底的武士精神，率领几名护卫迎战，赶跑了暴民，平息了叛乱。

　　首都恢复秩序以后，国王前去咨询占星师，可老人的怨气未消，隐居之所的大门紧闭。

　　阿本·哈布兹用和解的语气与大师搭话："睿智的阿布·阿尤布之子啊，你确实有先见之明，预见这个美女俘虏会带来灾祸。 既然你只需看一眼就能预测祸福，那么请告诉我，怎样才能避祸？"

　　"远离那个少女，她就是祸乱的根源。"

　　阿本·哈布兹嚷道："那还不如叫我放弃自己的王国！"

　　占星师答道："那就两个都保不住了。"

　　"最深谋远虑的哲人啊，火气不要这么大，请三思——作为国王和情人，我要承受双重的压力。 请帮我想个免除灾祸的办法吧！我已经没有追求名利和权势的欲望了，只渴望休养生息。 难道就没有一个静修的地方，让我避开全世界，远离所有的担忧、浮躁和烦恼，在安宁中度过余生？"

占星师用浓密的眉毛下的双眼注视着国王，好一会儿才开口说道："如果我让您拥有这样的静修之地，您能给我什么？"

"不管你要什么，只要是我力所能及的，我都以灵魂起誓，给予你所需。"

"王啊，您是否听说过伊莱姆花园——阿拉伯人的乐土之一？"

"我听说过。到过麦加的朝圣者说起过它。我听说过许多与它有关的奇闻逸事，但我认为那些荒诞的传说不可信，就像旅行者总会吹嘘自己走遍了天涯海角。"

占星师严肃地反驳道："王啊，不要怀疑这些传说，旅行者从世界尽头带回来的奇闻逸事往往包含了很多珍贵的信息。至于伊莱姆花园和宫殿，它们的确是存在的，因为我曾亲眼见过。听听我的历险吧，或许与你提出的要求有关。

"年轻时，我是一个生活在沙漠中的阿拉伯人，帮着父亲照料骆驼。在穿越亚丁沙漠的途中，一只骆驼与骆群走散了。我追寻着它的足迹找了好几天，最后筋疲力尽地躺倒在一棵棕榈树下睡午觉，旁边有一口干得见底的水井。然而，当我醒来时，发现自己躺在一道城门前。我走进城门，看见雄伟的街道、广场和市场，可是没有人烟，一片寂静。我继续往前走，看见一座华丽的宫殿。宫殿里有栽种着树木和鲜花的花园，以及满是诱人果实的果园，还装点着喷泉和金鱼池，可依旧杳无人迹。我被眼前这一片死寂吓到了，迅速走出城门。再回头看时，却发现城市消失了，取而代之的是一片无边无际的荒漠。

"我在那附近遇到一位年迈的托钵僧，他对当地的传闻逸事了如指掌，我把刚刚的所见所闻告诉了他。他说：'那就是传说中的伊莱姆花园——沙漠中的一大奇迹。只有误闯进去的人才有可能看见。不过，里面的高塔、宫殿、果实累累的枝条伸出围墙的花园……那一派赏心悦目的景象很快就会消失。关于那座花园有一个故事。很久以前，亚底人住在那里，谢达达王——亚德的儿子，也是挪亚的曾孙，在那儿建立了一座城市。谢达达王看着雄伟壮观的城市，难以抑制内心的骄傲，便决心修建一座皇宫，以及一个能与天堂媲美的花园。上天为了惩罚国王的放肆便降下诅咒，把他和他的臣民从世上抹去，并且用法术使城市、宫殿和花园变成永久的隐形之地。同时，上天为了让后人铭记谢达达王的罪过，让误闯入的人能看到伊莱姆花园。'

"王啊，这个故事和我亲眼所见的奇观一直牢牢地印在我的脑海。后来，我在埃及得到智者所罗门王的智慧之书，便暗下决心要回去找到伊莱姆花园。皇天不负有心人，通过从书中学到的知识，我真的找到了谢达达王的宫殿，并且在那堪比天堂的花园中尽情度过了几天好时光。我用魔法制伏了守护花园的鬼仆，进而逼他说出施加在花园上的魔咒，于是我知晓了如何使花园显现或消失。王啊，我现在就能在格拉纳达上方的高山上建造这样一座花园，因为我不但知晓所有的秘咒，还拥有智者所罗门王的智慧之书！"

"睿智的阿布·阿尤布之子啊！"阿本·哈布兹用颤抖的声音急切地说道，"你真是一位名副其实的旅行家，见识过如此神奇的东西！你费心让我得到这样一个天堂，我甘愿以半壁江山回报你。"

占星师回答道："哎呀！您知道我已经老了，况且是一个易于满足的哲学家，我想要的不过是进入魔法宫殿的第一只牲口及它所驮的东西。"

　　国王一口答应了占星师的要求。占星师开始忙碌起来，他命令士兵在隐居洞府的正上方修建一座雄伟的塔楼，塔楼的下半部是一座无比坚固的碉堡。碉堡外面的门廊建有高大的拱门，里面的正门异常厚重结实。占星师亲手在正门的拱心石上雕刻了一把很大的钥匙，又在比正门略高的拱心石上雕刻了一只大手，然后念诵着长长的咒语。于是，它们成了威力无比的保护符。

　　碉堡建好之后，占星师把自己关在占星大厅里，一连两天忙着施展秘咒。第三天他登上山顶，在那里待了一整天。直到深夜他才下山来到阿本·哈布兹面前，说道："王啊，我的任务终于完成了。现在山顶上矗立着一座令人心旷神怡的宫殿，它有着人们无法想象的极致美景，是每个人都向往的天堂。宫殿里面有豪华的大厅和画廊、迷人的花园、清凉的喷泉和整洁的浴室。总而言之，现在矗立在山巅的是天堂一般的地方。而且它与伊莱姆花园一样，受到强大魔法的保护，除非有人掌握保护符的秘密，否则没有人能看见或发现它。"

　　阿本·哈布兹欣喜若狂地赞叹道："太好啦！天一亮我们就搬进宫殿。"国王高兴得彻夜难眠。第二天清晨，阳光刚直射到白雪皑皑的内华达山峰时，国王就在几位精挑细选的随从陪同下，骑马踏上了崎岖狭窄的山路，向山顶进发。珠光宝气的哥特公主骑一匹温驯的白马，走在国王身边，脖子上挂着一把银竖琴。国王的另一侧，占星师拄着手杖一路步行。

　　阿本·哈布兹用眼光急切地搜寻占星师描述的宫殿，察看山顶是否有沐浴在阳光之下的高塔，以及是否有掩映在花木丛中的花园和露台，可他什么也没有看见。占星师说："要让这座宫殿保持神秘及安全，就必须如此。除非进入那座被施了魔咒的碉堡并成为宫殿的主人，否则就无法看见它。"

　　一行人来到碉堡前。占星师停下脚步，指着雕刻在拱顶的神秘大手和钥匙对国王说："它们是这个天堂的守护符。只要那只手没有伸下来抓住钥匙，那么不管是用凡俗之力还是魔法，都动摇不了宫殿的主人。"

　　阿本·哈布兹张着嘴、凝神屏息地端详那神秘的守护符。就在这时，公主的白马突然走动起来，一直走进了大门，停在碉堡的中央。

　　占星师叫道："看啊！这就是我要的报酬——走进魔法碉堡的第一只牲口和它所驮之物。"

　　阿本·哈布兹以为老人在开玩笑，可随即发现对方是认真的，气得白胡子都颤抖起来。"阿布·阿尤布之子，"他冷酷地说道，"你说这样一句含糊不明的话，究竟有何居心？我的承诺你心中有数：进入这道大门的第一只牲口和它所驮之物都归你。你可以到我的牲口棚挑选一匹最强壮的骡子，然后到我的宝库挑选最珍贵的宝贝装载在骡子背上，那些东西全都归你。但我警告你，不要再打公主的主意，因为她是我幸福的源泉。"

　　"我要财宝做什么？"占星师不屑一顾地说道，"难道凭着智者所罗门王的智慧之书，世上还有我得不到的宝藏吗？陛下金口玉言，现在公主已经属于我了，我宣布她已经归我所有！"

　　白马上的公主带着倨傲的神情，居高临下地旁观这一切，她微微抬起玫瑰色的嘴角，似乎在嘲笑这两个为争夺年轻貌美的女子而纠缠不休的白胡子老头。国王忍无可忍，大骂道："低贱的沙漠之子！尽管你掌握了很多魔法，但要知道我才是你的主人。千万不要在国王面前耍把戏。"

　　"我的主人！我的国王！"占星师嘲讽地重复道，"拥有一座小山头的国王居然妄想支配我！我是精通所罗门王护城符符咒的大魔法师！再会了，阿本·哈布兹，继续统治你那巴掌大的王国吧！在那如梦似幻的天堂里尽情享乐吧，而我将在隐居之地对着你放声大笑。"说完，占星师抓住白马的缰绳，同时用手杖重重地敲击地面，随即和哥特公主一起从碉堡中央陷进了地底。地面很快在他们头顶合上，没有留下一丝痕迹。

阿本·哈布兹惊得目瞪口呆。回过神来之后，他召集一千个工人用镐和铲子挖掘那两人消失的地方。可是，无论工人怎么费力挖掘都是枉然，因为他们的工具很难凿穿地底坚硬的岩石，哪怕费尽力气挖了个坑，那里瞬间就会再被泥土填平。阿本·哈布兹又派人到山脚搜寻占星师洞府的入口，可是那里除了一块完整的岩壁外，什么都没有。

易卜拉欣·埃本·阿布·阿尤布消失之后，守护符也失去了作用。青铜骑士一直保持一个姿势——面朝山峰，长矛直指占星师消失的地方，仿佛阿本·哈布兹最可怕的死敌就潜藏在那里。

山腹之中不时传出微弱的音乐和女人说话的声音。有一天，一个农夫向国王报告，说他前晚爬进一处偶然发现的岩石缝隙，发现下方有一个地下大厅。大厅里，占星师坐在一张精美的长沙发上打瞌睡，而公主就在旁边弹奏银琴，那琴声似乎有某种魔法，使占星师失去了意识。

阿本·哈布兹派人到农夫所说的地方寻找，但那道岩石缝隙已经消失了。他本以为这次能找到死对头，但最后无功而返。那大手和钥匙的魔力之强大，非人力所能抗衡。至于占星师承诺的宫殿和花园，它们所在的地方依旧是一片荒芜。不知道究竟是像占星师吹嘘的那样，那座极乐园真的被魔法隐形了，还是说那只是他编造的神话。不过，世人大多倾向于后一种观点。有人管那片山头叫作"国王的笑话"，也有人称之为"傻瓜的天堂"。

更让阿本·哈布兹懊恼的是，他失去了魔法的庇护，以前羞辱、挑衅他的邻邦纷纷赶来报复。于是，这位爱好和平的国王，余生只能为应付内忧外患而疲于奔命。

数百年之后，人们在这座发生了很多故事的山上修建了阿兰布拉宫。从某种意义上来说，伊莱姆花园——这座传说中的极乐园已经成为现实。那座被施了魔咒的碉堡依旧完好无损，这无疑是受到魔法之手和魔法之钥的保护，现在它被称为"正义之门"，是阿兰布拉堡垒雄伟壮观的入口。据说，老占星师受控于公主银琴的魔法，仍在地下大厅的长沙发上打着瞌睡。

夏夜，守卫大门的残疾老哨兵偶尔会听到琴声，也许是受魔法感染，他们会在岗位上安静地进入梦乡。这睡意弥漫于整座宫殿，即便是白天当值的哨兵，也经常在石凳上打瞌睡，或是躲到附近树荫下睡觉。正义之门的岗哨是基督教世界里最让人困乏的军事岗位。依据古老的传说，占星师将继续囚禁公主，同时受制于公主的琴声而陷入沉睡，只有等到神秘大手抓住那把宿命之钥，施加在这座山上的魔咒才会被彻底解除。

第二十二章 《阿拉伯占星师的传说》 小记

在阿尔·马克卡里的历史书籍《西班牙的穆罕默德王朝》中，引用了另一位阿拉伯作家关于护城符塑像的描述，这段描述与前文提到的传说有相似之处。

书中说，在加迪斯曾有一座 100 腕尺 [1] 高的方形塔楼，它是由铜质锁扣牢牢固定的大石块层层堆砌而成的。塔顶有一尊面朝大西洋的男子塑像。塑像右手持一根手杖，左手食指直指直布罗陀海峡。据说，古代安达卢西亚的哥特国王之所以建造这尊塑像，是为了给航海者指引方向。可是，巴巴里和安达卢兹的人们却认为塑像是护城符，而且附近的海域都被施加了魔咒。每隔六七年，海盗就会成群结队地从马尤斯坐船而来。他们乘坐首尾都悬挂着方形船帆的巨船，在海上劫掠船只，然后在塑像的指引下，穿过海峡进入地中海，登上安达卢兹的海岸烧杀劫掠，有时甚至一路扫荡到地中海对面的叙利亚

---

[1] 译注：一种测量单位，广泛用于埃及，也用于希腊和罗马。1 腕尺大约等于 0.46 米。

海岸。

西班牙内战时期，一位舰队司令占领了加迪斯。他听说那尊塑像是纯金打造的，便命人将其取下敲碎，结果却发现塑像是镀铜的。随着塑像被拆毁，海上的魔咒也被破除了。从那以后，这片海域再也没有出现过成群结队的海盗，只是有人在岸边见过两艘沉船的遗骸，一艘在马尤斯港，另一艘在阿甘海角附近。

阿尔·马克卡里提到的海上侵略者，估计是古代北欧人。

第二十三章　阿兰布拉宫的访客

我在阿兰布拉宫里安静地做着君王梦，一晃三个月过去了，估计许多前任君王都没有享受过这么长的和平任期。

在这期间，季节照常变换。我来的时候正是万象更新的 5 月，枝头长着嫩绿透亮的新叶，殷红如血的石榴花还没有开放；赛尼尔河和达罗河岸边的果园里繁花似锦，岩壁上长满了野花，整个格拉纳达仿佛玫瑰的海洋；夜莺对着这美景不分昼夜地歌唱。

随着夏季来临，玫瑰渐渐凋谢，夜莺也变得安静了，边远乡村的土地开始干枯开裂。只有城市的近郊，还有积雪覆盖的高山脚下幽深狭窄的山谷，才会常年保持郁郁葱葱的景象。

阿兰布拉宫中有专为避暑而建的场所，最特别的要数那几乎处于地下的浴室套房，尽管已经有明显的衰败迹象，但仍保留着古代东方特色。浴室入口有个大小适中、精巧典雅的大厅，大厅通往一个小庭院，以前那里种满了鲜花。大厅上方有一个由大理石柱和莫里斯科式拱顶支撑着的小画廊；中央有一座喷射着水花的雪花石喷泉，使厅内的空气保持清新凉爽；两边设有深入墙壁的凹室，里面有高台，贵人们出浴后可以靠着垫子躺在高台上，在画廊传来的轻柔音乐和香水的芬芳中，放松地沉入梦乡；后面是更加隐蔽的专供女性使用的内室，后宫的美人们曾在此享受奢侈的香汤沐浴。拱形天花板上有许多细小的孔洞，柔和的日光投射进来，使这里渲染上了浓重的神秘色彩。浴室优雅且华丽，尤其是苏丹王妃使用过的雪花石浴池。如今，浴室被寂静和晦暗笼罩着，拱顶成了蝙蝠最爱的栖息地。白天它们蜷缩在黑暗的角落，一旦受到惊扰，就会在这光线昏暗且气氛神秘的房间中盘旋飞舞，给房间增添了几分荒凉气息。

浴室虽稍显衰败却清凉雅致，如洞穴一般幽静，令人神清气爽。夏季到来，天气闷热，每天我都待在这里，直到日落才离开；晚上，我还会去主厅的大浴池里洗浴，或者可以说是游泳。通过这样的方式，我有效地消除了闷热天气带给我的萎靡不振。

我独享着阿兰布拉宫的君王梦，不曾想过结束。一天清晨，枪声将我惊醒。那枪声在高塔之间回荡，仿佛城堡被敌军占领了。我前去查看，发现有一位老骑士带着几位家人搬进了大使厅。那是一位老伯爵，为了呼吸清新的空气，从格拉纳达的府邸搬到阿兰布拉宫小住几日。虽然伯爵是名老兵，但在运动方面却是新手。为了一份美味的早餐，他站在阳台上向燕子射击，机灵的随从在一旁帮忙填火药。虽然他连连开火，可是没有命中一只燕子。那些鸟儿似乎也很喜欢这个游戏，它们叽叽喳喳地转圈飞舞，贴着阳台掠过，好像在嘲笑老伯爵拙劣的枪法。

老伯爵的到来打破了安定的格局，但我们之间没有任何隔阂或冲突。我们犹如格拉纳达的最后两位国王，平静地共享这个王国，维持着最友好的同盟关系。老伯爵拥有对狮子院及其周围大厅的绝对控制权，而我则和平地统治着浴池和林德拉萨花园一带。我们在庭院的拱顶下用餐，其间，旁边的喷泉喷射着清凉的水花，大理石道旁的水渠中清水在汩汩流淌。

傍晚时分，老骑士的家人聚在他身旁。伯爵夫人是他的第二任妻子，她会带着继女卡门从城里赶来。卡门正值花季，是一个非常迷人的小家伙，她是伯爵唯一的孩子。经常来的还有伯爵的办公助手——牧师、律师、秘书、管家，以及那些帮他打理庞大产业的办事员和代理人。他们从城里带来各种新闻或小道消息，还会陪伯爵玩奥伯尔牌[1]消磨时光。老伯爵像是组建了一个家族宫廷。每位下属都很尊敬他，但并没有表现得卑躬屈膝，事实上，伯爵也并不苛求下属对自己毕恭毕敬。一般来说，西班牙人的高傲极少影响社交或家庭生活中的正常交流，他们不会让人感觉受到冷落或压制。在西班牙，亲人之间的交流十分和谐且无拘无束，上下级之间也不会出现前者自大傲慢，后者奴颜婢膝的情景。就这些方面而言，西班牙——尤其是南部省份——的人们在日常生活中还保留着值得颂扬的传统民风。

在我看来，伯爵的女儿小卡门是这个家族最可爱的成员。她只有十六岁，是全家的掌上明珠。家人依然把她当成一个孩子，常用娇宠而亲热的口气称她为小丫头。她虽然还没有发育成熟，却已经具备西班牙女子匀称而柔韧的优美体态。她拥有在安达卢西亚少见的金发碧眼和雪白肌肤，看起来温柔而娴静。这使她拥有天真无邪的气质，不同于火辣的西班牙美人。尽管她在乡间长大，但天生聪慧、极具天赋，不管学什么都很出色。她会唱歌，会演奏吉他和其他乐器，会跳当地舞蹈，且舞姿曼妙动人。不过她从未想过要引人

[1] 译注：一种三人玩的纸牌游戏。

注目，她的一举一动都浑然天成，体现了活泼快乐的天性。

　　阿兰布拉宫的生活因这迷人的小家伙而变得多姿多彩。可以说，小美人与这里相得益彰。每当伯爵夫妇与牧师或秘书坐在狮子院的门廊下玩奥伯尔牌的时候，小姑娘就在贴身女伴德洛丽丝的陪同下，坐在喷泉旁，一边弹吉他，一边唱西班牙流行的浪漫歌曲，有时还会唱摩尔人的传统民谣。

　　只要提起阿兰布拉宫，我就会想起这个可爱的小家伙——这个快乐天真的少女，在铺着大理石的厅堂里嬉戏，伴随摩尔响板翩翩起舞，在喷泉水声的伴奏下用银铃般的嗓音婉转歌唱。

第二十四章　文物和族谱

伯爵一家为我展现了一幅西班牙式的家庭生活场景，使我兴致盎然。当得知他的家族与格拉纳达古老的英雄年代还有某些渊源时，我更是喜出望外。可敬的老伯爵看上去一点儿也不好战，他对武器的运用至多就是向燕子开枪，没想到他竟是科尔多瓦的贡萨尔沃的嫡系后代和正统传人。贡萨尔沃是一位赫赫有名的大统领，在格拉纳达的城墙下取得了荣耀一生的功绩。他也是费尔南德和伊莎贝拉委派的谈判使者之一，负责协商投降协议的条款。而且，绰号为"善变者"的堂·佩德罗·韦内加斯也是伯爵的祖先。因此，只要伯爵愿意，他还有资格自称是古代摩尔亲王的旁系远亲；他的女儿——迷人的小卡门——也可以自称是赛西特里安公主或美丽的林德拉萨的

合法传人 [1]。

伯爵告诉我，他的家族珍藏品中有一些奇特的光复文物，于是一大早，我便跟着他从阿兰布拉宫出发，到他在格拉纳达的府邸一饱眼福。文物中最珍贵的是一把大统领的佩剑，它没有任何夸张的装饰，仅凭简朴的象牙剑柄、宽而薄的锋刃，就成为伟大的统帅喜爱的利器。依法继承大统领佩剑的嫡系子孙显得如此柔弱，或许有人要对家族荣誉的传承问题大发感慨了。光复遗物中还有一些大而笨重的毛瑟枪，它们可与保存在军械库中的那些大双手剑媲美，看着就像是巨人时代的遗物。

除了世袭的荣誉，我发现老伯爵还是一位主旗手，他有权在某些庄严而崇高的场合高举费尔南德和伊莎贝拉留下的古老旗帜，并在君王的坟墓上方挥舞。他向我展示了六件丝绒马衣，上面布满炫目的金银线彩绣。只要有新任君王在格拉纳达或塞尔维亚举行登基典礼，伯爵就会骑着身披精美马衣的骏马隆重出场，其余五匹骏马则紧随其后，由身穿华丽制服的随从牵引着。

我听说有些征服者的后代会保留战利品，所以原以为能在伯爵的收藏品中看到古代格拉纳达的摩尔人遗留下来的战甲和武器，可惜

---

[1] 原注：为了避免读者认为这只是虚构的小说情节，请参考由历史学家阿尔坎塔拉编写的家谱，他依据的是科尔维拉侯爵档案中的一份阿拉伯羊皮手稿。这份家谱作为一个奇特的案例，展示了在摩尔人战争期间，基督徒和摩尔人之间通过战俘和通婚形成的亲缘关系。摩尔国王阿本·胡德——阿尔摩哈德王朝的征服者——的直系后代是阿尔美利亚亲王西德·亚希亚·阿尔纳亚尔。这位亲王娶了贝尔梅霍国王的女儿，二人育有三个孩子：大儿子赛西特里安王子优素福·阿本·阿尔哈玛，他篡夺了格拉纳达王位，不过在位时间很短；二儿子纳萨尔王子，他娶了有名的林德拉萨；小女儿赛西特里安公主，她嫁给了堂·佩德罗·韦内加斯——卢克家族的幼子，却自小就被摩尔人俘虏。老伯爵就是卢克家族的现任族长。

没有。我之所以对这类文物特别感兴趣，是因为想要通过它们来证实摩尔人的风俗习惯。许多人对摩尔人的风俗习惯存在误解，以为摩尔人与普通的东方族群没有差别，但事实并非如此。根据摩尔作家的权威记载，摩尔人在很多方面保留了戴头巾的生活习惯。不过，除了西部省份的权贵或政府要员，大多数摩尔人并不戴头巾，而是戴红色或绿色的羊毛毡帽。这种帽子可能源自巴巴里地区，被称作"突尼斯帽"或"菲斯帽"，如今多见于东方国家。但摩尔人通常在帽子上面包裹头巾。犹太人则必须戴黄色的毡帽。在穆尔西亚、巴伦西亚及其他东部省份的公众场合，高层人士一般什么也不戴。比如阿本·胡德这位武士国王就从来不戴头巾，他的竞争对手——阿兰布拉宫的缔造者阿尔汉马也是如此。人们无论身份高低，都披着塔伊拉桑，这是一种带兜帽的短斗篷，与16、17世纪西班牙流行的斗篷相似。有身份的人们有时会头戴兜帽，而底层人士则从不戴帽子。

依据伊布努·赛义德的描述，13世纪，作战双方的装备配置差不多——全套护甲外着鲜红的束腰短外套，头戴锃亮的头盔，身背盾牌；手握一把矛头很宽的大长矛，有时是双矛头；马鞍非常厚重，而且前后都伸出很长；骑士策马奔驰，身后旗帜飘扬。

14世纪的格拉纳达作家阿尔·哈蒂布曾有过如下描述：

　　安达卢兹的骑士恢复了东方传统，再次采用阿拉伯式的战甲和武器——轻便的头盔、轻薄且耐用的胸甲、通常用芦苇制成的细长矛、由双层羚羊皮制成的阿拉伯式马鞍和圆盾。当时，格拉纳达骑士的武器装备流行奇特的华丽风格——他们的盔甲镶嵌着金银；他们的军刀是最锋利的大马士革刀，精心打造的刀鞘上镶嵌着珐琅；他们的腰带用金银丝织成，并用宝石点缀；

他们的菲斯匕首，刀鞘上镶满珠宝；他们的长矛挂着鲜艳的小旗；他们的战马披着华美的丝绒绣花马衣。

传唱至今的古老的西班牙摩尔民谣，经常会歌咏这样的盛景，可很少有人相信其真实性。这位知名作家细致入微的描写，为民谣提供了翔实的依据。作者栩栩如生地描绘了格拉纳达骑士隆重登场的精彩场面，以及骑士们纷纷来到格拉纳达的场景，他们或是为了参加军事演习，或是为了出席在维瓦拉姆布拉广场上举办的骑士盛典。

第二十五章 夏 宫

在阿兰布拉宫上方高高的山坡上，有一座浓荫蔽日的花园，花木掩映着富丽堂皇的露台，高塔和白墙散布在树丛中。这就是仙境般的夏宫，一座经常出现在古老传说中的宫殿。这里还有闻名于世的古柏，它们早在摩尔人时代就已经长得枝繁叶茂，如今更是成为参天大树。据说，它们与鲍勃狄尔及其王妃的精彩故事有关。

夏宫中保存着许多人物画像，画上都是光复时期的风云人物——费尔南德和伊莎贝拉、庞塞·德莱昂、勇敢的加西斯侯爵，还有加西拉索·德·拉维加，他是一位力大堪比赫拉克勒斯[1]的勇士，曾与摩尔人塔尔菲苦战并杀死了他。还有一幅肖像，有人说画的是不幸的鲍勃狄尔，也有人说是摩尔国王阿本·胡德——阿尔美利亚亲王的祖先。在光复战争临近结束之际，亲王堂·佩德罗·德·格拉纳达·韦内加斯投奔到费迪南德和伊莎贝拉旗下。他的嫡系后代坎波特贾尔侯爵是夏宫现在的主人。侯爵常居海外，夏宫现在已经没有贵人居

---

[1] 译注：希腊神话中的大力神。

住了。

夏宫中依旧充满了令人陶醉的南方特色——水果、鲜花、绿树遮挡的凉亭、桃金娘枝条编成的篱笆墙、清新怡人的空气、喷涌的清泉……我何其有幸，能亲眼见证这些美景，这些宫殿和花园都是画家最爱描绘的南国风光。那天是伯爵女儿的圣人日[1]，她从格拉纳达邀请了一些年轻女伴，准备在摩尔宫殿清凉的大厅和树荫之下，一同消磨漫长的夏日。清早的娱乐节目就是造访夏宫，这群快乐的小伙伴三三两两地散开，去往绿树丛中的小道，或是喷溅着晶莹水花的喷泉，或是意大利式石阶，或是华美露台的大理石栏杆边。而我则跟几个女孩坐在一个开放式画廊里，欣赏面前一望无际的美景——阿兰布拉宫、格拉纳达城、延伸到远方的大平原、天边地平线上林立的高山。这真是一个如梦似幻的世界，在夏日阳光中闪烁着耀眼的光芒。正当我们沉浸于美景之中时，达罗山谷传来叮咚的吉他声和清脆的响板声，萦绕在耳际，引得我们循声望去。原来，半山腰的树荫下正在举行一场安达卢西亚风味的节日聚会，热情的参与者有的躺在绿草地上休息，有的正伴随音乐跳舞。

美妙的音乐和醉人的景色，营造出高雅幽静的环境。四周静谧的氛围，还有夏日清晨特有的安宁祥和，这一切的融合仿佛具有某种魔力，深深地感染了我们。几个当地女孩开始讲述与这座摩尔宫殿相关的传说。这些故事听上去就像"造梦素材"，我将其整理，构成了下文的传奇故事，希望能有幸让读者领会。

---

[1] 编注：圣人在一年当中的纪念日，而以此圣人之名来取名的人，也会在这一天庆祝。

第二十六章 阿哈迈德·阿卡迈勒
王子的传说 [1]

　　曾经有一位摩尔国王，他给自己唯一的儿子取名阿哈迈德。王子还是婴儿时，人们就觉得他在各方面都将非常出色，因此众大臣给他取了一个绰号——"阿卡迈勒"，意思是完美的人。占星师也支持这一看法，因为占卜所得的吉兆表明，王子能成为一位完美的君王，在他的统治下国家定会繁荣昌盛。然而，王子命中可能会出现一朵玫瑰色的阴云——他天生多情，一旦陷入柔情，就可能遭遇极大的危险。不过，只要王子在成年之前远离爱情的诱惑，就能一帆风顺。

　　为了避祸，国王决定将王子放到一个与世隔绝的地方抚养，在那里，他不会见到任何女子，也不会听说"爱情"这个词。为此，国王在阿兰布拉宫上方的山峰上修建了一座美丽的宫殿。宫殿四周高墙环绕，内部是赏心悦目的花园，这就是如今的夏宫。王子从小就被关在这里，由埃本·博纳本负责监护和教导。

---

　　[1] 原注：又名《爱情朝圣者》。

埃本·博纳本是阿拉伯贤者中最有智慧但也是最缺乏情趣的人之一。他大半生的时间都在埃及学习象形文字，以及研究坟墓和金字塔。在他看来，世人眼中最迷人的美人，远不如埃及木乃伊有魅力。这位贤者受命为小王子教授各种学问，除了一样——爱情。国王对他说："为了避免王子接触到这方面的东西，你可以采取一切必要的手段。但是请记住，埃本·博纳本啊，如果我的儿子在你的教导下知晓任何禁忌知识，那你就得当心自己的脑袋了。"睿智的博纳本枯槁的脸上挤出一丝干涩的微笑："尊敬的陛下，您大可放心，我的脑袋不会有任何风险，我不会浪费时间给学生讲无用的感情话题。"

在哲学家万般谨慎的看护下，王子在这与世隔绝的宫殿和花园中慢慢长大了。伺候王子的都是些又丑又哑的仆人，他们对爱情一无所知，即使知道也没法说话。埃本·博纳本精心教育王子，让王子的才智日益发展并完善。他尽力引导王子学习埃及的深奥学问，但王子在这方面的进步微乎其微。很快，埃本·博纳本发现他的学生不是做哲学家的料。

不过，年轻的王子很有可塑性，愿意听取建议，对导师总是言听计从。他会克制困意，耐心聆听埃本·博纳本充满智慧的教导。日积月累，对于各种不同的知识，他都有所涉猎。当王子二十岁时，他所拥有的智慧和学识已超乎常人，唯独对爱情一无所知。

这个时候，王子的行为发生了微妙的变化。他放弃了学业，整日在花园里流连徘徊，抑或在喷泉旁沉思。他对音乐了解得不多，可现在音乐却占据了他的大部分时间，他对诗歌的热爱也越来越强烈。贤人埃本·博纳本感到事情不妙，竭力想用严谨的代数课程赶走王子那些无用的闲情逸致，可是王子断然拒绝，他说："我无法忍受枯燥的代数课，那简直让我憎恶。我想要学习某种能够更好地与心灵沟通的东西。"

　　贤人埃本·博纳本摇了摇干瘪的脑袋，心想："不能再提哲学了，王子已经发现了自己的内心。"他焦虑不安地密切观察学生，发现王子天性中温柔多情的一面已经苏醒，只是还没有找到合适的爱慕对象而已。

　　王子整日在夏宫的花园里游荡，沉醉在一种不明缘由的情感中。有时，他会坐在那里陷入遐想，然后抓起琴弹奏出动听的旋律，过后又把琴扔到一边开始长吁短叹。渐渐地，王子对一些没有主观意识的生物表现出多情的天性。他有了心爱的花儿，并且温柔呵护它们，从不懈怠。他还迷恋上各种各样的树，其中有一棵形态特别优美，枝条袅袅低垂，王子对它倾注了浓厚的爱意。他把自己的名字刻在树干上，把花环挂在枝条上，还对着它一边弹琴一边吟唱赞美的诗句。

　　学生的狂热状态令埃本·博纳本惊惧，因为他看出王子快要跨越禁忌的边界了，只需一点儿微不足道的暗示，王子就能知晓那个致命的秘密。为了王子的安危，也为了保住自己的脑袋，埃本·博纳本赶紧将王子从充满诱惑的花园带走，关进夏宫最高的一座塔上。塔上有精美的房间，在那里能望见无边无际的美景。高塔远离花园甜美的氛围，能避免魅惑人心的树林侵扰阿哈迈德敏感的心。

　　然而，有什么东西既能让王子甘心忍受束缚，又能打发无聊的漫漫长日？埃本·博纳本绞尽脑汁，找到一门让王子感兴趣的学问——当然不是代数课。幸亏他曾在埃及跟随一位犹太教士学习鸟语，鸟语的源头可追溯到智者所罗门王，而所罗门王则是跟从示巴[1]皇后学到的。王子听说要学这门语言，眼睛闪现出兴奋的光芒，他如饥似

---

[1] 译注：示巴是阿拉伯南部古国，以富庶闻名。

渴地学习，很快就跟老师一样精通鸟语了。

从此，高塔对王子来说不再是幽闭的空间，在这里他也能找到交流的伙伴，他结交的第一个朋友是一只老鹰。老鹰将巢穴筑在高高的护墙的裂缝当中，它常常飞到很高很远的地方找寻猎物。王子觉得这只鸟儿不值得尊敬，因为它简直就是空中强盗，既嚣张又爱吹牛，而且整天谈论的都是屠杀掠夺和铤而走险的勾当。

王子认识的第二位伙伴是一只猫头鹰。猫头鹰看上去非常聪明，大大的脑袋上有一双圆溜溜的眼睛。白天，它蹲在墙上的一个洞里，忽而眨巴眼睛，忽而转动眼珠，晚上便飞出去闲逛。它喜欢卖弄学问，喜欢谈论与占星和月亮有关的话题，有时还涉及巫术。它极其热衷于形而上学，它的长篇大论比贤人埃本·博纳本的还要冗长。

后来，王子又认识了一只蝙蝠。蝙蝠白天倒挂在拱顶的阴暗角落里，黄昏时分才衣冠不整地出门。它对一切事物的看法都如暮色一般晦暗，它觉得世间万物皆不完美，它，谁也看不上，对什么都不满意。

王子还认识了一只燕子。起初，王子非常喜欢燕子，因为它能说会道。可是燕子一刻也停不下来，总是飞来飞去，无暇交谈。后来，王子发现燕子不过是个肤浅的家伙，对任何事情都只是略知皮毛，了解得并不透彻。

这就是王子仅能遇到的伙伴，因为这座塔太高，其他鸟儿很难飞上来。王子通过与新伙伴对话练习鸟语，可是很快就厌倦了，因为与鸟儿们交谈几乎不用动脑，更谈不上触动心灵。王子再次陷入深深的孤独。

冬天过去，春天带来满园盛开的鲜花和翠绿的新叶，以及弥漫在空气中的甜美气息。这是鸟儿们忙于交配和筑巢产卵的欢乐季节。

仿佛在一瞬间，夏宫的树林和花园里都萦绕着鸟儿们欢快的鸣唱。王子听见四面八方的鸟儿都在歌颂一个主题："爱情——爱情——爱情——"歌声传播开去，立刻就能得到各种各样的回应。王子聆听着，满心困惑："这'爱情'究竟是什么东西？爱情的世界似乎丰富多彩，可为什么我一无所知？"

王子向老鹰打听，可那只凶猛的鸟儿不屑地答道："这个问题你得去问地面上那些爱好和平的傻鸟，它们生来就是我这样的空中王子的口中餐。我干的行当是打仗，只有战斗才能让我快活。作为一名武士，我一点儿也不了解那所谓的爱情。"

王子失望地离开了老鹰，来到猫头鹰藏身的地方，心想："也许这只聪慧的鸟儿能告诉我答案。"于是他问猫头鹰，树林中鸟儿们歌唱的"爱情"到底是什么。猫头鹰觉得这个问题有辱自己的身份，便说："每晚我都在勤奋地学习和研究，白天就待在家中消化学过的知识。至于你提到的那些鸟儿，我从来都不听它们的废话——我可瞧不上它们，以及它们关注的话题。感谢真主，幸好我不会唱歌。作为一位哲学家，我一点儿也不了解那所谓的爱情。"

王子回到拱廊，看见蝙蝠正倒挂在天花板上，便问它同样的问题。蝙蝠皱起鼻子，十分恼火地答道："你一大早吵醒我，就为了问这个愚蠢的问题？我只在黄昏出门，那时所有的鸟儿都睡了，而我也不会自寻烦恼去关心感情问题。感谢老天，幸好我不是鸟类。我发现它们都有罪，而且令人生厌。作为一个厌世者，我一点儿也不了解那所谓的爱情。"

最后，王子只好去寻求燕子帮忙，他趁燕子在塔顶上空盘旋的时候叫住了它。燕子如往常一般匆忙。"我每天要操心那么多公事，追寻那么多目标，根本没时间去想这个无聊的问题。我每天要拜访上千位朋友，关注上千个重要问题，完全没有空闲思考诸如唱歌这种微不足道的事情。总之，作为一个世界公民，我一点儿也不了解那所谓的爱情。"话音未落，燕子就一头扎进山谷不见了。

王子十分失落，又倍感迷惑，可是正因为还没找到答案，他对这个问题越发好奇。正当王子苦恼的时候，老监护人走了进来，王子立刻迎上前去，说道："埃本·博纳本啊，在您的教导下，我学到了渊博的知识，可有一样我却一无所知，我很想深入了解。"

"我的王子，您尽管问吧，只要是用我有限的学识能解答的，老仆愿意为您效劳。"

"最博学的贤人啊，请您告诉我，'爱情'究竟是什么？"

埃本·博纳本如遭雷击，他浑身颤抖，脸色发白，脑袋耷拉到肩上仿佛再也直立不起来。

"我的王子啊，您怎么会想到这个问题？又是从哪里得知这个毫无价值的词语？"

王子把老师带到窗边，说道："听听吧，埃本·博纳本！"

老人仔细聆听，塔下的灌木丛中，一只夜莺正在对玫瑰倾诉爱慕之情。每一处花丛和灌木丛中都飘扬起浪漫的旋律，而"爱情——爱情——爱情——"是它们永恒不变的主题。博纳本惊叹道："真主阿克巴！伟大的神啊！连空中的鸟儿都会泄露消息，谁还敢妄想一个年轻人对这禁忌一直无动于衷？"他转向阿哈迈德："王子啊，别再听那些蛊惑人心的旋律了，也别再思考这个危险的问题了。要知道，在这可悲的尘世间，有一半的疾病是爱情造成的。爱情会使朋友和兄弟之间产生怨恨和纷乱，甚至引发背信弃义的谋杀和残酷的战争；爱情使人陷入烦恼和忧伤，白天萎靡不振，夜里难以入眠；爱情还会令鲜花凋零，使人未老先衰，它带走青春的欢乐，只留下病痛和哀伤。安拉保佑您，我的王子，希望您永远都不要了解这所谓的爱情。"

贤人埃本·博纳本逃也似的离开了，而王子仍然被这问题深深困扰。这个问题一直萦绕在王子心头，使他不断思考直至精疲力竭。王子听着鸟儿优美的歌声，自言自语道："这旋律中根本听不出悲伤，只有柔情和欢乐。假如爱情只会带来可怕的灾难和争斗，那鸟儿们为什么不垂头丧气地躲起来，或是把对方撕成碎片，反而高兴地在树林里扑扇翅膀，还在花丛中追逐嬉戏？"

一天清晨，王子躺在沙发上思索这个百思不得其解的问题。柔和的晨风从窗户徐徐吹进来，带来达罗山谷橘子花的芳香；远处传来夜莺低微的歌声，歌唱着美妙的爱情。王子一边听一边叹息，耳边突然响起一阵嘈杂的声音。一只美丽的鸽子被老鹰追赶着逃进屋子，跌落在地板上大口喘气，紧随其后的老鹰见状，只能调头飞往群山。

王子抱起气喘吁吁的鸟儿，轻轻梳理它的羽毛，再贴在胸口温柔地安抚，最后将它放进一只金鸟笼中。王子亲自喂它精制的小麦和清澈的泉水，可是鸽子蹲在笼中什么也不肯吃。它耷拉着脑袋似乎在挂念着谁，还不断地发出哀怨的悲鸣。

阿哈迈德问道："你为什么这么难过？难道眼前这些不是你祈盼的吗？"

"唉，当然不是啦！"鸽子回答，"我被迫与心上人分开，况且还是在这大好春光里，在这最该尽情享受爱情的季节！"

阿哈迈德重复道："爱情！美丽的鸟儿啊，请你告诉我，什么是爱情？"

"我的王子，这个问题我再清楚不过了。爱情对于一个单身者是折磨，对于两个有情人是幸福，可对三个人来说，就意味着仇恨和争斗。爱情是一种魔法，能使两颗心靠近，并且用美妙的情感将其合二为一。这两颗心会因为拥有彼此而感到幸福，也会因分离而感到痛苦。难道你没有感受过这种柔情的牵绊吗？"

"相比其他人，我更喜欢我的老师埃本·博纳本，可又常常觉得他乏味。有时我觉得，如果没有他的陪伴，我会更开心一点儿。"

"我说的不是同情，而是爱情。爱情是生命中最神秘、最重要的东西；爱情是青春岁月里令人沉醉的狂欢，是年华垂暮时清醒的喜悦。看那边，我的王子！在这样一个幸福的季节，整个大自然都沉浸在爱情之中。世间万物都有自己的伴侣，即使是娇小的鸟儿也在对情人歌唱，连尘土中的雄甲壳虫也在向雌甲壳虫求爱。你看那蝴蝶，它们成双结对地在塔顶上空翩翩起舞和嬉戏，其实是在传达浓浓的爱意。我的王子，难道你在如此宝贵的青春年华里，一直对爱情一无所知？难道从来没有一个温柔的异性——一位美丽的公主或是可爱的少女，曾经俘获你的心，在你的心中注满甜蜜的回忆和温柔的祈盼？"

王子叹息道："我有些明白了，我已不止一次被这样的情绪扰乱心扉，对此疑惑不解。像我这样凄凉地独自生活，怎么才能找到你说的心上人？"

谈话继续进行。就这样，王子完成了第一堂爱情课。

王子说道："唉！如果爱情真如你所说，能给人带来那么多欢乐，一旦失去又如此痛苦，那么真主都不会允许我打断一位爱情信徒的幸福生活。"于是，他把鸟笼打开，抱出鸽子温柔亲吻，然后走到窗前，说道："去吧！幸福的鸟儿，去和你的心上人会合，在这春天里享受你们的青春时光。我怎能把你关在这枯燥乏味的高塔上，跟我一样守着这个爱情永远都不会造访的牢笼呢？"

　　欣喜若狂的鸽子扑扇着翅膀跃到空中，然后俯冲直下，往达罗山谷鲜花盛开的林荫深处飞去。

　　王子用目光紧紧追随鸽子的身影，同时发出苦涩的叹息。鸟儿的歌声曾让他感到快乐，可现在却增添了他的忧伤。爱情！爱情！爱情！唉，可悲的青春！他现在终于听懂了爱情的旋律。

　　贤人博纳本再次出现在王子面前，王子的眼里顿时冒出了怒火，他大声质问道："为什么我是一个无知的可怜虫？为什么我还不如一只最渺小的虫子懂得多？为什么我对生命中最重要的秘密一无所知？您看！整个大自然都在尽情狂欢，所有的生灵都在与伴侣共享幸福时光。这就是爱情，我曾向您请教的问题。为什么只有我被隔绝在快乐之外？为什么我放任青春溜走，却不能品尝爱情的甜蜜？"

　　博纳本知道再也无法隐瞒了，只好和盘托出。最终，王子还是知道了这个危险的禁忌话题的秘密。博纳本告诉王子占星师的预言，以及为了预防危险而采取的特殊教育方式。他接着说："我的王子，现在我的性命就捏在您手里，如果国王发现在我的监护下，您还是知晓了爱情的奥秘，那么我就人头不保啰！"

　　王子与大多数同龄人一样通情达理，他理解导师的苦衷，觉得没必要跟导师对抗。何况，他对爱情的探寻还停留在理论阶段，而他对埃本·博纳本的感情却已相当深厚，所以，他决定暂时将这个秘密藏在心底，以免陷导师于掉脑袋的危险境地。

　　然而，王子注定要再次接受考验。几天后的一个清晨，他正在高塔的城垛旁沉思，之前偶遇的那只鸽子出现在空中，然后毫不畏惧地停在王子肩头。

　　王子爱怜地将鸽子抱在胸口，说道："能自由飞翔的幸福鸟儿，借着这双翅膀，你能在晨光中飞到遥远的天际。自从我们分开之后，你去了哪里？"

"我的王子，我去了一个遥远的国家。为了报答你还我自由，我给你带来了一个好消息。那天，我正漫无目的地飞越高山和平原，突然看到下方有一个令人心旷神怡的花园。它坐落在一片绿地上，旁边有条蜿蜒流淌的小河。花园里有各种各样的鲜花和水果，园中央有一座雄伟的宫殿。我飞累了，想歇歇脚，于是就停在花园的一个凉亭上。我看见河岸边的草坪上有一位年轻的公主，她如绽放的花儿般美丽。公主身边围绕着年轻侍女，她们正用鲜花做成花冠和花环打扮着公主。无论是花园里采摘的鲜花还是原野上的野花，都不及公主美丽。然而，美丽的公主只能默默地独自绽放，因为外人无法进入那座高墙环绕的花园。这位纯洁而高贵的公主，应该是上天为王子量身打造的爱情伴侣。"

王子埋在心底的火种被点燃了，他天生的温柔多情找到了目标。王子心中立刻对那位素昧平生的公主燃起了熊熊的爱情火焰。他写了一封饱含激情的信，倾诉了自己热烈的爱意，哀叹自己身陷重重束缚，无法亲身前去寻她，无法拜倒在她的脚下。信的结尾处，王子写了一首温柔动人的诗。他本来就是一个天生的诗人，何况爱情还给了他无穷的灵感。最后他写道："给不知名的美人，来自被囚禁的王子阿哈迈德。"王子在信封上喷洒了麝香和玫瑰芬芳的香水，然后把信交给鸽子。"去吧，最值得信赖的信使！请你飞越高山、峡谷、河流和平原，别在凉亭上逗留，也别在地上歇脚，直到将这封信交到我的心上人手中。"

鸽子腾空起飞，带着使命坚定不移地朝着目标急速而去。王子望着它，直至它变成一个小点进而消失在大山背后。

日子一天天过去，王子翘首以盼着爱情使者归来，可始终没有。王子在心底责备鸽子忘了使命。有一天太阳快落山的时候，那只忠诚的鸽子终于飞进王子的房间，可是它刚落到王子脚边就死去了。它被一个可恶的弓箭手射穿了胸膛，但仍然挣扎着用最后的力气完成了使命。王子悲痛地弯腰抚摸这个温柔而坚贞的殉道者，发现鸽子的颈项上挂着一串珍珠链子，链子上挂着一个小小的珐琅画像，藏在鸽子的翅膀下面。画像上是一位正值花季的美丽公主，毫无疑问，她就是花园里那位不知名的美人。可她是谁？在哪里？她是如何收到信的？这幅画像是否代表她接受了王子的爱意？不幸的是，随着鸽子死去，一切都成了秘密。

王子凝视着画像，直至泪水盈满眼眶，然后他把画像贴在唇上，又紧紧压在胸口。一连几个小时，他都坐在那里牵挂着画像上的美人，同时心里充满近乎痛苦的柔情。他自言自语道："多么美的画像！唉，可惜这只是一幅画像！你那双水汪汪的眼睛向我投来如此温柔的目光，玫瑰花瓣般的嘴唇仿佛会开口给我鼓励。可是，这些都是没用的幻觉！有没有比我更幸运的对手看到过这幅画像？在这茫茫世界里，我要到哪里去找画像的主人？有谁知道我们之间隔着几重高山，又有几个国度？在我们面前会有什么阻碍？也许此时，无数的追求者正围绕在她的身边，而我被关在这高塔里，只能对着一幅画像不知所措。"

阿哈迈德王子暗下决心："我要逃出这座如牢笼般的宫殿，做一个爱情朝圣者，哪怕走遍万水千山也要找到我的公主。"白天在众目睽睽之下逃走不太容易，不过宫殿夜间守卫并不严密，因为王子一向对禁闭生活表现得很顺从，卫兵并没有防备他逃跑。可是，王子对外面的世界知之甚少，如何才能在黑暗中逃走而不迷失方向呢？

王子想起习惯在夜间漫游的猫头鹰，它一定熟知每一条密道和小路。王子来到猫头鹰藏身的地方，向它打听这片土地的情况。猫头鹰摆出一副神气活现的样子，说道："你要知道，王子啊，我们家族历史悠久且成员数量惊人，尽管现在已经没落了，可我们占据的废弃城堡和宫殿遍布西班牙。我的族兄、叔伯和表亲居住在高山的塔楼、平原的堡垒、城市的城堡中。我曾经为了拜访数不胜数的亲戚，走遍了全国，因此我了解这片土地的所有秘密。"

得知猫头鹰如此熟悉地形，王子大喜过望，于是他胸有成竹地告诉猫头鹰自己的爱情故事和逃跑计划，并恳切地邀请对方担任自己的同伴兼参谋。

猫头鹰不屑地说道："去找公主？像我这样把时间都用来观测月亮和冥想的鸟儿，怎么可能有兴趣参与这种无聊的爱情游戏？"

王子答道："威严的猫头鹰啊，我没有冒犯您的意思，请抽点儿时间吧！只要您帮助我逃出去，就能得到任何想要的东西。"

猫头鹰说道："我不缺什么，几只老鼠就能满足我的需求，墙上的这个洞也足够放下我的书桌。像我这样的哲学家，还需要什么别的呢？"

"替自己想想吧，睿智的猫头鹰！假如您只是整天郁郁寡欢地待在小屋里凝望月亮，您杰出的才能便不为世人所知。而我终有一天将成为执掌政权的君王，到时可以提拔您。"

尽管猫头鹰作为哲学家已经超脱寻常，但它心中还潜藏着雄心壮志，因此同意协助王子逃跑，并在他的爱情朝圣之路上充任向导兼参谋。

他们迅速开展求爱计划。王子先把所有珠宝藏在身上作为旅费，等到晚上，他把头巾当作绳梯，从高塔的阳台上缒到地面，接着翻越夏宫的外墙，逃出了宫殿。在猫头鹰的指引下，王子在黎明前顺利地逃进了深山。

王子询问参谋接下来的计划，猫头鹰说："我的建议是去塞维利亚。很多年前，我为了拜访一位叔叔去过那里。我叔叔是一只威风凛凛的猫头鹰，住在当地一座废弃城堡的厢房里。晚上我在城市上空盘旋的时候，经常看到一座孤塔上亮着一盏灯。后来我在高塔的墙垛上停下来，发现有一位阿拉伯魔法师坐在那盏灯前。魔法师身边堆满了魔法书，他的肩上有一只老乌鸦，那是他的亲密伙伴，跟着他从埃及来到塞维利亚。后来，乌鸦与我成了朋友，教给我很多宝贵的知识。魔法师去世后，乌鸦依然住在那座塔上，它的寿命长得惊人。王子啊，我建议你去找那只乌鸦帮忙，它是一个会算命的巫师，精通魔法。世人皆知，所有的乌鸦——尤其是埃及来的，都是出色的魔法师。"

王子被这个提议打动了，于是掉转方向朝着塞维利亚进发。为了配合伙伴的作息，王子夜间赶路，白天便躺在阴暗的洞穴或是废弃的瞭望塔中休息。猫头鹰熟知每一个这样的藏身之处，它爱好研究古老的废墟。

在一天的破晓时分，王子和猫头鹰到达了塞维利亚城。猫头鹰不喜欢这里人来人往的街道，因此没有进城，而是钻进一棵树的空树干中休息。

王子一走进城门，就发现了魔法师居住的那座高塔，因为它耸立于城里低矮的建筑群中，就像沙漠中挺立于灌木丛的棕榈树。这座摩尔式高塔至今还矗立在塞维利亚城中，它就是著名的吉拉尔达塔。

王子经由宽大的螺旋形楼梯登上塔顶，找到了那只神奇的乌鸦。

吉拉尔达塔中的螺旋形楼梯
摄影 Jocelyn Erskine-Kellie

那只鸟儿看上去相当老，显得十分神秘。 乌鸦头上的羽毛是灰白的，身上的许多羽毛都掉落了，有一只眼睛上蒙着一层薄膜，看着与鬼眼一样诡异。 它单腿蹲在那里，歪着头用另外那只眼睛凝视地上的一幅图。

乌鸦的外表和智慧的神情令人心生敬意。 王子满怀敬畏地走上去，说道："请原谅！ 德高望重且博学多才的乌鸦，容我打扰您片刻，请您暂时停下对世界奥秘的研究。 您面前是一个爱情的信徒，我为了找到心爱的女子，前来寻求您的帮助。"

乌鸦郑重其事地说道："换句话说，你是想试试我的手相术。 来吧！ 给我看看你的手掌，让我为你解读神秘的命运之线。"

王子答道："我不是为了窥探上天给我安排的命运，那是安拉的旨意，凡人不该知晓。 我是个爱情的朝圣者，只想找到通往追求对象的路径。"

老乌鸦用完好的那只眼睛斜视王子，说道："难道你在浪漫的安达卢西亚找一个爱人会有什么损失吗？在多情的塞维利亚，这里每一片柑橘林中都有黑眼睛少女在跳赞布拉舞。"

王子的脸唰地红了。老乌鸦一只脚已迈进坟墓，可是说话却如此放浪，让王子感到吃惊。王子郑重地说："请相信我，我追寻的并不是您暗示的那种轻佻的风流韵事。在瓜达基维尔河畔的柑橘林中跳舞的安达卢西亚黑眼睛少女，对我来说没有任何意义。我正在寻找一位完美无瑕的不知名美人，她是这幅画像的主人。我恳求您，法力无边的乌鸦，请告诉我她在哪里。"

白头乌鸦被王子严肃的语气弄得很是尴尬，于是干巴巴地回答："我怎么可能认识这样一位年轻貌美的少女？我接触的都是衰老枯槁的生命，没有鲜活的美人。我是人类宿命的预言使者，不是站在烟囱顶上宣布死亡即将来临，就是在重病垂危之人的窗外扑扇翅膀。你还是到别处打听吧！"

"除了您这位精通命运之术的智慧之子以外，谁还能帮忙呢？要知道，我是一个受命运之星指引的王子，正在执行一项秘密使命，我的成败也许会决定王国未来的命运。"

当乌鸦听说这使命至关重要且关乎星象时，它的态度和语气发生了变化。乌鸦答道："我无法为你提供这位公主的信息，因为我没去过花园或凉亭之类女子常去的地方。不过，我建议你去科尔多瓦最大的清真寺，找到由伟大的阿卜杜拉赫曼亲手种下的那棵棕榈树。那棵树下住着一位杰出的旅行家，它访遍了所有国家的每一处庭院，而且还曾是皇后和公主们的座上宾。它应该有你需要的消息。"

王子说道："非常感谢您为我提供宝贵的信息，再会了，可敬的魔法师！"乌鸦干巴巴地回答："再会，爱情的朝圣者。"说完便继续对着地上的图冥思苦想。

王子找到在空树干中打盹儿的猫头鹰伙伴，一起离开塞维利亚，前往科尔多瓦。

他们一路经过了许多建在半空中的花园，还有一片片的柑橘和枸橼树林，美丽的瓜达基维尔河谷就在路的下方。到达城门之后，猫头鹰飞上城墙钻进一个黑暗的洞穴，而王子独自去寻找那棵棕榈树。棕榈树在宏伟的清真寺庭院中央，矗立于一片柑橘树和柏树之中。成群结队的托钵僧和行者坐在院中的回廊里，信徒们在喷泉池里沐浴净身后进寺祷告。

棕榈树下有一大群人，正在听某位大师侃侃而谈，王子心想："他一定就是那位杰出的旅行家，但愿他能给我提供公主的信息。"王子挤进人群后发现，原来这是一只鹦鹉。这鸟儿有一身艳丽的绿色羽毛和引人注目的羽冠，还有一双老于世故的眼睛，看上去是一只自视甚高的鸟儿。

王子向旁边的人打听："这是怎么回事，居然有一只饶舌的鸟儿把大家逗得如此开心？"

对方说道："你还不知道自己说的是谁，这只鹦鹉是鼎鼎大名的波斯鹦鹉的后人，凭着讲故事的天赋而远近闻名。它的话语中满是东方学识，它还能倒背如流地引用诗句；它曾拜访过很多国家的宫廷，被尊为博学多才的神谕使者；它很受女性欢迎，美人们都喜爱这只既能吟诗作赋又博闻强识的鹦鹉。"

王子说："我想单独与这位杰出的旅行家谈谈。"于是他找机会单独与鹦鹉见面，将事情和盘托出。王子还来不及说出此行的目的，鹦鹉就爆发出一阵干巴巴的笑声，它笑得东倒西歪，眼里溢满泪水。

鹦鹉说道："请原谅我的失态，只要提到爱情我就忍不住想笑。"

王子对这不合时宜的笑声感到诧异，他说："难道爱情不是自然界最伟大的秘密，生命里最神秘的准则，以及世间万物的情感纽带吗？"

鹦鹉打断王子，大叫道："那是毫无价值的东西！请问你是从哪里听到这些装腔作势的套话？相信我，爱情早已过时，那些智慧和修养都超凡脱俗的人，从来不讲这些话。"

王子想起鸽子截然不同的观点，不由得深深叹息。他心想，尽管鹦鹉经常出入宫廷，也是聪明而有修养的绅士，但其实一点儿也不了解爱情。为避免激起更多的嘲讽，王子便不再吐露胸中的情感，直接说明了此行的目的。他说："请告诉我，见多识广的鹦鹉，你去过那么多地方，就连住在最隐秘的花园楼阁里的美人也欢迎你，那么你可曾见过这幅画像的主人？"

鹦鹉用爪子抓住画像，晃着脑袋用两只眼睛细看，说道："我以名誉担保，这真是一张美丽至极的脸庞，可是，在见识过那么多美人之后，我就不太能——不过等等——老天保佑！让我再看一眼，现在我敢肯定，这是阿尔德贡达公主。她是我最喜欢的美人，我怎么可能把她忘掉！"

"阿尔德贡达公主！"王子重复道，"我要到哪里才能找到她？"

鹦鹉说："别激动，找到容易得到难。她是统治托莱多的国王的独生女儿，因为那些多管闲事的占星师做出的不祥预测，她被国王关在一个与世隔绝的地方，一直要关到十七岁生日那天。你是见不到她的，因为外人不准接近她。我曾有机会与她见过面，逗她开心。作为一只见过世面的鹦鹉，我敢说在与我交谈过的公主中，她算得上聪明伶俐。"

王子说："亲爱的鹦鹉，我有一个秘密要告诉你——其实我是王国的继承人，未来将登上王位。你相当有本事，对这个世界知之甚广。如果你帮助我得到这位公主，今后就能在我的宫廷中担任重要的职位。"

鹦鹉说道："十分乐意效劳！不过，给我一个闲职就好，我这样的智者可不喜欢太过劳累。"

王子与鹦鹉迅速达成了协议，然后王子回到城门处唤出猫头鹰，并向它介绍新旅伴。于是大家一同离开科尔多瓦，开始下一段旅程。

对心急如焚的王子来说，旅程的进度太过缓慢。因为鹦鹉不太习惯飞翔又讨厌早起，而猫头鹰一到正午就得睡觉，所以他们只能将大把的时间浪费在午睡上。猫头鹰对于古老遗址的嗜好也是一个障碍，它每经过一座废墟都要坚持停下来查看，每经过一座乡间的古老塔楼或城堡，都有大段的传奇故事要讲。起初，王子认为这两只博学多才的鸟儿能愉快相处，结果发现自己错得离谱。它们一个是智者，一个是哲学家，却不停地斗嘴。鹦鹉经常朗诵诗歌，喜欢对近期阅读的作品评头论足，它总能对细枝末节的学术问题口若悬河；而猫头鹰则认为，除了玄妙的形而上学，其他的学问都不值一提。鹦鹉对着不苟言笑的同伴唱小曲儿，妙语连珠地开玩笑，然后自得其乐地捧腹大笑；而猫头鹰认为鹦鹉是在挑衅自己，便阴沉着脸，整天气鼓鼓地一言不发。

王子无暇理会同伴之间的纠纷，而是沉浸于自己的梦幻世界之中，他对着公主画像陷入无尽的遐想。就这样，他们经过莫雷纳山险峻的关隘，越过烈日炙烤下的卡斯泰拉平原和拉曼查平原，再沿着金色的塔霍河向前行进。塔霍河弯弯曲曲的河道就像迷宫一样，经过西班牙和葡萄牙一半的土地。最终，他们看到了一座坚固的城市，那城墙和高塔都建在悬崖之上，俯临惊涛骇浪的塔霍河。

猫头鹰赞叹道："看啊！那就是著名的托莱多古城，那里的古迹举世闻名。那些令人肃然起敬的穹顶和高塔，它们因岁月蹉跎变得不再光鲜，但传奇般地保持着庄严肃穆。我有许多的祖辈曾在那里冥想。"

鹦鹉打断了猫头鹰满腔的思古情怀，嗤笑道："噗！那些古迹和传说，还有你的祖先，跟我们有什么关系？还是谈谈与此行相关的东西吧。王子快看！那位年轻貌美的公主就住在那座宫殿里。"

王子顺着鹦鹉所指的方向望去，在塔霍河畔迷人的草坪上，有一座花园环绕着的雄伟宫殿，那里绿树成荫，美不胜收，与鸽子的描述完全相符。他凝视着眼前的美景，一颗心怦怦直跳。"也许此刻，美丽的公主正在树荫下玩耍，或是在富丽堂皇的露台上优雅地漫步，或是躺在高高的屋顶下休息！"他更加仔细地观察了一番，发现花园的护墙高得难以翻越，还有全副武装的卫兵沿着城墙巡视。

王子转头看向鹦鹉，说道："见多识广的鸟儿啊，你懂得人类的语言，拜托你到花园中找到我全心全意追寻的公主，告诉她阿哈迈德王子——一名爱情朝圣者，在命运之星的指引下，已经来到了开满鲜花的塔霍河河畔。"

鹦鹉自豪地欣然领命。它飞越高高的护墙，在草地和树林上空盘旋了一阵，然后停在临河的一座楼阁的阳台上。鹦鹉透过窗户看见了公主，她正靠坐在沙发上认真地阅读纸上的文字，同时苍白的脸颊上珠泪滚滚。

鹦鹉仔细地梳理了翅膀，又好好整理了身上亮绿色的羽毛外套，将羽冠高高扬起，然后殷勤地飞到公主身旁蹲下，用温柔的语气说道："最美丽的公主，快擦干眼泪吧，我给你带来了心灵的慰藉。"

公主闻声吓了一跳，转头见一只绿毛小鹦鹉正摇头晃脑地鞠躬致意，于是说道："唉！你不过是一只鹦鹉而已，能给我带来什么慰藉？"

鹦鹉被公主的诘问刺激得跳了起来。"我这一生抚慰过很多美丽女士的心灵——但那不是重点。眼下我是一位皇家王子的使者，他是格拉纳达王国的王子，名叫阿哈迈德，他为了追寻公主已经来到了这里，此刻就在开满鲜花的塔霍河岸边。"

听到这话，公主的眼睛闪烁出比她王冠上的钻石还耀眼的光芒，她惊喜地说道："聪明伶俐的鹦鹉啊，你的消息真令我开心！因为不确定阿哈迈德是否坚贞不移，我已经虚弱不堪，快要病死了。拜托你回去告诉他，他信上的每一句话都刻在我心上，他的诗句已经成了我不可或缺的心灵慰藉。可是，他必须带着军队来证明真心。明天是我十七岁生日，父王要举办一场比武大赛，有好几位王子已经报名参赛了，而我将是获胜者的战利品。"

鹦鹉振翅飞过树林，回到王子身边。阿哈迈德欣喜若狂，因为他找到了自己心爱的画像主人，还得知她是善良真诚的，就好比一个遥不可及的白日梦变成了现实——王子的美梦终于成真了！可是，对于即将举行的比武大赛，王子心中笼罩了一层阴霾。事实上，此时的塔霍河岸边，到处都是闪闪发亮的武器，空中还回荡着号角声。为了参加比武大赛，各地的骑士率领着骄傲的随从，纷纷快马加鞭地奔向托莱多。

上帝主宰着王子和公主相同的命运。为了防止爱情的伤害，公主十七岁之前都过着与世隔绝的生活。然而，隔绝的生活反而使她美名远扬，以至于好几位有权有势的王子都想与她牵手。公主的父

亲是一位精明的国王，为了不树敌，表现得不偏不倚，他宣称要通过
比武一决胜负。参赛选手中，有几位王子因为出众的力量和武艺声
名远播。对可怜的阿哈迈德来说，目前的状况真是糟糕极了。他对
武器一窍不通，也没有进行过骑士训练，他说："我真是一个倒霉透
顶的王子！被关起来在一位哲学家的监护下长大。在爱情面前，代
数和哲学有什么用呢？唉，埃本·博纳本！您怎么就没有教我使用
武器呢？"

猫头鹰打破了沉默，滔滔不绝地讲起一段往事。"真主阿克巴！
伟大的神！他掌握着所有的秘密，只有他才是王子命运的主宰！我
的王子啊，你要知道，这片土地隐藏着许多奥秘，只有像我这样能够
在黑暗中探索的人才略知一二。你可知道，附近一座山上有个洞穴，
洞穴里有一张铁桌，桌上放着一套魔法盔甲，旁边站着一匹被施了魔
咒的骏马，那匹马已经在洞里待了好几代人的时间。"

王子疑惑地看着猫头鹰。猫头鹰眨巴着圆溜溜的大眼睛，提高
嗓门儿继续说道："许多年前，我跟随父亲到这一带巡视产业，曾在
那洞穴中逗留过一段时间，因而知晓了这个秘密。这是流传在我们
家族内部的一个传奇故事，当我还是一只猫头鹰幼崽时，祖父曾给我
讲过。据说，那套盔甲的主人是一位摩尔人魔法师，他在托莱多被
占领时逃进了洞穴，最后死在了里面。他在盔甲和战马上都施了魔
咒，只要用上这套装备，就能拥有魔法，打败对手，但是……只能在
日出到正午这段时间使用。"阿哈迈德喊道："太好了，我们去找那
个洞穴！"

王子在参谋的带领下，爬上托莱多附近最偏僻的悬崖，找到了那
个狭小的洞穴。也只有猫头鹰那双在猎捕老鼠和搜寻古迹的过程中
练就的敏锐眼睛，才能发现这个洞口。王子走进洞穴，洞里那盏幽

暗的长明灯，使整个洞穴看上去十分肃穆。洞穴中央摆放着一张铁桌，桌上放置着魔法盔甲，桌旁倚靠着一把长矛，和一匹披挂整齐如塑像般一动不动的阿拉伯骏马。盔甲一尘不染，像刚放在这里似的闪烁着耀眼光泽；膘肥体壮的骏马就好像刚在牧场里吃饱喝足一样。阿哈迈德刚把手放到马脖子上，马儿就兴奋地刨着地面，发出一声欢快的嘶鸣，那巨大的声音响彻洞壁。马匹、骑手和武器——可谓万事俱备。王子决心在即将举行的比武大赛中与对手一决胜负。

决定命运的清晨来临。悬崖之上的托莱多城墙下方的平地上，比武场地被搭建起来，还有为观众准备的看台和走廊。走廊里张挂着华丽的挂毯，看台顶上用丝质遮阳棚挡住阳光，里面聚满了这一带的美人。场下是昂首挺胸的骑士们，他们各个身着盛装，带着侍从和下属，其中最引人注目的是几位准备参赛的王子。当阿尔德贡达公主登上皇家观礼台时，在场的其他美人都黯然失色。这是公主第一次出现在世人面前。人们窃窃私语着，都在惊叹公主无与伦比的美貌。王子们原先只是听闻公主的美貌出众，现在亲眼见到，参赛的热情涨了十倍。

公主面色难看，脸颊一阵红一阵白，用忧虑的眼神来回扫视那群盛装打扮的骑士。眼看开赛的号角就要吹响，传令官报告又来了一位骑士——阿哈迈德骑着马进入赛场。他的头巾之上是镶满了宝石的钢盔，铁甲装饰着纯金的花纹，马刀和匕首都是用菲斯工艺打造的，镶嵌着光彩夺目的宝石。他肩头扛着一个圆形盾牌，手里握着一把锐利无比的长矛，胯下是一匹阿拉伯骏马。那骏马披挂着长及地面、布满华丽刺绣的马衣，打着响鼻，昂首阔步，因为看到全副武装的军队而发出欢快的嘶鸣。王子高贵而优雅的姿态吸引了在场所有人的目光，当他的称号"爱情朝圣者"通报出来之后，走廊里的美人们全都为他兴奋地交头接耳。

　　然而，阿哈迈德没有参赛资格，因为只有王子才能比武。 于是，他报上自己的姓名和头衔，却使事情变得更加糟糕了，由于信仰不同，他不被允许参与公主的比武招亲。

　　与阿哈迈德一同竞争的王子们，带着傲慢和威胁的神情围在他身旁。 其中有一位王子，如大力神般强壮，神情看起来很凶悍，他嘲笑阿哈迈德既纤弱又年轻，而且对那"爱情朝圣者"的称号嗤之以鼻。 阿哈迈德被激怒了，向对手发出挑战。 两人随即拉开距离，双双转身朝对方猛冲过去。 那位强壮的挑衅者刚碰到魔法长矛就被挑下马来，王子本想停手，可是这套装备一旦启动就如同魔鬼附身一般不受控制，王子束手无策。 阿拉伯骏马冲向人群最密集的地方，魔法长矛将一路上的人和马都挑翻在地。 温文尔雅的王子被骏马驮着横冲直撞，他用魔法长矛，轻而易举地将面前的骑士一个个挑到空中。 王子为这套身不由己的装备暗暗叫苦不迭。 国王因臣民和贵宾遭遇这样的暴行而震怒，于是命令卫兵前去阻止，然而不管是谁，只要一上前去就被挑下马来。 国王扯下身上的锦袍，抓起护甲和长矛，亲自骑马去向这个陌生骑士展示君王神威。 可是，国王在魔法骏马和魔法长矛面前，并不比普通民众厉害。 国王被万分沮丧又身不由己的阿哈迈德挑飞到空中，然后脚后跟朝天地摔落到地上，王冠滚落在尘土里。

　　这时太阳升到了当空，魔咒的威力随之显现。 阿拉伯骏马飞快地越过平原，跨过障碍，一头扎进波涛汹涌的塔霍河，它驮着几乎无法呼吸的王子，以惊人的速度回到洞穴。 骏马一回到原位就像雕塑似的一动不动了。 劫后余生的王子将脱下的盔甲放到桌上，坐下思考目前的处境。 受这魔鬼似的骏马和长矛所累，他似乎陷入了更加窘迫的境地——因为他，托莱多所有的骑士丢尽了脸面，国王为此大发雷霆，他再也没有勇气出现在这座城中了。公主会怎么看待他一手造成的混乱呢？焦虑的王子派鹦鹉前去打听，于是鹦鹉到城里的公共场所转了一圈，带回来一肚子的小道消息——托莱多全城陷入了恐慌，人们在混乱中草草结束比武，将惊吓过度的公主抬回宫中；大家都在谈论那个像幽灵般突然出现又突然消失的摩尔骑士，以及他惊世骇俗的战绩；有人说他是一位摩尔魔法师，有人说他是化作人形的魔鬼，还有人由他联想到了传说中被施了魔咒的武士，他们藏身于山洞，说他或许就是其中一位。人们都说，普通人不可能完成如此不可思议的战绩——单凭一人一马，就将众多武艺精湛又身强力壮的骑士全部挑下马。

晚上，猫头鹰在托莱多城幽暗的夜空中盘旋，在屋顶和烟囱上歇了歇脚，之后转头飞向屹立于山崖顶端的皇宫。它在露台和护墙之上逡巡，又凑近每一个缝隙侧耳倾听，只要看到有灯光的窗户就凑过去，睁着圆溜溜的大眼睛仔细查看。它的模样差点儿吓坏侍女。直到高山顶上的天空渐渐现出一丝银灰色的曙光，它才结束侦察，回来向王子汇报所见所闻。

猫头鹰说："我在皇宫最高的一座塔上，透过窗户看到了一位美丽的公主靠坐在沙发上，侍女和医师围绕在她的身旁，可是没人能使她的病情缓解。众人退下之后，公主从胸前抽出一封信，她一边读一边亲吻着信，过后开始失声痛哭。哪怕是我这样的哲学家，也被公主深深感动了。"

听到这里，阿哈迈德那颗柔软的心快要碎了，他呼喊道："贤人埃本·博纳本啊，你的话再正确不过了，陷入爱情的人注定会忧虑、悲伤和失眠。安拉保佑，希望公主别再承受这些苦难！"

从托莱多收集的其他消息证实了猫头鹰的说法——整座城都笼罩在不安的气氛中。公主被转移到皇宫最高的塔上，而且宫中每条道路都有士兵严密守卫。与此同时，公主被莫名的忧伤压垮了，她不吃不喝，也听不进别人的劝解，连最高明的医师也束手无策。有人说公主被施了魔咒，于是国王宣布，谁能治好公主，谁就能得到皇室宝库中最珍贵的宝贝。

角落中打盹儿的猫头鹰听说之后，转动着大眼睛，带着神秘莫测的表情惊叹道："真主阿克巴！如果医治好公主的那个人知道该选择哪件宝贝，那么他将会成为世上最幸运的人。"

阿哈迈德问道："可敬的猫头鹰啊，这是什么意思？"

"王子啊，请仔细听我说。你一定知道，我们猫头鹰是博闻广识的，而且热衷于探索那些落满尘埃的黑暗角落。上次，我趁着夜色在托莱多的穹顶和角楼之间巡游的时候，发现了一所猫头鹰考古大学。当时，老学者们在一座宏伟的拱顶高塔上聚会，塔里收藏着皇家珍宝。它们研究宝库中如山的古代宝石、珠宝首饰、金银器；它们讨论宝物的形状、铭文和设计特点，以及各个国家和不同年代的流行风格。不过，它们最感兴趣的是宝库中的古代文物和护身符，那是从哥特的罗德瑞克时代留存至今的珍贵文物。其中有一个檀香木盒子，它被一个以东方工艺打造的钢圈牢牢捆着，盒子上刻着神秘字符，只有极少数学识渊博的人才精通。为了研究这个盒子和上面的铭文，猫头鹰大学的学者们一连几堂课都围绕它进行热烈讨论。在我访问这所大学时，一只刚从埃及回来的老猫头鹰正蹲在盒盖上讲解，它根据盒子上的铭文推断，盒里装的是智者所罗门王宝座上的丝毯，而这个盒子无疑是当年犹太人从耶路撒冷带到托莱多的。"

猫头鹰结束了这一大通古董文物的讲述。 王子还在沉思，他说："我从贤人埃本·博纳本那里听说过这个神奇的护身符，但据说它在当时就消失了，人们以为它不在世间了。 托莱多的基督徒无疑对这件事情还不知情。 如果我能得到这张魔毯，那绝对会有好运气。"

第二天，王子脱下华丽的衣服，换上阿拉伯人常穿的简陋长袍，再把皮肤染成黄褐色，这样就没人能认出他了。 他一手拄着手杖，一手拿着一支小小的牧笛，肩上挎个口袋，出发去了托莱多。 王子来到皇宫前，毛遂自荐要医治公主。 卫兵们看见他，差点儿要用拳头把他赶跑，他们说："这片土地上最博学多才的人都办不到的事情，你一个流浪的阿拉伯人能做什么？" 不过，国王听到了宫门前的喧闹，下令把阿拉伯人带到他面前。

阿哈迈德说："伟大的国王啊，我是贝都因人，大半生都是在沙漠中度过的。 世人皆知，魔鬼和邪灵经常出没于荒漠中，趁我们这些可怜的牧人独自看护时附在牲畜的身体上，有时甚至能让温驯的骆驼突然发狂。 我们应对这种情况的手段就是音乐，通过吟唱或演奏代代相传的美妙旋律，便可以驱赶邪灵。 我是家族中天分最高的一个，能够发挥出祖传音乐的最大威力。 如果您的女儿受到了邪灵诅咒，那么我用项上人头担保，一定能让她免受侵扰。"

国王是一个知识面极广的人，知道阿拉伯人掌握着很多秘术，而王子充满自信的话语也鼓舞了他。 于是国王亲自带领王子进入高塔，经过重重大门，来到位于塔顶的公主闺房。 房间有一扇窗户通向带着护栏的露台，站在露台上可以俯瞰托莱多及周边的村庄。 房间里没有灯光，公主躺在床上黯然神伤，不接受任何人的安抚。

王子坐在露台上，用牧笛吹奏了几首阿拉伯民间小调，这些都是他在夏宫时跟随从学的。公主没有任何反应，在场的医师们都摇摇头，脸上露出怀疑和轻蔑的神色。最后，王子放下牧笛，用简单的曲调唱出了信中那首表达爱意的诗。

公主听到了诗句，喜悦悄悄涌上她的心头，她抬起头来仔细聆听，泪水溢满了眼眶，又顺着脸颊滚落，她激动得胸膛剧烈地起伏。公主想让人把那位游吟歌手带到面前，可是少女的羞怯令她开不了口。国王看出了女儿的心思，便下令把阿哈迈德带进房间。两位小情人都很谨慎，只是交换了目光，但这已经抵过千言万语。音乐从未发挥过如此神奇的功效，公主的脸颊恢复了玫瑰色彩，嘴唇有了血色，黯然失色的双眸也重新焕发出露珠般的光亮。

在场的医师难以置信，面面相觑，唯独国王对这位阿拉伯游吟歌手充满了钦佩和敬畏，他宣布："了不起的年轻人！从此，你就是宫廷中的首席医师，除了你的音乐，我不会再接受别人的处方。现在，请接受我承诺过的报酬，到宝库中挑选一件最珍贵的宝贝吧！"

阿哈迈德回答道："王啊，我不在乎什么金银珠宝，唯独看中了您宝库中的一件遗物。那是一个装着丝毯的檀香木盒子，是从前占据托莱多的穆斯林留传下来的，我只要它就心满意足了。"

在场的人看到这个阿拉伯人如此谦卑克制，都感到很惊讶，同时对那个檀香木盒子也充满了好奇。王子从盒子里取出一张精美的绿色丝毯，丝毯上绘满了希伯来文和古巴比伦字符。宫廷医师们相互交换了目光，然后又都耸耸肩，暗自嘲笑新来的同行，竟然满足于这么微不足道的报酬。

王子说道："这张丝毯曾经铺设在智者所罗门王的宝座上，如今也有资格铺在美人脚下。"

王子说着就把丝毯铺在露台上专门为公主而设的沙发下，然后坐到公主脚边，说道："谁能抵抗命运之书的命数？看吧，占星师的预言应验了。 王啊，您知道吗，您的女儿和我早已秘密相爱。 而我就是'爱情朝圣者'！"

话音未落，魔毯就载着王子和公主飞到空中，国王和医师们目瞪口呆地凝视着二人，直到他们变成白云深处的一个小点，然后消失在蔚蓝的苍穹中。

暴跳如雷的国王叫来司库，责问道："你怎么能让一个外来者得到如此珍贵的护身符？"

"唉，陛下啊，我们对这件宝贝一无所知，因为没人能破解盒子上的铭文。 如果那真是智者所罗门王宝座上的丝毯，便具有神奇的魔力，能够载着主人从一个地方飞到另外的地方。"

托莱多国王集结了一支强大的军队，前往格拉纳达捉拿"逃犯"，经过漫长而艰辛的行军，大军抵达了大平原，并在那里安营扎寨。托莱多国王派出传令官，要求格拉纳达国王归还女儿。 然而，格拉纳达国王却率领全体官员出来迎接，此时，托莱多国王再次见到了那位阿拉伯游吟歌手。 父亲去世后，阿哈迈德继承了王位，美丽的阿尔德贡达公主成了王妃。

托莱多国王发现女儿仍坚持着当初的信仰，于是平静下来。 就这样，一场血战消弭于无形，取而代之的是盛宴和庆典。 之后，国王心满意足地返回托莱多，留下这对年轻的夫妇在阿兰布拉宫中过着幸福的生活，并运用聪明才智统治着格拉纳达。

顺便补充几句。

猫头鹰和鹦鹉紧随王子，从容不迫地分头回到了格拉纳达。 猫头鹰在夜间飞行，每经过家族名下的遗址时，总会逗留一段时间；而鹦鹉每看见一座城镇，也都会快活地进去转上几圈。 为了报答两位同伴的帮助，阿哈迈德依照承诺为它们安排了官职，任命猫头鹰为首相，鹦鹉为司仪。 毋庸置疑，没有哪个国家的管理比格拉纳达更加昌明，也没有哪个宫廷的礼制被执行得如此一丝不苟。

第二十七章　山间漫步

当太阳落山、暑热退去，我常常去附近的林子或树木茂盛的山谷中漫步，身边自然少不了我的"历史学家"随从马蒂奥。在这样的场合，我会鼓励他充分发挥出色的口才。无论是山崖，还是废墟，或是破损的喷泉、寂静的峡谷，他都能找出与之相关的精彩故事。首先当然就是关于金子的传说，那倒霉的魔鬼似乎格外大方，把宝贝埋藏得到处都是。

有一次漫步时，马蒂奥格外多话。那天，我们在太阳快要落山时走出正义之门，然后顺着树林中的小道一路向上，来到被无花果树和石榴树包围的七层塔的脚下。据说，当年鲍勃狄尔就是从这里离开阿兰布拉的。马蒂奥指着塔基上一道低矮的拱门说："传说，一个可怕的鬼怪为了守护摩尔国王的宝藏，自摩尔人时代就盘踞在这座塔中。它有时会在寂静的黑夜从塔里出来，掠过阿兰布拉的林荫道和格拉纳达的大街。鬼怪看上去就像一匹无头的马，它身后有六只狂吠的狗紧紧追咬。"

我好奇地问："马蒂奥，你亲眼见过这可怕的鬼怪吗？"

"没有，先生，感谢上帝！可我祖父的几个熟人曾经见过。鬼怪在他们那个年代出没得比较频繁，形象也经常发生改变。格拉纳达人都知道贝鲁多，若是小孩子哭闹，家里的老奶奶或是保姆就会拿贝鲁多吓唬他们。据说，贝鲁多是一个残忍的摩尔国王的幽灵，这位国王杀了自己的六个儿子，然后把他们的尸体埋在七层塔的地窖中，所以他才会被儿子们的幽灵追着报仇。"

头脑简单的马蒂奥绘声绘色地描述的恐怖幽灵的故事，我就不详述了。在格拉纳达，这个恐怖的幽灵自古以来都是民间传说和育儿故事中最热门的话题。一位对格拉纳达的历史和地形做过深入研究并且享有盛誉的老学者就曾提到过贝鲁多的传说。

我们离开那座充满传奇色彩的建筑，沿着夏宫中硕果累累的果园继续往前走，林中的夜莺纵情地唱着优美的旋律。我们经过果园后看到一些摩尔式水池，水池旁的岩壁上有一道通往山腹的门，现在门被锁上了。马蒂奥告诉我，小时候他和伙伴们最爱来这里沐浴，不过后来被一个可怕的鬼故事吓得不敢来了——据说，有个摩尔人经常会从石壁上的那道门里钻出来，抓住在水池中泡澡的那些毫无防备的人。

我们离开这些"闹鬼"的水池，继续沿着僻静的羊肠小道漫步。我们穿过盘绕于山间的小道，走进了荒无人烟的群山。这一带树木稀缺，只有稀稀落落的绿意散落其间，满眼是山石嶙峋的贫瘠景象。很难想象，夏宫近在咫尺，就在我们身后不远处，是盛开着鲜花的果园和精美的花园露台。风景如画的格拉纳达凭借着树林和喷泉之美闻名于世，而这里，竟然是格拉纳达的近郊，实在令人难以置信。也许，这就是西班牙的本色——花园紧挨着荒漠，这不受人类文明掌控的荒野粗犷而严峻。

马蒂奥说，我们正在攀爬的这条狭窄山谷叫作"罐子谷"。古时候有人在此发现了一个装满摩尔人金子的罐子，因而得名。可怜的马蒂奥满脑子都是关于金子的传说。

"我看见那边山谷中较窄的地方有一堆插着十字架的石头，那是用来做什么的？"

"哦，没什么。就是几年前一个骡夫在那里被杀害了。"

"原来如此，马蒂奥。难道在阿兰布拉的大门外有匪徒抢劫杀人？"

"现在没有了，先生，那是很久以前的事了。那时候许多无法无天的恶棍住在城堡里，但他们被赶走了。如今只有吉卜赛人还住在城堡外山上的洞穴里，他们当中有一些狂妄之徒。不过，这里已经很长时间没有发生凶杀案了，之前杀害骡夫的凶手就被吊死在堡垒中。"

我们脚下的小道沿着峡谷一路向上，左手边那块突兀的悬崖被称作"摩尔人之椅"。根据前文提到过的传说，当年，不幸的鲍勃狄尔遭遇民众叛乱时逃到这里，在这山崖顶端坐了一整天，满怀悲伤地看着下方混乱不堪的城市。

最后，我们终于爬上这座耸立在格拉纳达上空的名叫太阳山的山峰。夜幕渐渐降临，落日为高山顶端镀上了一层金光。举目望去，到处都有孤独的牧人和骡夫。为了将牲口关进栏中过夜，牧人正赶着牲口群往山下走；为了赶在夜晚来临之前到达城门，骡夫催促着懒洋洋的牲口在山间小道上赶路。

这时，山谷间回荡起了教堂传来的低沉的钟声，宣告着晚祷时刻的来临。每一座教堂的钟楼和山间的修道院都响起柔和的钟声，此起彼伏，仿佛动听的音乐遥相呼应。无论是山坳里的牧人还是小路上的骡夫，都停下脚步、脱下帽子，静静地立在原地，口中念着晚祷词。这庄严的传统仪式真是令人振奋。通过这样的仪式，这片土地上的每个人，都受那音乐般美妙的钟声召唤，在同一时刻虔诚地向上帝致以感谢，感恩过去一天的恩赐。在这无比神圣的时刻，大地披上了一层庄严肃穆的光辉，就连落日灿烂的余晖也无法与之比拟。

我们所在的地方荒凉而孤寂，凸显了晚祷仪式的肃穆。人迹罕至、鬼影幢幢的太阳山山顶寸草不生，只有一些废弃的蓄水池和倒塌的宏大建筑的地基。这些遗址诉说着很久之前人来人往的盛景，如今却物是人非，繁华都化作了云烟。

我们在这些古代遗址之间漫步时，发现了一个通向山腹深处的圆形坑洞。马蒂奥说它是这座山最神奇的奥秘之一。我猜想它应该是一口井，是当年孜孜不倦的摩尔人为获得纯净水而挖掘的。然而，马蒂奥有一个更独特的见解，这见解来源于他的父亲和祖父都深信不疑的一个传说。据说，这个坑洞通往山腹中的地下洞穴，被施了魔咒的鲍勃狄尔及其朝臣就藏身在那儿，等到某个特定时刻，他们会走出洞穴拜访以前居住的古老宫殿。

"先生啊，这座山上充满了奇迹。在另一处也有一个类似的洞，洞里有一个被链子吊着的铁罐。铁罐有盖子，还没人知道它里面装的是什么，不过很多人猜测装的是摩尔人的金子，他们都尝试把铁罐拉上来。铁罐看上去似乎触手可及，可是一旦伸手去抓，它就会往下掉，并且之后很长一段时间都不会再出现。后来，有人猜测铁罐被施了魔法，便拿十字架去碰它，希望能使魔法解除。最后魔法确实解除了，可是铁罐也沉到了洞底，永远地消失了。我说的都是真的，先生，我祖父亲眼见过。"

"什么！马蒂奥，你的祖父亲眼见过那个罐子吗？"

"不，先生。可是他见过铁罐所在的那个洞。"

"这不是一回事，马蒂奥。"

夜色渐浓。这个时节，黑夜来得特别快，我们必须赶紧离开这片传说有鬼魂出没的区域。我们沿着峡谷下山时，已经望不见牧人或骡夫了。四周寂静，只有我们的脚步声和蟋蟀的鸣叫声。山谷中，暮色越发浓厚，直至一片漆黑，唯有内华达山白雪皑皑的峰顶仍反射着残留的日光。在藏青色苍穹的映衬下，那闪着银光的雪峰散发着不含一丝杂质的纯净气息，仿佛触手可及。

马蒂奥说："今晚的内华达山看上去距离我们好近，仿佛就在跟前，其实我们与它还隔着若干里格[1]的距离。"说话间，雪峰上出现了一颗星星，天空中唯一的星星，此刻看上去是如此纯净、明亮。率真的马蒂奥高兴地呼喊起来："好美的星星！那么清透！再也没有比它更耀眼的星星了！"

西班牙人对自然界万物的魅力有着极强的感悟力，星星的光芒、花朵的芬芳和水晶般美丽的喷泉水花的清透……都能激起他们富含诗意的情绪。优美的西班牙语有着极强的表现力，使得西班牙人能够尽情抒发喜悦之情。

"马蒂奥，那亮光是什么？我看见内华达山的雪线下方闪烁着亮光，似乎是反射的星光，却是红色的，而且来自山的阴面。"

"先生，那是火光。有人在那里收集冰雪供给格拉纳达。冰雪收集者们每天中午牵着驴或骡子上山，然后轮换着干活。一部分人靠在火堆旁取暖休息，另一部分人往驮篮里装冰。之后他们摸黑下山，赶在日出之前到达格拉纳达城门。先生，安达卢西亚的夏天如此凉

[1] 译注：1 里格等于 3 英里。

爽宜人，就是因为有内华达山的冰雪降温。"

现在天已经黑尽了，我们所在的峡谷中有一个为纪念被害骡夫而立的十字架。我望见远处有一些朝着山上移动的亮光，走近后发现，那是一队手举火把、身穿黑衣的彪悍男子。这样的队伍令人望而生畏，更何况是在夜里，是在如此荒凉偏僻的地方。

马蒂奥凑近我低声说，这是一个送葬队伍，他们要把尸体抬到山里的墓地埋葬。

队伍经过时，凄迷的火光映照着送葬人粗糙的面容和悬挂着的葬礼杂草，逝者的面容在火光下依稀可见，整个画面具有震撼人心的魔幻效果，但也十分诡异。按照西班牙的风俗，人们要把尸体放在一个开放的尸架上。我驻足原地，久久地目送那支庄严的队伍在黑暗的峡谷中曲折而上，不禁想起了一个古老的传说：一队魔鬼抬着一个罪人的尸体，走向斯特龙博利火山口。

马蒂奥说道："啊！先生，我给你讲个故事吧！有人曾经在这山里看到过一支队伍。不过也许你又会嘲笑我，说这是我的裁缝祖父的遗产之一。"

"肯定不会的，马蒂奥，我十分乐意听你讲精彩的故事。"

"好吧，先生！故事与我们刚才提到的内华达山上的冰雪收集者有关。很久以前，在我祖父生活的那个年代，有个冰雪收集者，大家叫他尼古拉斯大叔。一天，尼古拉斯大叔往驮篮里装满冰雪后下山，他很困，于是爬到骡子背上，很快就睡着了。那头识途的老骡子沿着峭壁边，步伐稳健地走在崎岖险峻的峡谷中。后来，尼古拉斯大叔醒了，他揉了揉眼睛，环顾四周——月光把周围照得亮如白昼，他能清晰地望见山下的城市；月光下，那些白色的房屋闪着银光，整个城市就像一只银盆。但是上帝啊！先生，那并不是他几个小时之前离开的城市！这里没有教堂那宏伟的穹顶和角楼，也没有插着十字架的教堂和修道院上的尖顶，取而代之的是清真寺的尖塔和圆屋顶，而且上面都立着闪闪发光的新月装饰，就像您在巴巴里的旗帜上看到的那样。先生，您能够想象，尼古拉斯大叔一定被眼前的景象搞糊涂了。正当他凝望山下时，峡谷中突然出现了一支庞大的军队。队伍朝着山上蜿蜒行进，一会儿暴露于月光下，一会儿隐藏在阴影中。当队伍靠近，他发现其中既有骑兵也有步兵，而且都装备着武器。尼古拉斯大叔试着避到路边给军队让道，可是，倔强的老骡子抖得像片树叶一样，僵直地站在原地。先生，您知道的，看到那样的场面，这家伙被吓得丢了魂儿。随后，幽灵军队从尼古拉斯大叔身旁经过，队伍中似乎有人在吹号，有人在敲鼓和击打铜钹，可是没有发出一点儿声音。整支队伍在行进时都悄无声息，就像格拉纳达剧院舞台后方移动的背景画中的军队，队伍中的每个人都面色苍白。在队伍最后，格拉纳达的大审判官骑着一匹雪白的骡子，走在两个黑衣骑士中间。尼古拉斯大叔很诧异，因为审判官出了名地憎恨摩尔人。看到这位神圣不可侵犯的牧师，尼古拉斯大叔顿时感觉自己安全了，他高声祈求上帝保佑。蓦地，他迎头被猛地一击，连人带骡子从陡峭的山坡上一直滚落到山谷。

"第二天太阳升得很高了，尼古拉斯大叔才醒过来。他发现自己躺在一个险峻的山谷中，骡子在旁边吃草，驮篮里的雪都融化了。他勉强爬起来，浑身是伤地回到格拉纳达。他惊喜地发现城里与从前一样。他对别人讲起前一晚的经历，可是所有人都不相信他。人们说要么是他在骡子背上打盹儿时做的梦，要么就是他凭想象编造的故事。但是先生，奇怪的是，没过一年，大审判官就死了。这使人们重新审视起这个故事。我的裁缝祖父常常感慨，故事中的幽灵军队带走了与大审判官一模一样的人，其中的深意无人敢细想。"

"我的朋友马蒂奥啊，你是否在暗示这群山中有摩尔人的炼狱，而审判官就被带去了那里？"

"上帝保佑，但愿不是，先生！我对此一无所知。我只是转述从祖父那里听来的故事。"

马蒂奥的叙述细致入微，而且夹杂着很多评论。相比之下，我的转述简洁得多。故事讲完时，我们已经来到阿兰布拉大门前。

马蒂奥提到的七层塔的故事激发了我的兴趣。我开始研究鬼怪传说。我把当地流传的民间故事中的人物串到一起，让他们担任重要角色，并将所有的情节融会贯通，形成了下文这个传奇故事。如果在后面附上一些学术方面的批注和参考文献，或许这个作品就能成为内容翔实的高水准文章，向全世界郑重地传播历史真相。

第二十八章　摩尔遗物的传说

　　一走进阿兰布拉堡垒，就能看到位于皇宫正前方的水坝广场。取这个名字是因为它的一些历史可追溯到摩尔人时代的蓄水池。广场一角有一口摩尔人遗留的水井，这口井穿透坚硬的岩层，直达非常深的地底。井水如冰雪般清凉，像水晶一样透亮。摩尔人开凿的水井极负盛名。为了得到最纯净甘甜的清泉，他们不辞辛劳地挖掘。我们现在提到的这口井在格拉纳达就非常有名。运水工每天从凌晨到深夜，穿梭于阿兰布拉陡峭的林荫道，以人力扛负或是驴子驮运的方式，把清水运往山下的格拉纳达城。

　　从古到今，盛夏时节，人们通常喜欢聚集在清泉和水井旁闲聊。长久以来，这口井的井边都是人们逗留闲聊的地方。井边有一张石凳，井口上有一个专为收水费的人而设的遮阳棚。伤残老兵、老妇人，以及形形色色的当地老乡，在这里乐此不疲地闲扯着城堡中的大小是非，挨个儿向运水工们打听城里的新闻，然后对见闻发表长篇评论。一天之中几乎每时每刻，都有一些闲来无事的主妇和偷奸耍滑的女仆在此逗留，她们常常头顶或怀抱一个水罐，四处打听大人物的逸事。

有个小个子运水工经常来井边。他身强力壮，肩宽体阔，有一双外翻的弓形腿。他叫佩德罗·吉尔，简称佩雷希尔。作为一名运水工，他自然是土生土长的加利西亚人。做苦力的人，似乎生下来就有分工，就像动物生来就被老天分派了不同角色一样。例如在法国，擦鞋匠很多都是萨瓦人，酒店的行李搬运工很多是瑞士人；在英国，在那个流行穿蓬蓬裙并往头发上扑粉的年代，除了健步如飞的爱尔兰人，没有人能够常年从事抬轿这一行；同样，在西班牙，运水工和搬运工大多是强壮的加利西亚小个子土著，人们不说"给我找个搬运工来"，而是说"叫个加利西亚人来"。

让我们回到正题，佩雷希尔刚开始干这一行的时候，只能用肩膀扛着大陶罐运水。他越干越好，后来攒够钱买了一匹牲口当帮手，那是一头健壮的粗毛驴子。他在这位长耳朵的工作搭档身子两边各挂一个驮篮用来装水罐，再拿无花果树叶盖在水罐上遮阳。在格拉纳达的运水工当中，佩雷希尔是最勤劳、最快活的一个。他赶着驴子走街串巷，用欢快的嗓音唱着西班牙人熟悉的调子："有要水的吗——比冰雪还清凉的水哟？有谁要阿兰布拉的井水——比冰还凉，比水晶还透亮哟？"他用一个亮晶晶的玻璃杯装满井水招揽顾客，总是妙语连珠，逗得对方开怀大笑。如果买水的是标致的少妇或有酒窝的少女，他就会调皮地与对方调情，用无人能抵挡的恭维话夸赞对方的美貌。就这样，加利西亚人佩雷希尔在格拉纳达出名了，人们都认可他是一个殷勤备至、讨人喜欢的人。

然而，即使是最爱唱歌也爱开玩笑的人，心中也有烦恼。在快乐的表象下，佩雷希尔也有忧虑和艰难。他要抚养一大群衣衫褴褛的孩子。孩子们就像一窝小燕子，总是嚷着肚子饿，他一回家，就围上来要吃的。对此，他的妻子也无可奈何。妻子结婚前是位乡村美人，最爱敲着响板跳波列罗舞，而且舞艺超群。如今，她还保留着少女时代的爱好，用忠厚的佩雷希尔辛苦赚的钱买些鲜艳而便宜的衣裙，每逢周日、圣人节，以及其他节假日，她就骑着家里的驴子到乡间参加野餐聚会。不仅如此，她还有点儿邋遢，爱睡懒觉，不顾家，也不干家务。她尤其热衷于传播小道消息，整天蓬头垢面地四处串门，与那些长舌的街坊一起说长道短。

但是，佩雷希尔就像被剪过羊毛的羔羊一般顺从。在婚姻中，他可以说是逆来顺受。他就像那头任劳任怨地驮水罐的驴子，将养活妻儿的重担扛在肩头。他在没人的时候，或许也会沮丧地耷拉着脑袋，但从未指责过妻子不整洁、不顾家。

佩雷希尔就像猫头鹰爱护幼崽一样爱护自己的孩子，他把孩子视为自己的再版和生命的延续。这群小家伙也和他一样，体格强健、身长腿短，而且有着弓形腿。实诚的佩雷希尔一旦攒下几个闲钱，就会带着孩子们出去玩，这是他最大的快乐。孩子们有的被他抱在怀里，有的牵着他的衣角，有的跟在他的脚边，一起到大平原上的果园中玩闹嬉戏。与此同时，他的妻子正在达罗河岸边与伙伴们跳着舞欢庆节日。

在一个夏夜，大多数运水工劳累一天后都歇息了。白天异常闷热，月夜就显得格外迷人。在南方，人们在白昼被酷暑折磨得萎靡不振，夜晚受月光的诱惑，纷纷出门到野外感受温和甜美的空气。因此，直到半夜时分，还有很多人需要清水。此时，佩雷希尔作为一位勤劳而体贴的父亲，他想到饥饿的孩子们，便对自己说："再到井边一趟吧！多赚点儿钱好给小家伙们做周日炖汤。"说罢，他十分男子气地踏上阿兰布拉陡峭的林荫道，边走边哼着小曲，还不时用木棍拍打驴子的肚皮。这样做，一来是为了给自己打节拍，二来是为了让牲口打起精神。在西班牙，让牲口干活的办法，除了喂草料就是用木棍敲打它们。

佩雷希尔来到井边，月光下，他发现有一个身穿摩尔长袍的陌生人坐在石凳上。他吃了一惊，惊疑不定地看着对方，心中生出一丝恐惧。那摩尔人无力地向他招手，说道："我病得头晕眼花了，你能不能送我进城？我会回报你运这趟水所能赚到的双倍的钱。"

小个子运水工那颗实诚的心被陌生人的哀求打动了，他说："上帝不会允许我因为这个举手之劳收取您的报酬。"随即，他扶摩尔人坐到驴背上，朝着格拉纳达慢慢走去。可怜的摩尔人非常虚弱，需要佩雷希尔一直扶着，才不至于摔下驴背。

进了城，运水工问摩尔人要去哪里，摩尔人无力地回答："唉！我在这里举目无亲，既没有家也没有住处。拜托让我在你家过一夜，我会给你丰厚的报酬。"

这位客人是个异教徒，好心的佩雷希尔有些忐忑不安。可是对方正身陷困境，善良的他实在不忍拒绝，便带他回了家。孩子们一听到驴蹄声，照常嚷着冲了出去，却被裹着头巾的陌生人吓得跑回去藏到母亲身后。妻子毫不畏惧地走上前，就像保护小鸡崽一样，她怒喊道："这么晚才回家，还带回来一个摩尔人！你是想让我们受到宗教法庭的审查吗？"加利西亚人回答："小点儿声！老婆，这就是一个可怜的病人。他在这里既没有家人也没有朋友。难道要把他赶到街上吗？"

妻子喋喋不休地斥责佩雷希尔，尽管她住的是茅草房，但仍然要维护家庭的安宁，可这回运水工的态度十分强硬，没有听从妻子的意见。他把可怜的摩尔人从驴子上扶下来，再在屋子里最凉快的地方铺上一张羊皮席子——这是他能够为客人提供的唯一的"床"了。

不一会儿，摩尔人剧烈抽搐起来，运水工想尽办法也没能让他好受一点儿。可怜的病人把佩雷希尔的关切看在眼里，在发作的间隙，他把佩雷希尔叫到身边，低声说："我怕是大限将至了。如果我死了，这个盒子就送给你作为报答。"说着，他揭开斗篷，露出绑在身上的一个檀香木盒子。可敬的小个子加利西亚人回答："上帝保佑您，我的朋友，您会长命百岁的。不管这是什么宝贝，您都自己留着享用吧！"摩尔人摇摇头，然后把手放到盒子上，刚要说些什么，身体又开始剧烈抽搐，不一会儿便咽了气。

妻子心烦意乱地说道："这就是你那愚蠢的好心肠带来的恶果，你总是因为充当滥好人而受拖累。如果有人发现我们家有具尸体该怎么办呀？我们会被当作杀人犯送进监狱，哪怕侥幸保住了性命，也会被警察和律师折腾个半死。"

可怜的佩雷希尔后悔做了这件好事。突然，他冒出一个主意，说道："趁现在天还没亮，我马上把这具尸体运到城外，埋在赛尼尔河岸边的沙地里。没人看见摩尔人进我们家，更没人知道他死在这里。"说完，他便开始行动。在妻子的帮助下，佩雷希尔将那不幸的摩尔人用席子裹住，然后连人带席子横放到驴背上，出门往河边走去。

不幸的是，运水工家的对门住着理发匠佩德罗·佩德科洛，他是个爱好打听消息和搬弄是非的人。他长着一张黄鼠狼一般的脸，双腿仿佛和蜘蛛腿一般细长。他总是见风使舵，说话含沙射影，是个不折不扣的无赖。即使是塞维利亚最知名的理发匠，也不像他那般对别人的隐私一清二楚。据说，他睡觉时睁着一只眼睛竖起一只耳朵，因为这样就不会错过周围发生的任何事情。可想而知，格拉纳达城喜欢说长道短的人都把他当成"小道消息周刊",经常光顾他的理发店。因此,他在同行中生意总是最好的。

佩雷希尔今天回家的时间比平时晚很多,加上妻儿吵嚷个不停,惊动了捕风捉影的理发匠。理发匠从一扇被他当作瞭望口的小窗户中探出头来,惊讶地发现邻居正搀扶着一个摩尔人打扮的男人走进家门。这件事情实在非同寻常,佩德罗·佩德科洛激动得一整晚没合眼,每隔五分钟就凑到小窗户边察看。天快亮时,他看到佩雷希尔赶着驴子出了家门,驴背上还驮着一个不同寻常的东西。

好管闲事的理发匠按捺不住,穿上衣服,偷偷跟在运水工后面。远远地,他望见运水工在赛尼尔河岸边的沙地上挖了一个坑,然后将一个看着像尸体的东西埋了进去。

理发匠赶紧回到家,他坐卧不安,把东西都碰翻在地了。终于等到太阳升起,他往胳膊下夹一个水盆,就出发去镇长家了。镇长是他每天都要服务的顾客。

佩德罗·佩德科洛让刚刚起床的镇长坐到椅子上,然后往他脖子上围一个围裙,又在下巴下面放一盆热水,接着便开始用手指梳理他的胡须。

"怪事一桩!"佩德科洛说道,他同时扮演理发匠和新闻播报员的角色,"怪事一桩!抢劫、谋杀、埋尸,发生在同一个晚上!"

镇长问道:"喂!怎么可能!你在说些什么?"

理发匠一边用手把肥皂涂抹在镇长的鼻子和嘴巴上——西班牙的理发匠从来不屑于使用刷子——一边回答道:"我是说,加利西亚人佩雷希尔抢劫并杀害了一个摩尔人打扮的人,还埋葬了他,就在昨天那个神圣的夜晚,但也称得上是一个该死的夜晚!"

镇长质问道:"你是怎么知道的?"

佩德科洛捏着镇长的鼻子，同时用剃刀滑过对方的脸颊。他回答道："耐心一点儿，先生，我会完完整整地告诉您。"接着，他把昨晚看到的事都告诉了镇长。在刮胡子、清洗下巴、拿脏围裙为镇长擦干脸的同时，他绘声绘色地讲述了运水工抢劫、谋杀和埋葬摩尔人的过程。

不巧的是，镇长是个专横跋扈的官员，而且贪得无厌、满腹牢骚、脾气暴躁。但不可否认，他把正义看得很重。在他眼里，正义比黄金还要值钱。他推测这桩抢劫杀人案肯定涉及大量赃物，那么，怎样才能合法地将赃物收归正义之手？如果仅仅是抓捕罪犯，那么只是将罪人送上十字架；可是如果拿到赃物，就能让法官的腰包鼓起来——这才是最好的正义结局。想到这里，镇长叫来他最信任的警察，一个神情傲慢、饥不择食的恶棍。警察按照这一行的规矩，穿着古老的西班牙制服，外穿一件镶着一圈宽大的黑色海狸皮卷边毛大衣，戴着奇特的皱领，肩上披一件黑色小披风；已经褪色的黑色内衣勾勒出他精瘦的身躯；他手里拿着一支细长的白色手杖，那是他让人望而生畏的警察身份的象征。这位古代西班牙的警察，追寻着运水工的踪迹，在那可怜人赶到家之前，就以迅雷不及掩耳之势出现在他身后，然后连人带驴子一起带到正义执行者的面前。

镇长朝运水工俯下身，摆出一副阴沉恐怖的表情。"你好呀，罪人！"他咆哮着。暴怒的镇长吓得小个子加利西亚人双膝抖成一团。"你好呀，罪人！别再狡辩了，我全都一清二楚。上绞刑架是你应得的下场，不过我很有同情心，想听听你的作案动机。死于你家中的是一个摩尔人，他与我们的信仰对立，你无疑是出于狂热的信仰才杀了他。因此，只要你交出抢来的财物，我可以网开一面，当这件事情没发生过。"

可怜的运水工祈求所有的圣人做证，可是没有一位圣人现身。其实，即便圣人真的出现，也无法使镇长信服。运水工用平实的语言一五一十地讲述了摩尔人的故事，却无济于事。法官问道："你坚持说摩尔人没有金银珠宝，那你这么做的意图是什么？"

运水工回答："大人，我只是想救他。他身上只有一个小小的檀香木盒子，临终前，他把木盒子送给我，以报答救命之恩。"

镇长喊了起来："檀香木盒子！檀香木盒子！"一想到珍贵的珠宝，他的眼睛就亮了起来。"盒子在哪儿？你把它藏在哪里了？"

运水工答道："就在驴背上的驮篮里。如果大人喜欢，我诚心诚意地把它献给您。"

话音未落，急不可耐的警察已经飞奔出去，不一会儿就拿着神秘的檀香木盒子回来了。镇长急切地用发抖的手打开盒子，在场的人们都俯身往盒子里张望，期待着里面会有什么奇珍异宝。可是众人大失所望，盒子里除了一张写满阿拉伯字母的羊皮手卷和一支蜡烛头以外，什么也没有。

在给犯人定罪时，如果犯人无利可图，那么即便是西班牙的法官也会表现得公正无私。镇长从失望中回过神来，发现这宗案子确实没有油水可捞，便换上不偏不倚的态度，再次听取了运水工的解释，还将运水工的妻子传唤来做证。最终，法官宣判运水工无罪，当庭释放，还允许他带走摩尔人的遗物——檀香木盒子及里面装的东西，可是他的驴子被法官以抵扣审判费为由扣押了。

倒霉的小个子加利西亚人不得不重新靠人力运水。他把大陶土罐扛在肩上，艰辛地爬上山到阿兰布拉的水井边。

在一个炎热夏日的正午，运水工艰难上山时，难忍心中怨气，他咒骂道："镇长那条恶狗！抢走了一个穷人谋生的工具，那可是我最珍贵的伙伴！”他回忆起心爱的劳动搭档，哀叹道：“哎，驴子，我的心肝儿呀！”他把肩上的重物放到石头上，然后擦去头上的汗水。“哎，我的心肝儿呀！你一定最想念老主人和水罐了。可怜的畜生！”

雪上加霜的是，运水工回到家，他的妻子不断地哭泣和抱怨。妻子理直气壮地指责他，她早已警告过他不要过分热情好心，现在果然招致了倒霉的事情。就像所有狡猾的妇人一样，她总是抓住一切机会向丈夫夸耀自己的聪明，而每当孩子们要吃穿时，她就冷笑着回答：“去找你们的爸爸，他是阿兰布拉宫奇科国王的继承人，让他用那个结实的盒子解决麻烦。”

有谁曾像他一样因为做好事而遭受如此重的惩罚？不幸的佩雷希尔身心俱疲，可仍旧默默忍受着妻子的责骂。某一日，他顶着酷暑辛苦工作了一白天，晚上回到家中时，妻子照常对他冷嘲热讽。他感到忍无可忍，可又没胆量与妻子争吵，当他的目光停留在架子上那个半开的檀香木盒子上时，他觉得仿佛连盒子都在嘲笑他的烦恼和苦闷。他一把抓起盒子，愤怒地砸到地上，大喊道：“看到你的那天，收留你主人的那天，就是我最倒霉的日子！”

盒子摔到地上后，盖子完全打开了，羊皮手卷滚了出来。

佩雷希尔闷闷不乐地盯着手卷沉默良久。最后他重新打起精神，心想：“谁知道呢，或许这上面写着很重要的东西，不然摩尔人怎么会把它当宝贝藏在身上？”他拾起手卷放到胸口。第二天，沿街卖水的运水工路过一家摩尔人开的商店，便停下向店主打听手卷上的文字的意思。店主是丹吉尔土著，在扎卡丁大街卖小饰品和香料。

摩尔人凝神读完手卷后，摸着胡须笑道：“手卷上写的是一条咒语，这条咒语可以破除法术，让隐藏的宝藏重现天日。这咒语无比强大，就连最坚固的铁条和门闩，乃至坚不可摧的岩石，都挡不住它的威力。"

小个子加利西亚人说道:"呸!这对我有什么用呢?我又不是魔法师,更不知道哪里有宝藏。"说完,他把手卷留给了店主,扛起水罐继续日复一日地工作。

当天傍晚,运水工坐在井边休息时,看见一群人聚在一起闲聊。在夜幕降临时刻,谈话很自然地转向了具有超自然色彩的古老传说。在场的人都穷困潦倒,因此都热衷谈论那个深入人心的话题——摩尔人在阿兰布拉宫各处遗留的、被魔咒封印的宝藏。最重要的是,他们一致认为七层塔的底下有一个很大的宝藏。

故事给诚实的佩雷希尔留下了深刻的印象。他独自通过黑暗的林荫道下山,脑海中不断回想着这些故事。"如果塔底真的有宝藏,说不定留在摩尔人那里的手卷真能让我得到宝藏……"突如其来的狂喜差点儿让他把水罐摔到地上。

那晚,运水工因为宝藏的事辗转反侧,天刚亮他就跑到摩尔人的商店。他说:"既然你懂阿拉伯文,那么我们可以一起去那座塔试试这个咒语的威力,就算失败也没有什么损失。但如果成功,我们就可以平分发现的财宝。"

摩尔人答道:"等等!光靠手卷上的文字是不够的。必须在半夜时分,在一种用特殊材料制成的蜡烛的灯光下读出手卷上显现的咒语,但是我找不到那种蜡烛。如果没有,这手卷就是一张废纸。"

小个子加利西亚人喊道:"不用多说了,我手里就有这样一支蜡烛,马上拿给你看。"说完,他飞快地跑回家,拿起檀香木盒子里的黄色蜡烛头,又迅速地跑回来。

摩尔人拿着蜡烛摸了摸,又闻了闻,说道:"它含有非常珍贵又稀有的香料,混合着一种黄色的蜡,正是手卷上讲到的那种特殊材质的蜡烛。点燃这支蜡烛，我们就可以打开最坚固的墙壁和最隐秘的洞穴。不过得多加小心，假如我们没能在蜡烛熄灭之前离开洞穴，那么就会与宝藏一起被永远封印。"

二人一拍即合，决定当晚就去试试手卷上的咒语。夜深人静，等到外边只能听见蝙蝠和猫头鹰的声音时，两人爬上树木茂盛的阿兰布拉堡垒，接着来到那座阴森恐怖的高塔之下。无数的鬼怪传说使这里更加令人望而却步。借着灯笼的光，他们在黑暗中摸索着穿过灌木丛，再翻越散落的石块，最后来到塔底的一个地窖门前。浑身颤抖的二人摸黑走下一段深入地底的楼梯，楼梯通向一个阴冷潮湿的空房间，房间里还有一段通向更深地窖的楼梯。就这样，他们一直下到第四层地窖。这一层地窖没有楼梯口，可是根据传说，它下面应该还有三层地窖，所以楼梯可能是被强大的魔法封印了。地窖里的空气湿冷，弥漫着一股土腥味，只有暗淡的光线。二人提心吊胆地等在原地。终于，瞭望塔传来了微弱的午夜钟声，二人立即点燃蜡烛，蜡烛散发出没药、乳香和苏合香的香味。

摩尔人仓皇地念出手卷上显现的咒语，话音未落，地下传来一阵雷鸣般的巨响。接着震动的地面轰然裂开，露出一段楼梯。二人恐惧地走下楼梯，随后借着灯笼的光看到一个地窖。地窖四面的墙壁满是阿拉伯铭文，地窖中间有一个被七道钢箍紧紧捆住的大柜子；柜子两旁各有一名被施了魔法的摩尔武士，他们全副武装地坐在那里，由于受到手卷咒语的控制，都像塑像一般一动不动。柜子前面有几个装满了金银珠宝的罐子，二人走到最大的罐子前，把手伸进去，发现里面的财宝直没到手肘。他们随便抓取就有一大捧财宝，有金灿灿的大块摩尔黄金，纯金的手镯等首饰，手指间不时夹带一条东方珍珠项链。他们一边浑身发抖、呼吸急促地往口袋里装战利品，一边惊恐不安地瞥着摩尔武士。摩尔武士脸色阴沉地坐在那里一动不动，眼睛眨也不眨地瞪着他们。后来两人隐约听到什么动静，顿时吓得魂飞魄散，急忙冲上楼梯。他们跌跌撞撞地爬到上一层地窖，不小心撞翻了蜡烛。随着蜡烛熄灭，地面在一阵轰鸣中再次合上。

惊魂未定的两人一刻都没停歇，摸黑冲到塔外，直到看见树林上空闪耀的星光才松了一口气。随后，他们坐在草地上平分了战利品，并且一致决定暂且满足于所得的财宝——尽管他们拿走的财宝只是九牛一毛，剩余的宝贝下回再去拿。为了确保双方都信守承诺，他们把护身符分开保管，仍旧是一人拿手卷一人拿蜡烛。商量完毕，两人装着沉甸甸的财宝，满怀愉快的心情返回格拉纳达。

下山途中，精明的摩尔人在单纯的小个子运水工耳边悄声说道："我的朋友佩雷希尔，我们必须严守秘密，直到拿到全部的财宝，并将其运到安全的地方。但凡有一点儿风声传到镇长的耳朵里，我们就前功尽弃了。"

加利西亚人答道："当然，这话千真万确。"

摩尔人说："我的朋友佩雷希尔，你是个值得信赖的人。毫无疑问，我也能保守秘密。但是，你有一个多嘴的妻子。"

小个子运水工坚定地回答道："我一个字都不会告诉她。"

摩尔人说道："那就行了，我相信你能遵守诺言，守住秘密。"

人们在许诺时往往都无比真诚和坚定，但是，唉！哪个男人能在妻子面前保守秘密？何况是对妻子百依百顺的运水工佩雷希尔。他回到家时发现妻子正在角落里哭泣，刚进门妻子就哭喊道："太好了，你终于回来了！在外面游荡这么晚才回家。我还在猜想，你会不会又带一个摩尔人回来。"她痛哭流涕，双手扭在一起，不停地捶打自己的胸口，哀叹道："我是一个多么不幸的女人啊！以后会落到哪一步田地？我的家被律师和警察洗劫一空，丈夫又没用，没本事赚钱养家，却没日没夜地在外面跟着摩尔人异教徒鬼混。我的孩子们啊！我们以后该怎么办呀？只能沦落街头当乞丐了！"

诚实的佩雷希尔被妻子的哀伤深深打动，不由得跟着哭了起来，心中的怜惜就像他的口袋一样充盈。他忍不住从口袋里抓出三四个大金块，然后松手，任凭金块滑落到妻子的胸口。可怜的女人目瞪口呆地盯着金块，不明白这场"金子雨"究竟是怎么回事。她还没回过神来，小个子加利西亚人又拿出一条金链子在她面前晃来晃去，妻子像个孩子似的欢呼雀跃，笑得嘴巴咧到了耳根。

妻子惊呼道："圣母保佑！你做了什么，佩雷希尔？你不会是去杀人抢劫了吧！"

这个念头一冒出来，妻子就对此坚信不疑，她仿佛看到在不久的将来等着他们的监狱和绞刑架，还有在绞索上晃荡的弓形腿的小个子加利西亚人。妻子被脑海里的恐怖画面吓得魂不附体，陷入了歇斯底里的状态。

这个可怜的男人能怎么办呢？为了平复妻子的恐惧并打消她的可怕想象，他无计可施，只好把整件事的来龙去脉都告诉了她。当然，在此之前，他要求妻子慎重地立誓保守秘密。妻子听后，喜悦之情无以言表，她用胳膊紧紧搂住丈夫的脖子，热情得差点儿勒死他。小个子真诚地说道："老婆，现在你觉得那摩尔人的遗物如何呀？以后别再骂我了，我就是在别人不走运的时候搭把手而已。"

诚实的加利西亚人躺在羊皮席子上，感觉就像躺在羽绒被上一样，很快便沉沉睡去。可妻子却睡不着，她把丈夫口袋里的东西都倒在席子上，然后坐着数阿拉伯金币，又把金项链和金耳环都戴在身上，她想象着等到正大光明时享用这些财富，把自己打扮一番。

　　第二天早上，加利西亚人拿着一块大金币来到扎卡丁大街的珠宝店，他谎称金币是在阿兰布拉的废墟上捡到的，想要卖掉它。珠宝商看了金币上的阿拉伯铭文，发现这枚金币纯度非常高，然而只肯出三分之一的价格。佩雷希尔已经心满意足了，他马上给孩子们买了新衣服和各种各样的玩具，还带回去很多食物，准备做一顿丰盛的饭菜。一回到家，所有的孩子都围着佩雷希尔蹦蹦跳跳，他也跟着孩子们欢呼雀跃，感觉自己是世上最幸福的父亲。

　　运水工的妻子出人意料地遵守了承诺，暂时闭紧了嘴巴。足有一天半的时间，她都混在那群说三道四的人中间，脸上一副神秘兮兮的表情，但心中的那个秘密快要炸开了。她勉强维持着平静，可还是忍不住漏了一点儿口风——她先是为自己的破裙子道歉，说马上会定做一条新的长裙，裙子上会镶嵌上金色的花边和流苏，她还要买一条新的蕾丝头纱；接着，她暗示丈夫将会改行，因为繁重的运水工作对身体不利；最后还说，她认为一家人应该到乡下避暑，让孩子们能够呼吸山里的新鲜空气，而不是忍受城里的闷热天气。

　　邻居们面面相觑，都认为这可怜的女人疯了。她刚转身离去，邻居们就开始嘲讽她那神气的语气和做作的优雅举止。

　　妻子在外边还能勉强管住嘴巴，但在家里却肆无忌惮。她把华美的东方珍珠项链挂在脖子上，把摩尔手镯戴在手腕上，把镶嵌着钻石的羽状头饰戴在额头上，穿着邋遢的破裙子在屋里滑动着舞步，不时停在一面破镜子前顾盼。有一次，她实在无法克制愚蠢的虚荣心，竟然坐到窗前向路人炫耀那一身华美绝伦的饰物。

　　命该如此！多管闲事的理发匠佩德罗·佩德科洛正巧坐在街对面的店里，他那双四处窥探的眼睛一下就扫到了钻石的光芒，他马上凑到小窗边侦察，结果看见运水工邋遢的妻子打扮得仿佛一位光彩夺目的东方新娘。他估算了一下这身行头的价值，马上飞奔去向镇长报告。没过多久，饿狼似的警察又出现了。夜色降临之前，倒霉的佩雷希尔再次被拖到了法官面前。

镇长暴怒地冲着运水工咆哮道："怎么会这样，恶棍！之前你告诉我死于你家中的摩尔人只留下一个空盒子，但现在，你的妻子浑身装饰着珍珠和钻石。你这个假装可怜的坏家伙！赶快把被害者的财物交出来，绞刑架早就等得不耐烦了。"

惊恐万分的运水工跪倒在地，将事情原原本本告诉了法官，解释了自己是如何不可思议地得到那些财宝的。镇长、警察和多管闲事的理发匠，都竖着耳朵聆听这个被魔法封印的阿拉伯财宝的故事。之后，警察找来念诵咒语的摩尔人。见自己落入贪得无厌的执法者手中，这个摩尔人吓得半死。他看到运水工满脸羞愧和沮丧地站在一旁，顿时就明白了。从运水工身旁经过时，他低声说道："可恶的家伙，我有没有警告过你，当心你那多嘴多舌的妻子？"

摩尔人与运水工叙述的事情经过完全相同，可是镇长假装不信，还威胁他要严刑拷打并把他们关进监狱。这时，摩尔人恢复了一贯的精明和自信，说道："别急呀，我的镇长大人！不要因为争夺财宝而浪费这个大好机缘。除了在场的人，没人知道这件事情，让我们一起保守秘密。洞中的财宝数不胜数，足够让我们都发大财。如果您答应平分财宝，那就一切好说；可如果您不答应，那就让宝藏被永远封印。"

镇长与警察私下商量了一下。警察是这一行的老狐狸，他说："我们可以先答应下来。等把财宝拿到手再逮捕他们也不迟。那时要是他们胆敢乱说话，就用个什么罪名吓唬吓唬他们，他们肯定害怕被送上火刑架。"

镇长对这个主意很满意，他摸着眉毛转头对摩尔人说："这个故事非常离奇，不过也许是真的，我必须亲眼见证才行。今晚你要当着我的面重新念诵咒语，如果真的有宝藏，那我们就友好地协商分配方式；如果你骗我，就休想得到饶恕。在此期间，你们将受到严密监控。"摩尔人和运水工欣然接受，因为他们知道事实会证明他们所言非虚。

临近午夜，镇长悄悄出发了，他身后跟着警察和多管闲事的理发匠。他们像押送犯人一样带着摩尔人和运水工，还牵着运水工那头强壮的驴子，以便驮运即将到手的财宝。几个人悄无声息地来到塔下，先把驴子拴在一棵无花果树下，然后走到塔底第四层地窖。

点燃黄色的蜡烛之后，摩尔人捧起手卷念诵上面的咒语。地面开始像上次那样震动起来。随着一阵雷鸣般的声响，地板裂开了，露出狭窄的楼梯。镇长、警察和理发匠看得目瞪口呆，谁也不敢走下楼梯。摩尔人和运水工走到下一层地窖，发现两名摩尔武士依旧纹丝不动地坐在那里，他们搬走了两个满是金币和宝石的大罐子。尽管惯于背负重物的运水工肩背十分强壮，可是当他扛起罐子时，双腿还是直打晃。他把两个罐子分别放进驴背两侧的驮篮里，发现已经达到驴子负重的极限了。摩尔人说道："这回就到此为止吧！这些财宝足以让我们过上随心所欲的生活。宝藏太过庞大，如果一次性都搬回家一定会被发现的。"

镇长问道："里面还有财宝？"

摩尔人说："简直就是应有尽有！地窖里那个捆绑着钢箍的大柜子里全是珍珠和宝石。"

贪婪的镇长喊道："我们想办法搬走那个柜子。"

摩尔人胆怯地说道："我不会再下去了。聪明人要知足常乐，不能太过贪心。"

运水工说:"是的,不能再搬了,我可不想把这头可怜的驴子压垮。"

镇长发觉请求、命令或威胁对这二人都没有用,便转向两个跟班儿,说道:"你们帮我把那个柜子搬上来,我们就平分里面的财宝。"听完,神情犹豫且浑身发抖的警察和理发匠跟着镇长走下了楼梯。

一看到他们走进地下,摩尔人就熄灭了黄色蜡烛,地面随即在轰鸣声中合上了。 那三位"贵人"被埋葬在了地底深处。

摩尔人赶紧顺着楼梯向上爬,一刻不停地跑到了塔外。 小个子运水工则竭尽全力迈着两条小短腿紧跟在他身后。 佩雷希尔刚喘过气就大声问道:"你干了什么啊? 镇长和另外那两个人都被关在地窖里了。"

摩尔人虔诚地说道:"那都是安拉的旨意!"

加利西亚人问道:"你会放他们出来吗?"

摩尔人摸着胡子回答:"安拉不会同意的! 他们命中注定要被魔咒封印。 将来哪位冒险家发现这个宝藏并解除魔法后就会放他们出来。 神的旨意已经实现了! " 说罢,他把黄色的蜡烛头远远地扔进山谷中最幽暗茂密的树林深处。

现在一切都无法挽回了,摩尔人和运水工赶着载满财宝的驴子回到城里。 佩雷希尔情不自禁地抱着长耳朵的劳动搭档亲了又亲,渐渐不再担忧自己是否会受到法律的制裁。 事实上,对这个心思单纯的小个子男人而言,很难说清楚给他带来更多快乐的究竟是得到财宝还是领回驴子。

两个幸运的伙伴友好地分配了战利品。 摩尔人对饰品比较有品位,他拿到了大多数珍珠、宝石和小饰物。 不过运水工也得到了等价的补偿，他分到五倍于摩尔人的精美纯金饰物，因此心满意足。
不久，二人离开了这个是非之地，远走他乡去享受财富了。摩尔人
回到他的故乡——非洲他塔吉尔，而加利西亚人则带着妻儿和那头驴
远走葡萄牙。在葡萄牙，加利西亚人在妻子的教导和督促下，成了
举足轻重的大人物。这个可敬的身长腿短的小个子被妻子逼着改头
换面——上身穿紧身衣，下身穿紧腿裤，帽子上插着羽毛，腰间挎着
一把剑。他不再使用熟悉的称呼"佩雷希尔"，取而代之的是更响亮
的头衔"堂·佩德罗·吉尔阁下"。孩子们长大后，尽管依旧是弓形
的小短腿，但各个精力充沛、性格开朗。至于吉尔夫人，她从头到
脚都包裹着花边和流苏，每根手指上都戴着一枚亮闪闪的戒指，一跃
成为衣着品位最糟糕却又最奢华的典范。

　　至于镇长及其跟班儿，至今还被魔法封印在七层塔下。要是哪
天西班牙人发现缺少窥人隐私的理发匠，或是如狼似虎的警察，或是
贪污腐败的镇长，也许会有人去寻找他们。但若是他们非得等到那
样特定的时机才能解脱，恐怕就得等到世界末日了。

第二十九章　拉斯因凡塔

一天晚上，我在一个狭长的山谷中漫步。这个长满了茂密的无花果树、石榴树和桃金娘的山谷，是夏宫与阿兰布拉宫的分界线。阿兰布拉宫城墙外的一座摩尔式高塔突然吸引了我的注意力。它耸立在树梢之上，反射着殷红如血的落日余晖，充满了浪漫色调。塔上的高处开着一扇孤零零的窗户，从那里可以俯瞰整条山谷。正当我凝望那扇窗户时，一位头上插满鲜花的年轻女子从窗后探出脑袋来。与其他住在古老高塔的堡垒居民相比，她无疑要体面得多。此情此景令我浮想联翩，我联想到了神话传说中被囚禁的美人。而当马蒂奥告诉我这座塔叫拉斯因凡塔，也就是公主塔的时候，我的想象便一发不可收拾。传说，它之所以被称为公主塔，是因为塔里曾住着摩尔国王的女儿。

不久，我有幸参观了这座塔。它通常不对外开放，但十分具有观赏性。塔内的建筑风格优雅且装饰华丽，丝毫不逊色于阿兰布拉宫里的任何一处。中央的大厅典雅别致，厅内有大理石喷泉和高高的拱顶，圆屋顶上布满了精美的回纹雕花；小巧的厢房布局合理，

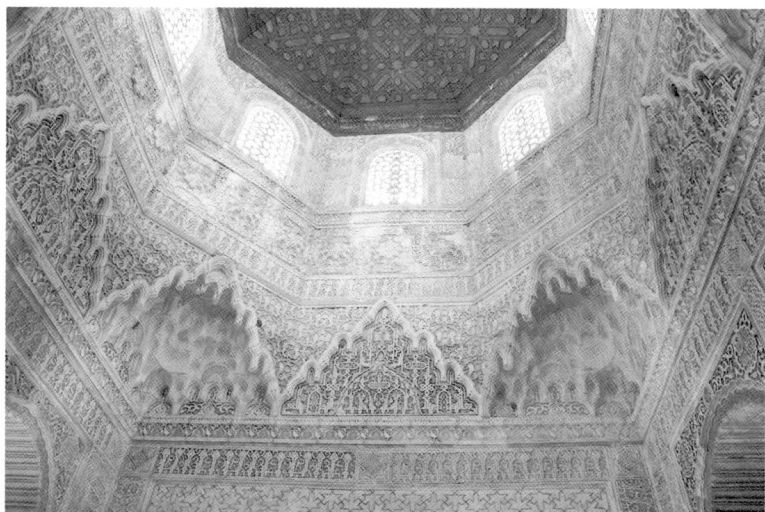

拉斯因凡塔
摄影 Pattiz

使用阿拉伯风格的灰泥工艺纹饰进行装饰。由于建造年代久远又疏于维护，塔内各处受到了不同程度的损坏。即使这样，也依然能看出它曾经是名副其实的皇室美人的香闺。

住在阿兰布拉宫楼梯间的小个子妖精女王，经常参加安东尼娅夫人的夜间茶话活动，她讲过一个充满传奇色彩的故事。从前，一位残暴的格拉纳达国王将自己的三个女儿关在这座塔中，只允许她们晚上骑马到山间散心，而且不准任何人靠近她们，否则格杀勿论。据妖精女王说，至今，每到月圆之夜，还不时有人在山间僻静处看到三位公主。她们戴着闪闪发亮的珠宝，骑着披挂着华美马衣的驯马，一旦有人开口与她们说话，她们就会消失。

和公主的传说相比，或许读者更愿意了解塔上那位美丽女子的故事。我后来得知，她是一位可敬的伤残副官的新婚妻子。虽然副官年纪不小了，但勇气不减当年，敢于将如花似玉的安达卢西亚少女拥入怀中。愿善良的老骑士婚姻幸福，在公主塔中过上安稳的生活；愿他不会如传说中的摩尔国王那样，发觉这座塔对年轻貌美的女子来说并不安全。接下来请读者随我一起，看下文的传说是否可信。

第三十章　三位美丽公主的传说

很久很久以前，一位名叫穆罕默德的摩尔国王统治着格拉纳达，臣民给他取了一个绰号——"左撇子"。有人说这是因为他那只代表灾难的左手确实比代表幸运的右手灵活，也有人说这是因为他不管什么事情都办得很糟糕。总之，无论是因为倒霉还是因为能力不足，穆罕默德总是陷入麻烦。他被赶下王位三次，其中一次还是打扮成渔夫才侥幸脱身逃往非洲。[1] 但是，他既勇猛又大胆，尽管他习惯用左手挥舞军刀，但每次都能通过浴血奋战夺回王位。可惜，他总学不会吃一堑长一智，还越来越独断专行，以至于厄运缠身。或许研究格拉纳达的阿拉伯人编年史的学者们会得出这样的结论：穆罕默德的许多对外举措，为王国与自己带来了极大的损害。不过，我们将要讲的传说只涉及他的家庭生活。

有一天，穆罕默德在一群朝臣的陪同下，骑马前往艾尔维拉

---

[1] 原注：读者应该记得，这位君主就是跟阿文塞拉赫斯家族的命运休戚相关的那位君王。在这个传说中，他的故事有虚构的成分。

山脚。途中，他巧遇一队刚刚结束突袭的骑士，他们正驱赶着一长列俘虏和满载战利品的骡子。俘虏当中有一位衣着华丽的少女，她坐在一匹温驯的矮马上哭泣，身旁的女仆温言安抚，但无济于事。

国王被少女的美貌迷住了，上前询问骑士的首领这位少女的来历。原来，她是一位前线要塞司令的女儿。穆罕默德当即宣布少女就是上贡的战利品，下令立即将她送到后宫，之后又想方设法地安抚她。国王越来越沉迷于少女的美色，甚至想立她为皇后。但这位西班牙少女很排斥国王的爱意，因为他与自己信仰不同，与自己的国家是死对头，而且年纪还那么大！

国王发现殷勤讨好无济于事，便决定向与少女一同被俘虏的女仆寻求帮助。出生于安达卢西亚的女仆教名已不可考，在摩尔人的传说中，她被称为"谨慎的卡迪加"。从整个故事来看，她这谨慎之名是名副其实的。不久，摩尔国王单独召见了女仆，并很快说服她。于是，女仆开始劝说年轻的女主人接受国王的求婚。

女仆对少女说道："接受吧，马上！这样又哭又闹有什么意义？难道在这座美丽的宫殿里做女主人，享受迷人的花园和喷泉，不比被关在前线你父亲的那座破高塔上好得多？信仰不同又怎么样呢？你是嫁给他，又不是嫁给他的信仰。他是有点儿老，可那不是更好吗？——你能早点儿当寡妇，然后自己做主。总之，你已经落到他手里，不是当皇后就是做女奴。既然落入强盗之手，就要争取把自己最值钱的东西卖个好价钱，以免被对方搜刮一空。"

谨慎的卡迪加这一大套说辞很有说服力。西班牙少女擦干眼泪，做了左撇子穆罕默德的妻子，甚至在表面上改信了丈夫的宗教。为了继续做女主人的贴身侍女，谨慎的女仆很快也改变了信仰，还得到了一个阿拉伯名字——卡迪加。

后来，皇后生下了三位可爱的公主，摩尔国王当上了父亲。他想，要是生儿子就更好了，但又自我安慰道："我都这把年纪了，还是个倒霉的左撇子，能有三个女儿已经很好了！"

按照皇室惯例，国王在这喜庆的日子叫来了占星师。占星师根据公主的生辰推算后，摇摇头说道："王啊，女儿都是需要小心看护的珍宝，尤其是等她们到了婚龄之后，更要将她们置于您的羽翼之下亲自看管，不能托付他人监护。"

穆罕默德在大臣们眼里是一位英明的君王，他自己也对此深信不疑。占星师的占卜并没有使他忧虑，因为他坚信自己有足够的才智，可以战胜命运，守护好女儿。

这三位公主是国王收获的爱情结晶。皇后没有再生育，几年后便香消玉殒，撒下年幼的女儿们。公主们只能依赖父亲和忠诚的卡迪加。虽然她们远没有到婚龄，但精明的国王对自己说："还是小心为妙。"他决定把女儿们送到萨洛布雷纳皇家城堡。这座奢华的宫殿坐落在可以俯瞰地中海的山峰之上，位于一座坚不可摧的摩尔要塞之中。国王常常把对自己构成威胁的皇亲国戚关在这里，让他们在这富贵温柔乡中度过余生。

公主们在这与世隔绝的城堡中过着快乐的生活，众多女仆傍身伺候，总能满足她们的任何需求。这里有令人心旷神怡的花园，花园里种着各种珍稀的水果和鲜花，还有芳香怡人的树林，以及洒了香水的浴池。城堡的一面俯临阳光明媚的辽阔海面，另外三面被一个丰饶美丽的山谷环绕，山谷中种植着各种作物。山谷对面是阿尔普萨拉山脉，它就像一道屏障蜿蜒矗立。

宫殿美轮美奂，这里的气候也舒适宜人，总是晴空万里。三位公主渐渐成长为天仙一般的美人。 尽管她们的成长环境相同，但个性迥异。 她们分别叫扎依达、佐雷达和佐拉哈依达，相邻两姐妹的出生时间都只相差三分钟。 最大的扎依达生性勇敢，无论做什么事情，都充当妹妹们的带头人，就如当年率先来到这个世界一样。 她好奇心很重，对任何事情都喜欢刨根问底。 佐雷达痴迷于美好的事物，最爱对着镜子或泉水欣赏自己的倒影，也爱鲜花和珠宝等品位高雅的饰物。 最小的佐拉哈依达性情柔弱温顺，她非常敏感又极富爱心。 她栽种了众多花朵，饲养了众多宠物，并为之倾注了满腔热情，从这里就能看出她善良的内心。 她文静内敛，喜欢沉思与幻想。 有时，她在阳台上凝望夏夜闪烁的星光，或者眺望月光下的海面，一坐就是几个小时。 这个时候，如果能隐约听见海滩上渔夫的歌声，或船夫用长笛吹奏的摩尔小调，她会非常开心。 另外，哪怕是自然界最轻微的动荡也会吓到她，似乎一记响雷就可以吓昏她。

时光如梭，岁月静好。 谨慎的卡迪加没有辜负国王夫妇的信任和嘱托，数年如一日地精心照顾小公主们，从未有过一丝懈怠。

如前文所说，萨洛布雷纳城堡建在海边的一座山峰上。 城堡的一面外墙沿着山峰一侧向下延伸，直至一块突出到海面的岩石，岩石下方有一片受波浪冲刷的狭长海滩。 有一座小小的瞭望塔修建在这块突出的岩石上，它的四面都安装着通风的格子窗。 公主们把这座瞭望塔当成凉亭，喜欢在闷热的正午来这里享受凉爽的海风。

有一天，好奇的扎依达坐在凉亭的窗前，而妹妹们正靠在软凳上睡午觉。 一艘帆船朝海岸驶来，船上的人整齐划一地划着桨，这情景引起了扎依达的注意。 当船靠近之后，她看到船上满载着全副武装的士兵。 后来，帆船在瞭望塔下方的海边抛锚停泊，接着一些摩尔武士押送着几个俘虏登上狭窄的海滩。 好奇的扎依达叫醒妹妹们，三人小心翼翼地躲在格子窗后偷偷张望。俘虏中有三位衣着华丽的西班牙骑士，他们正值青春年少，仪容典雅，彰显出一种高高在上的气质。尽管他们戴着手铐，还被敌人包围着，却依旧表现出尊贵不凡的气度。公主们屏气凝神，看得入了迷。她们自小被关在城堡里，身边只有女仆，见过的异性除了奴隶就是粗鲁的渔夫。这三位英勇非凡的骑士突然出现在公主们面前，那青春的骄傲和男性的健美体魄在她们心中激起了波澜，实在不足为奇。

大姐扎依达说道："这片土地上还有谁能比那位穿红衣的骑士更高贵？看看他那骄傲的神态，仿佛周围的人都是他的奴仆！"

佐雷达赞叹道："可是，你有没有看到那个穿绿衣的骑士！他仪表堂堂，举止那么高雅，气度如此不凡！"

温柔的佐拉哈依达没有说话，却暗自倾心于那位穿蓝衣的骑士。

公主们注视着那群俘虏，直至他们消失在视线中。三人长长地叹了一口气，然后转过身望着彼此，片刻之后，她们在软凳上坐下，陷入沉思和烦恼。

谨慎的卡迪加察觉到了公主们的异常，于是，公主们讲起了刚刚看到的场景。老仆人那颗枯萎的心也被点燃了，她叹道："可怜的年轻人！这些骑士也会让他们故乡无数美丽而高贵的女士心碎！啊！我的孩子们，你们完全不知道他们在祖国过着怎样的生活。他们在竞技场上大放光彩，尽情与女士们谈情说爱，唱着动听的小夜曲向姑娘们求爱。"

扎依达被激发起全部的好奇心，于是拉着女仆问个没完，求女仆讲讲她自己年轻时丰富多彩的经历。当女仆讲到西班牙女士的迷人风采时，美丽的佐雷达忍住没有发言，却暗自打量镜中自己的美貌。当女仆说起月光下的小夜曲时，佐拉哈依达勉强压下一声叹息。

好奇的扎依达每天都会问同样的问题，让谨慎的女仆重述自己的故事。几个温柔可爱的听众带着无比浓厚的兴趣听着故事，却止不住唉声叹气。后来，谨慎的老妇人突然醒悟，自己可能惹出了祸端。她习惯性地把公主们看成孩子，可不知不觉中，她们已经长大了，现在她面前这三个鲜花似的迷人少女都到了适婚年龄。老仆人心想，是时候给国王提个醒了。

这天早上，在阿兰布拉宫一个凉爽的大厅里，穆罕默德正靠坐在长沙发上。来自萨洛布雷纳城堡的仆人捎来了卡迪加的口信——她恭贺国王，并祝愿公主们生辰快乐！同时，仆人献上一个小巧精致、装饰着鲜花的篮子。篮子底下铺着藤蔓和无花果树叶，上面放着一颗桃、一颗杏和一颗油桃。经过花开花谢，这些刚刚成熟的果子像露珠一般甜美诱人。国王深谙东方语言中水果和鲜花的寓意，很快就明白了这份贺礼蕴含的意思。

穆罕默德自言自语道："女儿们到了婚龄，占星师预言的危急时刻已经来临。现在该怎么办呢？她们从未见过异性，在谨慎的卡迪加的照管下没出过一点儿岔子。可终究没有按照占星师强调的那样由我亲自照看，所以我必须带她们回到身边，不能信任其他任何一位监护人。"说完，他令人重新装修阿兰布拉宫的一座塔楼，准备迎接公主们入住。之后，国王率领护卫队，亲自前往萨洛布雷纳城堡，将公主们接回宫中。

穆罕默德大约有三年没有见过女儿们了，就在这期间，她们发生了惊人的变化。穆罕默德简直不敢相信自己的眼睛，公主们跨越了女子一生最奇妙的界限，从懵懂无知的青涩小丫头长成了花容月貌、面带羞涩、常常沉思的女人，这就像是经过了平坦荒凉又毫无生趣的拉曼查平原之后，来到了安达卢西亚富饶美丽的山谷和连绵起伏的群山。

身材高挑、体型健美的扎依达带着高傲的神情和锋芒毕露的眼神，迈着庄严坚定的步伐走进来，向穆罕默德致以崇高的敬意。她对待穆罕默德的态度更像是面对君王，而非父亲。中等个头、神情魅惑的佐雷达在珠宝首饰的映衬下显得格外明艳动人。她迈着婀娜的步子，微笑着走近父亲，先亲吻他的手，然后念诵了一位著名的阿拉伯诗人的诗句向他致意，这让国王非常开心。个子最小的佐拉哈依达害羞而腼腆，有一种让人怜惜的娇美，因而最能激起异性保护和宠爱的欲望。她不像大姐那样惯于发号施令，也不像二姐那样光芒四射，但她能悄悄走进男人最柔软的内心，直到将其完全占据。佐拉哈依达胆怯得近乎踌躇地走向父亲，她原本只是想亲吻他的手，可一看到父亲脸上慈爱的微笑，难以抑制心底的爱，便扑过去抱住了父亲的脖子。

左撇子穆罕默德挨个儿看着如花似玉的女儿们，心里交织着骄傲和烦恼。他为女儿们的迷人风采而欣喜，与此同时，占星师的预言也浮上他的心头。他暗自反复咕哝着："三个女儿！三个女儿！全都到了可以结婚的年龄！就像西方诱人的金苹果，需要一只恶龙来守护！"

国王开始为返回格拉纳达做准备，他派传令官传令，沿途的所有人必须在公主们经过时关闭门窗，不允许任何生人出现。准备完毕后，国王一行人便出发了。紧随国王的黑衣骑士队伍身穿闪亮的盔甲，令人望而生畏。

公主们戴着面纱，骑着美丽的白色驯马走在国王身边。丝绒马衣上布满了金线刺绣，马嚼子和马镫都是纯金的，丝质的马鞍上装饰着珍珠和宝石。她们骑马缓缓前进，驯马身上的小银铃发出悦耳动听的铃声。然而对倒霉的路人来说，这就是催命的声音，因为他们听到铃声时已经来不及躲避，立刻就会被护卫毫不留情地砍翻在地。

在距离格拉纳达不远的赛尼尔河岸，国王的队伍追上了一小队押送囚犯的摩尔士兵。士兵们来不及退避，只得就地跪拜，直到把脸贴在地上，并命令囚犯也这样做。囚犯中有公主们在凉亭见过的三位骑士，骑士们或许是没听懂命令，或许是太过傲慢而不愿听从命令，总之，他们只是站在原地看着队伍靠近。

国王被这种公然违抗命令的行为激怒了，他左手拔出军刀向前挥去。眼看这致命一击将致使至少一个胆大妄为的俘虏死亡，公主们一齐上前围住国王，请求他宽恕可怜的囚犯。就连腼腆的佐拉哈依达也抛开害羞，为他们向父亲求情。穆罕默德手中的军刀停在了半空，而护卫头领跪在他脚下说道："陛下请三思啊！杀死他们可能会引起国民的公愤。这三位英勇高贵的西班牙骑士在战斗中如狮子一般勇猛。由于他们出身高贵，我们能从他们身上得到丰厚的赎金。"国王说："好吧！我饶了他们的性命，但他们必须为自己的胆大狂妄受到惩罚——在朱砂塔做苦力。"

这个左撇子莽夫又犯了一个错误。他的怒火引发了混乱，公主们被风掀起了面纱，露出了光彩照人的美貌。而她们在父亲面前真切地求情，又将她们的魅力展现无遗。与现在不同，在那个年代，人们常常一见钟情，所有的古老传说都印证了这一点。毫无疑问，三位骑士的心完全被公主们俘获了。他们对公主不仅有爱慕之情，还有因救命之恩而产生的感激之情。三位骑士各倾心于一位美人。公主们也更加被骑士们高贵的气度折服，她们把听到的夸赞骑士们英勇不凡、出身尊贵的话语都珍藏在心底。队伍继续前进，三位公主骑在叮当作响的驯马上沉思，不时偷偷回望俘虏。

为公主们准备的香闺超乎想象地精美华丽。房间所在的高塔与阿兰布拉宫的主体建筑有段距离，而环绕整座山峰的城墙将二者连接起来。高塔一面朝向城堡内部，这一侧的塔底有一个种满珍稀花卉的小花园；高塔的另一面俯临树木茂盛的深谷，这个山谷是阿兰布拉宫与夏宫的分界线。高塔内部被分隔成一个个整齐的小套间，里面的装饰物是精巧而优雅的阿拉伯风格。一个高阔的大厅被围在中央，大厅的天花板拱顶高至塔顶，天花板和墙壁上都装饰着阿拉伯花纹和回纹雕花，还有闪亮的镀金和鲜艳的彩色花纹。在大理石地板中央，香草和鲜花围绕着一座雪花石喷泉，喷泉喷射的晶莹水花令整栋建筑保持清凉，叮咚的水声就像美妙的音乐令人沉醉。大厅周围悬挂着多个由金丝和银丝编织的鸟笼，笼子里养着各种羽毛艳丽、歌声动听的小鸟。

公主们住在萨洛布雷纳城堡时总是非常开心，国王以为她们回到阿兰布拉宫会更加快活，可令他不解的是，公主们开始愁眉不展，而且一天比一天忧伤，仿佛周围的一切都不能让她们满意。鲜花带给她们的不再是芳香，夜莺的歌唱使她们无法入眠，而雪花石喷泉那淅沥沥的水声更是让她们忍无可忍。

国王性格暴躁，独断专行。刚开始，他十分生气，后来突然意识到，女儿已经到了特定年龄，她们的女性意识开始增强，因此相应的欲望也会越来越旺盛。于是他对自己说："她们都不再是孩子了，已经是成年女人，她们需要找到更感兴趣的事物。"于是他一声令下，格拉纳达的扎卡丁大街上所有的裁缝、珠宝商和金银匠都来了，他们在公主们面前摆满了丝质长袍、纱巾、锦缎、羊绒披肩、珍珠和钻石项链、戒指、手镯、脚链，以及其他各种各样的珍稀物品。

但这些都无济于事。即使过着锦衣玉食的生活，公主们依旧容颜憔悴，就像一枝藤蔓上的三朵玫瑰花蕾，渐渐枯萎凋零。国王一向自诩判断力过人，从不听取他人的意见，然而这回也无计可施了。"三个适婚少女的喜怒无常和任性，足以难倒最聪明的人。"他平生第一次开口寻求身边谋士的帮助。

国王咨询的是经验丰富的老女仆，他说："卡迪加，我知道你是世上最谨慎的女人之一，也非常值得信赖，因此才放心地把女儿交给你照管。现在，我希望你帮我找出公主们如此痛苦的原因，进而想办法让她们恢复健康和快乐。"

卡迪加一口答应了。事实上，老女仆比公主自己更了解她们的心事，因为这么多年来，她一直与公主们生活在一起，早已和她们融为一体，了解她们所有的秘密。

"我亲爱的孩子们，在这么美丽的地方过着有求必应的生活，你们还有什么理由整日垂头丧气、郁郁寡欢呢？"

公主们茫然地环顾房间四周，然后深深地叹息。

"那么你们还想要什么呢？要我把那只奇妙的鹦鹉给你们带来吗？它能说会道，是整个格拉纳达的开心果。"

扎依达公主不屑地嚷道："奇怪的东西！一只讨厌的鸟儿，总是叽叽喳喳地说着没有意义的话语，只有那些没脑子的人才能忍受这样的宠物。"

"要不我让人到直布罗陀的山崖上抓一只猴子来，让它变戏法逗你们开心？"

佐雷达嚷道："猴子！我讨厌那种模仿人类的劣等畜生，我讨厌那令人作呕的东西。"

"那么来自摩洛哥后宫的著名歌手凯思姆怎么样？据说他的嗓音跟女人的一样柔美动听。"

敏感脆弱的佐拉哈依达说道："我害怕他，况且也不再喜欢音乐了。"

老妇人狡黠地回答："啊！我的孩子们，如果你们和我一样听到昨晚的歌声，就不会这样说了，那歌曲是我们旅途中碰到的西班牙骑士唱的。可是老天保佑，孩子们！为什么你们脸红了又坐立不安？"

"没事，没事，好妈妈，求您讲下去。"

"好吧。昨晚我经过朱砂塔时，看到三个西班牙骑士刚好结束了一天的劳动，坐着休息。其中一个骑士用吉他弹起美妙的曲子，另外两个则轮流唱歌。他们的演唱是如此动人，引得看守都像是着了魔，雕像似的动也不动地在一旁欣赏。安拉宽恕我吧！我不由自主地被故乡的歌曲深深打动，然而只能眼睁睁看着那些高贵而俊美的年轻人戴着镣铐做奴隶！"

说到这里，好心的老妇人忍不住流下了泪水。

扎依达说："妈妈，也许您可以设法让我们看一眼那些骑士。"

佐雷达说："是的，或许听点儿音乐能让我们恢复精神。"

腼腆的佐拉哈依达什么也没说，只是用两只胳膊圈住卡迪加的脖子。

谨慎的老妇人叹道："饶了我吧！你们都在说什么啊，我的孩子们。如果你们的父亲知道我们在谈论这样的话题，会杀了我们的。不过，我可以肯定，那些骑士都是极有教养且品德高尚的年轻人。然而那又有什么用呢？他们的信仰与我们的相敌对，因此，除了憎恨，你们不该对他们有任何想法。"

在正值婚龄的少女的意志中，有一种令人敬佩的勇敢，任何艰难险阻都吓不倒她们。公主们缠着老女仆，又是甜言蜜语，又是苦苦哀求，她们为老女仆拒绝请求而心碎。

老女仆能怎么办呢？的确，她不仅是世上最谨慎的老妇人，还是国王最忠实的仆人之一，可她又怎能看着三位美丽的公主，仅仅因为听不到吉他的旋律就心碎呢？除此之外，尽管她在摩尔人当中生活了很长时间，还像忠实的仆人该做的那样，跟随女主人改换了信仰，不过她还是一个不折不扣的西班牙人，心底依然保留着信仰的烙印。于是她开始想方设法地满足公主们的愿望。

囚犯们被关在朱砂塔中，负责看管他们的是大胡子宽肩膀的叛徒侯赛因·巴巴，人人都说他的手伸得最长。卡迪加私下找到他，将一大块金子塞到他手里，说道："侯赛因·巴巴，我的女主人，也就是三位公主，被关在塔中，想找点儿东西解闷。听说那三位西班牙骑士有着无与伦比的音乐才能，公主们便想听听他们的歌声。我想像你这么好心的人，一定不会拒绝这个于人无碍的请求。"

"什么！如果国王发现了，就会砍下我的脑袋挂在这座塔的大门上！"

"绝对没有任何危险，我会把事情安排得天衣无缝，既能让公主们得偿所愿，又不会让国王听到半点儿风声。那座塔的墙外有一道深谷，你安排那三名囚徒到那里干活，让他们在劳动间隙弹琴唱歌，这样公主们就能在高塔的窗户边听到他们的歌声。你尽管放心，公主们一定会好好地奖赏你。"

好心的老妇人结束了滔滔不绝的讲说，温和地拍了拍叛徒粗糙的大手，然后又在他手里放下一块金子。

老妇人的辞令让人无法拒绝。第二天，三位骑士就被安排到山谷里干活。正午艳阳高照，其他干活的同伴都在树荫下睡觉，看守也点着脑袋打瞌睡，这时骑士们在塔底的草丛中坐下，伴着吉他唱起了一首西班牙圆舞曲。

尽管山谷很深、塔楼很高，可他们的歌声仍在这安静的夏日正午清晰地传播开来。公主们跟着保姆学过西班牙语，此时她们坐在阳台上侧耳倾听，不时被歌里的柔情打动。谨慎的卡迪加则恰恰相反，她大惊失色地嚷道："安拉保佑！他们居然对着你们唱情歌。何曾听说过这么胆大包天的人？我要让看管奴隶的头儿狠狠地打他们一顿。"

三位公主听后大为惊骇。"什么！要痛打那些英勇的骑士，就因为他们唱歌如此动听？！"尽管感到义愤填膺，但这好心的老妇人生性温和，很容易被说服。而且她发现，骑士们唱的情歌为公主们带来了显而易见的好处，她们的脸颊上泛出玫瑰色的红晕，眼睛也开始闪显出光芒。

歌声停止之后，公主们静默了片刻，随后佐雷达拿起琴，用轻柔而甜美的嗓音，颤声唱起一首阿拉伯小曲，其中有这样的歌词："藏在绿叶中的玫瑰啊，听到夜莺的歌声是多么快乐。"

从那以后，骑士们几乎每天都来山谷里干活，体贴入微的侯赛因·巴巴越来越放纵他们，总在看守时打瞌睡。就这样，骑士和公主就像举行聚会一样，用流行歌曲和浪漫爱情歌谣进行着暧昧的情感交流。渐渐地，当公主们确信卫兵看不见自己的时候，就会出现在阳台上，还会通过花语向骑士们表达情意，因为鲜花的象征意义不言而喻。这种困难重重的交流更具魅力，也让这奇特的爱情更加坚定。只有排除艰难险阻之后获得的爱情，才能够在贫瘠的土地上顽强地生根发芽，开出甜美的花朵。

经过这种秘密的交流，公主们的外表和精神都发生了显而易见的改变，这令左撇子国王十分惊讶。但是，谁也没有谨慎的卡迪加高兴，因为她认为这一切都要归功于自己处事得力。

后来，这种发电报似的情感交流突然中断了，骑士们已经好几天没有出现在山谷中了。望穿秋水的公主们站在阳台伸长了天鹅颈，像笼中的夜莺在塔上徒劳地歌唱，却再也望不见西班牙爱人的身影，也听不到一句回应。很快，前去打探的卡迪加满脸愁容地回来了。"啊，我的孩子们啊！我早就料到会这样，可你们偏要自讨苦吃。现在可以把琴挂到柳树上了，因为西班牙骑士们已经被家人赎回去了，他们现在已经下山去了格拉纳达，正准备返回祖国。"

听到这个消息，三位公主十分绝望。扎依达很愤怒，因为骑士们的不辞而别让她感觉受到了怠慢；佐雷达扭着手哭了起来，然后又看着镜子里的自己默默擦去眼泪，可泪水很快又布满脸颊；温柔的佐拉哈依达靠在阳台上静静地哭泣，泪水滴落在塔底的花丛中，背信弃义的骑士们过去常常坐在那里。

谨慎的卡迪加想尽办法安抚忧伤的公主们，她说："放宽心，我的孩子们，等你们习惯了，这就不再是什么大不了的事情了。世界就是如此。唉！等你们到了我这个年纪，就知道该如何去评价那些男人。我担保在科尔多瓦和塞维利亚的众多美人当中，一定有那些骑士的情人，过不了多久他们就会跑到姑娘的阳台下唱小夜曲，把阿兰布拉宫中的摩尔美人抛诸脑后。所以，我的孩子们啊，放宽心吧，把他们从心里赶出去。"

听了这些安慰的话语，三位公主反而更加沮丧，接下来的两天都伤心欲绝。第三天清晨，气得满脸通红的老妇人走进她们的房间。平静下来之后，她开口说道："谁能相信竟有如此傲慢无礼的人！不过我也是罪有应得，谁叫我欺骗了你们可敬的父亲。别在我面前提你们的西班牙骑士了。"

公主们齐声惊呼，紧张得喘不过气来。"卡迪加妈妈，发生了什么事？"

"发生了什么？叛逃罪行！或者说与它同样恶劣的行径。有人提议叛逃，还是对我——国王最忠诚的属下、最值得信赖的女仆！我的孩子们，那几个西班牙骑士居然敢对我胡说八道，让我说服你们一同逃往科尔多瓦，并且做他们的妻子。"

说到这里，纯良的老妇人用手掩住脸，陷入了强烈的愤怒和懊恼。三位美丽的公主脸颊白了又红，红了又白。她们浑身颤抖，低头看向地面。过后，她们抬头羞怯地对视了几眼，却一言不发。与此同时，盛怒未消的老妇人坐在那里前后摇晃着身子，不时嚷道："我活了这么些年，还从未受过这样的侮辱！我，这样一个忠心耿耿的仆人！"

最后，意志最坚决的领头人大公主走上前，把手放在女仆肩头，说道："好了，妈妈，假如我们愿意与西班牙骑士一起走，这可能办得到吗？"

好心的老妇人突然停止了懊恼，抬头望着大公主，重复道："可能的，当然可能办到。西班牙骑士已经贿赂了看守头子叛徒侯赛因·巴巴，还计划好了所有事情。但是你们得好好想想，怎么能欺骗自己的父亲？何况他还那么信任我！"说着，可敬的妇人又开始陷入沮丧，身子前后摇晃，双手扭在一起。

大公主说："父亲从未信任过我们，他只相信铁条和门闩，对待我们如囚犯一般。"

老妇人又一次停止了伤怀，回答道："是啊，那倒是千真万确。他把你们关在这里，实在是不可理喻；他让你们在这阴森的古老塔楼中，虚度花儿一般的青春年华，就像让娇艳的玫瑰在花瓶中枯萎。但是，你们又怎能逃离自己的家乡？"

"我们要去的不是母亲的故乡吗？在那里，我们可以过上自由的生活，而且每个人都将拥有一位年轻的丈夫。我们失去的只不过是一位严厉的老父亲。"

"是啊，一点儿也不错，我承认你们的父亲是个暴君。不过啊，"她再次垂头丧气地说道，"难道你们忍心留我一个人在这里承受严酷的惩罚？"

"当然不会。我的好卡迪加，何不与我们一起逃走？"

"那再好不过了，我的孩子们。说实话，侯赛因·巴巴与我商量这件事时许诺，如果我跟你们一起逃走，他会照顾我。再好好想想吧，我的孩子们，你们愿意放弃父亲的信仰吗？"

大公主说道："我已经准备好接受母亲原来的信仰了。我想妹妹们也是。"

老妇人露出欣喜的表情，说道："太对了！那是你们母亲原来的信仰。她临终时无比悲伤，哀叹自己不该放弃原来的信仰，我当时答应她会好好守护你们的灵魂。看到你们终于找到了一条拯救灵魂的光明大道，我无比欣慰。是啊，我的孩子们，我始终将原来的信仰珍藏于心底，现在我决心要回归。我与侯赛因·巴巴讨论过这个话题，他也是西班牙人，也迫切希望回到祖国，回归教堂，我们的故乡相距不远。骑士们答应，如果我与侯赛因·巴巴回到故乡后结为夫妻，他们将会让我们过上衣食无忧的生活。"

总而言之，这位极其谨慎又深谋远虑的老妇人，已经与骑士和叛徒详细讨论了逃跑计划。大公主立即表示了赞成，而她的态度一如既往地代表了两个妹妹的意见。最小的妹妹确实有些犹豫，她那颗温柔怯懦的心，在亲情与爱情之间苦苦挣扎，最终，爱情占据了上风。她一边默默地叹息流泪，一边为逃跑做准备。

在那个古老的年代，摩尔人在阿兰布拉宫所在的高山上开凿了很多地下通道。这些通道穿透岩层，从堡垒通往格拉纳达城的各个地方，最远可以到达罗河和赛尼尔河岸边的关卡。这些通道是由不同时期的摩尔国王修建的，既是为了在突发暴乱时逃生，也是为了方便进行秘密的行动。如今，很多通道已经完全消失，留下来的通道或堆满了垃圾，或被墙挡住了。这是摩尔政权的纪念物，展现了摩尔人的聪明才智及好战本性。侯赛因·巴巴计划经由地下通道将公主们送到城墙外的关口，然后与备好快马等候在那里的骑士们会合，再一起穿越边界。

夜晚来临，高塔照常被锁了起来，整个阿兰布拉宫沉沉地睡去。午夜时分，谨慎的卡迪加站在一扇窗户后的阳台上侧耳倾听，她发现叛徒侯赛因·巴巴已经在下面等候，并且按照约定发出了信号。女仆将绳梯的一头牢牢拴在阳台上，再把另一头放到下面的花园里，自己先爬了下去。两位年长的公主尽管心惊胆战，但还是紧随女仆爬向地面。轮到最小的佐拉哈依达公主，她浑身发抖，犹豫不决。好几次，她鼓足勇气将小脚放到梯子上，但又缩了回去，她的心脏跳得越来越快，耽误的时间也就越来越长。她留恋地望着身后铺满丝绸的房间，她在这里确实像是一只笼中的鸟儿，但至少是安全的；如果投入外面狂野的世界，不知道会遭遇怎样的危险！她想起了殷勤的爱人，立刻将小脚放到梯子上，但又想起老父亲，脚便缩了回来。佐拉哈依达公主温柔又善良，她此刻的挣扎难以言表，更何况她对这个未知的世界充满了恐惧。

阳台下面姐姐们的哀求、女仆的责备，以及叛徒的咒骂都无济于事，温柔娇小的摩尔少女站在阳台上踌躇不决。她被诱发罪恶行径的甜美爱情吸引，却又对可能要面临的危险感到恐惧。

在这里耽误的一分一秒都增添了被人发现的风险。远远传来了一阵脚步声，叛徒叫道："巡逻的卫兵就要来这边了，再耽搁下去我们都得死。公主，快点下来！否则我们只能离开了。"

心慌意乱的佐拉哈依达挣扎了片刻，绝望地做了最后的决定。她解开绳梯扔下阳台，说道："我决定了！我做不到！愿安拉指引并保佑你们，我亲爱的姐姐们！"

两位姐姐被妹妹的决定吓坏了。她们还想继续说服妹妹，可巡逻队就要来了，在叛徒怒不可遏的催促下，她们只得赶快离开，进入地下通道。一行人摸黑穿过一个开凿在山腹的恐怖迷宫，在无人察觉之下来到城墙外面的一道铁门处，与等候在此的西班牙骑士们会合。然后，所有人装扮成摩尔卫兵，叛徒则充当头领。

佐拉哈依达的爱人左顾右盼，却迟迟没有盼到他的公主。当听说公主没有离开高塔时，骑士简直要疯了。两位公主各自爬上爱人的马，坐在他们身后，卡迪加则爬上叛徒的马背，然后一行人朝着洛佩关方向飞驰而去，他们准备越过高山逃往科尔多瓦。

没走多远，阿兰布拉的护城墙上就传来一阵喧闹的战鼓声和军号声。

叛徒说："不好，我们被发现了！"

西班牙骑士回答："我们的马很快，现在又是深夜，一定能甩开追兵。"

他们马不停蹄地赶路，旋风似的跨越大平原来到艾尔维拉山脚，这座高山就像海岬一样伸入大平原中央。叛徒停下来片刻，说道："我们似乎还没有暴露踪迹，应该能够成功逃进深山。"

就在他说话的工夫，阿兰布拉的瞭望塔顶端升起了一团火光。

叛徒大叫道："糟了！那倒霉的火光会使所有关卡的卫兵都开始警戒。快！快！快马加鞭，我们不能再耽搁任何时间了。"

他们飞快地向前冲，经过怪石嶙峋的艾尔维拉山脚的道路时，马蹄声回荡在山岩之间。就在他们飞奔之际，阿兰布拉宫的火光得到了四面八方的回应，每一处要塞及山顶的瞭望塔都陆续发出了火光。

叛徒连声咒骂，叫道："快！快！去那道桥，趁警报还没传到这里，去那道桥！"

他们绕过那座突入平原的高山，看见了著名的皮诺斯桥。桥下那条湍急的河流常常被鲜血染红。让人绝望的是，桥边的塔楼上也升起了火光，还有全副武装的士兵严阵以待。叛徒拉住马站在马镫上向四周张望了片刻，随后朝骑士们招手示意，他离开道路沿着河岸走了一段路，然后便一头扎进河里。骑士让公主抱紧自己，紧跟着跳进水中。湍急的水流将他们往下游冲了一段距离，巨浪在四周咆哮着，可是美丽的公主紧紧抱着自己的骑士，没有一句怨言。安全爬上对岸之后，在叛徒的带领下，一行人踏上人迹罕至的小路，走进荒凉的深谷，又穿过高山深处，他们避开了所有关卡，最后平安到达古老的科尔多瓦。骑士们回到祖国，来到了亲朋好友的身边。人们为他们举行了盛大的欢庆仪式，这是贵族们的习俗。美丽的公主们立刻被教堂接纳了，经过一系列必要的仪式，随后成了骑士们幸福的妻子。

我们只顾关心公主们惊险刺激的逃亡过程，却忘了提及卡迪加。当一行人在大平原上策马飞奔时，卡迪加就像猫一样吊在侯赛因·巴巴的身上，每次转弯都高声尖叫，惹得恼怒的大胡子叛徒连声咒骂。

侯赛因·巴巴准备骑马跳进河里时，对恐惧得无以复加的卡迪加嚷道："不要把我抱得那么紧，只要抓住我的腰带，什么都不用怕。"卡迪加双手死死抓住绑在叛徒宽阔腰身上的皮腰带。但是，当骑士们爬到高山顶端歇息时，却发现女仆已经不见踪影。

公主们惊惧地大声问道："卡迪加怎么了？她在哪里？"

叛徒答道："只有安拉知道！我的腰带在河中央突然松开了，于是卡迪加就被水流冲走了。这是安拉的旨意！只是可惜了我的绣花腰带，花了我不少钱呢！"

他们没时间惋惜。公主们为失去谨慎的教导者而失声痛哭，然而那位出色的老妇人，在河里最多失去了她九条命中的半条。一位渔夫在不远处的下游撒网，将她捞到了岸上，渔夫被渔网中奇怪的"猎物"惊得目瞪口呆。传说并没有提及卡迪加后来的生活，这正好印证了她的谨慎——她绝不会冒险现身，以免落到左撇子穆罕默德手中。

女儿逃跑、被忠实仆人欺骗，那位英明的国王究竟做何反应，没人知道。这是他唯一一次向身边人征求建议，此后他再也没有犯过类似的错误。他悉心照料和守护留下的小女儿，那位唯一不愿逃跑的公主。不过人们却认为，公主暗自后悔留了下来，因为她常常靠在高塔的墙上悲伤地眺望科尔多瓦方向的群山。据说，有时她会一边弹琴一边唱起忧伤的情歌，那是她在为失去姐姐和爱人的陪伴而悲伤，以及为寂寞的生活而哀叹。公主年纪轻轻就去世了，据说埋葬在这座塔下的一个地窖里。这位命运悲惨的公主，后来出现在许多民间传说中。

从某种意义上来说，下文的传说是由前面这个故事引发的。这个传说与一些重要的历史人物相关，以至于很难全盘否定它的真实性。 在一次夜间茶话会上，老伯爵的女儿和她的几个女伴听了这个故事之后，都认为其中某些片段很像是真的； 而德洛丽丝更加了解阿兰布拉各种不可思议的奇闻逸事，对这个传说深信不疑。

第三十一章　阿兰布拉玫瑰的传说

　　在摩尔人投降之后的一段时间内，西班牙皇室经常住在格拉纳达，他们十分喜爱这个令人心旷神怡的美丽城市。可是后来，持续不断的地震灾害不仅把他们吓跑了，还将许多房屋夷为平地，甚至撼动了摩尔人修建的高塔的地基。

　　随着岁月流逝，渐渐地，格拉纳达几乎再也没有皇家贵宾踏足。从前贵客盈门的宫殿，现在大门紧锁，一片死寂。阿兰布拉宫就像被打入冷宫的美人，坐在荒芜的花园中，只有孤寂和悲伤相伴。

　　三位美丽的公主住过的拉斯因凡塔同样是一片衰败的景象。镀金拱顶上结满蛛网，厢房中还有蝙蝠和猫头鹰的巢穴。扎依达、佐雷达和佐拉哈依达就曾经住在这房间里，她们美丽的容颜为这里增添了光彩。拉斯因凡塔之所以会荒废，部分原因是附近的居民相信了迷信的说法：传说，死去的小公主佐拉哈依达的幽灵还羁留在这里，每当月夜时，或在大厅中央的喷泉旁现身，或在护墙旁边哭泣。半夜时分，山谷中的行人还会听到她用银竖琴弹奏忧伤的旋律。

　　后来，格拉纳达再次迎来了皇室贵宾。世人皆知，菲利普五世是第一位掌控西班牙政权的波旁王朝皇帝，也都知道他的第二任妻子——美丽的帕玛公主伊丽莎贝塔（也叫作伊莎贝拉）。这场举世瞩目的婚姻，使得一位法国君王与一位意大利公主共同坐上了西班牙王国的权力宝座。为了迎接这对尊贵无比的皇室夫妻，人们彻底翻修了阿兰布拉宫，将皇宫内外都尽可能地装饰一新。皇室成员的到来，让备受冷落的阿兰布拉宫焕发出全新的风采。宫外的大道和广场上，回荡着喧闹的战鼓和军号的声响，还有阵阵马蹄声；士兵在堡垒和护城墙上挥舞着军旗，手持闪亮的武器，阿兰布拉堡垒仿佛回到了辉煌的古代战争时期。皇宫内部则是一派祥和的景象：前厅里是态度恭谨的朝臣，他们偶尔发出长袍摩擦的声音、窃窃私语声和轻轻的脚步声；花园中有一两名男仆或贴身侍女在闲逛；敞开的窗户里不时传出音乐声。

在侍奉皇室的众多随从当中，鲁伊斯·德阿拉尔孔是最受皇后宠爱的男仆。这个评价相当高，因为伊丽莎贝塔的仆人都是精挑细选的，无一不相貌端正，举止优雅，多才多艺。这名男仆刚满十八岁，体态轻盈而柔韧，优雅迷人，就像年轻的男神安提诺乌斯[1]。他在皇后面前毕恭毕敬，私底下却是一个淘气的小家伙。因为在宫廷贵妇圈中十分受宠，他小小年纪就经历过无数的风流韵事。

一天早上，闲来无事的男仆到夏宫的果园中游玩，为了解闷，他带着皇后心爱的猎鹰。闲逛中，他看到灌木丛中飞出一只小鸟，于是他放飞了手上的猎鹰。猎鹰先是在高空中盘旋，紧接着朝猎物猛地俯冲下去，但是它没有抓住小鸟，随后便径直飞走了，任凭男仆如何呼唤都不理会。男仆的视线追随着猎鹰，它先在空中随心所欲地

---

[1] 译注：希腊著名的美男子。

翱翔，然后停在一座偏僻的高塔上。这座塔建在阿兰布拉堡垒的外墙边上，紧邻一条深谷，这条山谷是皇宫和夏宫的分界线。事实上，这座塔就是公主塔。

男仆走近高塔，却发现山谷这一面没有入口，而且山谷很深，根本不可能从谷底爬上去。男仆兜了一大圈，才找到堡垒外墙上的一道大门，最终绕到公主塔朝向墙内的那一面。

塔前有个小花园，被芦苇编成的格子花架环绕着，架子上挂着桃金娘枝条。男仆推开一扇小门，穿过花坛和玫瑰花丛，来到塔楼的门前。门上插着门闩，他透过门缝往里看去，发现里面是一个小巧的摩尔式客厅。客厅里面有回纹雕花装饰的墙壁、精巧的大理石柱，还有一个雪花石喷泉，喷泉周围摆放着鲜花。客厅中央挂着一个镀金的鸟笼，笼里有一只正在唱歌的小鸟。鸟笼下方摆放着一把椅子，椅子上有一只玳瑁猫正趴在一堆丝线团等做女红的小物件上。一把系着绸带的吉他倚靠在喷泉旁。

鲁伊斯·德阿拉尔孔被眼前这一幕惊呆了。他原以为这是一座荒废的孤塔，然而房中的陈设处处都显露出女子优雅不俗的品位。他想起了阿兰布拉宫中流传的魔法大厅的传说，而眼前这只玳瑁猫或许就是一位被施了魔咒的公主。

他轻轻地敲了敲门，一张美丽的脸庞从楼上一扇小窗户中探出来，但很快又缩了回去。他等在那里，以为马上就会有人开门，过后却发现期待落了空，房间里一片寂静，根本没有脚步声。难道那是幻觉？或者说那个美丽的女子是住在塔里的仙女？男仆又稍微用力地敲了一次门，不一会儿，那张明媚动人的小脸又探了出来，那是一位十几岁的花季少女。

男仆立即脱下装饰着羽毛的软帽，用彬彬有礼的语气恳请少女允许他到塔顶找寻猎鹰。

小女孩儿脸红了，回答说："先生，我不敢开门，姑姑不让我给陌生人开门。"

"求你了，美丽的女士！那是皇后最心爱的猎鹰，我可不敢弄丢它。"

"您是宫廷里的骑士吗？"

"是啊，美丽的女士。如果我弄丢那只猎鹰，就会失去皇后的宠爱以及宫廷中的地位。"

"圣母马利亚！就是因为宫廷中的那些骑士，姑姑才特意叮嘱我关好大门。"

"针对那些胡作非为的骑士，这无可厚非。可我与他们不同，我是一名朴实的男仆，从不害人。要是你拒绝我这个小小的请求，我就完蛋了。"

小女孩儿被男仆的哀求打动了。如果因为拒绝帮这个微不足道的忙而毁掉他，那真是让人万分遗憾。他看上去一点儿也不像姑姑所说的那种恶棍，姑姑说那些危险的家伙总是在四周逡巡，专挑没有戒心的小女孩儿下手，可这男仆看上去温柔又谦卑，他手拿帽子站在那里，显得彬彬有礼。

狡猾的男仆见少女的防备有些松懈，立刻用更加惹人怜爱的腔调苦苦哀求，没有哪个少女能对这样的请求无动于衷。双颊绯红的小看塔人走下楼，用颤抖的双手打开大门。如果说刚才从窗户里匆匆一瞥，男仆就被少女的容颜迷住了，那么现在美人的全貌展现在眼前，他更加神魂颠倒了。

安达卢西亚式的紧身上衣和修身长裙衬托出少女圆润而娇美的身材，她看上去刚刚发育成熟。缎子般柔顺的长发从头顶中间分开，发上插着刚摘的玫瑰，这是西班牙流行的装扮； 被南方艳阳熏染的浅橄榄色皮肤，衬托出她花瓣般娇艳的脸颊和水灵灵的双眸。

鲁伊斯·德阿拉尔孔将少女的模样刻在了脑海。 因为有事在身，他匆匆致谢后便轻快地跑上旋转楼梯去寻找猎鹰。

不一会儿，男仆走下楼，那只逃跑的鸟儿站在他的拳头上。 正坐在喷泉旁绕丝线团的少女因为慌张，线团掉落到地上，男仆一个箭步跳过去捡起线团，然后优雅地单膝跪地，把它递给少女。 女孩儿伸手接的时候，男仆趁机抓住她的手，并在上面印下深情的一吻，这一吻比他印在女主人手上的更加热烈和虔诚。

"圣母马利亚，先生！" 小女孩儿惊呼道，小脸因为惊讶和困窘涨得通红，她是第一次接受这样的吻手礼。 谦卑的男仆为自己的唐突道歉，并向女孩儿解释这是表达崇高敬意的宫廷礼仪。 即便女孩儿心中有过一丝恼怒，也很快就烟消云散了，但不安和害羞却一直持续着。 她坐在那里，脸颊越来越红，双眼盯着手里的丝线团，可丝线却总是缠到一起。

狡黠的男仆把对方的窘态都看在眼里，他原本想占这单纯女孩儿的便宜，可是花言巧语到了嘴边却怎么也说不出，企图献殷勤的想法也变得十分可笑。 让他不解的是，作为情场老手，他能优雅从容地周旋于阅历丰富的宫廷贵妇之间，可是面对这个单纯得像张白纸的女孩儿，竟变得笨口拙舌。

事实上，少女的天真和质朴就足以保护自己了，而且远比那警惕的姑姑的门闩和铁条管用。 不过，哪个女子的心能够抗拒初恋情人的轻言细语？ 小女孩儿尽管未经世事，但懂得男仆语无伦次的话语中想要表达的情意。 此情此景让她的心如小鹿乱撞，平生第一次有人跪在她的脚边求爱，而且是这样一位英俊少年！

男仆因为萌发真挚情感而不能自己，不过很快就恢复了惯有的从容和自信。突然，远处传来一个尖厉的声音。

少女吓得叫道："我姑姑做完弥撒回来了！求您了，先生，赶快离开！"

"除非你把头发上插的玫瑰赏给我做留念。"

她赶紧从乌黑的发辫中解下玫瑰，慌张而羞涩地说道："拿着，拜托您快走吧！"

男仆接过花，在那只递花的玉手上亲了又亲。他把花插在自己的软帽上，又将猎鹰放到拳头上，然后几步跳进花园跑走了，同时也带走了温柔的杰辛塔那颗少女的心。

警惕的姑姑回到家中，发觉侄女神情慌张，大厅里的气氛也有些异常。对此，少女给出了合理的解释："有一只猎鹰追着猎物飞进了大厅。"

"老天保佑！难以想象会有猎鹰飞进塔里来。谁听说过这么野蛮的猎鹰？天啊，笼子里的鸟儿也不安全了！"

警惕的弗雷德贡达是世上最谨小慎微的老处女之一，她对异性有着根深蒂固的恐惧和不信任。长期的单身生活，使她的抵触心理越来越强烈。其实，这位好女士从未遭受过男人的欺骗，她只是天生就想在自己周围筑起一道防护墙，严禁外人踏入。她的生活无忧无虑，便将自己的精力投入与她同住的侄女身上，将这位秀色可餐的家人看护得分外严密。

杰辛塔是由修道院教养长大的军官遗孤，不久前才来到姑姑身边。她在姑姑过度的关爱中过着离群索居的生活，就像在荆棘丛中寂寞盛开的玫瑰。这并不是一个泛泛的比喻，事实上，尽管她不与外界接触，但是难掩闭月羞花般的容颜，附近的农夫用安达卢西亚人惯有的诗意语言，给她取了一个别称——"阿兰布拉玫瑰"。

只要还有皇室成员住在格拉纳达，警惕的姑姑就会继续严守如花儿般美丽的侄女。这些年，她为成功守护而感到骄傲。月光下，塔底的果园中不时传来吉他的叮咚声和吟唱声，吵得这位好女士心烦意乱。这时她会敦促侄女堵上耳朵，不去理会这些无聊的表演，还告诫侄女这都是异性骗人的手段——那些恶棍就是这样引诱无知少女，进而毁掉她们的。唉！对单纯的少女来说，干巴巴的说教怎敌得过月光下的小夜曲？

后来，菲利普国王突然决定提前离开格拉纳达，并带走了他的一众属下。警惕的弗雷德贡达目送皇室仪仗队从正义之门出发，沿着林荫大道向格拉纳达行进。当最后一面旗帜也消失在视野中时，她兴高采烈地返回高塔，因为终于不用再担惊受怕了。令她惊讶的是，花园的小门边有一匹体态轻盈的阿拉伯骏马正在刨着地面；透过玫瑰花丛，她看到一个身穿华丽的绣花锦衣的少年正跪在侄女的脚边。听见屋外的脚步声，少年温柔地说了一声"再见"，就轻快地越过芦苇和桃金娘编成的篱笆墙，敏捷地跳上马，跑出了少女的视野。

陷入悲痛的杰辛塔完全没有留意姑姑不悦的神情，她扑进姑姑的怀里失声痛哭道："天啊！他走了！他走了！我再也见不到他了！"

"走了！谁走了？跪在你脚边的少年是谁？"

"皇后的男仆，姑姑，他过来跟我道别。"

"皇后的男仆，孩子！"警惕的弗雷德贡达重复道，吓得差点儿晕过去，"你是什么时候认识他的？"

"就是那天早上。飞进塔楼的是皇后的猎鹰，他是过来寻找猎鹰的。"

"傻丫头！你要知道，这些年轻浪荡的男仆有多么危险！像你这样单纯无知的傻女孩儿，正是他们寻猎的目标。"

姑姑一边为成功守护住侄女而暗自骄傲，一边为这对少男少女在她眼皮底下堕入爱河而恼羞成怒。不过后来她发现，心思单纯的侄女哪怕没有门闩和铁条的保护，直接暴露在异性的各种伎俩之下，也经受住了这火炼般的考验。于是她自我安慰道，这完全应该归功于自己的措施——始终不厌其烦地给侄女灌输贞洁和谨慎的观念。

姑姑安抚着自己，侄女则将男仆重复过无数次的爱情宣言珍藏在心底。可是对那样一个不安分的浪子来说，爱情又算得了什么？落花有意，流水无情，而水流过后徒留花儿在岸边伤心枯萎。日复一日，年复一年，杰辛塔始终没有等到男仆的音信。石榴红了，葡萄紫了，连绵的秋雨汇成洪流从高山上冲下来，内华达山峰上积了厚厚的白雪，凛冽的寒风呼啸着刮过阿兰布拉宫的殿堂。男仆却杳无音信。冬去春来，到处都是鸟儿的欢歌和鲜花的绽放，和暖的春风扑面而来，高山上的雪融化了，唯独内华达山的峰顶依旧白雪皑皑，一直到盛夏都闪耀着清冷的银光。可健忘的男仆依旧音信全无。

在这段时间里，可怜的小杰辛塔变得越来越沉默，脸色也越来越苍白。她丢掉了爱好和娱乐，把纠结成一团乱麻的丝线弃置一旁，不再弹吉他，也没心思打理花儿，连鸟儿的歌声也懒得听。从前璨若星辰的双眼现在变得黯淡无光，因为她总是偷偷地哭泣。如果要问哪个僻静之地会让这位被爱人遗弃的少女更加伤怀，那无疑就是阿兰布拉宫，因为那里的一切都容易令人展开情意绵绵的遐想。对情人来说，它是天堂，可对孤独的人，尤其是被抛弃的人来说，身处那里该有多么难过。

只要弗雷德贡达发现侄女又在黯然神伤，就会说："唉，傻孩子！我不是警告过你不要轻信男人的花言巧语吗？你还在期待什么呢？他出身于高高在上且雄心勃勃的贵族家庭，而你却是贫寒之家的孤儿。我敢说，即使那个年轻人是真心的，他的父亲作为宫廷中出身最高贵的贵族之一，也绝不会允许儿子与你这样卑微又贫寒的女子成婚的。打起精神来吧！把你脑子里的愚蠢念头都赶出去。"

女孩儿听了弗雷德贡达的这番话后更加悲伤，却只能设法将悲伤情绪隐藏起来。盛夏里的一个午夜，姑姑睡下后，少女独自坐在雪花石喷泉旁。就在这里，男仆第一次跪下来吻了她的手；也是在这里，他无数次向她表达自己忠贞不渝的爱意。可怜的小女孩儿，一颗心被悲伤和昔日的美好回忆压得沉甸甸的，泪水不禁夺眶而出，一滴滴落到喷泉池里。渐渐地，池子里的水像烧开了一样开始咕嘟咕嘟地冒泡，突然，一位女子在飞溅的水花中出现，在水面上缓缓升起。

杰辛塔吓坏了，头也不回地逃出了大厅。第二天早上，她告诉姑姑前一晚发生的事，可是那位好女士不相信。她觉得那若不是杰辛塔因思虑过度而出现的幻觉，就是她趴在喷泉旁睡着后做了个梦。"肯定是因为你心里想着摩尔公主的故事，所以睡着之后就梦见了她们。"

"姑姑，什么故事啊？我从来没有听说过。"

"你肯定听说过那三位公主——扎依达、佐雷达和佐拉哈依达。她们被自己的国王父亲关在这座塔里，后来与三位骑士约定一起逃跑，两个姐姐如愿逃走了，可最小的妹妹因为胆怯没有离开，据说她最后就死在这座塔里。"

杰辛塔说："我想起来了。当时我还为温柔的佐拉哈依达不幸的命运而伤感。"

姑姑接着说："你理应为不幸的佐拉哈依达悲伤，因为她的爱人就是你的先祖。他为佐拉哈依达伤心了很久，不过好在有时间替他疗伤。后来，他与一位西班牙女士成婚了。"

杰辛塔咀嚼着这些话语，她对自己说道："我非常确定昨晚看到的并非幻影。假如那真的是温柔的佐拉哈依达的幽灵，我又有什么好怕的呢？据说，她一直在这座塔里徘徊，那么今晚我还要守在喷泉旁，或许她还会再来。"

深夜万籁俱寂之时，杰辛塔坐在大厅中。远远地，阿兰布拉宫的瞭望塔传来了午夜的钟声，喷泉池开始咕咕地冒泡，接着摩尔女子再次出现于四溅的水花中。她依然年轻貌美，衣服上镶满了珠宝，手里拿着一把银琴。杰辛塔吓得浑身发抖，差点儿晕倒，不过幽灵温柔而忧伤的声音以及苍白面颊上甜美的表情，平复了杰辛塔狂跳的心。

幽灵说："人类的女儿啊，你这是怎么了？为什么你的泪水会搅乱喷泉，你的叹息会扰乱这宁静的深夜？"

"我哭泣是因为男人背信弃义，我叹息是因为被抛弃而感到孤独无助。"

"放心吧，你的忧伤终会结束。你面前是一个摩尔公主，我与你一样，拥有一份不幸的爱情。一位骑士，也就是你的先祖，赢得了我的心，想带我回祖国并投入教堂的怀抱。当时，我心里是愿意皈依的，可我的勇气支撑不了意志，最后因为犹豫不决错过了时机。后来，一个恶魔控制了我，又用魔咒将我锁在这座塔里，这个魔咒只有纯洁的教徒才能破除。你愿意帮我这个忙吗？"

少女颤声答道："我愿意。"

"那么到这里来，不要害怕。把你的手伸进喷泉池，然后将水洒到我的身上，与你信仰的宗教的洗礼仪式一样。这样就能解除我身上的魔咒，而我备受折磨的灵魂从此便可以安息。"

少女踉跄着走过去，把手伸进喷泉池中，再捧起水洒到幽灵公主苍白的脸上。

公主的脸上浮现出一个难以言喻的笑容，她把银琴抛到杰辛塔脚边，然后把雪白的双臂交叉放在胸前，慢慢地消失不见了，仿佛从天而降的露水汇入了喷泉池中。

杰辛塔满怀着惊叹和敬畏离开大厅，整个晚上难以入眠。 天刚亮，她从纷乱的梦中醒来，感觉前夜的经历就像是一个怪异的梦。她下楼来到大厅，眼前所见证明那都是真的——就在喷泉旁边，一把银琴在晨光中闪闪发亮。

少女赶快找来姑姑并告诉她发生的一切，还拿出银琴证明所言非虚。 如果说之前好女士还有一点儿怀疑，那么当杰辛塔弹奏起银琴时，她的疑虑就全消了。 这迷人的琴声，让弗雷德贡达那颗如寒冬般冰冷的心，融化成和悦的暖流。 只有带着魔力的神奇音符才可能达到这样的效果。

银琴的魔力与日俱增。 路人们在听到琴声后，纷纷在塔下驻足，像被施了魔咒一般听得如痴如醉； 鸟儿也不再歌唱了，纷纷落在高塔周围的树上，入迷地静静聆听。 没过多久，消息传到四面八方，格拉纳达的居民蜂拥来到阿兰布拉，就为欣赏萦绕在拉斯因凡塔周围的美妙琴声。

可爱的小游吟歌者接受人们的邀请，离开了自己的隐居地。 众多有权势的贵人争相邀请并款待少女，他们都想借助琴声的魅力吸引各界名人志士。 不管少女去哪里，警惕的姑姑都像恶龙一般守护在她身边，力图吓退那帮被琴声迷得神魂颠倒的狂热崇拜者。 少女的传闻从一个城市传到另一个城市，马拉加、塞维利亚、科尔多瓦……

越来越多的人为她痴狂。这位来自阿兰布拉宫的游吟歌者，成了整个安达卢西亚的焦点。对于安达卢西亚这样一个热爱音乐又浪漫热情的民族，还有什么能比这把有魔力的银琴，以及这位为爱歌唱的小游吟歌者更有吸引力！

整个安达卢西亚都在为音乐而疯狂，但西班牙皇宫中却是截然不同的氛围。菲利普五世是个可怜的忧郁症患者，深受千奇百怪的幻觉折磨。有时，他连续数周躺在床上，为了假想的病痛呻吟不止。有时，他甚至坚持要退位，让皇后恼恨不已。皇后醉心于奢华的宫廷以及皇冠带来的至高荣耀，她用高超而果决的手腕，牢牢把控着无能丈夫的权杖。只有音乐能驱散国王的低迷情绪，因此，皇后四处搜寻优秀的音乐家。她让歌手和演奏家随时待命，还请来著名的意大利歌手法里内利，并任命他为宫廷的御用医师。

这段时间，这位英明神武的波旁皇帝陷入了空前的疯狂之中。由于长时间遭受幻觉的折磨，他对法里内利的歌声以及皇家管弦乐队演奏的所有乐曲都产生了抗拒心理。事实上，他已经投向鬼魂，并彻底投降，完全把自己当成了一个死人。这本来无妨，国王愿意像死人一样安静，或许对皇后和朝臣来说是一件好事。可令人恼火的是，国王坚持要为自己举行葬礼。更让人不可理喻的是，他越来越不耐烦，开始咒骂朝臣对自己漠不关心，因为他们没有赶快让他入土为安。这该如何是好？在恪守君臣之道的朝廷大臣眼中，违抗国王下达的命令简直是大逆不道，可是服从命令就得活埋国王，那是更加不可饶恕的弑君大罪！

朝臣们陷入了进退两难的境地。这时风声传到宫廷：一位女游吟歌者在安达卢西亚掀起了一股狂潮。皇后立刻派使臣去把这位游吟歌者召唤到宫廷所在地圣伊尔德丰索。

几天后，声名远播的游吟歌者被带到了皇后跟前。当时，皇后正在贴身侍女的陪伴下，在皇家花园中散步。与少女相比，园中美轮美奂的露台、林荫道和喷泉，金碧辉煌的凡尔赛宫都黯然失色。伊丽莎贝塔皇后带着惊讶的神情打量眼前的少女，她如此年轻而淳朴，却让整个世界为之疯狂。女孩儿身穿美丽的安达卢西亚服装，手里拿着银琴，站在那里谦卑地低头目视地面，她身上的纯真质朴和清新娇艳，让人确信她就是"阿兰布拉玫瑰"。

警惕的弗雷德贡达照常陪伴在女孩儿身边，当皇后屈尊下问时，她详细地讲述了女孩儿的家族背景。高贵的伊丽莎贝塔一看到杰辛

从夏宫看到的公主塔
摄影 Pattiz

塔就被她的美貌吸引，后来又听说了她的身世——她来自一个贫寒但值得尊敬的家庭，她的父亲为皇室英勇奋战直至献出生命，皇后对她就更加满意了。皇后说："只要你的琴技不负盛名，那么就算你没能驱除国王身上的恶魔，我也保证你今后无忧无虑，享尽荣华富贵。"

皇后迫切地想要欣赏女孩儿的琴声，便带她来到反复无常的君王的寝宫。杰辛塔垂眼跟在皇后身后，经过一排排卫兵和成群的大臣，最后来到一个悬挂着黑色帷幔的大房间。屋内窗户紧闭，日光都被挡在外面；四周有许多银质烛台，黄色的蜡烛散发出阴郁的光线；烛光中隐约能看见很多穿着丧服的人影，还有满面愁容的大臣蹑手蹑脚地走动。而那位自认为该被埋葬的国王，直挺挺地躺在屋子中央的尸架上，双手合放在胸前，只有鼻尖露在外面。

皇后轻轻地走进房中，指着昏暗角落里的一个脚凳，招手示意女孩儿坐下弹琴。刚开始，女孩儿的手有些颤抖，不过她很快就恢复了自信和活力。琴声使室内的氛围瞬间变得祥和，在场的人都不敢相信这竟是凡人弹奏的乐曲。国王以为自己早就不在人世了，听到乐声，更加确定这是来自天堂的音乐。渐渐地，音乐的主题转换了，游吟歌者伴着琴声唱起一首讲述传奇故事的民谣。这首民谣歌颂了古代阿兰布拉宫的辉煌壮美和摩尔人的光辉业绩。女孩儿全情投入演唱之中，因为一提起阿兰布拉宫，她就想起自己无望的爱情。那充满活力的歌声萦绕在昏暗的房中，直抵国王阴郁黑暗的内心。突然，国王抬头环顾四周，然后坐到沙发上，双眼散发出光亮，最后一跃而起，命人把剑和圆盾拿来。

这乐曲，或者说是这把有魔力的琴，取得了完全的胜利，彻底清除了国王心中忧郁的恶魔，使他复活了。人们把窗户全都打开，刚刚还阴森恐怖的房间立刻洒满了灿烂的阳光。所有人的目光都在寻找可爱的小女巫。就在此时，琴从她的手中滑落，她摔倒在地，而下一刻她就被鲁伊斯·德阿拉尔孔紧紧搂在了怀里。没过多久，这对幸福的爱人举行了盛大的婚礼，"阿兰布拉玫瑰"从此成为宫廷中快乐的源泉。

我似乎听到读者在抱怨："等等，不要那么快，这样直接跳到故事结尾实在太仓促！先让我们知道鲁伊斯·德阿拉尔孔是怎么向杰辛塔交代的，毕竟他在离去之后那么长时间杳无音信。"对于这一点，没有过多可说的，无非就是那些由来已久并且让人不得不信服的理由，诸如骄傲又世故的老父亲强烈反对。更何况，真心相爱的年轻人总是很快就能谅解对方的苦衷，一旦重逢，就会把过去的委屈和怨恨抛诸脑后。

可是那位骄傲又世故的老父亲怎么会同意这门婚事呢？哦！说到这个，皇后三言两语就能打消他的顾虑。因为他看到尊荣和财富就像雨点一样，落在这位皇室最爱的宫廷玫瑰身上。除此之外，那琴声的魔力无人能挡，哪怕最顽固的头脑和最冷硬的心肠都会被融化。

那么，魔琴后来去了哪里呢？

哦，这是最让人好奇的问题，也是证明整个故事真实性的关键。这把琴由男仆的家族珍藏了一段时间后被偷走了，据说是那位杰出歌手法里内利干的，他纯粹是出于嫉妒。法里内利死后，有一个意大利人得到了这把琴。可是因为他对银琴的魔力一无所知，便将它熔化了，继而将琴弦安装到一把古老的克雷莫纳小提琴上，而琴弦仍然保留了魔力。悄悄告诉你们一个秘密，不要告诉别人——这把小提琴现在让全世界为之痴迷，它就是帕格尼尼的小提琴！

第三十二章　老　兵

我在城堡漫步的途中结识了形形色色的人物，其中有一位饱经风霜的勇敢上校，他是一位残疾老兵，像猎鹰一般居住在一座摩尔高塔上。老上校很乐于讲述自己的过往，他那跌宕起伏的一生，充满了冒险经历和不幸。几乎每一个西班牙人都是这样，他们的人生听上去就像《吉尔·布拉斯》[1]中的故事那般变幻莫测，极具魔幻色彩。

老兵十二岁便去了美国，并有幸见到了华盛顿将军，这最令他引以为豪。在那之后，老兵参加了西班牙大大小小的战争，亲身经历过这个半岛上大半的监狱和地牢的生活。他的一条腿瘸了，手也残废了，浑身都是刀砍火炙留下的疤痕。他仿佛是西班牙战乱年代的一座活纪念碑，经历的每一次战火都在他身上留下一道印痕；就像困在荒岛上的鲁滨孙·克鲁索，每年都会在树上留下一个记号。

在那个兵连祸结的年代，老上校在马拉加担任过军队首领，还被

---

[1] 译注：法国启蒙文学早期作家勒萨日的代表作，讲述了一位西班牙青年的遭遇。

当地居民拥立为将军，他带头反抗入侵的法国军队并保护人民。这位勇敢的老骑士平生遭遇的最大不平，就是他相信凭借上述英雄事迹，有权向政府要求一些权益和补偿，但现实未能如愿。我担心老上校会为了这个诉求抗争到底，他一直在撰写上诉材料及相关战争事件的回忆录，还把它们都打印出来。为此，他片刻也不得安宁，不光耗尽了财产，还使朋友苦不堪言。每个来访的客人都得花半小时听他讲述繁杂的上诉材料，离开时口袋里都会装着半打小册子。

这种事情在西班牙很普遍，无论走到哪里，你都有可能在角落发现某位可敬的人，他们心中酝酿着对某件事情的不满，感觉自己遭受了不公正的待遇。在西班牙人看来，只要是与政府打官司或是提出某项诉求，那么就算是为下半辈子找到了一件可做的事情。

老兵住在酒塔的上层房间。他的房间很小却很舒适，从那里能看到广阔的大平原。屋子收拾得井井有条，一看就知道是士兵的住处。墙上挂着三把锃亮的毛瑟枪和两把手枪，旁边并排挂着一把军刀和一支手杖；上方还有两顶三角帽，一顶是参加游行时戴的礼帽，一顶是常帽。小书架上摆放着大约半打书，其中有一本旧得发霉的哲学格言集，那是他最爱读的书。每天，他捧着格言集，用大拇指翻页，反复咀嚼书中的格言。他尝试运用这些格言重新审视自己的遭遇，希望从苦难中有所收获，进而能够更加从容地面对这世间的不公。

老兵是个热情好客的人，只要他把注意力从不平的遭际和哲学上移开，就会是一个十分有趣的同伴。我喜欢这些饱经风霜的命运之子，对他们所述的残酷战争年代的奇闻逸事十分着迷。有一次，我去看望老兵，听他讲了阿兰布拉堡垒的一位老指挥官的传奇故事。老指挥官与老兵似乎在某些方面很相似，他们同样都在战争中屡遭不幸。我向当地的老居民——尤其是马蒂奥·希梅内斯的父亲，打听老指挥官相关的事迹，他们的讲述使故事更加完整。下面我要给读者讲讲这个传奇故事，这位老指挥官是深受当地人爱戴的老英雄。

第三十三章　总督与公证人

从前，一位勇敢的老骑士掌管着阿兰布拉堡垒，由于他在战争中失去了一只胳膊，人们称他"独臂总督"。事实上，总督为自己的老兵身份感到骄傲。他高高翘起的胡须几乎要扎到眼睛了，脚上蹬着一双战靴，腰间挎着一把极长的托莱多剑，手绢就塞在剑柄中。

总督是个异常骄傲的人，但十分讲规矩，为了维护自己的特权和尊严不惜一切代价。阿兰布拉堡垒是皇家住所和领地，因此享有独立管辖权。总督总是严格地执行这项政策：除非军衔达到一定级别，否则不允许携带武器进入堡垒，哪怕是一把剑或是一支手杖也不行；骑马的人到了大门前必须下马牵着缰绳进入。阿兰布拉堡垒矗立在格拉纳达城的中心，在治理全省的元帅眼里，它就像长在首都脸面上的瘤子那样可恶。管辖区域正中心有这样一个国中国，一个完全不受自己控制的独立机构，这让元帅耿耿于怀。然而情况变得越发糟糕。一部分原因是老总督那疾恶如仇的暴脾气，只要他认定有人蔑视权力就会大发雷霆；另一部分原因是，一些不法之徒为了逃避惩罚纷纷躲到堡垒中，他们借这个地方为非作歹，对城里的居民造成了不小的伤害。

就这样，元帅和总督对彼此长期怀着怨恨和不平的情绪，总督心中的怨恨更为强烈，因为通常在相邻的两位君王之中，权势较小的那个更在乎自己的尊严。宏伟的元帅府坐落在阿兰布拉山脚下的纽埃瓦广场，那里总是人来人往，巡逻的卫兵、府邸的仆人和市政官员络绎不绝。阿兰布拉堡垒中有一座建于突出在山崖之上的碉堡，从那里正好能俯瞰元帅府及其前面的广场。老总督经常站在这座碉堡上，腰挎托莱多长剑来回踱步，同时警惕地监视着下方的对手，就像站在干枯树枝上的巢穴中搜寻猎物的老鹰。

每次下山去格拉纳达，老总督都会带着盛大的仪仗队，有时是在众多护卫的簇拥下骑马前行，有时是坐总督专用马车。那古色古香的马车是西班牙传统风格的，笨重而庞大的木质雕花车厢上镶嵌着皮革，马车由八匹健壮的骡子拉着，其周围是众多骑马或步行的卫兵和侍从。每当此时，志得意满的老总督会自夸是国王的代表，以为每个看到仪仗队的人都会心生敬畏和羡慕。然而，格拉纳达城中那帮自以为是的人，特别是经常混迹于元帅府中的那群马屁精，却对总督的仪仗队嗤之以鼻，他们嘲笑总督的手下都是乌合之众，还给他冠以"乞丐国王"的称号。其实，两位英勇不屈的竞争对手最大的冲突，就是总督坚称他领导的阿兰布拉驻军享有特权——专供阿兰布拉及其驻军的物资从格拉纳达城中经过时无须交税。这项特权逐渐引发了大规模的走私活动，走私犯或是长期盘踞在堡垒中的茅草棚里，或是躲在附近山里的洞穴中，在驻军的纵容下，如火如荼地进行走私活动。

元帅意识到了事态的严重性，便向法律顾问兼总管征询意见。爱管闲事的公证人很高兴有机会可以为难阿兰布拉老总督，还想让这"乞丐国王"栽进法律迷宫中吃个大亏。他建议元帅坚决主张自己的权力，即有权检查出入城门的每一件货物；同时，还撰写了一封长信为元帅辩护。曼科总督是一个只懂得砍砍杀杀的直脾气老兵，在他眼里公证人比魔鬼还可恶，更何况面对这位世上最恶毒的公证人。

总督气得胡子翘上了天，他怒不可遏地嚷道："什么！难道元帅派他的文书来挑衅我吗？我会让他知道，一名老兵是不会被这种幼稚的把戏吓倒的。"

他笨拙地抓起笔，草草写了一封信，根本不屑于辩驳，只是坚称他运送的货物有免检权，如果海关官员敢把脏手放在受阿兰布拉旗帜保护的货物上，他一定会追究到底。正当两位当权者的矛盾愈发白热化的时候，一支运送阿兰布拉堡垒物资的骡队到达了赛尼尔河边的城门，这里是返回阿兰布拉的必经之地。骡队的头领是一名脾气暴躁的老下士，他是总督最得意的手下，最合总督的脾气，就像那把老托莱多剑，锈迹斑斑却忠心耿耿。

队伍来到城门前，老下士把阿兰布拉的旗帜插到骡子的驮鞍上，背挺得笔直，目不斜视地朝前走去，同时用双眼的余光警惕地扫视着四周，就像一只走在凶险地界的杂毛狗，随时准备狂吠或是猛咬。

守门的哨兵问道："是谁在那里？"

老下士头也不回地答道："阿兰布拉的士兵！"

"运的是什么东西？"

"驻扎军队的物资。"

"走吧！"

下士大踏步径直向前走去，身后跟着骡队。没走几步，一帮海关官员从一个小收费亭里冲出来，带头的人喊道："喂！骡夫，停住，开箱检查。"

下士转过身来，立刻进入作战状态，他喝道："不得侮辱阿兰布拉的旗帜！这些东西属于总督大人。"

"去你的总督，去你的旗帜！骡夫，我说了，停下！"

下士举起毛瑟枪，大叫道："谁敢阻挡骡队，谁就得死！骡夫，继续前行！"

骡夫狠狠地拍了一下牲口，海关官员跳起来抓住缰绳，下士向前平举枪，对准官员脑袋，一枪把他给杀了。

街上立刻陷入混乱。

经过一番殊死搏斗，老下士被戴上了手铐，还挨了一顿棍棒。这是西班牙的惯例，正式审判之前，犯人通常会先挨一顿杀威棒。下士随后被戴上镣铐关进了城里的监狱，他的同伴则得到放行，带着被彻底搜查过的货物返回了阿兰布拉。

老总督听说自己的旗帜遭受了如此奇耻大辱，下士还被抓了，简直怒不可遏。他的咆哮声响彻摩尔大厅，怒火几乎将碉堡点燃，他朝着山下的元帅府不停地挥舞枪和剑。稍稍发泄了怒火之后，总督给元帅写了一封信，要求对方立刻释放老下士，理由是只有他才有权审判自己的手下。心花怒放的公证人替元帅回了一封长信，他在信中辩解道：犯罪行为发生在元帅的管辖区域，受害人又是元帅的市政官员，因此很明显审判这名罪犯是元帅的职责。总督看完信，再次重申自己的要求，元帅则回复了一封篇幅更长的信，而且附带更详细的法律说明，再次回绝。总督的要求火药味渐浓，而元帅的回信则一次比一次冷静且证据充分。最终，老兵的一颗狮子之心被怒火彻底点燃，他再也无法忍受陷入一团乱麻的法律纠纷。

阴险狡诈的公证人让老总督吃了大亏，暗自沾沾自喜，他还主持了对下士的审判。下士被关在一间窄小的地牢中，牢房只有一扇很小的格子窗，探视的朋友只能透过这扇铁窗看到他的脸。

公证人依据西班牙律法非常敬业地撰写了大量的法庭证据，下士被这些文字材料彻底打败了，最后被以谋杀罪判处绞刑。总督从阿兰布拉宫连连发出抗议和威胁，但只是徒劳。行刑的日子就要到了，下士被转移到了监狱的礼拜堂，因为依照惯例，执行死刑的前一天，囚犯可以在这里为即将到来的死亡冥想并忏悔。

眼看事态已经发展到了不可挽回的地步，老总督决定亲自去处理这件事情。他叫人备好专用马车，然后在卫兵的护送下，轰隆隆地从阿兰布拉冲进城里，径直来到公证人家门口，命人叫来公证人。

满面春风的公证人挂着一脸假笑朝总督走来，老总督一看到他双眼就冒出怒火。

总督嚷道："我听说你马上就要对我的士兵执行死刑？"

公证人得意扬扬地搓着手，咻咻地笑着说道："我完全是依法行事——严格按照公平公正的原则，我可以给阁下呈上这个案子涉及的所有书面证据。"

总督说："把文件都拿到这里来。"公证人很高兴在愚笨的老兵面前大显身手，于是快步跑进办公室提来一大包文件，接着开始非常内行地朗读大段的论述。渐渐地，周围聚集起一些围观群众，他们一个个伸长脖子、张着嘴，侧耳聆听。

总督说："拜托，伙计，坐到马车里来，避开这些讨厌的围观群众，让我听清楚一些。"

公证人刚进入马车，车门就呼啦一声关上了，接着马夫挥动马鞭，拉马车的骡子以及所有的卫兵，都以雷霆的速度奔驰而去，留下众人瞠目结舌地呆立在原地。径直回到阿兰布拉之后，总督把"猎物"扔进堡垒中最坚固的地牢。

老总督按照战争礼仪向山下递送了一面表示停战的旗帜，建议双方交换战俘——下士交换公证人。恼怒的元帅轻蔑地断然拒绝，并命人在纽埃瓦广场中央竖起一个又高又结实的绞刑架，决心绞死下士。

曼科总督说道："哦嘿！要玩游戏吗？"他下令在俯临纽埃瓦广场的碉堡旁也支起一个绞刑架，然后派人给元帅送去一个口信："好吧，想要吊死我的士兵就请便，但是当他在绞索上打晃的时候，请抬头看看你的公证人，他一定会在同一时间被吊起。"

恼羞成怒的元帅命令手下在广场上列队，再擂响战鼓，鸣响警钟。一大群爱看热闹的群众聚集到广场上，等着围观行刑过程。与此同时，总督也命令他的驻军在碉堡列队，并且命人在钟楼里为公证人敲响丧钟。

公证人的妻子带着一群年幼的孩子推开人群，扑倒在元帅脚边，苦苦哀求他不要因赌气而牺牲自己丈夫的生命，不要因一点儿自尊而枉顾他们孤儿寡母今后的生活，她说："您应该再了解老总督不过了，只要您下令绞死他的士兵，他肯定会说到做到。"

面对孤儿寡母的泪水和哀号，元帅无计可施，只好派卫兵将下士押送到阿兰布拉。下士还穿着上绞刑架的衣服，看着就像戴着兜帽的修士，可是他一脸坚毅，脊梁挺得笔直。作为交换条件，卫兵要求立即带走公证人，于是那个曾经得意扬扬现在却半死不活的司法人员从地牢中被提出来。公证人身上的浮夸和自负都已烟消云散，据说因为受到惊吓，他的头发几乎白了，他垂头丧气如同丧家之犬，仿佛脖子上还套着绞索。

老总督单手叉腰，打量了公证人一会儿，然后带着嘲讽的语气说道："我的朋友，今后可别再急于把人送上绞刑架。即使法律站在你那边，也不要对自己的安全掉以轻心。最重要的是，别在老兵面前玩这些把戏。"

第三十四章　曼科总督与士兵

　　在独臂的曼科总督带兵驻扎在阿兰布拉堡垒的那段时间，他接连遭到外界的批评和指责，大家都说堡垒成了匪徒和走私犯云集的地方，为此，总督非常恼火。突然有一天，这位老独裁者决定改革，于是雷厉风行地开展了行动——捣毁城堡中所有的流匪巢穴，清理周边山区马蜂窝似的吉卜赛人洞穴，派遣士兵到每一条林荫大道和小路巡逻，逮捕一切可疑人员。

　　一个阳光明媚的夏日清晨，一支巡逻小分队坐在夏宫的花园护墙下。他们身旁就是通往太阳山山顶的道路，队伍中有一名号手和两个列兵，以及那位暴脾气的老下士——他在与公证人的冲突中一战成名。他们听到一阵马蹄声和一个男子的歌声。那名男子用粗犷的嗓音唱着一首旋律优美的卡斯蒂利亚的古老战歌。

　　不一会儿，他们看见一个身材魁梧、皮肤黝黑的家伙牵着一匹强壮的阿拉伯骏马走来。男子穿着一身破破烂烂的步兵制服，而骏马身上披挂着古老的莫雷斯科风格的马衣。

　　突然看到这样一个陌生士兵牵着马从荒凉的山顶走下来，众人惊得目瞪口呆。

下士上前询问道："是谁在那儿？"

"一位朋友。"

"你是谁？干什么的？"

"一名可怜的士兵，刚刚从战场上回来，但得到的报酬就是一个不值钱的英雄称号和空空如也的钱包。"

等那人走近，大家看清了他的模样。他额头绑着的黑布条，连同花白的胡须，给人感觉他是个胆大妄为的家伙；而那双轻微斜视的眼睛，又使他掺杂了些许顽劣的意味。

回答了巡逻分队的问题之后，士兵似乎觉得自己有权向对方发问了，他说："劳驾，打听一下，我看见山下有座城市，那是什么地方？"

号手叫道："什么地方！别开玩笑了，这可一点儿也不好笑。你这家伙埋伏在太阳山山顶，却不知道这个伟大的城市叫格拉纳达？"

"格拉纳达！圣母马利亚！这可能吗？"

号手反唇相讥道："确实不太可能！也许你还不知道，那边就是阿兰布拉宫的高塔。"

陌生人答道："吹号的小子，不要再糊弄我了，如果那真的是阿兰布拉宫，那么我要向总督汇报一个惊人的秘密。"

下士回答："你会有机会的，因为我们正要把你带到总督面前。"号手立即抓住马的缰绳，两名列兵分别摁住士兵的一只胳膊，然后下士站在小分队前方下令："向前——进！"于是他们列队朝着阿兰布拉宫进发。

巡逻小分队押送着破衣烂衫的步兵及其阿拉伯骏马的奇特景象，吸引了城堡中所有闲杂人员的注意，这些人通常一大早就聚集在水井边或喷泉旁谈天说地。当下士押着他的"战利品"经过时，水井边提水的滑轮停了下来，抱着水罐偷懒闲聊的女仆们都惊讶得张大了嘴。渐渐地，押送队伍的后面聚集起一群好奇的围观群众。

人们会意地相互点头，使眼色，议论纷纷，一个说"是个逃兵"，另一个说"是走私犯"，还有人说"是强盗"。最后人们几乎一致认定，这是一个穷凶极恶的土匪头子，不过已经被英勇的下士和他的巡逻小分队一举拿获。这群老太婆异口同声地说："好了，好了，不管他是不是土匪头子，看他还能不能逃出曼科总督的手心，可别因为老总督只有一条胳膊就小瞧了他！"

阿兰布拉宫的一个内厅中，曼科总督正在享用清晨的第一杯热巧克力，他的忏悔神父——一位胖胖的方济会修道士陪在他身旁。管家的女儿，一位娴静的黑眼睛的马拉加少女在一旁服侍。所有人都在猜想：别看这少女外表娴静，其实内心阴险又放荡，估计铁石心肠的老总督已经被她捏住了软肋，对她言听计从。不过这不是我们该管的事——这些统治者有权有势，他们的家务事我们不该过分细究。

手下进来汇报，一个潜伏在堡垒周围的可疑人员被当场拿获，眼下就在外面的院子里，由下士监管，等候大人处置。总督心中顿时升起骄傲而又神圣的责任感，他把巧克力杯递到娴静少女的手中，命人拿来那把带手柄的长剑挂在腰间，他的胡须翘得老高，摆出一副生人勿近的凶煞模样。他在一把很大的高靠背座椅上坐下，命人将犯人带到他面前。士兵进来时，双臂仍被扭送他的人牢牢抓着，旁边还有老下士的严密监视。然而，士兵显得从容不迫且十分自信，面对总督锐利的审视目光，他只是轻蔑地斜眼回视，使得十分讲究尊卑礼仪的老首领非常不悦。

总督默默地看了士兵一会儿，然后说道："好吧，罪人，你有什么要为自己辩护的？你到底是谁？"

"一名士兵，刚从战场回来，除了一身伤痕什么也没得到。"

"一名士兵，嗯……从军服上看是名步兵。我听说你有一匹阿拉伯骏马，所以除了伤痕，你还从战场上得到了一匹好马。"

"如果大人感兴趣，我正要向您汇报与这匹马有关的一些怪事。我要讲的可以说是世上最神奇的事情，而且此事关乎阿兰布拉堡垒乃至整个格拉纳达的安危。但我只能对您一个人说，最多就是当着您的几位心腹的面。"

总督考虑片刻，然后示意下士和其他手下退到门外听候召唤。他说："这位神圣的修道士是我的忏悔神父，在他面前什么都能说。至于这个姑娘，"他朝站在一旁满脸好奇的侍女点点头，说道，"她是个守口如瓶的人，你可以百分之百地信任她。"士兵斜睨少女，抛去一个暧昧的眼神，说道："没有问题，这位姑娘可以留下。"

等其他人都退出房间，士兵开始讲述故事。他是一个油嘴滑舌的无赖，那簧口利舌与他的军衔很不相称。士兵说道："大人您知道，正如我之前所说，我是一名士兵，经历过艰苦的战斗，如今已经服满兵役退伍了。不久之前，我离开法来多利的军队，步行返回家乡安达卢西亚。昨天日落时分，我正在干旱的老卡斯蒂尔平原赶路。"

总督惊讶地叫道："等等！你说什么？老卡斯蒂尔距离这里有两三百英里。"

士兵冷静地答道："正是如此。我跟大人说过，我要讲的是一些离奇的事情，不过都千真万确，大人只要耐心往下听就会相信我的话。"

总督翘着胡子说道："那就继续，罪人。"

士兵接着说："太阳快要落山时，我四处张望，想找一个地方过夜，可是一眼望去，周围没有合适的宿营地，看来只能拿背囊做枕头，在这光秃秃的平原上将就一夜了。大人您是一位老兵，所以肯定知道，对一名身经百战的士兵来说，凑合一夜没什么大不了的。"

总督点头表示赞同，然后从剑手柄上抽出手绢，赶跑鼻子上嗡嗡乱舞的苍蝇。

士兵接着说："长话短说，我赶了好几里路，直到看见一道横跨在深谷之上的桥。桥下有条小溪，经过夏季烈日的暴晒，溪水快要干涸了。桥头有一座摩尔高塔，塔的上半部已经塌陷，可是塔基下面的地窖还算完好。我想，正好可以在这儿落脚，于是我走下河谷到小溪边喝了个痛快。溪水纯净甘甜，我从口袋里拿出一个洋葱和几块硬面包——那就是我所有的干粮。我坐在溪边的一块石头上准备吃晚餐，打算吃完后到地窖里过夜。大人一定明白，对刚从战场上归来的士兵来说，这样的地方就是最好的宿营地了。"

总督把手绢塞回剑鞘，说道："更糟糕的宿营地我也会甘之如饴。"

"我正静静地嚼着干面包，"士兵继续说，"突然听到地窖里传出一些动静，我侧耳细听，是马蹄声。不一会儿，一个男人从塔基上的一道门里走出来，停在溪水边，他牵着一匹强壮的马，星光下他的样貌模糊不清。在这荒无人烟的地方，有个人潜伏在废弃的塔里，这情形颇有些诡异。他也许与我一样是路人，但也有可能是走私犯或者强盗！不过那又怎样？谢天谢地，我一贫如洗，没什么可抢的，所以仍旧坐在那里继续嚼干面包。

"那人牵着马来到水边，靠近我坐的地方，因此我可以看清他的模样。让我惊讶的是，他一身摩尔人装扮：锃亮的铁甲和钢盔反射着星光，马儿也佩戴着全套阿拉伯马具，包括一副很大的铲形马镫。就如前面说的，那人牵着马来到溪边，马儿一头扎进水里直到水没过它的眼睛，它埋头喝个不停，我甚至觉得它的肚子快被撑破了。

"我说：'好伙计，你的马喝得真叫痛快。它一点儿都不怕把口鼻伸进水里，真是好样的。'

"陌生人说话带着一点儿摩尔人口音，答道：'它是该痛快喝一顿了，因为它已经渴了整整一年。'

"我说：'我的天啊！那简直比非洲的骆驼还要厉害。你看上去像是一位士兵，那么来吧，愿不愿意跟一名老兵分享他的晚餐？'说实话，在这个孤寂的地方我真心想要找个同伴，哪怕是信仰不同也无所谓。大人也知道，一名士兵对他同伴的信仰并不是那么在意，只要不打仗，各个国家的士兵都可以和平共处。"

总督点头表示同意。

"就这样，我邀请他与我分享晚餐，我只能这样尽自己的微薄之力款待朋友。那人说：'我没有时间停下来吃喝，天亮之前我还得赶很长的路。'

"我问：'你要去哪里啊？'

"他说：'安达卢西亚。'

"我说：'正好与我同路，既然你没空吃东西，那能不能顺路捎我一程？你的马体格非常强壮，它驮两个人完全没有问题。'

"骑兵说道：'好吧。'如果他拒绝我就失礼了，也不像一个士兵的做派，尤其是我刚才还邀请他分享晚餐。他随即起身上马，我爬上去坐到他的身后。

"他说：'抓紧！我的马快得像风一样。'

"我说：'别担心。'然后我们就出发了。

"那匹马从踱步加速到小跑，从小跑加速到快跑，再从快跑加速到飞奔，最后风驰电掣一般地跑着。身边的山岩、树木和房屋，都风卷残云似的瞬间被抛到身后。

"我问他：'现在到哪里了？'

"他说：'塞哥维亚。'话音刚落，塞哥维亚的高塔已经不见踪影。我们旋风似的冲上瓜达拉马山，又飞快地冲下埃斯科里亚尔山；掠过马德里的城墙，又飞快地横穿拉曼查平原。就这样，我们一路疾驰，翻越丘陵和山谷，经过沉睡中的高塔和城镇，还有被星光照亮的高山、平原和河流。

"长话短说，我不想让大人感到厌倦。那骑兵突然在一座山前拉住马，说道：'就是这里，旅程到此结束。'我四下望去，看不见一户人家，只看到一个洞穴的入口。与此同时，我看到很多身着摩尔服饰的人匆匆拥向洞口，如同蜜蜂飞进蜂房。他们有的骑马，有的步行，从四面八方汇聚到这里。我还没来得及问，骑兵用长长的摩尔马刺扎了一下马肚子，我们便跟随人群一起冲进了洞穴。我们顺着一条陡峭而曲折的道路向下，进入山腹最深处。随着我们继续往里走，一束光渐渐亮了起来，就像早上第一抹晨光，可我分辨不出它的方向。它越来越亮，使周围一切清楚地显现出来。我注意到，道路两旁的石壁上开凿着很多军火库似的大型洞穴。有的洞壁上挂着盾牌、头盔、战甲、长矛和军刀，有的地上堆放着武器弹药和宿营装备。

"如果大人亲眼见到如此充足的战略物资，一定会无比兴奋。随后，我看见一些洞穴里有一排排武装到牙齿的骑兵，他们举着长矛，挥舞战旗，似乎做好了上战场的准备，可又都与泥塑木雕一样无声无息地坐在马鞍上。在另外那些洞里，很多武士正靠着马躺在地上睡觉，还有成群的步兵似乎随时准备集结成队列。所有士兵都身着古老的摩尔式军服，携带着摩尔式武器。

"好了，大人，长话短说。我们最终来到一个极大的洞穴中，也可以说它是一座溶洞式样的宫殿。洞壁上布满了金银制成的纹饰，镶嵌着钻石和蓝宝石等各式各样闪闪发光的奇珍异宝。上方的纯金宝座上坐着一位摩尔国王，他的两边站着很多贵族，还有一队军刀出鞘的非洲黑人护卫。成百上千的人不断拥入，他们一个接一个地在宝座前向国王致敬。这些人有的穿着华丽的长袍，浑身珠光宝气，身上没有一丝污垢；有的穿着镶嵌着珐琅、被打磨得铮亮的战甲；还有的却穿着一身破损发霉的外套，使用布满凹痕和锈迹的破损武器。

"我一直保持沉默，因为大人您知道，军人在行动时不该提太多问题，可是我再也忍不住了，便问道：'拜托，朋友，这一切究竟是什么意思？'

"骑兵答道：'这是一个可怕的惊天大秘密。你知道吗，你看到的是格拉纳达末代国王鲍勃狄尔的朝廷和军队。'

"我嚷道：'你在说什么啊？鲍勃狄尔及其臣子几百年前就被流放了，而且他们早就死在非洲了。'

"摩尔人答道：'那只不过是你们的编年史里的谎言。你知道吗？鲍勃狄尔和那些为了格拉纳达做最后殊死一搏的勇士们全被施了魔咒，被永远地关在这山腹之中。至于当年投降之后离开格拉纳达的国王和军队，那是幽灵和魔鬼组成的幻象——受到魔法控制的妖魔变成人形，骗过了君王。我还可以告诉你，朋友啊，西班牙是一个受魔法控制的国度。沉睡的武士不会藏身于哪个深山里的洞穴，或是平原上孤寂的瞭望塔，或是山顶的城堡废墟。这些武士在魔咒的作用下，年复一年地在地窖中沉睡，直到赎清罪行。当年就是为了惩罚他们所犯的罪行，安拉任由这片土地的统治权从穆斯林手中滑落。每年，从圣约翰节前一天的日落到第二天日出，魔咒会暂时解除，武士们会赶到这里向君王致敬。你所看到的这些拥入洞中的人都是穆斯林勇士，他们常年盘踞在西班牙的各个角落。比如我，已经在老卡斯蒂尔桥边那座塔楼的废墟里度过了好几百个春夏秋冬，天亮之前就得赶回去。至于洞中排成队列的骑兵和步兵，则是受魔咒控制的格拉纳达武士。依据命运之书的记载，在魔法解除的那天，鲍勃狄尔会带领这支大军从山顶冲下去，夺回阿兰布拉宫并且重新掌控格拉纳达，之后他将召集西班牙各地受魔法控制的武士，重新占领整个半岛，恢复对这片土地的统治。'

"我问：'这样的事情何时会发生？'

"'只有安拉知道。我们都希望那天赶快到来。现在掌管阿兰布拉的是远近闻名的曼科总督，他是一位极其警惕又忠贞不屈的老兵。曼科总督在前沿阵地上坐镇，妥善处理着这座山峰上发生的任何叛乱，恐怕鲍勃狄尔率领的军队只能暂时放下武器，继续沉睡了。'"听到此处，总督不由得挺直身子，又摆弄了一下长剑，胡子翘得更高了。

"骑兵讲完之后就下了马，说道：'在这里等着，看好我的马，我要过去向鲍勃狄尔跪拜行礼。'说完他汇入人群，朝着宝座的方向挤过去。

"我独自待在原地时，心想：'现在该怎么办呢？应该等那个摩尔人回来，让他用这匹妖马一阵风似的把我载去哪里吗？还是说我该趁眼下这个大好时机逃离这群鬼怪？'士兵一般能够当机立断，这一点大人应该非常了解。至于那匹马，它的主人无论是信仰还是祖国都与我们的对立，依据战争惯例，我当然可以把它当作战利品。于是我从马屁股挪到马鞍上，接着掉转马头，又用摩尔马刺扎马肚子，催促它以最快的速度从原路向洞外跑去。当我骑着马一阵风似的掠过两边的洞穴时，那些集结成队的骑兵坐在马鞍上一动不动，可我却似乎听到武器碰撞和低语的声音。我再次狠狠地给了马儿一记马刺，让它加速奔跑。这时，我身后响起狂风骤雨般的声响，那是数以千计的马发出的马蹄声。不一会儿，不计其数的人赶超了我。我被裹挟在人群中，被猛地挤出了洞口。我看到成千上万的黑影瞬间从洞中拥出，随风飘向四面八方，然后消失不见了。

"在这天旋地转的一片混乱之中，我落到地上失去了知觉。我醒来时，发现自己躺在山顶上，这匹阿拉伯骏马就站在我身边。我猜想，大概是因为我跌倒时手臂套住了缰绳，这马儿才没有办法飞奔回老卡斯蒂尔的废墟中。

"大人一定能想象，当时我有多么惊讶。我四下打量，看到了用芦荟和印度无花果树枝搭成的篱笆墙，还有其他南方特有的景色，随后又看见山下这座伟大城市里的高塔、宫殿和巍峨的天主教堂。

"我小心翼翼地牵着马下山，因为担心它再玩什么鬼把戏，所以不敢再骑了。下山时我遇见了您的巡逻小分队，士兵告诉我眼前这座城市就是格拉纳达，而我正站在阿兰布拉宫的城墙下，这座城堡的长官正是可敬的曼科总督，就是那位令所有受魔法控制的人都惧怕的大人物。听到这里，我便决定来拜见大人并向您汇报我的所见所闻，提醒您千万要当心潜藏在周围和地下的敌人。您应该采取必要的措施来守护您的堡垒以及整个王国，谨防那支埋藏在地底深处的军队突然发动袭击。"

总督问道："那么拜托，朋友啊，作为一位身经百战的老兵，你觉得怎样才能防止这种邪恶的事情发生？"

士兵谦卑地说道："在英明神武的大人面前，还轮不到我这样一个小小列兵指手画脚，可我还是斗胆建议大人：您应该派人找到所有的洞穴和进山的入口，然后在入口前砌上坚固的石墙，这样鲍勃狄尔率领的军队就会被彻底困在地下巢穴中。如果这位善良的神父……"士兵毕恭毕敬地朝修士鞠了一躬，又虔诚地画了一个十字，接着说道："如果神父愿意以祈祷的方式贡献一份力量，并且在墙上安放十字架、圣人遗物和画像等圣物，那么这些屏障会更加坚不可摧，绝对能够抵挡魔法的攻击。"

修士赞道："这些措施听上去很有用。"

总督叉着腰，手放在托莱多长剑的剑柄上，同时双眼紧盯着老兵，脑袋轻轻地来回晃动，他说："这样一来，朋友啊，你真以为我被你糊弄住了，相信了那个乱七八糟的故事，什么魔法山洞，什么受魔法控制的摩尔人？好了，罪人！别再废话了。也许你真的是个老兵，可是你会发现自己面对的是资历更深的士兵，一个绝不可能被你用诡计轻易打败的人。嘿！来人！给这家伙戴上镣铐。"

娴静的侍女刚要替犯人求情，总督便狠狠瞪了她一眼，让她闭上了嘴。

卫兵在捆绑老兵的时候，摸到他口袋里有一大包东西，扯出来一看，是个长长的皮包，里面似乎装满了东西。卫兵捏着皮包的一角，把里面的东西倒在总督面前的桌上。无数的珠宝滚落出来，有珠宝首饰、珍珠制成的念珠、闪闪发光的钻石十字架，还有大量的古代金币。几枚金币落到地上之后，一直滚到最远的角落里，从来没有哪个强盗会有如此丰厚的战利品。

正义的审判暂停了，在场的人手忙脚乱地搜寻掉落的财宝。然而，总督没有动，他勉强维持着西班牙人的骄傲和风范，可是眼底的一丝焦虑出卖了他。直到最后的金币和珠宝都被收回口袋中时，他才松了一口气。

修士可没那么冷静，他整张脸像火炉似的泛起红光，两眼也冒着灼人的光芒紧盯着念珠和十字架。他连声惊呼道："你这个亵渎神灵的可恶东西！你是从哪个教堂还是圣殿劫掠来的这些圣人遗物？"

"不是我，神父。如果这是亵渎神灵的赃物，那也肯定是很久以前的事情了，这些财宝来自我刚才提到的那名摩尔骑兵。我正想说明这件事情的时候，被大人打断了。我决定把这匹马据为己有的时候，从马鞍上解下了这个皮口袋。包里装的肯定是那个骑兵在古时候四处征战获得的战利品，那时候摩尔人还统治着这个国家。"

"非常好，你现在可以在朱砂塔安心住下了，那里虽然没有魔咒保护，可与你所说的摩尔人的魔法洞穴一样安全。"

犯人冷静地答道："大人可以按您认为正确的方式处置我，不管您把我安排在这堡垒里的什么地方，我都会十分感激。一个经历了战争的老兵，就如您了解的那样，住在哪里都无所谓。只要有一间舒适的地牢，每天有吃有喝，我就很满足了。只是我想再次提醒大人，您对我尚且如此小心提防，为什么不留意一下堡垒的安全？请仔细考虑我的建议，最好封住所有的进山入口。"

一切暂告一段落。卫兵将犯人关进朱砂塔一间十分坚固的地牢里，把阿拉伯马牵到总督的马厩，又把骑兵的宝囊收进总督的保险箱。对于骑兵的财宝，修士曾壮着胆子提出反对意见，他认为那些圣人遗物明显就是亵渎神灵的强盗劫掠的，理应归教堂保管。可是态度强硬的总督是阿兰布拉说一不二的"君王"，修士只好作罢，不再谈及这个话题，却暗下决心要把这个情况汇报给格拉纳达教会的高层人士。

　　至于老曼科总督为什么会突然采取如此严厉而迅猛的手段抓捕可疑分子，因为在那段时间，格拉纳达附近的阿尔普萨拉山区被一帮悍匪闹得人心惶惶。胆大妄为的土匪头子名叫曼纽埃尔·博拉斯科，他惯于在乡间游荡，还会乔装打扮进城踩点，打听运送货物的商队和富有的旅行者出行的日期。随后匪帮便会在偏远的地段设伏，进行拦路抢劫。这样明目张胆的抢劫案接连发生，最终引起了政府的关注。各处军事要塞的指挥官都收到指令：务必提高警惕，抓捕一切可疑分子。因为阿兰布拉堡垒最近名声不太好，所以曼科总督对这件事情非常上心。他坚信抓获的士兵就是那个土匪帮的一名亡命之徒。

　　与此同时，风声很快就在阿兰布拉堡垒乃至整个格拉纳达城传开了：据说，臭名昭著的土匪曼纽埃尔·博拉斯科——阿尔普萨拉山的瘟神——已经落入老曼科总督的手心，现在就被关在朱砂塔的地牢里，曾被这帮土匪抢劫过的受害者纷纷赶来指认。众所周知，朱砂塔矗立在阿兰布拉宫对面的山上，与堡垒的主体建筑隔着一条山谷，而上下山的林荫大道就在这山谷之中。朱砂塔没有护墙，只有哨兵在塔前巡逻。士兵所在的牢房的窗户上安装着坚固的铁条，窗前有一小块空地。格拉纳达那群善良的民众站在空地上打量士兵，就像在动物园观看格子笼里冲人龇牙咧嘴的鬣狗。然而，没有人相信他就是曼纽埃尔·博拉斯科，因为眼前这个斜睨着眼的老兵幽默风趣，而传说中悍匪头子的外貌异常凶残。围观的人来自全国各地，并非只有格拉纳达人，可是没有一个指认那个老兵就是土匪头子。渐渐地，老百姓开始怀疑士兵讲述的故事或许不全是谎言。因为关于鲍勃狄尔的军队藏在大山底下的传说由来已久，很多堡垒中的老居民都从父辈口中听说过这个故事。于是人们爬上太阳山，也就是圣艾琳娜峰的顶端，寻找士兵提到的山洞。人们看到黑魆魆的坑洞便往里张望，没有人知道它们会深入山底什么地方。传说通往鲍勃狄尔地下宫殿的入口，至今还在那座山的山顶上。

士兵渐渐得到了老百姓的喜爱。因为西班牙不像其他国家，山里的土匪并不是受人唾弃的反面人物，与此相反，在底层人民心目中他们是有侠义精神的英雄；而且老百姓对掌权者的言行总会有些腹诽，老曼科总督的高压政策慢慢招来了众多非议，而士兵反倒成了受害者。

除此之外，活泼开朗的士兵会跟每一个到他窗前的人开玩笑，尤其是对着女士们温柔地献殷勤。他设法搞到了一把老吉他，常常坐在窗前唱民谣和爱情小调。附近的女士听得非常开心，于是晚上聚集在他窗前的空地上，伴着歌声跳波列罗舞。士兵剃掉了乱蓬蓬的胡子，那张被晒得黝黑的脸庞颇合女子们的心意。总督府中那名娴静的侍女宣称，士兵的斜睨有着无法抵挡的魅力。这名好心的侍女从见到士兵的第一眼起，就非常同情他，她徒劳地试图说服总督，还想方设法偷偷改善士兵的生存环境。每天她从总督的餐桌上收拾一些剩饭剩菜，或是从储藏室里偷偷拿一些食物，有时甚至还会拿来一瓶精选的瓦尔德佩纳斯葡萄酒或是浓郁的马拉加美酒，给犯人改善生活。

当堡垒内悄悄进行着微小的反叛行为的时候，堡垒外总督的仇敌正在酝酿一场风暴。总督逮捕了一名所谓的强盗，还在那强盗身上找到了一包金银珠宝，此事已经在格拉纳达传得沸沸扬扬，还出现了不同的版本。总督那积怨已久的老对头元帅立即提出了领土管辖权的问题，他坚持认为士兵被捕时是在他的辖区而非阿兰布拉，因此要求总督移交罪犯及其随身财物。而修士将罪犯钱包中有十字架、念珠等圣人遗物的信息汇报给了教会的大检察官，主张士兵犯了渎神罪，因而他劫掠的财物应当归教堂所有，而罪人也该由宗教法庭判处火刑。仇恨的火焰愈加高涨，总督义愤填膺地发誓：要他交出俘虏绝不可能，他宁可把俘虏当作混进阿兰布拉堡垒的间谍，当众吊死。

元帅威胁总督会派士兵来朱砂塔，把犯人转移到城里的监狱；大审判官也施压，说会请一些与宗教法庭关系密切的大人物过来。有人半夜三更给总督通风报信，老总督说："让他们来吧！他们会发现，早在他们来之前我便已经动手了。要对付老兵他们得再机灵一点儿，下手更快一些。"总督下令，天亮之前将犯人转移到阿兰布拉宫中的一座主楼。他吩咐娴静的侍女："听着，明早鸡鸣之前把我叫醒，我要亲自监督。"

黎明来临，鸡已经鸣叫了，可是没有人敲总督的房门，把他唤醒。直到太阳升到了山顶上，灿烂的阳光从窗户洒进房间，他才被老下士从美梦中叫醒。老下士铁青的脸上带着惧色，他大口喘着粗气叫道："他跑了！他不见了！"

"谁跑了？谁不见了？"

"那个士兵——强盗——恶魔，我早就知道他不简单。他的牢房空了，可是门锁仍旧完好无损，谁也不知道他是怎么逃出去的。"

"最后见他的人是谁？"

"您的侍女。她去给他送晚餐。"

"马上把她叫来。"

于是又出现了一个乱子。少女的房间也是空的，而且她的床平整得根本没有睡过，毫无疑问她同犯人一起逃了。过去这段时间，少女似乎和犯人来往密切。

这件事情伤害了老总督的内心，不过他现在没有时间伤心，因为他发现了更加不幸的事情。一走进密室，他就发现自己的保险箱被打开了，骑兵的皮包和几大包金币都不翼而飞了。

这怎么可能？逃犯是怎么跑掉的呢？一位老农住在进山通道旁的茅屋里，他说天刚亮的时候听到了一阵非常有力的马蹄声，马从房前经过然后跑进了深山。当时他往窗户外看了一眼，依稀可见马背上坐着一个骑士，骑士身后还有一位少女。

曼科总督吼道："搜查马厩！"士兵们清查了马厩，所有的马都在，唯独那匹阿拉伯骏马消失不见。只有一根粗棍子绑在马槽上，棍子上贴着一张字条，上面写着："给曼科总督的礼物——来自一名老兵。"

从阿兰布拉宫看到的格拉纳达全景
摄影 Tomkeene

第三十五章　阿兰布拉宫的一次盛宴

　　为了庆祝圣人节，与我共同掌权的邻居老伯爵在阿兰布拉宫举办了一次家庭盛宴。他召集了全体家族成员，包括许多替他打理产业的管家和老仆。他们从全国各地赶来向伯爵致敬，大家欢聚一堂，共享盛宴。古代的西班牙贵族经常大摆宴席，款待嘉宾，伯爵的家宴虽然没有那么高级的规格，但依稀重现了当时的气派。

　　西班牙人追求奢华的风格，比如宏伟的宅邸、挤满仆人的笨重马车、虚有其表的扈从，以及难当大用的门客，贵族的尊严仿佛都体现在随从的阵势上。然而，终日无所事事的随从盘桓于主人的大厅，靠主人养活，终将把主人的财富榨干。这种习俗无疑起源于与摩尔人交战的古老年代，那时候储备一批全副武装的家臣以备不时之需是非常必要的，因为领主的城堡会不时遭遇敌人的扫荡。贵族们不但要做好随时应付敌人突袭的准备，还要经常响应君王的召唤，带着人马上战场。

　　战争结束后，这个习俗保留了下来，它原本是出于自保，后来却逐渐演变成炫富的方式。在发现并征服新大陆之后的一段时期，财富源源不断地流入西班牙，这助长了贵族之间竞相夸富的热潮。西班牙盛行一种很有人情味的古老风俗——主人通常不会撵走年老体弱的家仆，而是会供养他们直到去世；不仅如此，家仆的后代甚至夫妻双方的亲戚，也都会逐渐依附主人。这既是出于贵族的骄傲，也体现了其慷慨大方的天性。在西班牙的黄金时代，为了将大家族聚在一起，宽敞的宅邸对贵族来说必不可少。可如今，这些豪宅里只摆放着简陋的家具，与那空荡荡的房间极不相称。对那些靠西班牙贵族养活的家臣后代来说，这样的宅邸相当于一个庞大的兵营。

这种家族式的生活方式已经日趋式微，尽管提倡家族传统的精神依旧存在，可随着收入的减少，贵族们不得不面对财富日渐缩水的窘境。即便是最穷的贵族，也会有一些家臣后代依附，这使得他们的日子更加窘迫。有些贵族，比如我的邻居老伯爵，如今的家业只有过去的九牛一毛，只能勉强维持传统贵族生活方式的一点儿影子；而仅剩的产业大多入不敷出，只够养活那些无所事事的家臣后代。

伯爵的产业遍布西班牙，但收入可以说微乎其微，据伯爵说，有些农庄的收入仅够养活当地的家臣。那些家臣认为自己享有永久的免租特权，因为从无法追忆的年代开始，可以说，从他们的祖先开始就已经拥有这项特权了。

老伯爵的圣人节盛宴让我一睹了西班牙人的生活内幕。人们在盛宴举行前的两三天便开始忙碌。各式各样的美食从城里送来，经过正义之门时，浓郁的香味刺激着守门老兵的嗅觉神经。厨师和帮工们步履匆匆，仆人们在庭院中来回奔忙，古老的厨房再次焕发出生机，炉灶里燃起熊熊火光。

圣人节当天，老伯爵作为一家之长，身边围绕着家人和下属。有的是替他管理外地产业的家臣，但大多经营不善，甚至将收入据为己有； 还有一些年老体衰或靠救济金生活的仆人，他们在院子里闲逛，不时凑到厨房前闻闻那诱人的香味。

这是阿兰布拉宫中难得的欢庆日子。 晚餐前一个小时，来宾们就已来到宫中，分散在各个角落，观赏着华美的庭院、喷泉和周围的花园。 往日寂静无声的大厅里回荡着音乐和欢笑。

正式的西班牙晚宴是名副其实的盛宴，而今晚的盛宴设在美丽的莫里斯科风格的两姐妹厅里。 餐桌上已经摆满了最奢侈的美味佳肴，但仆人们仍继续将一道道美食端上桌，仿佛永远不会停止。 这一幕充分说明了《堂吉诃德》 中对卡马乔豪华婚礼的描写并没有夸大其词，那就是西班牙豪门盛宴的真实写照。 尽管西班牙人平日里对饮食很节制，但在今天这样的场合，所有人都兴高采烈，纵情狂欢，尤其是安达卢西亚人。 这场盛宴使我异常兴奋，我们所在的是古老的阿兰布拉宫，而宴会的主人与皇宫原来的主人——古代摩尔国王——可以说是远亲，且还是科尔多瓦的贡萨尔沃的嫡系后代。

宴会结束后，我们来到了大使厅，为了助兴，每个人都大显身手——唱歌、即兴表演、讲故事，或是跟随西班牙人酷爱的吉他的节奏，跳起流行的舞蹈。

伯爵的小女儿给我留下了深刻的印象。 她多才多艺，各方面都出类拔萃，是众人的焦点和开心果。 她与几个伙伴合作表演了一出格调高雅的喜剧中的场景，表现出了惊人的演技和优雅的风范。 她模仿了一位很受欢迎的意大利歌手，嗓音优美动人，表情时而严肃，时而滑稽。 我敢保证，她的表演绝对称得上惟妙惟肖。 她还模仿了各种方言、舞蹈，扮演了吉卜赛人和大平原上的农夫，把他们的举止神态演绎得生动逼真。 她在举手投足之间，自然流露出优雅的气质，展现出淑女的迷人风采。

伯爵小女儿的表演没有丝毫矫揉造作之感，也没有为了引人关注而故意炫耀，她的一举一动都源自快乐的本心。而且，她的表演都是即兴发挥的，可见她反应之迅敏。尽管她拥有难能可贵的艺术天分，但似乎她本人没有意识到，她仍像个天真烂漫的孩子一样，在家里自娱自乐。据说，这位小天才从来没在公众场合展现过自己的才能，只有在今天这样的家庭聚会中表演过。

这个女孩儿一定具有无与伦比的洞察力，能够迅速抓住不同人物的特点。她可能只是偶然看到一些场景、礼仪和习俗，却能将其特点活灵活现地展现出来。伯爵夫人说："这对我们来说一直是个谜——那孩子究竟是在哪里学会了这些东西，要知道她平时几乎足不出户。"

暮色在大厅的墙壁上投下阴影，蝙蝠开始从潜伏的角落中钻出来到处飞舞。小女孩儿和几个同伴突发奇想，决定在德洛丽丝的带领下，到那些人迹罕至的角落探寻传说中的魔法秘密。她们来到阴森的古老清真寺，畏畏缩缩地往里面看了一眼便退出来了，因为德洛丽丝告诉她们，以前有位摩尔国王在这里被杀害。接着，她们冒险进入了神秘莫测的浴池一带，那里的地下水道发出的咕咕声，活像有人在低声呢喃，令她们心惊肉跳。此时，有人说自己看到了摩尔人幽灵，吓得大家飞奔而逃。随后，她们决定去"铁门"冒险，那是阿兰布拉宫最具邪恶意味的地方。铁门是一道后门，门后便是幽暗的山谷。通向铁门的小道狭窄而隐蔽，是德洛丽丝和她的伙伴们童年时期最害怕的地方，传说那里的墙上藏着一只手，会冷不防伸出来抓住路人。探寻魔法的队伍来到小道的入口，但没人有胆量走进去，因为天色越来越暗，大家都害怕被幽灵之手抓住。

最终，女孩儿们花容失色地跑回大使厅，这时，她们看见了两个通体雪白、幽灵般的人影。 尽管她们没敢停下来仔细查看，但是那两个白影在黑暗中非常醒目，因此她们绝对不会看错。 德洛丽丝随后揭开了谜底，白影原来是两尊白色大理石雕刻的女神像，它们就立在一条拱顶通道的入口处。 有一位严肃的老绅士，可能是伯爵的法律顾问，我却看着他有点儿狡猾。 他告诉女孩儿们：这两尊雕像关系着阿兰布拉宫一个天大的秘密。 它们是用大理石雕成的纪念碑，谨慎地保守着阿兰布拉宫的秘密。 关于它们，有一个神奇的传说。在场的人都恳求他讲讲这个故事，于是他花了一点儿时间整理零散的回忆，形成了下文的传奇故事。

第三十六章　两座守秘雕像的传说

在阿兰布拉宫一个破败的房间里，曾住着一个名叫洛佩·桑切斯的小个子男人。他是一名快活的花匠，从早到晚不停地唱歌，给堡垒带来了无穷的生机和活力，人人都喜欢他。每天工作结束之后，他就坐在广场边的石凳上弹着吉他，唱起长调，歌词是关于西德、贝尔纳多·德尔·卡皮奥、费迪南德·德尔·普尔加等西班牙英雄的故事，听得城堡中的老兵们十分开心。有时他也会弹奏一些欢快的小曲，姑娘们伴着曲子跳起波列罗或弗拉明戈舞。

与大多数小个子男人一样，洛佩·桑切斯娶了一位高大丰满得几乎可以把他装进口袋的妻子。只是他不像别的穷人那样走运，他只有一个孩子。他的黑眼睛小女儿桑奇卡十二岁，像父亲一样快活。女孩儿是父亲的快乐源泉，当父亲在花园中劳作时，她便在附近玩耍；当父亲坐在树荫下弹吉他，她就伴着吉他声翩翩起舞；她像小野鹿一样四处疯跑，果园里、小道上，以及阿兰布拉宫中那些废弃的大厅里，到处都是她的身影。

在神圣的圣约翰节前夜，酷爱节假日又热衷于闲聊的阿兰布拉居民，不论男女老少都爬上耸立于夏宫上方的太阳山顶峰，进行仲夏夜的庆祝活动。这是一个月朗星稀的夜晚，月光下的群山披上了一层银灰色的光泽，山下城里的穹顶和尖塔都隐藏在阴影中，远处的大平原像仙境一般，隐约可见的溪流在云雾缭绕的果园里闪烁着银光。根据沿袭自摩尔人年代的风俗，人们在山顶最高处点燃篝火。附近乡村的居民也在守夜，大平原以及周围的群山顶上都燃起了篝火，月光将火光也染成了银色。

这个晚上，人们伴着洛佩·桑切斯的吉他声欢快地舞蹈，而他也在这狂欢之夜尽情享受。在人们跳舞的时候，桑奇卡和小伙伴们在山顶一座废弃的摩尔人堡垒中玩耍，他们在壕沟里捡小石头，桑奇卡发现了一个用黑玉雕成的奇特小手。那"手"四指并拢，拇指紧扣在上面。小女孩儿为自己的好运气欣喜若狂，立即跑到母亲身边展示战利品。黑玉小手立刻引来了各种各样的猜测，迷信的人认为它不太吉利，说道："赶快扔掉吧，我敢肯定它被施了巫术，会招来厄运。"也有人说："千万不要扔，你可以卖给扎卡丁大街上的珠宝商，应该能值不少钱呢！"就在大家热火朝天地讨论时，一位深褐色皮肤的老兵走上前来。因为他曾在非洲服役，所以皮肤就像摩尔人的一样黝黑。老兵仔细看了看那只小手，然后若有所思地说道："我在巴巴里的摩尔人那里见过类似的东西，它是一件极好的护身符，能够抵御邪灵和各种魔咒及巫术。我的朋友洛佩，衷心祝贺你，这件宝贝能给你的孩子带来好运。"听到这话，洛佩·桑切斯的妻子用一根绸带将黑玉小手挂在女儿的脖子上。

护身符将人们的注意力转移到流行于民间的摩尔人传说。大家团团围坐，讲起祖辈流传下来的古老故事。有的故事就发生在人们所在的这座高山上——太阳山。传说，这里原本就是一个远近闻名的鬼怪出没的地方。一位干瘪的老太婆讲了一个很长的故事，是关于大山深处的地下宫殿的，据说受魔法控制的鲍勃狄尔及其朝臣至今还被禁锢在那里。老太婆指着远处的一片断壁和土丘，说道："那边的废墟中有一个黑漆漆的深洞，直达大山的最深处。即使能得到格拉纳达全部的财富，我也不会往那个黑洞看上一眼。曾经，一个阿兰布拉的穷人在那座山上放羊，他为了找一只掉进洞里的小山羊偶然爬进了洞。爬出洞之后，他变得又疯又傻，整天瞪着眼讲着洞里看到的怪事，大家都说他脑子出了问题。一连几天，他都嚷嚷着洞里有鬼怪，再也不敢到那座山上放羊了。后来，他终于又壮着胆子上了那座山，但这可怜的人再也没有回来。邻居发现牧人的山羊在废墟附近吃草，他的帽子和斗篷就扔在靠近洞口的地方，但他本人不知去向。"

小桑奇卡屏气凝神地听着，大气都不敢出。她好奇心极强，恨不得立刻去一探究竟。她悄悄离开小伙伴们，找到了那片废墟。经过仔细搜寻，她在靠近山顶的地方找到一块小盆地。盆地中央有一个洞，洞口就像一张豁然张开的大嘴，旁边的峭壁直插入下方的达罗山谷。桑奇卡冒险来到洞边往里看，里面漆黑一片，深不见底。小女孩吓得浑身血液都凝固了，她缩回身子，又忍不住再次探头往洞里看，接着又马上跑开，然后再回去看一眼。就这样，恐惧带来的刺激让她无比快乐。最后，她滚来一块大石头，把它推进洞中。刚开始落石没发出任何声音，不一会儿便撞到一块突出的岩石发出巨响，然后在洞壁上来回地碰撞，发出雷鸣般的轰响，最后石头掉进水里，水花的声响从极深的洞底传来，之后一切归于平静。

然而，平静并没有持续多久，可怕的深渊中似乎有什么东西被唤醒了。渐渐地，洞底传来一阵喃喃低语，就像是蜂巢中蜜蜂的嗡鸣。

那声音越来越大，像是远处有一大群人在喊叫，其中夹杂着微弱的武器碰撞声，敲击铙钹和吹响号角的声音，山腹之中仿佛有一支军队正在集结，准备战斗。

女孩儿被吓得不敢作声，转身跑回父母和伙伴所在的地方。奇怪的是，刚刚还热闹非凡的地方，现在却一个人都没有，篝火也熄灭了，月光下，她只看见最后一缕烟袅袅升起。远处高山和平原上的篝火也全都熄灭了，仿佛一切都已陷入沉睡。桑奇卡呼唤父母和伙伴，却得不到回应。她向山坡下跑去，经过夏宫的花园，一直跑到通往阿兰布拉宫的林荫大道，这才在树林深处的石凳上坐下来歇口气。正在这时，阿兰布拉宫的瞭望塔传来午夜的钟声，周围一片宁静，仿佛整个大自然都已睡去，唯独被灌木丛挡住的溪流还在发出哗哗流淌的声音。林间的甜美气息使得小女孩儿有些瞌睡，可是远处有个闪亮的东西吸引了她的目光，她定睛一看，不由得大吃一惊——那是一队长长的摩尔武士，他们正沿着绿树成荫的大道从山坡上鱼贯而下。他们有的举着长矛和盾牌，有的握着军刀和战斧，锃亮的盔甲在月光下反射着银光。他们的骏马咬着马嚼子昂首阔步，但是马蹄踏在地上却没有发出任何声音，仿佛马蹄都包裹着毡子。骑士们的脸色苍白，如同死人一般。人群中有一位头戴皇冠的美丽女子，她的金色长发上缠绕着珍珠，身下的驯马披着深红色的丝绒马衣，用金线绣满花纹的马衣长达地面。马背上的女子显得郁郁寡欢，双眼一直盯着地面。

朝臣穿着华丽的长袍，戴着五颜六色的头巾，紧跟在武士后面。鲍勃狄尔·埃尔·奇科国王骑着一匹乳白色的战马走在他们中间，他披着镶满珠宝的御用披风，头上戴着光彩夺目的钻石皇冠。小桑奇卡认识奇科国王，因为她曾经多次在夏宫的画廊中见过国王的画像，画上的金黄色胡子与眼前这个人的十分相像。小女孩儿注视着这支珠光宝气的皇家仪仗队经过树林，既惊讶又羡慕。她暗暗想着，眼前的国王、大臣和武士全都面色惨白且无声无息，因此绝不可能是一般人，他们一定是受魔法控制的奇特生灵。她仍旧毫无惧色地在一旁观看，而她全部的勇气都来自脖子上挂的小手护身符。

队伍经过后，小女孩儿起身跟在后面。队伍一直行进到大开着的正义之门，守门的残疾老兵全都躺在碉堡里的石凳上睡得很沉，显然是受魔法作用。幽灵队伍悄无声息地经过卫兵，同时，他们高高举起彰显胜利的旗帜。桑奇卡原本还想继续跟着队伍，可她突然看见碉堡中央的地面上有个通向塔底深处的洞口，小女孩儿往洞里走了几步，发现一段开凿在岩石上的石梯，不由得大受鼓舞。石梯通向一道拱顶走廊，走廊里到处点着银灯，这些灯不但能照亮还芳香宜人。小女孩儿冒险前行，最终来到一个开凿在山腹之中的大厅。大厅是摩尔风格的，装饰得富丽堂皇，被无数水晶银灯照得亮如白昼。一位装扮成摩尔人的长胡子老人正在沙发上打瞌睡，脑袋点个不停，而他手里握着的手杖眼看就要掉到地上。老人的不远处坐着一位美丽的女子，她身穿古老的西班牙服装，头戴一顶镶满钻石的小冠冕，头发上缠绕着珍珠，她正抱着一把银琴弹着。小桑奇卡立即想起阿兰布拉的老人们讲过的故事——一名阿拉伯老魔法师把一位哥特公主禁锢在这座大山深处，而他自己也因为公主弹奏的音乐的魔力而久久沉睡。

魔法大厅里突然出现一个普通人，令哥特公主大吃一惊，她停下来问道："今天是神圣的圣约翰节前夕吗？"

桑奇卡回答："是的。"

"今晚魔法会暂时失效。到这里来，孩子，不要害怕。尽管我被魔法禁锢在此，可与你有着一样的信仰。用挂在你脖子上的护身符碰一下我的锁链，这样今晚我就能暂时获得自由了。"说完，她解开长袍，露出围在腰间的一条宽宽的金环和连着它的一条金链。她就是被这金链牢牢地固定在原地。女孩儿毫不犹豫地走上前，拿黑玉小手触碰金环，锁链立刻掉到了地上。老魔法师被这个声音惊醒，揉了揉眼睛，但女子轻轻拨弄了几下琴弦，老人再次陷入沉睡。女子说道："现在，用你的黑玉小手护身符去碰他的手杖。"女孩儿照做了。手杖掉落到地上，老人倒在沙发上酣然大睡。女子将银琴凑近魔法师的脑袋，拨动琴弦，使旋律传入他的耳中，她说道："强大的和谐之灵啊，继续束缚他的感官直至天明。现在跟我来吧，我的孩子！你将见到全盛时期的阿兰布拉宫，因为你拥有可以破除一切魔障的护身符。"桑奇卡沉默地跟在女子身后，从洞穴入口出来，再进入正义之门中央的碉堡，然后来到堡垒里面的宏伟广场。

广场上站满了摩尔士兵，骑兵和步兵以中队为单位排列，旗帜高高飘扬。皇宫大门外由一支皇家护卫队和一排排手握军刀的非洲黑人守卫着。全场鸦雀无声，桑奇卡毫无惧色地跟在女子身后穿过人群。当她走进阿兰布拉宫时，简直不敢相信这就是自己从小居住的宫殿。月光将大厅、庭院和花园照得亮如白昼，眼前的景象与她所熟悉的样子大相径庭。原本结满蛛网的墙壁悬挂着华美的大马士革丝绸，那些因岁月沧桑而产生的破损和污渍全都不见了；墙上的镀金和阿拉伯彩绘焕然一新，就像宫殿初建时那样光彩夺目。大厅里也不是光秃秃的，而是摆放着用珍贵材料制成的沙发和软凳，上面的绣花缀着珍珠和宝石。庭院和花园中所有的喷泉都喷射着晶莹的水花。厨房全面恢复使用，厨师们忙碌地准备着虚幻的美味佳肴，他们把虚幻的小母鸡和鹧鸪放在火上烤或是锅里煮；仆人们忙着将盛满美食的银盘端上餐桌，为一场饕餮盛宴精心做准备。

与古老的摩尔人的年代一样，狮子院里挤满了护卫、大臣和神学家。鲍勃狄尔端坐在审判大厅高处的宝座上，挥舞着一根只存在于今晚的虚幻权杖，他身边簇拥着大臣。尽管大厅里川流不息，却听不到任何说话声或脚步声，只有喷泉的水声打破午夜的宁静。小桑奇卡跟着那位女向导穿过宫殿，她满怀惊讶却始终保持沉默。最后二人来到一道门前，这道门通向科马雷斯塔下面的一条拱顶通道。门的两边各有一尊雪花石雕刻的女神像，两尊女神像的头朝向同一个位置，眼睛看向拱道里的同一处地方。

女子停下脚步，招手让孩子到跟前来，说道："这里有一个大秘密，为了奖励你的忠诚和勇气，我把秘密告诉你。这两尊女神像守护着古代摩尔国王的一个宝藏，告诉你父亲，女神像目光注视的地方有一笔财富，足以让他成为格拉纳达最富有的人。但是，只有用你那双纯洁的小手才能拿走，就像只有你的小手才能让护身符发挥效力一样。同时，告诫你父亲，一定要谨慎使用这笔财富，还要奉献出一部分用于每天做弥撒，帮助我早日从邪恶的魔法中得到解脱。"

女子说完之后，将女孩儿带到了林德拉萨花园，这里紧挨着女神像后面的拱道。柔和的月光洒在僻静的花园中，照耀着茂密的柑橘树和枸橼树林，月亮的倒影在花园中央的喷泉池里随着水波微微荡漾。美丽的女子扯下一根桃金娘枝条，将它编成花环戴在女孩儿头上，说道："把它当作一个纪念品，证明我对你说的一切。我的时间就要到了，必须赶紧回到魔法大厅，不要再跟着我了，以免邪魔降临到你身上。再会了！记住我说的话，一定要做弥撒，助我早日得到解脱。"说完，女子走进通往科马雷斯塔的一条黑暗通道，消失不见了。

阿兰布拉宫下方的达罗山谷隐约传出一声鸡鸣，东方的高山顶端也出现了一抹鱼肚白。微风拂过，庭院和走廊中传出像是干树叶摩擦的沙沙声，然后门一道道地关上，发出一声声巨响。

桑奇卡回到刚刚看见人群幻象的地方，却发现鲍勃狄尔和幽灵朝廷都不见了。月光下，空空的大厅和画廊退去了短暂的辉煌，恢复了沧桑的衰败景象，到处结着蛛网，蝙蝠在朦胧的晨光中翻飞，青蛙在金鱼池中鸣叫。女孩儿以最快的速度跑向远处的楼梯，她家就在楼梯上方的一个简陋房间里。房门照常虚掩着，反正洛佩·桑切斯家里没有什么贵重的物品。女孩儿悄悄爬上自己的小床，把花环放到枕头底下，很快便进入了梦乡。

第二天早上，女孩儿把自己的经历告诉父亲，可是洛佩·桑切斯觉得那是女儿的梦，笑话她把梦境当成了现实，然后就去花园里开始了一天的工作。不一会儿，小女儿气喘吁吁地跑过来，激动地喊着："爸爸！爸爸！看我的花环，这是那位摩尔女士用桃金娘枝条编的，是她亲手戴在我头上的。"

洛佩·桑切斯目瞪口呆地注视着花环，桃金娘枝条变成了纯金的，每一片树叶也都变成了晶莹剔透的绿宝石！他从未见识过贵重的宝石，所以不知道花环的真正价值。但眼前这个货真价实的宝贝绝不是梦创造出来的，它足以让他相信女儿梦境般的奇遇一定具有某种特殊的意义。他嘱咐女儿严守秘密。对于这一点，他倒是可以放心。然后，他跑到拱道前，发现女神像的头果然都转向拱道内侧，而且视线交汇于拱道里的一个地方。洛佩·桑切斯由衷地佩服这个谨慎守密的方式。他顺着雕像的视线在墙上做了一个隐秘的记号，然后离开了。

整整一天，洛佩·桑切斯都感到心烦意乱，他不由自主地徘徊在能够远远望见两尊雕像的地方，担心被人发现宝藏的秘密，只要有人靠近那里，他就紧张得浑身发抖。他恨不得让两尊雕像把头转向别的方向，以此降低宝藏被发现的风险。他似乎忘了，两尊雕像已经准确地望向同一个方向好几百年了，可是还没有一个聪明人发现这个秘密。

他自言自语道："倒霉的玩意儿！雕像会泄露所有的秘密，怎么会有人用这么愚蠢的方法保守秘密？"为了避免引起怀疑，只要听见有人走过来，他就偷偷溜开，过后再小心翼翼地溜达回来，并且继续在远处观察。看到那两尊雕像，他便火冒三丈地骂道："啊，它们站在那里，总是目不转睛地看啊，看啊，看啊，紧盯着同一个地方。两个讨厌鬼与别的女人一样，就算没有舌头说三道四，眼睛也会泄露秘密。"

焦灼不安的一天终于结束了，洛佩·桑切斯这才松了一口气。阿兰布拉宫中那些空荡荡的大厅里再也听不到脚步声，最后一位客人离开后，人们关上大门并插上门闩。蝙蝠、青蛙和高声啼叫的猫头鹰纷纷出场，在这人类已经退场的宫殿中开始夜间活动。

洛佩·桑切斯耐心地等到夜深人静，才和小女儿一起来到女神雕像所在的大厅。两尊雕像依旧神秘兮兮地看向宝藏埋藏的位置。洛佩·桑切斯经过时心想："劳驾了，温柔的女士们，我马上让你们解脱。你们守着这个秘密两三百年，真是个沉重的负担。"他在墙上的标记处动手开挖，不一会儿就发现有两个大陶瓷罐隐藏在墙里的洞穴中。他试图把罐子抱出来，但做不到，因为只有女儿那双纯洁的小手触碰之后，罐子才可能被挪动。在女儿的帮助下，洛佩·桑切斯从洞里抱出罐子，欣喜若狂地发现里面装满了大块摩尔黄金，还夹杂着各种贵重的珠宝。天亮之前，他设法将罐子搬回了家，留下两尊女神像注视着那面空空的墙壁。

就这样，洛佩·桑切斯一夜之间变成了有钱人，可财富也给他带来了大大的烦恼，这是他从未体验过的。怎样才能将这笔巨额财富转移到可靠的地方？怎样才能尽情享受财富而不引起怀疑？他生平第一次担心强盗光顾自己家。他为极不安全的简陋住所感到担忧，于是开始动手加固门窗。可即使他已经尽力做好防盗，依然夜不能寐。他再也不像以前那样无忧无虑了，也不再与邻居们打趣或为他们唱歌，他变成了阿兰布拉最忧虑的人。老伙计们都发现了他的变化，尽管他们真心同情洛佩，但纷纷疏远了他，因为他们以为洛佩遇到了麻烦，担心他会找自己帮忙。然而，没有人怀疑过，洛佩唯一的烦恼就是太富有了。

洛佩·桑切斯的妻子和他一样焦虑不安，但她从忏悔中得到了安慰。诚如前文所说，洛佩是个不懂体贴的小个子男人，因此，妻子遇到麻烦时习惯向自己的忏悔神父弗雷·西蒙征求意见和寻求帮助。这位神父是附近圣弗朗西斯科修道院里的修道士，他肩宽体壮，长着子弹头似的圆脑袋和青幽幽的大胡子。事实上，他是周边半数以上主妇们的精神慰藉。除此之外，他在各类修女组织中声名远播，修女们经常送他一些修道院自产的小点心和小摆设向他致谢，比如精美的糖果、甜饼干以及加香料的甜酒，这些东西是斋戒守夜后恢复精力的良方。

弗雷·西蒙勤勤恳恳地履行职责。一个闷热的夏日，他在阿兰布拉山上艰苦跋涉，被烈日晒得满面油光。尽管他已经汗流浃背，却没有解开腰上的绳结，这显示出他高度的自律。人们纷纷脱帽向他致敬。当他经过时，连狗窝里的狗都能闻到他的长袍所散发出的圣洁气息，发出阵阵嚎叫。这就是洛佩·桑切斯的漂亮妻子的精神导师弗雷·西蒙。西班牙底层的家庭主妇们面对忏悔神父时，都会毫无保留地吐露心声，因此修道士很快就知道了宝藏的秘密。

乍听到这个消息，修道士因惊讶而目瞪口呆。他在胸前画了足足一打的十字。停顿了半晌，他才说道："我灵魂的女儿啊！要知道，你的丈夫犯下了双重罪行——对于国家和教堂他都有罪！他据为己有的财宝是在皇家领地发现的，理应属于国王；同时，这笔财宝是从魔鬼手中夺回来的，因此应该敬献给教堂。不管怎样，问题总会解决的，你先把那个桃金娘花环拿来给我看看。"

当这位好神父看到花环时，那绿宝石的尺寸和成色使他眼里迸射出炙热的光亮。他说："这是第一件被发现的宝贝，理应将它敬献给教堂。今晚我就将它挂在礼拜堂里圣弗朗西斯科像前作为献祭品，然后虔诚地向圣人祷告，祈求圣人保佑你丈夫安宁地保有这笔财富。"

以如此微薄的代价就与天主达成了和解，这令善良的妇人很高兴。修道士将花环揣进披风，迈着神圣的步伐走向修道院。

洛佩·桑切斯一回到家，就从妻子那儿听说了一切。他不像妻子那样虔诚，有时甚至会因修道士来家访而心生不满。他恼火地说："女人，你究竟干了些什么？为什么要多嘴多舌？这下我们所有的财宝都危险了！"

善良的妇人嚷道："什么！难道你要阻止我向神父忏悔？"

"不，老婆！若你有罪过，你想怎么忏悔都行。但挖掘财宝是我一个人的罪过。更何况对于这件事情，我问心无愧。"

抱怨是毫无意义的，因为泄露的秘密就像泼到地上的水，再也收不回。他们唯一能做的，就是希望修道士能够保守秘密。

第二天，洛佩·桑切斯出门之后，有人轻轻敲响房门，接着弗雷·西蒙带着和蔼而庄严的神情走了进来，他说："女儿，我已经真诚地向圣弗朗西斯科祈祷了，他听到祷告后，在夜深人静之时来到我的梦中，带着不悦的神情说：'你明明看到我的教堂如此破败，为什么还要向我祷告，你是希望财宝落入他人之手吗？去洛佩·桑切斯家中，以我的名义向他要一些摩尔人的金子，给主祭坛添置两个烛台，这样他就可以平安无事地享用余下的财宝。'"

善良的妇人听完，满怀敬畏地画了一个十字，然后走到洛佩·桑切斯藏宝的地方，装了一大皮包摩尔金块交给修道士。作为回报，虔诚的修道士赐予妇人最大的祝福：主会保佑你家族繁荣、人丁兴旺。他将皮包塞进衣袖，然后双手合于胸前，带着谦卑的感激之情离开了。

洛佩·桑切斯听说妻子又给教堂捐款了，气得几乎要失去理智，他叫道："我以后该怎么办？我的钱就这么一点儿一点儿地被抢走，我迟早会沦为乞丐！"

妻子好不容易才让洛佩平静下来，她提醒丈夫，手里还有大量财富呢，况且圣弗朗西斯科多么仁慈啊，只要一点儿金子就满足了。

不幸的是，弗雷·西蒙要供养一大群穷亲戚，还收养了几个孤儿和弃婴，因此，他确实需要这笔财富。修道士每天都会来访，以圣多米尼克、圣安德鲁、圣詹姆士等圣人的名义讨要捐款。可怜的洛佩快被逼疯了，他最终醒悟，如果不远离修道士，那么每个圣人节都得花钱买平安。于是他下定决心，要收拾好余下的财宝，逃到西班牙其他地方生活。

为了实施计划，他买了一头强壮的骡子，把它关在七层塔下的阴暗地窖中。据说，妖怪马贝鲁多经常在半夜时分从地窖出来，然后被地狱猎犬追逐着掠过格拉纳达的街道。洛佩·桑切斯不相信这个传说，但他想利用这个传说制造恐惧，这样就没人敢窥探阴暗的地窖，他的骡子就可以保住了。白天，他将家人安顿到大平原上一个遥远的村庄；夜幕降临之后，他把财宝运到地窖装到骡背上，然后牵着骡子顺着幽暗的林荫道谨慎地往山下走。

洛佩秘密地进行这个计划，除了善良的妻子，没有对他人透露半分。可惜，只有老天才晓得为什么，弗雷·西蒙还是知道了他的全盘计划。修道士得知这一大笔财宝就要脱离他的掌控，心急如焚，决心为了教堂和圣弗朗西斯科的利益做最后一搏。当晚，当整个阿兰布拉在安抚灵魂的钟声下安睡后，修道士悄悄离开修道院，穿过正义之门来到林荫道旁，埋伏在茂密的玫瑰和月桂树丛中。他守在那里，数着瞭望塔传来的钟声，等候着时间一刻一刻地过去。林中传来猫头鹰可怕的号叫，远处吉卜赛人的洞穴中响起犬吠。后来，他终于听到了马蹄声，透过浓密的树林，他隐约看到一匹马顺着林荫道跑了下来。

强壮的修道士咧嘴笑了，为即将拯救洛佩诚实的灵魂而沾沾自喜。他卷起衣服下摆，得意地扭动着身体，当洛佩来到面前时，从藏身的树丛中跳出去。他一手撑住马肩，一手搭着马屁股，猛地腾身跃起，双腿叉开稳稳地坐到马背上。他身手敏捷，哪怕是与最有经验的马术大师相比也毫不逊色。强壮的修道士说道："哈哈！我倒要看看到底谁更会玩这个游戏。"话音未落，马开始踢腿，后退，前冲，然后往山下飞奔。修道士无法让马停下来。他们在岩石和树丛之间狂奔，衣服被撕成碎片散落风中，剃光的圆脑袋无数次撞上树枝，浑身被荆棘刮得伤痕累累。更令人不安的是，他发现身后有七条穷追不舍的猎犬发出恐怖的嚎叫，他这才醒悟，可是为时已晚——原来他跳上的那匹马是可怕的贝鲁多！

有句话说：道高一尺，魔高一丈。他们先冲下林荫大道，再穿过纽埃瓦广场，经过扎卡丁大街，然后环绕着维瓦拉姆布拉广场，一路狂奔。幽灵猎手和它身后的猎犬从未像今晚这样暴躁地飞奔过，也没有这么震耳欲聋地狂吠过。修道士徒劳地祈求圣人和圣母伸出援手，可每当他提起圣人的名字，就像是用马刺刺激马儿一样，贝鲁多便会跳得跟房子一样高。整个晚上，倒霉的弗雷·西蒙身不由己地被马驮着从这里跑到那里，他的每一块骨头都疼痛难忍，皮也磨破了，痛苦得难以言表。终于，公鸡开始打鸣，宣告白昼来临。妖怪马一听到鸡鸣，转身朝着高塔飞奔，再次经过维瓦拉姆布拉广场、扎卡丁大街、纽埃瓦广场和林荫道。七只恶犬紧紧跟随，它们在修道士的脚后跟旁狂吠、跳跃、撕咬，吓得他魂不附体。当他们来到七层塔时，天边正好露出第一缕晨光，妖怪马突然直立起来将修道士高高抛到空中，然后就一头扎进黑暗的地窖。随即，七只恶犬的嚎叫声也停止了。

有哪位神圣的修道士遭受过如此惨绝人寰的恶作剧？清晨，一位准备去干活的农夫发现了倒霉的弗雷·西蒙，当时他遍体鳞伤地躺在一棵无花果树下，既没法说话也动弹不得，农夫好心地把他送回了家。修道士告诉别人他遇到了拦路抢劫的匪徒，被那恶棍打得浑身是伤。想到自己与那头满载财宝的骡子失之交臂，他痛惜不已。但他安慰自己说，好在之前已经得到了不少珍贵的战利品。几天后，他刚能起身走动，就立刻趴到床下搜寻自己藏起来的桃金娘花环和皮包。然而令人沮丧的是，花环竟变成了一根枯萎的桃金娘树枝，而皮包里装的满是沙子和石块！

尽管弗雷·西蒙非常懊恼，但是谨慎地管住了嘴，因为一旦泄露这个秘密，他不但会成为大家的笑柄，而且会受到上级的处罚。直到很多年后，他在临死之前才向忏悔神父坦白一切，讲述了那晚骑着贝鲁多经历的惊魂之旅。

在洛佩·桑切斯消失之后的很长一段时间里，人们都没有听到他的消息，但都在心底珍藏着关于这个快乐伙伴的美好记忆。在他离奇失踪前的几天，朋友们从他的言行看出了忧心，因此都猜测可能是贫穷和不幸把他逼上了绝路。多年后，洛佩当年的一个老伙计——一位残疾老兵来到马拉加。不幸的是，老兵被一辆六匹马拉的马车撞倒了，还差点儿遭马车碾压。马车停下来，一位佩戴着假发和长剑的衣冠楚楚的老绅士走下来，亲自扶起可怜的残疾老兵。老兵目瞪口呆地看着他，因为他发现这位相貌堂堂的老骑士就是老伙伴洛佩·桑切斯。当时洛佩正在庆祝女儿桑奇卡的婚礼，她嫁进了这片土地上最古老的贵族之家。

桑切斯夫人也在为新娘送嫁的一行人当中，她现在膀圆腰粗，浑身装饰着羽毛和珠宝，戴着珍珠和钻石做的项链，每根手指上都戴着戒指。如此华贵的穿着打扮，自示巴皇后的年代起就很罕见了。长大的小桑奇卡出落得优雅美丽，让人几乎要以为她不是公主就是女公爵。坐在她身边的新郎是个面容枯槁、腿如麻秆的小个子男人，不过这恰恰证明他拥有纯正的贵族血统——据说正统的西班牙贵族身高极少超过三腕尺。这场婚姻是新娘的母亲一手促成的。

诚实的洛佩并没有因为富贵而失掉良心，他把老伙伴留在家中，像接待国王一样盛情款待，还带他去看戏和斗牛表演。当老伙伴心满意足地离开时，洛佩送给他两大包钱，一包给他，另一包让他带回去分给阿兰布拉那些穷困的老朋友。

洛佩对外宣称他有个富有的兄弟在美国去世了，给他留下了一个铜矿，可是阿兰布拉那群敏锐的闲话专家坚持认为，洛佩的财富全部来自阿兰布拉宫，因为他发现了大理石女神雕像守护的宝藏。时至今日，两尊女神雕像的双眼仍旧注视着墙上的同一个位置，很多人都在猜想那里是否还埋藏着财宝，这一点深深吸引着那些野心勃勃的旅行者。然而，也有一些人，尤其是女性游客，会把这两尊雕像当成永恒的纪念碑。她们自豪地认为，女神雕像证明了女人能长久地保守秘密。

第三十七章　阿尔坎塔拉大宗师的征程

一天早上，我在大学图书馆里研究古老的编年史，发现了格拉纳达历史中的一段小插曲。这个小故事充分展现了那个年代信徒偏执的狂热，他们为了信仰将矛头对准这座辉煌的城市。我忍不住将这个尘封在故纸堆中的故事从羊皮手卷中提取出来，敬献给诸位读者。

1394年，在这个救赎之年，阿尔坎塔拉有一位勇敢而虔诚的大宗师，名叫马丁·亚内兹·德巴尔布多。他满怀斗志，想通过驱逐摩尔人奉献自己的力量。然而，在大宗师生活的年代，不同宗教间维持着长久的和平。亨利三世刚刚登上卡斯蒂尔的王位，优素福·本·穆罕默德成了格拉纳达的国王，两位君王都希望守护父辈创造的和平局面。大宗师看着挂在城堡的墙上做装饰用的摩尔旗帜和武器，以及祖辈留下的战利品，心中满是懊恼，他恨自己生在这个平淡无奇的和平年代。

那些古老的编年史说，大宗师无法压抑自己的斗志，既然没有公开的战争可参与，他决心发起一场小规模战争。这是那些古老的编年史中叙述的缘由。有人则认为，大宗师突然挑起战争的动机如下文所述。

有一天，大宗师正与几名手下骑士坐在桌旁，一个男人突然走进大厅。他个子很高，瘦骨嶙峋，面容憔悴，可双眼如火焰般灼热。这是一位无人不知的隐士，他年轻时当过兵，如今却生活在洞穴中，每天为自己赎罪。隐士走上前，将铁一般的拳头砸在桌上，说道："骑士们，为什么你们坐在这里无所事事，任凭武器挂在墙上，眼睁睁地看着他人主宰这片土地？"

大宗师反问道："我们能怎么样呢？战争已经结束，我们受到和平协议的约束，只好封存刀剑。"

隐士回答："听我说，昨晚我坐在洞口凝望天空时陷入了冥想，眼前出现了一幅奇妙的景象。我看到一轮新月，它发出最耀眼的银色光芒，悬挂于格拉纳达的上空。当我望着月亮的时候，天空中有一颗星星散发出璀璨的星光，引得其余的星星都跟在它后面，一齐向新月发起进攻，最终将新月逐出了天空。于是，整个苍穹充盈着耀眼的星光，这奇特的景象令我目眩。突然，一个脸庞闪闪发光、长着一双雪白翅膀的人出现在我面前，对我说道：'虔诚祈祷的人啊，去阿尔坎塔拉找大宗师吧，将你看到的一切告诉他。他就是那颗最璀璨的星星，注定会将新月驱逐出这片土地。请他勇敢地拔出剑，继承古代佩拉佐开创的伟大事业。胜利必将属于他！'"

大宗师将隐士的这些话语视作上天的旨意，从此对隐士言听计从。大宗师听从隐士的建议，派遣两名最强壮的武士作为使者，全副武装去与摩尔国王谈判。两国之间正处于和平状态，所以两位武士畅通无阻地进入了格拉纳达的城门，然后来到阿兰布拉宫，并且很快在大使厅得到了国王的接见。两位使者的言辞十分强硬，他们直截了当地说："王啊，我们来到这里是受命于阿尔坎塔拉的大宗师马丁·亚内兹·德巴尔布多。大宗师决定为了我们各自的信仰而战。如果您拒绝，他将率领一百名勇士与你方两百名勇士决战。或者以此类推，我方一千名勇士挑战你方两千名勇士。总之，您可以派出双倍数量的勇士应战。王啊，请记住，您不能拒绝这个挑战，因为您的先知早就知道，光靠争论是无法维护教义的，所以命令信徒使用刀剑来维护。"

优素福国王气得胡子颤抖，他说："阿尔坎塔拉的大宗师一定是个疯子，才会派你们这两个鲁莽的无赖传口信。"

国王命人将这两名使者扔进地牢，给他们补了一堂外交课。在被押送至监狱的途中，两名使者遭到了民众的粗暴对待，大家都为国王和信仰遭受这般侮辱而义愤填膺。

使者受到虐待的消息传到了阿尔坎塔拉，大宗师简直难以置信，然而隐士听到消息后却十分高兴，他说："这是上帝的旨意，那位国王对即将到来的覆灭一无所知。既然他不回应挑战，那么我们就当他接受了。请马上集结军队朝格拉纳达进发吧！在到达艾尔维拉山的城门之前一刻也不要停。您将获得奇迹般的力量，通过一场伟大的战争，不费一兵一卒打败敌人。"

大宗师为这次征程开始集结骑士。没过多久，他的旗帜下就集合了三百名骑兵和一千名步兵。骑兵都是身经百战且战备精良的老兵，而步兵全是没有经过训练的新手。不过，他们本就希冀依靠奇迹来取得胜利。大宗师怀有强烈的信念，他坚信在毫无胜算的情况下往往能创造伟大的奇迹，于是满怀信心地带领着他的小型军队出发了。隐士大步走在队伍前面，肩上扛着一根长杆，杆顶插着一个十字架，十字架下是阿尔坎塔拉军团的旗帜。

当军队经过科尔多瓦城的时候，卡斯蒂尔国王的使者赶上了他们，使者带来国王的亲笔信，信中严令他们结束这次军事行动。然而，大宗师我行我素，是个认死理的人，他说："如果是其他事，我一定服从国王的命令；但我现在受命于比国王更高的权威，因此恕难从命。我听从这权威，将十字架推进到了这里，若是无功而返就是对这旗帜的背叛。"

这群狂热的信徒再次吹响号角，高举十字架，继续他们的征程。当军队行进在科尔多瓦街头的时候，人们看到隐士扛着十字架走在军队之前，无不感到惊讶。听说这支军队将取得胜利，而格拉纳达终将被消灭，劳动者和手工艺人纷纷扔掉手中的工具加入队伍中。有些唯利是图的乌合之众也跟在队伍后面，准备到时候浑水摸鱼。

一些骑士不相信所谓的奇迹，担心无故进犯会给国家带来不可估量的恶果，他们聚集在瓜达尔基维尔桥头，试图阻止大宗师从桥上通过。然而，大宗师对所有的祈求、劝告和威胁都充耳不闻，而他的追随者们被这些反对信仰之战的人激怒了，他们齐声高喊，迫使会谈中止。于是，士兵重新举起十字架，并以胜利者的姿态跨过了桥。

队伍在行进过程中不断壮大，当大宗师来到阿尔卡拉·拉·雷亚尔的时候，已经有超过五千名步兵集结到他的旗下。这座城市坐落于高山之上，俯临格拉纳达大平原。在阿尔卡拉，阿圭勒的领主阿隆索·费尔南德斯·德科尔多瓦，他的兄弟迭戈·费尔南德斯，卡斯蒂尔的元帅，以及很多英勇善战的骑士都来了。他们挡在大宗师面前，说道："马丁阁下，您在发什么疯啊？摩尔国王手下有二十万步兵、五千名骑兵，仅仅凭您那点儿骑兵和吵吵嚷嚷的乌合之众，怎么与之对抗？想想以前那些指挥官吧，他们带领着比您的军队多十倍的士兵，跨过那岩石高山构成的边界，但都遭遇了毁灭性的失败。再想想战败的后果吧，作为阿尔坎塔拉位高权重的大宗师，悍然发动战争会给王国带来怎样的祸端。我们请求您，趁和平局面还没被破坏，住手吧！就留在边界这方，等待格拉纳达国王回应挑战。如果他同意一对一，或是带着两三个手下与您对决，那就是您以上帝之名与他进行的私人决斗；如果他拒绝，您便能够以胜利者的姿态凯旋，让摩尔人承受失败者的屈辱。"有几位热忱地追随大宗师的骑士听到这样的劝说，不禁有些动摇，于是纷纷劝说大宗师接受这个建议。

大宗师郑重地对阿隆索·费尔南德斯·德科尔多瓦及其同伴说："各位骑士，你们好心给我提出忠告，我十分感激。如果我追求的只是个人的荣光，那么也许已经被你们打动了；但我寻求的是信仰的伟大胜利。上帝委派我创造奇迹。至于你们，诸位骑士，"他转身看向那几个动摇的追随者说道，"如果你们失去了信念，或是后悔参与这项伟大事业，那就回去吧，我将以上帝的名义为你们祈祷。而我，哪怕身边除了这位神圣的隐士再没有别人，我也会继续前进，直到将这面圣洁的旗帜插到格拉纳达的城墙之上，或是战死。"

那几名骑士郑重地说道："马丁·亚内兹·德巴尔布多阁下，我们的劝说仅仅是出于谨慎，我们不是那种会背叛指挥官的人，不管您决意从事的事业如何艰险，我们都会追随到底。请继续带路吧，哪怕赴汤蹈火，我们也会誓死追随！"

这时，那些心急的士兵喊道："向前进！向前进！为了信仰向前进！"于是，大宗师发出信号，隐士重新高高举起十字架，队伍顺着山谷蜂拥而下，一路唱着庄严的凯歌。

军队当晚在亚速尔河畔扎营，第二天早上便越过了边界。在一座修建于岩石之上的孤塔前，军队首次停下来进行休整。这座塔是一个守护边界的前沿哨所，一旦发现入侵的敌人就会发出警报，因此被称作监视塔。大宗师在塔前站定，命令驻扎在塔里的几名哨兵立刻投降，可回应他的却是暴雨般的投石和箭矢。他的手受伤了，手下还有三名士兵送了命。

大宗师问隐士："为什么会这样，神父？你保证过追随我的人会安然无恙！"

"我确实说过，我的孩子。可我说的是与摩尔国王对决的那场伟大战争。夺取这样一座微不足道的塔，哪里需要奇迹的帮助？"

大宗师很满意这个回答。他下令在监视塔门前堆放木材，然后点火将其烧毁。与此同时，运送物资的骡队卸下补给，战士们退出弓箭的射程范围，坐在草地上吃东西，为即将到来的激烈战斗积蓄体力。就在此时，一支摩尔大军突然出现，令所有人大惊失色。原来，塔中的哨兵早就在山顶以点火放烟的方式发出了警示信号——有敌人越过了边界。于是格拉纳达国王派大军前来应战。

毫无防备的士兵们纷纷拿起武器，仓促应战。大宗师命令那三百名骑兵下马，与步兵并肩战斗。可是摩尔人来得这样突然，骑士与步兵被完全隔开了。大宗师喊出古老的战斗口号："圣地亚哥！圣地亚哥！统一西班牙！"他和他的骑士们怀着满腔怒火奋力拼杀，尽管被不计其数的敌人围攻，还遭到箭矢、投石、飞镖和火枪的攻击，但依然无所畏惧地顽强抵抗，杀敌无数。隐士也投入激烈的战斗，他一手举着十字架，一手疯狂地挥舞长剑，连杀数人之后，遍体鳞伤地倒在地上。看到这一幕，大宗师终于明白，隐士的预言完全是无稽之谈，可是为时已晚。绝望之际，他更加奋不顾身地拼杀，直至因寡不敌众而战死沙场。忠诚的骑士们效仿不屈且热忱的大宗师，没有人退缩或投降，各个浴血奋战。至于步兵，有的战死，有的被俘，剩余的人则逃回了阿尔卡拉·拉雷亚尔。当摩尔人解开战死的骑士身上的衣物时，发现他们的伤口都在身体前部，可见其英勇。

这便是那场疯狂的征战的悲剧性结局。当大获全胜的摩尔国王回到格拉纳达，欣喜若狂的民众将他捧上了天。国王宣扬着胜利，认为这充分证明了摩尔人的信仰之神圣。

这场征战明显是大宗师的个人行为，而且违背了卡斯蒂尔国王的旨意，因此并没有破坏和平协议。摩尔人十分敬重这位勇气非凡的大宗师，当阿隆索·费尔南德斯·德科尔多瓦阁下从阿尔坎塔拉赶来搜寻大宗师的遗体时，摩尔人很配合地将遗体交还给他。前线的骑士们聚集在一起，沉痛悼念大宗师，他们把遗体放在尸架上，覆盖上阿尔坎塔拉军团的旗帜，旗帜前还插着那个已经破损的十字架——这十字架既代表了大宗师当初的希望，也代表了他临终的绝望。送葬队伍抬着遗体经过那条山路——当初大宗师无比坚定地率领军队经过这里。每经过一个城镇和村庄，当地民众都会自发跟在队伍后面，痛哭流涕地哀悼这位勇敢的骑士，将其视作一位为信仰献身的殉道者。大宗师被安葬在圣马利亚·德·阿尔莫科瓦拉修道院的礼拜堂，他的墓碑上至今还能看见如下的西班牙文字，以表彰他的英勇：

一位无所畏惧的勇士长眠于此。

第三十八章　西班牙浪漫史

　　在阿兰布拉逗留的后期，我经常下山去大学里的耶稣会图书馆。我在那里发现了一些羊皮封面的古老西班牙编年史，并且越来越沉迷其中。在那个年代，穆斯林在伊比利亚半岛始终占有一席之地。尽管摩尔人对信仰有一些偏执的狂热，而且有时不太包容，但他们光明磊落、慷慨大方，具有异常鲜明的高贵的东方特色。这样的特色在同时代其他地区的历史记载中不曾出现，而只存在于那个年代的欧洲。事实上，至今西班牙与欧洲其他国家之间仍存在一定程度的隔阂，二者在历史、风俗习惯、生活方式和思维模式上都有很大的差别。西班牙是一个浪漫的国度，可是西班牙式的浪漫不同于现代欧洲国家的多愁善感，它源于光辉灿烂的东方文明，其根源是崇高的撒拉逊骑士精神。

　　阿拉伯人的入侵和征服，为西班牙哥特王国带来了较为发达的文明和高贵的思想体系。思维敏捷、睿智聪慧又充满民族自豪感的阿拉伯民族极富诗意，深受东方科学和文学的影响。他们无论是在哪里建立政权，都会使那里成为精英人士的荟萃之地；而且他们擅于教化被征服地区的人民，软化对方的敌对情绪。渐渐地，阿拉伯人在占领区扎下根来，获得了世代相传的统治权，他们不再被视作侵略者，而被当成相互竞争的邻邦。

伊比利亚半岛分裂成多个不同宗教信仰的国家，在长达数个世纪里仿佛一个巨大的战场。在这一时期，男人的主业似乎就是打仗，这也将浪漫的骑士精神发挥到了巅峰。宗教信仰的对立是一切仇恨的源头，不过它渐渐失去了引发仇恨的力量。信仰不同的邻国有时也会结成进攻或自卫的联盟，不时会并肩战斗。在和平时期，不同宗教信仰的贵族青年会到同一个城市的军事院校接受教育；在残酷战争的短暂停战期，哪怕是刚刚还在战场上拼杀的武士，也会放下仇恨参加比武大赛、格斗比赛及其他军事庆祝活动，他们竞相展现文明礼仪和慷慨大度的风范。通过这样的和平交流活动，对立的种族之间不断融合，甚至在战斗中，双方武士也都保持高度文明的礼仪，极力追求尽善尽美的骑士精神。武士们不论信仰，都力争在勇气及其他各方面比对方更出色。说实话，这一时期西班牙人对骑士精神的过分追求，已达到过犹不及的程度，甚至对武士的言行形成一种束缚；可通常情况下，这样的精神具有某种难以言表的高贵，令人动容。

那个时代的编年史中充满了动人的事迹，那时的人们极其讲究礼仪又慷慨大度，具有崇高的无私精神，他们不遗余力地捍卫自己的名誉。这些震撼人心的事迹为西班牙传统戏剧和诗歌提供了素材，还被编成民谣，广为流传。西班牙人对这些事迹耳熟能详，整个国家的民族精神也深受其影响。尽管历经了数个世纪的沧桑巨变，民族精神依然没有被磨灭。从古至今，尽管大多数西班牙人有这样或那样的不足，但是与其他欧洲国家相比，西班牙可以称为最具高尚情操和自豪感的国家。

　　我在前文提到过，西班牙式浪漫具有特殊的根源，不过与其他浪漫形式一样，它有时也会表现出做作和极端。西班牙人经常表现得相当浮夸，他们甚至会将荣誉感夸大到超出理智和道德的认知范围。他们一贫如洗却假装是"高贵的绅士"，还端出高高在上的姿态，轻视那些"卖手艺的人"和追逐名利的人。不过，精神上的极度膨胀让他们的内心充满了臆想的满足感，也使他们的人生意义得到提升。因此，尽管西班牙人生活困顿，但是在精神上是富有的。

　　如今，通俗文学已经深入底层民众的生活，可是字里行间充斥着对人类罪恶及荒唐行径的批判；人们普遍热衷于追逐名利，把对诗歌的挚爱抛诸脑后，精神世界的绿色田园逐渐沦为荒漠。因此，我不禁想问，如果我们不断回头去阅读古老的历史文献，重温那个更加注重荣誉和高贵情操的年代，让古老的西班牙式浪漫熏染我们的心灵，那么诸位读者会不会受益匪浅？

　　鉴于以上考虑，我用了一个上午在大学的基督教图书馆里翻阅文献并反复斟酌，最后从编年史中摘录了一段很有价值的文字，将其编写成下文的传奇故事。

第三十九章　堂穆尼奥·桑丘·德·伊诺霍桑的传说

卡斯蒂尔的西洛斯有一座古老的圣多明戈本笃会修道院，院中的回廊里保留着一些宏伟的墓碑遗址，那是强大一时且极具骑士精神的伊诺霍桑家族的坟墓。其中有一座斜躺的大理石骑士雕像，骑士全副武装，双手叠在一起，仿佛在祈祷。雕像主人的坟墓一侧有一组浮雕，展现了一群骑士抓获一长列摩尔俘虏的情景，另一侧的浮雕则是同一批骑士跪倒在祭坛前。与周围大多数的墓碑遗址一样，这座古墓几乎成了废墟，上面雕刻的字迹都已模糊不清，只有见多识广的考古学家能依稀辨认。但是，古老的西班牙编年史记载了这座坟墓的故事，我将在下文详细讲述。

大约在几百年前，卡斯蒂尔王朝有一位名叫堂穆尼奥·桑丘·德·伊诺霍桑的贵族骑士，他是边境线上一座城堡的城主，参与过无数次抵抗摩尔人侵袭的战役。他有一支由七十名骑兵组成的家兵队伍，这些久经考验的卡斯蒂尔老兵都是身强力壮的武士，不仅骑术了得，而且意志如钢铁一般坚定。堂穆尼奥率领这支队伍横扫摩尔人的领地，使得边境一带的摩尔人谈虎色变。在他的城堡大厅墙上，挂满了旗帜、军刀、穆斯林盔甲，以及彰显他丰功伟绩的战利品。除此之外，堂穆尼奥还是一位狩猎爱好者，他酷爱各种猎犬和追赶猎物的骏马，还有从高空捕猎的猎鹰。停战的时候，他喜欢去附近的森林打猎。每次他都带着猎犬和号角，手握宽刺矛，或是在拳头上放一只猎鹰，身后还跟着一群猎人。

他的妻子马利亚·帕拉桑夫人性格温柔而胆小，作为这个强悍而酷爱冒险的骑士的妻子，她一直不太适应，每当丈夫出门冒险时，可怜的妻子总是不停地祷告，祈盼丈夫平安归来。

有一天，这位勇敢的骑士在边境的森林中打猎，他埋伏在一块绿地边缘的茂密灌木丛中，然后吩咐手下分散去把猎物驱赶到他藏身的地方。不一会儿，一队摩尔人来到绿地上嬉戏。他们有男有女，都没带武器，穿着华贵的薄纱长袍，披着精美的印度披巾，戴着纯金手镯、脚链及其他首饰，在阳光下显得浑身珠光宝气。

这个欢快的队伍领头的是一位年轻的骑士，他看上去比其他人更加高贵，举止优雅，衣着华丽。他身边是一位少女，微风拂起少女的面纱，露出无与伦比的容颜。她双眼低垂，带有少女的矜持，整张脸庞洋溢着温柔和喜悦。

堂穆尼奥感谢幸运之星为他送来的"奖品"。一想到可以把异教徒身上闪闪发光的战利品送给妻子，他就欣喜若狂。于是他将捕猎的号角举到嘴边，吹起一阵嘹亮的号角。号声传遍整个森林，不一会儿，手下们便从各个角落赶来，包围了那群目瞪口呆的摩尔人。

美丽的摩尔少女绝望地扭着手，她的侍女则发出凄厉的尖叫，唯有领头的摩尔骑士还保持镇定。摩尔骑士询问基督教骑兵指挥官的姓名，当得知对方是堂穆尼奥·桑丘·德·伊诺霍桑时，他露出了欣喜的表情。年轻的摩尔人走上前去亲吻指挥官的手，说道："堂穆尼奥·桑丘，我早就听说您是一位真正的骑士，不仅英勇过人，而且受过崇高的骑士精神的教育，因此我十分相信您的为人。我叫阿巴迪尔，是一位摩尔要塞司令的儿子，正要与这位少女举行婚礼。现在我们不巧落入您的手中，不过我相信您是宽宏大量的，您可以拿走我们身上所有的金银珠宝，还可以索要赎金，只恳求您让我们免受侮辱和折磨。"

这位善良的骑士听到摩尔骑士的祈求，看着眼前这对年轻而美丽的新人，心中充满了仁慈和柔情。他说道："贸然破坏这样的美好姻缘，上帝都不允许。作为囚犯，未来十五天我将囚禁你们在城堡中；而作为征服者，我将行使特权为你们举行婚礼。"

说完，骑士派出脚程最快的手下，让他先回去通知马利亚·帕拉桑夫人为即将举行的婚礼做好准备，然后护送这支摩尔人队伍——不是押送俘虏，而是作为送嫁的仪仗队。队伍快到达城堡时，旗帜升到空中，护城墙上吹响了号角；队伍靠近后，吊桥放了下来，马利亚·帕拉桑夫人亲自出城迎接，她身后跟着众多的女伴和骑士，还有男仆和游吟歌手。夫人将年轻的新娘阿里弗拉搂在怀里，像姐姐一样温柔地亲吻她，带她进入城堡。与此同时，堂穆尼奥派信使从四周的村庄搜罗来各种美味佳肴。他们以最隆重、最喜庆的方式为这对摩尔爱侣举行了婚礼。在这十五天里，整座城堡的人们一直沉浸在喜悦和狂欢之中，竞赛场上举办了赛马、格斗比赛和斗牛表演，还有盛大的宴会，人们伴着游吟歌手的歌声起舞。十五天后，堂穆尼奥给新人送上贵重的新婚贺礼，然后将他们及其同伴安全送过边界。这就是那个古老年代里，一位西班牙骑士彰显出的礼仪和慷慨。

几年后，卡斯蒂尔国王召唤贵族们协助他发动对摩尔人的战争。

作为首批响应号召的骑士之一，堂穆尼奥·桑丘带着七十位久经沙场的强壮骑士奔赴战场。妻子马利亚夫人搂着他的脖子哀叹道："唉，我的城主！您如此频繁地向命运发起挑战，如饥似渴地追逐荣誉，究竟何时才会感到满足！"堂穆尼奥答道："这是最后一战，是我最后一次为卡斯蒂尔而战！我发誓，这场战争结束后，我就放下手中的剑，和手下的骑士一起到耶路撒冷我主的墓前朝圣。"所有的骑士都跟着他一起发誓，这让马利亚夫人感到些许宽慰。与丈夫离别之际，她的心情依然十分沉重，她泪眼蒙胧地注视着远去的旗帜，直到它消失在茂密的森林中。

卡斯蒂尔国王带领军队来到萨尔玛纳拉平原，在靠近乌克莱斯的地方遭遇了摩尔敌军。这场战斗既漫长又血腥，骑士们筋疲力尽，但那位有着无穷力量的首领一再鼓舞大家。尽管堂穆尼奥遍体鳞伤，但仍奋力抵抗，最终溃败，眼看着陷入重重包围的国王就要被俘。

堂穆尼奥召唤手下的骑士去营救国王，他喊道："这是证明我们忠诚的时刻。冲啊！像个真正的勇士！为我们的信仰而战！即使今天会丢掉生命，但今后将迎来新的辉煌。"他带领手下冲到国王和敌军之间，为了给国王争取时间逃跑，他们拼尽全力阻挡追兵，战斗到最后一刻，最终为忠诚献出了生命。堂穆尼奥单独与一位强大的摩尔骑士激战，因为当时他的右臂已经受伤，所以交手时一直处于劣势，直到战死。战斗结束后，摩尔骑士到这位令人敬畏的勇士身上收缴战利品。然而，当他取下对手的盔甲，看到堂穆尼奥的脸庞时，顿时捶胸叫道："我闯了大祸！我杀了自己的恩人！他是骑士精神的楷模！是一位最宽宏大量的绅士！"

战斗在萨尔玛纳拉平原上如火如荼地进行着。与此同时，马利亚·帕拉桑夫人在城堡中焦急万分地祈祷着，她一边双眼紧盯着通往摩尔人国家的道路，一边不停地问塔上的哨兵："看到什么了吗？"

终于有一天，在暮色来临之际，哨兵吹响号角，喊道："好消息！有一支长长的队伍在山谷中蜿蜒前行，队伍中既有摩尔人也有基督徒，我们城主的旗帜就在队伍前方。"老总管惊喜地喊道："主人胜利归来了，还带回了战俘！"于是城堡的庭院里响起一片欢声笑语，士兵升起旗帜，吹响喇叭，又放下吊桥，准备迎接。马利亚夫人带着女伴和骑士，以及男仆和游吟歌手前去迎接从战场归来的城主。但是随着队伍靠近，她看到一个覆盖着黑色丝绒的尸架，上面躺着一位仿佛只是睡着了的骑士：他身穿铁甲，头戴钢盔，手握宝剑，一副战无不胜的架势。尸架的四周刻着伊诺霍桑家族的纹盾。

几位身穿丧服的摩尔骑士抬着尸架，脸上带着哀痛的表情。摩尔人首领双手捂脸拜倒在马利亚夫人的脚下。夫人认出他就是勇敢的阿巴迪尔，她曾经在城堡中款待过这个年轻的摩尔人和他的新娘，但现在他送回了丈夫的遗体。他在战场上，在毫不知情的情况下杀死了她的丈夫！

阿巴迪尔出资在圣多明戈修道院的回廊里为堂穆尼奥修建了坟墓，表达了对完美骑士堂穆尼奥之死的哀恸，并向他致以最崇高的敬意。不久，温柔而忠诚的马利亚夫人追随她的城主进了坟墓。有一座小小的拱形墓室紧挨城主墓，墓上的一块石头刻着简单的碑文：

马利亚·帕拉桑，堂穆尼奥·桑丘·德·伊诺霍桑之妻长眠于此。

堂穆尼奥·桑丘的传奇故事并没有随着他的死亡而结束。就在萨尔玛纳拉平原上发生战斗的当天，耶路撒冷圣庙的一位牧师站在大门旁，看见一队似乎是来朝圣的骑士。牧师是土生土长的西班牙人，所以随着朝圣者们走近，他认出领头的骑士是他熟知的堂穆尼奥·桑丘·德·伊诺霍桑，于是他赶紧汇报圣庙的主事：一位身份高贵的朝圣者已经到了大门外。主事带领一大群神父和修士，以最高礼仪接待他们。除了首领以外还有七十位骑士，全是身强力壮的高贵武士。他们手里抱着头盔，脸色像死人一般苍白。骑士们没有向任何人问候致意，而是目不斜视地径直走进礼拜堂，跪倒在救世主的墓前，开始默默祈祷。结束之后，朝圣者们起身便要离开，主事和随从们走上前正要跟他们说话，但他们突然全都消失了，这样的怪事让在场所有人都感到不可思议。主事细心地记下日期，然后给卡斯蒂尔寄了一封信打听堂穆尼奥·桑丘·德·伊诺霍桑的消息。他收到回信后得知，就在那天，这位可敬的骑士及其手下七十位勇士在战斗中英勇牺牲。因此，在圣庙中现身的一定是这些骑士的英灵，他们信守诺言，来到耶路撒冷圣庙朝圣。

这就是那个古老的卡斯蒂尔时代骑士们忠贞不渝的信仰，哪怕是死亡也不能阻挡他们履行诺言。

如果有人怀疑幽灵骑士奇迹般显灵的真实性，那么请参阅卡斯蒂尔和里昂的诸位国王的历史文献，那是由潘普洛纳的主教——博学而虔诚的弗莱·普雷登西奥·德·桑多瓦尔——编撰的。在《堂阿隆索六世国王的历史》第一百零二页，就能找到相关记录。这个故事具有非凡的意义，不能因为有人怀疑就轻易忽略。

第四十章 安达卢兹的诗人和诗歌

在阿兰布拉宫逗留的后期，一位特图安的摩尔人经常来宫中拜访我。我与他流连于庭院和厅堂之间，相处十分融洽。我还向他请教阿拉伯铭文的含义。他尽量忠实地翻译给我听，让我能够理解大致意思，但他无法传达出文字中蕴含着的高雅和美感。他说，铭文一经翻译就丧失了诗歌的韵味。不过即便只是这样粗略的了解，这座辉煌的古建筑在我眼中也非常迷人。在所有纪念碑性质的古建筑中，或许没有哪一座像阿兰布拉宫这样，带有如此鲜明的时代特征和民族特色。城堡简陋而粗鄙的外观下，是金碧辉煌的宫殿；护城墙外是曾经烽烟四起的战场，墙内便是仙境般美妙的厅堂，充满了令人陶醉的诗意。倘若身临其境，思绪定然会被带回那个遥远的年代。那时，西班牙的王国通过强大的武力为生存而战，对内则致力于发展文学、科技和艺术等各个方面。这个国家热衷于哲学，而且已经将哲学体系提升到了精妙且高超的境界。相对于追求奢华享受，人们更注重思考和想象。

据说，在西班牙的奥米亚德斯时代，阿拉伯诗歌发展到了巅峰。奥米亚德斯长期掌控着位于科尔多瓦的西哈里发王国的大权，他那一脉的君王中涌现出许多杰出诗人。穆罕默德·本·阿卜杜拉赫曼是这个王朝的最后一位统治者，他在著名的阿莎哈拉皇宫和花园中过着奢华的生活，身边围绕着一切能够激发美好想象并带来愉悦感受的事物，他的宫廷就是一个诗歌的世界。首相伊本·泽伊敦被誉为西班牙的贺拉斯[1]，他创作的超凡脱俗的诗歌受到众人的追捧，甚至在东哈里发的聚会上也有人朗诵他的诗。首相狂热地迷恋上穆罕默德的女儿瓦拉达公主。诗歌造诣极高的公主称得上才貌双绝，是令人仰慕的人物。如果说伊本·泽伊敦是西班牙的贺拉斯，那公主就是西班牙的萨福[2]。伊本以公主为主题创作出很多充满激情的诗歌，其中有一封著名的情书，充满了忧伤和柔情，被历史学家阿什－沙坎迪称赞为前所未有的杰作。至于诗人伊本·泽伊敦最终是否得偿所愿，我参考的那本历史文献并未提及。据说，公主是个异常矜持的美人，曾让众多爱慕者黯然神伤。事实上，阿莎哈拉宫殿里那个美妙的诗歌世界没过多久就崩塌了，一场民众叛乱将其彻底摧毁。之后，穆罕默德携家人逃到托莱多附近的乌克莱斯城堡。最后，他们被叛变的要塞司令毒杀了，奥米亚德斯王朝就此宣告终结。

科尔多瓦辉煌一时的西哈里发王朝最终走向灭亡，却成为西班牙大众文学中一个热门的主题。

阿什－沙坎迪说："'项链一旦断掉，珍珠就会散落。'贝尼·奥米亚的领土被众多小国瓜分殆尽。"这些小国争相以无比丰厚的条件，吸引诗人和学者来到首都。塞维利亚的摩尔国王来自显要的贝尼·阿巴德一脉，关于他，文献中写道：

---

[1] 译注：古罗马著名的田园诗人。

[2] 译注：古希腊著名的女抒情诗人。

他徜徉在果树、棕榈树和石榴树之间，成为散文和诗歌朗诵会的中心。他统治下的每一天都是隆重的节日。他的历史记载了不计其数的慷慨激昂的壮举和英雄事迹，必将世代流传，永远留存在人们的记忆中。

就文化发展而言，格拉纳达从西哈里发王国的湮灭中受益良多。格拉纳达继承了科尔多瓦的辉煌，独特的地理环境又赋予它连科尔多瓦都无法比拟的浪漫色彩。这里气候宜人，从雪山顶峰吹来的凉风有效缓解了南方夏日的酷热；浓荫蔽日的宁静山谷，以及覆盖着茂密植被的果园和花园，都令人心旷神怡。置身其间的人们流连忘返于这爱情和诗歌的世界。格拉纳达涌现出数不胜数的爱情诗人，他们创作出大量爱情及战争题材的诗歌。冷酷的战争因为诗歌而增加了骑士的优雅风范。传统民谣是西班牙文学的重要组成部分，它体现了爱情和骑士精神，曾在安达卢兹的宫廷中大受欢迎。至今，西班牙人依旧喜爱传统民谣，并引以为豪。一位研究格拉纳达历史的当代学者，声称他发现了卡斯特亚纳诗歌[1]的起源，还有民谣歌手创作的不同类型的"香艳情诗"。

格拉纳达的诗人有男有女。阿什－沙坎迪说道："即使安拉没有赐予格拉纳达更多的福分，但是让这里成为众多女性诗人的诞生地，也足以令它无比辉煌。"

哈夫萨是最著名的女诗人之一。据古老的编年史记载，她因为集美貌、才能、高贵的出身和财富于一身而远近闻名。在她为数不多的现存诗篇中，有一首是为爱人阿哈默德写的，诗中回忆了两人在

---

[1] 译注：一种四句八音节的民歌。

毛马尔花园中共度的一个夜晚：

> 安拉赐予我们一个幸福的夜晚，
>
> 这样的福泽绝不会降临到邪恶或卑贱之人身上。
>
> 我们看见毛马尔花园里丝柏在山风的吹拂下轻柔地低下头，
>
> 风儿捎来紫罗兰的幽香。
>
> 鸽子在林间低声吟唱爱情，
>
> 罗勒垂下枝条，
>
> 轻触那平静的河面。

毛马尔花园的溪流、喷泉、鲜花，特别是丝柏，在摩尔人中享有盛誉。这个花园得名于阿卜杜拉的一位大臣毛马尔。阿卜杜拉是阿本·哈布兹的孙子，格拉纳达的苏丹 [1]。他的大臣毛马尔在任期内主导修建了许多宏伟的公共建筑。他修建引水渠，引来阿尔法卡尔山上的水灌溉城市北部的丘陵和果园；还在一条公共步行道两旁种植了丝柏，使得这座美妙的花园为忧伤的摩尔人带来慰藉。阿尔坎塔拉说："毛马尔的名字，应当用金子永久地写入格拉纳达历史。"不过，毛马尔一手打造的花园已经让他流芳百世，更何况哈夫萨还在诗歌中颂扬了这座花园。诗人随口说出的话，往往能让一个人的美名永世流传。

或许读者有些好奇哈夫萨的爱情故事，它与格拉纳达的美景有些关联。西班牙历史上那些代表性的英雄人物都已湮灭，下文中的故事情节是我从隐晦的史料中整理出来的。

---

[1] 译注：部分伊斯兰国家的统治者的称号。

阿哈默德和哈夫萨最负盛名的时期是在伊斯兰纪年 6 世纪，也就是公元 12 世纪。 阿哈默德的父亲是阿尔卡拉·拉雷亚尔的要塞司令，他希望儿子参军从政。 如果阿哈默德愿意，可以从父亲的副官做起。可这个年轻人生性热爱诗歌，宁愿待在格拉纳达赏心悦目的家中做学问，过闲云野鹤般平淡的生活。 他收集了很多高雅的艺术品以及著名学者的著作，把时间都花在学习和社交上； 他喜爱户外，饲养了马匹、猎鹰和猎犬； 他醉心于文学，学识渊博而远近闻名，他的诗歌和散文被人们世代相传。

阿哈默德有一颗温柔善感的心，能细致入微地感受女性的魅力，他全心全意地爱着哈夫萨。 他们深爱着对方，这一回真爱似乎没有遇到任何阻碍。 这对年轻爱人在人品、名声、地位和财产等方面都非常般配，二人都倾心于彼此出色的天赋和出众的外表。 更何况，他们还住在这样一个专为爱情和诗歌而生的浪漫之都。 两人不断以诗歌或情书唱和，为格拉纳达带来了无穷的欢乐。 对于他们不断交换诗歌和情书的举动，阿拉伯作家阿尔·马克卡里评价道："他们的诗，就像鸽子的呢喃。"

就在这最幸福的时刻，格拉纳达朝廷发生了变故。 来自阿特拉斯山柏柏尔部落的阿尔莫哈德家族掌控了西班牙政权，同时政权中心也从科尔多瓦转移到了摩洛哥。 阿卜杜勒穆曼苏丹通过总督和要塞司令统治了西班牙，他任命儿子西迪·阿布·赛义德为格拉纳达总督。 新总督以父亲的名义在当地实行独裁统治，活像高高在上的国王。 总督作为一个外来者，企图拉拢阿拉伯族群中声望高的人以巩固统治，便任命正当煊赫的阿哈默德为大臣。 阿哈默德试图拒绝，可总督十分强横。 这个职位让阿哈默德感到厌倦，由此产生的束缚感也让他难以忍受。 在一次外出放鹰的聚会上，他向志趣相投的伙伴们释放出诗人天性，他欢呼自己摆脱了独裁主子的控制，就像老鹰从放鹰师的脚带中挣脱，终于可以遵从心意，自由翱翔。

告密者将这些言语汇报给西迪·阿布·赛义德，说："阿哈默德厌恶束缚，藐视您的权威。"于是诗人立刻被解除了职务。对这位生性乐观的诗人来说，失去这个令人厌倦的职位并不算坏事。但他不久后发现，解职的真正原因是总督对哈夫萨一见钟情，进而将他视为情敌。更糟的是，哈夫萨因为征服了总督而沾沾自喜。

有的时候，阿哈默德觉得这件事荒唐可笑，他试图借助两国之间的对立说服哈夫萨。西迪·阿布·赛义德的皮肤呈深橄榄色，因此阿哈默德轻蔑地说："你怎么能够忍受这样一个黝黑的人？看在安拉的面上，我在奴隶市场花二十个第纳尔 [1] 就能买到比他更好的货色。"这话传到西迪·阿布·赛义德耳中，在他心中埋下了怨恨的种子。

还有的时候，阿哈默德的心则被忧伤和柔情占据。回忆起往昔的幸福时光，他谴责哈夫萨背弃了他们的爱情，还用绝望的语气警告哈夫萨，自己可能会因此丧命。可是女诗人对他的话充耳不闻，除了苏丹的儿子将成为自己爱人这个念头，她的脑海中再也容不下其他想法。

阿哈默德被嫉妒和绝望折磨得几近疯狂，他毅然参与了一场对抗执政王朝的阴谋，结果东窗事发，阴谋策划者纷纷逃离格拉纳达，躲进群山之中的城堡，而阿哈默德逃到了马拉加，准备经由那里逃往巴伦西亚。不幸的是，他被抓住了。他被戴上镣铐关进地牢，听候西迪·阿布·赛义德发落。

一位侄子到地牢中探望阿哈默德，记录下了会面过程。年轻人见到声名显赫的亲人，想到他曾经才高八斗，受到世人尊敬，如今却

---

[1] 译注：北非及中东国家的货币单位。

身陷囹圄，还戴着镣铐，就像一个重刑犯，不禁泪如雨下。

阿哈默德说道："你为什么流泪？是为了我吗？不要为我哭泣，我已经享尽了世间的欢愉。我拥有过幸福，享用过美味佳肴，用水晶杯痛饮过美酒，睡过最柔软的羽绒被，穿过最华丽的丝绸和锦缎，骑过最快的骏马，还得到过世间最美女子的爱情。不要为我哭泣，我现在的不幸是命中注定的。我犯下了不可饶恕的罪行，只能等待应有的惩罚。"

阿哈默德的预感没有错，唯有情敌的鲜血才能浇灭西迪·阿布·赛义德的复仇之火。伊斯兰纪年559年的朱马迪之月（公元1164年4月），不幸的阿哈默德被斩首于马拉加。消息传到负心的哈夫萨耳中，悲伤和悔恨几乎将她击垮。她为阿哈默德服丧，回想起他之前的警告，哈夫萨痛恨自己害死了爱人。

书中并未详细记载哈夫萨后来的生活，只提到她于1184年死于摩洛哥，而西迪·阿布·赛义德于1175年因一场瘟疫死于摩洛哥。也就是说，哈夫萨比两位爱人都长寿。西迪·阿布·赛义德当年在赛尼尔河畔修建了一座宫殿，至今里面还存着他在格拉纳达居住期间留下的纪念物。而阿哈默德与哈夫萨早年赏玩过的毛马尔花园已经不复存在，估计只有研究古诗词的学者才能找到它的确切位置。[1]

---

[1] 原注：本章所述史实来源：阿尔坎塔拉《格拉纳达史》、阿尔·马克卡里《穆罕默德史》、伽扬格斯《西班牙王朝》（第二册第三章第一卷，第四百四十页的注释和插图）、伊布努·阿尔·卡赫蒂布《人物传记词典》（伽扬格斯曾在其著作中引用）、康德《阿拉伯统治史》。

第四十一章　为文凭而进行的远行

　　安东尼娅夫人的侄子曼努埃尔将要出门，前往马拉加参加医师考试，这是阿兰布拉宫日常生活中最重要的事件之一。 我在前文提到过，这位年轻人今后的命运以及他能否与德洛丽丝幸福地结合，很大程度上取决于这个文凭。 至少马蒂奥·希梅内斯私底下是这样告诉我的，而种种情况都证实了这个消息。 二人之间的感情交流十分谨慎，几乎无人知晓，要不是无所不知的马蒂奥悄悄提醒，我根本不可能察觉此事。

　　这一次德洛丽丝不再那么淡然，她一连几天忙着为诚实的曼努埃尔准备远征的行装，不仅把所有衣物都收拾得井井有条，还为他亲手缝制了一件漂亮的安达卢西亚远行外套。 出发的那天早上，曼努埃尔骑着那匹健壮的骡子出现在阿兰布拉宫大门口，残疾老兵保罗大叔将骡子精心打扮了一番。 老兵是这个地方的奇人之一，他的脸就像胀鼓鼓的皮灯笼，被热带阳光晒得黝黑，他有长长的罗马鼻梁和一双甲虫似的黑眼睛。 老兵时常聚精会神地阅读一本古老的羊皮书，他身边还会围绕着一群残疾战友。 战友们有的坐在栏杆上，有的躺在草地上，全神贯注地听老兵朗诵自己喜爱的作品。有时，老兵还会停下来给文化程度不高的听众解释其中的含义。

有一天，我终于有幸见识了这本古老的书籍。这本看着像是老兵随身携带的书，原来是贝尼托·杰罗尼莫·费约神父撰写的一部十分奇特的作品。这本书涉及西班牙魔法、位于塞拉曼加和托莱多的神秘洞穴、圣帕特里克的炼狱，诸如此类的神秘题材。从那以后，我时常留心观察老兵。

此刻，老兵按照古代军人的样式装扮曼努埃尔的骡子，使我觉得分外有趣。他先是花很长时间将一个样式古老又笨重的马鞍安置在马背上。马鞍前后都很高，带着一个铲形的摩尔式马镫，似乎是阿兰布拉宫古代武器库里的文物。接着，他在深陷于马鞍中央的座位上铺了一块羊皮垫子，又将德洛丽丝亲手整理好的牛皮口袋扣在马鞍后面。随后，他把一件披巾搭到马背上，这披巾既可当斗篷又能垫在身下当床铺。然后，最重要的是褡裢，装满了精心准备的食物的褡裢与装酒水的皮水罐一起挂在马鞍前面。最后，老兵将一支铳枪挂在马后，借此表达他的祝福。整个装扮就像是古代摩尔骑士出发突袭敌人，或是参加维瓦拉姆布拉广场的格斗比赛。很多在堡垒中闲逛的居民和残疾老兵都被吸引了过来，他们一边看一边七嘴八舌地提出各种建议，这让老兵十分恼火。

一切准备就绪，曼努埃尔告别家人后上路了。保罗大叔稳住马镫让他骑上马背，又整理了一下肚带和马鞍，然后用军人的方式与他告别。随后大叔转向德洛丽丝，看到小姑娘正用爱慕的眼神注视骑士远去的身影，便挤了一下眼睛，点头说道："啊，德洛丽丝，曼努埃尔的外套真是漂亮极了！"小姑娘红着脸笑了，快步跑进房中。

日子一天天过去，曼努埃尔之前保证过会写信，却没有任何消息。 德洛丽丝开始惴惴不安——难道他在路上发生了什么意外？他是不是没有通过考试？此时，她的小家发生了一个意外，加剧了她心中的忧虑。 与之前逃跑的鸽子类似，一天晚上，她的玳瑁猫逃出家门，爬上了阿兰布拉宫的瓦屋顶。 夜深人静时，从瓦屋顶传来一阵可怕的嚎叫，似乎是一只很不客气的老母猫，随后便听到混战和相互撕扯的声音。 过了一会儿，争斗双方都滚下屋顶，从高高的山坡一直落到谷底的树丛中。 后来，再也没人见过那个玳瑁猫逃犯，可怜的德洛丽丝认为这件事预示着更可怕的灾难。

十天之后，曼努埃尔终于凯旋，从此，他便可以合法地医治病人，而德洛丽丝所有的担忧都烟消云散了。 当晚举办了一场大型聚会，安东尼娅夫人的朋友和附庸都来祝贺她，并向医师表达敬意，或许有一天，他们的小命会掌握在这位大人手中。 保罗大叔是最重要的客人之一，我赶忙抓住机会与他结识。 德洛丽丝说道："噢，先生，您不是很想知道阿兰布拉宫的古老历史吗？保罗大叔对这里再熟悉不过了，甚至比马蒂奥·希梅内斯一家了解的还多。 快呀——快呀，保罗大叔，告诉先生那天晚上您给我们讲的故事，关于被施了魔法的摩尔人、达罗河上闹鬼的桥，还有从奇科国王时代就存在的石榴石。"

老兵开始不肯讲，他摇头推脱——那都是无稽之谈，不值得讲给我这样的绅士听。 于是我先讲了一些类似的故事，他才终于开口。这是一个奇思异想的大杂烩，一部分来自他在阿兰布拉堡垒听到的传说，另一部分来自费约神父的那本书。 我尽量如实地给读者复述这个故事，不过，我不能完全保证记下了保罗大叔所说的每一句话。

第四十二章　魔法士兵的传说

塞拉曼加的圣西普里安洞穴远近闻名。传说，古时候有一位教堂老司事曾在那里秘密传授占星术、手相术等可怕的巫术，有人甚至说那位老司事是乔装打扮的魔鬼。这个洞穴早就被封了，现已无人知晓它的确切位置。卡瓦哈尔神学院的小广场上立着一个石头十字架，据说洞穴的入口就在十字架附近。我在下文所讲的故事或许证实了这个说法。

曾经有个来自塞拉曼加的名叫堂·文森特的学生，他属于快乐的托钵僧一派——身无分文地到学校学习，每到假期便外出走访城镇和村庄，靠乞讨集齐下个学期的学费。此时，他准备再次出发，因为他有些音乐天分，便背了一把吉他，希望借此获得村民的欢心，进而混一顿饭，再找个地方过夜。

经过学院广场的石头十字架时，学生脱下帽子对着圣西普里安做了一个简短的祈祷，希望获得好运。当他把目光移到地上时，发现十字架脚下有一个亮闪闪的东西，他捡起来一看，是一个金银混合打造的印章戒指，上面的印章是两个三角形交错而成的五角星。据说，这个图形是智者所罗门王所创的神秘符号，它对一切魔法都有极强的威力。然而，这位诚实的学生既不是哲学家也不是魔法师，对此一无所知。学生把戒指当作圣西普里安对他祈祷的回报，将它戴在手指上，又朝十字架鞠了一躬，然后拨弄着吉他快活地漫游。

在西班牙，托钵僧一派的日子并不难过，尤其是当你具有某种天赋时。学生悠然地在村庄和城市间流浪，随心所欲地选择下一个目的地。大多数乡村牧师在年轻时也做过托钵僧，因此乐于为学生提供过夜的地方和一顿可口的饭菜。通常在第二天告别时，好心的乡村牧师还会塞给他几角钱或半便士。学生在城里挨家拜访并做自我介绍时，没有人对他断然拒绝或是冷眼相看。西班牙人认为上门化缘并不丢脸，很多饱学之士也是以这种方式开始治学生涯的。如果你像文中这名学生一样，是个饶有风趣且温文尔雅的小伙子，关键还会弹吉他，那么村民一定会真诚地欢迎你，他们的妻子女儿也会冲你微笑致意。

这位衣衫褴褛却颇有音乐天分的学子，就这样游遍了半个西班牙，他想在返回之前，去著名的格拉纳达城看一看。有时他在乡村牧师家中过夜，有时到热情好客的农夫的简陋农舍落脚。学生坐在房门前，弹着吉他唱起爱情小调，令淳朴的乡亲十分开心。他还会弹奏方丹戈或波列罗舞曲，棕色皮肤的少男少女们伴着舞曲，在美好的暮色中欢快起舞。第二天早上告别时，男女主人会对他说几句祝福的话，而女儿则带着善意目送他，偶尔还会悄悄握一下他的手。

学生最终来到这趟音乐漫游最重要的目的地——举世闻名的格拉纳达城。那摩尔式高塔，迷人的大平原，还有夏日艳阳下闪烁着银光的雪山，都令他惊叹不已。我无须在此详述他是如何激动地走进城门，在大街小巷游荡，凝望那些充满东方风情的历史遗迹的。向窗外张望或在阳台上看到的每一位少女，都会被他当成佐拉达或泽林达一类的美人；而步行道上遇见的每一位端庄女士，都会被他想象成摩尔公主，并且随时准备拜倒在对方脚下。

尽管学生衣衫破烂，可是他年轻俊美又幽默，还拥有出众的音乐才能，因此，无论走到哪里都很受欢迎。学生在格拉纳达这个古老的摩尔都城及其周边乡村度过了愉快的几天，他常去的是达罗山谷中的阿韦拉诺斯喷泉，自摩尔人时代起，那儿就是格拉纳达最受欢迎的度假胜地之一。那里美女如云，使他流连忘返。

通常学生会抱着吉他坐下，即兴弹奏一些爱情小调，引得成群的少男少女驻足欣赏，伴随音乐翩翩起舞。一天夜里，学生正弹着吉他，一位神父从教堂走了过来，一看就是个大人物，人们纷纷抬手触碰帽子向他致敬。如果说他的生活不算是神圣的，那么至少是富裕的。他身强体壮、面色红润，因为天气炎热又步行了一段距离，所以他周身的毛孔都在散发热气。一路上他不时从口袋里掏出铜板递给乞丐，看着像一个大善人。乞丐们纷纷说道："啊，上帝保佑您，神父！愿您长寿，愿您马上当主教！"

顺着阶梯往山上走的时候，神父不时轻轻地扶一下侍女的手臂，那女孩儿明显是这位善良神父宠爱的羔羊。啊，那是怎样的一位少女呀！从头到脚都是安达卢西亚式装扮，头发上插着玫瑰，脚上穿着精美的鞋子和蕾丝长袜；举手投足皆充满了安达卢西亚风情，凹凸有致的身材丰满而妖娆，就连骨子里都浸透了安达卢西亚的迷人魅力！然而，她那么谦卑、那么羞涩，始终垂着双眼倾听神父的教诲，即便偶尔用余光扫视一下周围，也会很快收回目光再次垂下眼眸。

善良的神父慈祥地环顾喷泉周围的人群，然后稳稳地坐到石凳上。侍女飞快地跑去端来一杯晶莹透亮的泉水，神父接过泉水，惬意地抿了一口，仿佛这泉水与西班牙美食家最爱的糖霜蒸蛋一样美味，然后他把杯子递回到少女手中，顺手宠溺地捏了捏她的脸颊。

"哈，这个好心的神父！"学生低声对自己说，"如果我能想办法住到他那里，与这可爱的羔羊做伴，将会多么幸福！"

他似乎没有这样的好运气。他从未如此用心地弹奏吉他，也从未一首接一首地歌唱动听的小曲儿，可是，那些对乡下牧师和美丽姑娘屡试不爽的招数并不奏效，听众中已不见神父和少女。可敬的神父显然不喜欢音乐，而少女一直谦卑地看向地面，他们在喷泉旁停留了片刻，便起身匆匆赶回格拉纳达。少女在离开之前羞怯地看了一眼学生，这一眼差点儿让他的心从胸膛里蹦出来。

此后，学生四处向人打听，得知那是托马斯神父，格拉纳达的圣人之一。他的生活作息十分规律：定时起床，定时在饭前为开胃散步，定时吃午餐然后午睡，晚上定时与天主教圈内的夫人们玩牌，定时吃晚餐，定时入睡——为第二天新一轮的周而复始的生活积蓄力量。他有一头温驯的骡子代步，有一位可靠且擅长烹饪的管家准备美味佳肴，还有一位可爱的羔羊为他在睡前抚平枕头，在清晨端来巧克力。

学生往日的快乐生活一去不复返，少女临走前的一瞥让他失了魂魄。他日夜思念那位谦卑的少女，脑海中萦绕着她的倩影。学生找到神父的住所，唉！那种豪宅不是他这样的流浪学生可以想象的。可敬的神父和学生没有共同语言，因为他没有靠唱歌化缘度日的经历。白天，学生守在神父的住所外，偶尔透过窗户瞟到一眼少女，心中的爱火就会更加热烈，但希望却变得愈加渺茫；晚上，他在少女的窗前唱小夜曲，有一次他因为看到窗后出现了一个白色影子而欢欣鼓舞，唉，可惜那只是神父的睡帽。

没有哪个爱人会如此痴狂，也没有哪位少女会这般羞涩，可怜的学生陷入了绝望。不久，圣约翰节前夕到了，格拉纳达的底层民众全都拥到城外，他们整个下午都在跳舞狂欢，晚上他们跑到达罗河和赛尼尔河畔共享仲夏之夜。当教堂敲响午夜钟声时，人们纷纷开心地到河边洗去脸上的尘埃，据说在这特别的午夜时分河水具有美容养颜的作用。学生无所事事，便漫无目的地跟随欢度节日的人群。不一会儿，他发现自己来到了狭窄的达罗山谷中，头顶上是高耸的阿兰布拉山和朱红高塔，眼前是干涸的河床和怪石嶙峋的河岸。河边的花园露台上挤满了欢庆的人群，他们在葡萄藤和无花果树下伴着吉他声和响板声跳舞。

达罗河上有一道小桥，桥头有一块很大的石榴石，它的形状非常奇特。闷闷不乐的学生背靠着这块大石榴石呆立了半晌，他满怀期望地望着眼前的喜庆场面，每个骑士都有女伴，或者可以说"每个杰克都有他的吉尔"。他为生活的落寞而唉声叹气，为那可望而不可即的黑眼睛少女悲伤，为身上的破烂衣衫懊恼，他对未来的所有期待似乎都消失殆尽。

学生渐渐地注意到附近也有一个孤独的身影。在石榴石的另一面，有一个仿佛在站岗放哨的高个儿士兵。他那张久经风霜的脸变成了古铜色，胡须花白，表情严肃；他身穿古代西班牙战甲，拿着圆盾和长矛，塑像似的一动不动。令学生不解的是，尽管士兵的装束如此怪异，但是过往的人哪怕与他擦身而过，都没有注意到他。

学生暗想："这大概就是古老城市的特色。对于这样的装扮，本地居民无疑已经习以为常。"然而，他被士兵激起了好奇心，因为他天生擅长交际，便朝士兵走了过去。

"老伙计，你这身盔甲真是个稀罕的老物件。你能告诉我你隶属于哪支军队吗？"

士兵的颚骨似乎锈住了，他勉强挤出一句回答："费尔南德和伊莎贝拉的皇家护卫队。"

"圣母马利亚！你在说什么啊？那支军队存在于三个世纪前。"

"我已经在此守护了三个世纪，现在我的使命终于要完成了。年轻人，你想发财吗？"

学生拉拉自己的破烂斗篷作为回答。

"我懂你的意思了。如果你足够忠诚和勇敢，那么跟我来吧！财富唾手可得。"

"且慢，朋友！除了一条不值钱的命和一把旧吉他，我一无所有。对于我这样的人，去哪里都算不上冒险。可信仰是另一回事，它绝不能因为受到诱惑而被亵渎。所以，如果这笔财富涉及任何犯罪行为，那么我宁可穿破烂衣服也不会接受。"

士兵转头看向学生，真诚地说："唯有信仰和国王能使我拔剑。请相信我没有任何恶意。"

好奇的学生跟在士兵身后走着，他发觉周围没有人能听到他们的对话，而且士兵穿过人群时，没有人注意到他，仿佛他是隐形的。

他们走过桥。士兵带路，走上一条狭窄而陡峭的小道，经过摩尔人的磨坊和引水渠，又沿夏宫与阿兰布拉宫之间那条作为分界的山谷向上走。最后，一抹余晖照亮了头顶高耸的阿兰布拉宫红色的护城墙，修道院的钟声宣告圣约翰节到来。山谷中生长着茂密的无花果树、葡萄藤和桃金娘。山谷因为受到城堡外围的城墙和塔楼高大的阴影笼罩，显得光线暗淡；蝙蝠在暮色中翻飞，使得山谷更加幽暗和孤寂。最后，士兵在一座偏僻而破败的塔楼前停下脚步。当年，这座塔是用于守卫摩尔人的引水渠的。士兵用长矛顶端敲击塔基，随即传来轰隆隆的声音，紧接着坚固的石头裂开，形成一道门。

士兵说道："以三位一体之名进去吧，不用害怕。"学生的心剧烈跳动，他画了一个十字，同时念诵"万福马利亚"，然后跟在神秘向导身后走进深深的地窖。地窖是在塔底坚硬的岩石中开凿的，墙壁上刻满了阿拉伯铭文，墙脚有一个凿出来的石凳。士兵指着石凳说："看，三百年来这就是我的沙发。"惊魂未定的学生勉强地开玩笑说："以神圣的圣安东尼之名，你的睡眠肯定香甜，要不然怎么能受得了这么硬的沙发。"

"恰恰相反，我早已不知睡眠为何物了，我的使命就是不分昼夜地守卫。听听我的故事吧。我是费尔南德和伊莎贝拉的皇家护卫之一，在摩尔人的一次突袭中被俘，之后一直被关在这座塔里。就在城堡中的摩尔人准备投降时，一名摩尔祭司成功说服我，他让我将鲍勃狄尔的部分财宝藏进这个地窖。我因此铸成大错，也受到了惩罚。祭司是一个非洲巫师，他用邪恶的巫术对我施了魔咒，使我不得已为他守护宝藏。他或许遭遇了意外，从那以后再也没有回来，而我就一直被困在这里，被活生生地埋葬在地窖中。年复一年，山峰曾被地震撼动，头顶的高塔历经岁月沧桑而崩塌，石头接连滚落。可是，地窖的墙壁被施了魔咒，能够顽强地抵御地震和岁月的侵袭。

"每隔一百年，圣约翰节这天巫术的魔力会降到最低，我便能到达罗河边的桥头，就是我们相遇的地方，等候能破除魔咒的人。我徒劳地站在那里等待，因为没有人看得见我，仿佛我隐藏在云雾之中。三百年来，你是第一个和我说话的人，而且我知道原因。你手上戴着智者所罗门王的印章戒指，它能破除一切巫术。现在由你决定，是将我从这可怕的地牢中解救出去，还是让我再守护一百年。"

听完故事后，学生不禁瞠目结舌。他听过阿兰布拉宫地窖里有被魔法封印的宝藏，但只是当作传说而已。 现在他终于懂得了印章戒指的珍贵，它是圣西普里安送给他的宝贝。 不过，尽管学生拥有如此强大的护身符，但一想到身处这样一个地方，面前还有一位被施了魔咒的士兵，还是感到十分恐惧，毕竟这位士兵三百年前就该躺进坟墓了。

不过，这样一位非比寻常的人物可不敢随意糊弄，于是学生向他保证一定会报答他的友情，尽最大努力解救他。

士兵说："比起友情，我更相信另外一个动机。"

他指着一个铁箱，上面挂着一把刻有阿拉伯字母的锁，说道："箱子里装满了金子和珠宝，只要你帮我解除身上的魔咒，就能得到一半的财宝。"

"我该怎么做呢？"

"我们需要一位神父和一位少女的帮助。 神父负责破除巫术，少女则用所罗门王的印章戒指触碰这个箱子，一切必须在晚上进行。注意，这是一件很严肃的事情，不能受一丁点儿淫欲的影响。 神父一定要是圣洁的典范，而且必须提前斋戒二十四个小时以净化肉体；而少女必须在德行上无可指摘，并且能拒绝一切诱惑。 别再耽搁了，赶快去找合适的人选吧！我只有三天时间，如果我没有在第三天的午夜前被解救，就只能再守候一百年。"

学生说："别担心，我见到过完全符合要求的神父与少女。 可是我怎么才能重新进入这座塔呢？"

士兵答道："所罗门王的印章戒指能打开进入的通道。"

学生走出塔底时可比进来时高兴多了，石墙在他身后合上，重新变成一面好好的墙。

第二天早上，学生勇敢地来到神父的豪宅，他不仅仅是一名弹吉他的流浪学生，而且是从阴暗世界来的使者，带来了魔法宝藏的消息。他们谈话的细节未被提及，只是讲到，神父一听说要去解救一位忠诚的老战士，并能从魔鬼手中夺回奇科国王的宝箱，他的满腔热情就被点燃了。他开始浮想联翩——如果获得这笔摩尔人的宝藏，可以发放多少救济品，修建多少座教堂，还能让多少穷亲戚过上富裕的生活！

完美无瑕的侍女很愿意伸出援手，因为除了信仰，她别无他求。魔法世界使者的感觉没有错，少女不时投来的羞怯眼神中夹杂着些许好感。

然而，最大的困难是善良的神父必须斋戒。他尝试了两次，结果都是他肉体的欲望打败了意志，直到第三天他才勉强抵抗住食物的诱惑，可能否坚持到魔咒解除仍然未知。

第三天夜深人静之时，三人打着灯笼摸索着走进山谷。他们还提着一篮食物，准备将邪魔扔进红海之后马上驱除饿魔。

他们用所罗门王的印章戒指打开进塔的通道，看到士兵正坐在魔法宝箱上等候。驱魔进行得十分顺利，少女走上前，拿印章戒指触碰箱子上的锁，箱盖随即弹开，无数的金子和珠宝首饰在他们眼前闪闪发光。

学生一边欣喜若狂地喊道："先拿一些出去，然后再回来！"一边拼命地往口袋里装财宝。

士兵嚷道："慢慢来，先把箱子抬出去再平分。"

于是他们一起搬运箱子。这是一项艰巨的任务，因为箱子十分沉重，而且被埋在这里已经三百年了。大家努力搬箱子的同时，善良的神父受不了饥肠辘辘，便躲在一旁向食物发起了猛攻。不一会儿，他便消灭了一只肥鸡，又喝了一大口瓦尔·德·佩尼亚斯葡萄酒。

吃饱喝足，神父恢复了优雅的风度，向侍候自己的可爱羔羊表达感激之情，给了少女一个善意的吻。原本以为这一切都在角落里悄悄地进行，不会被发现，谁料墙壁竟是个好管闲事的家伙。贞洁的吻从未造成过如此严重的后果。随着墙壁移动的声音，已经被抬起的箱子落回地面并且重新锁上，士兵发出一声绝望的哀号。神父、学生和少女发现自己来到了塔外，一阵轰鸣之后墙壁也合上了。唉！都怪善良的神父过早结束了斋戒！

从惊诧中醒悟过来的学生试图再次进入塔中，然而，他懊恼地发现，少女在惊慌之中把戒指遗落在了塔里。

最后，教堂敲响午夜钟声，魔咒恢复了魔力，士兵只能认命再守护一百年。直到如今，士兵还在地窖中守护宝藏，这一切都是因为神父亲吻了少女。三个人顺着山谷往回走的时候，学生伤心地摇头说道："神父啊！恐怕在你那个吻里，罪人的成分远远超过了圣人。"

这个传说有据可查的部分到此为止。传说，学生用提前装在口袋里的财宝开创了一番事业，并且大获成功。可敬的神父将可爱的羔羊许配给学生，以弥补在地窖中犯下的大错。事实证明，完美无瑕的少女不仅能当侍女，还能做一位合格的妻子。她为丈夫生了好几个孩子，只是头一胎有点儿奇怪，婚后七个月就分娩了，尽管是早产儿，但男孩儿胖乎乎的，而其余的孩子都是足月出生。

魔法士兵的故事在格拉纳达广为流传，不过有很多版本。老百姓相信，仲夏夜之时，士兵仍会到达罗河桥头的大石榴石旁守候，不过他是隐形的，唯有戴着所罗门王的印章戒指的幸运儿才能看见他。

第四十三章 《魔法士兵的传说》小记

　　根据西班牙的古老传说，这片土地上存在着一些幽深的洞穴，魔鬼或是献身于魔鬼的哲人躲在洞里传授巫术。其中最著名的洞穴位于塞拉曼加，堂·弗朗西斯科·德·托雷布兰卡撰写的第一本关于魔法的著作里第二章第四节提到过这个洞穴。据说，与著名的特洛托尼乌斯洞穴相似，魔鬼在这洞里传达神谕，为进洞之人解答与命运相关的深奥问题。堂·弗朗西斯科记录了这个传闻，可是他本人并不相信，他肯定地说，一位名叫克莱门特·波托西的教堂司事曾在这个洞里秘密传授魔法。费霍神父专门研究过这个问题，他认为这是一个流传于民间的传奇，据说魔鬼亲自在洞中传授巫术，并且一次只收七个学生，最后魔鬼会通过抽签选出一名学生，让他永远地献祭出身体和灵魂。维勒纳侯爵的儿子不幸被魔鬼抽中，但他设法留下影子代替自己献祭，成功骗过了魔鬼。

　　上世纪（18世纪）早期，一所大学的人文学教授堂·胡安·德·迪奥斯讲了这个故事的另一个版本，他声称是从某个古老的手稿中摘抄的，可是有人认为他把传说中超自然的部分删减了，还完全摒弃了魔鬼这个角色。

关于圣西普里安洞穴的传说，堂·胡安唯一能够确定的是，石头十字架就在卡瓦哈尔神学院的小广场上。那里有一座圣西普里安教区教堂，走下教堂里的二十级阶梯便能进入一个地下圣器室，里面十分开阔，就像一个洞穴。一位教堂司事曾在这里教授魔法、占星术、地占术、水占术、火占术、手相术、通灵术及预测天气的方法等等。

摘抄的故事中还讲到，教堂司事一次只收七个学生，并且一次性收取固定费用。他让学生们抽签选出一位负担所有费用，如果被抽中的学生没能及时支付这笔费用，就会被关在圣器室中的一个房间，直到付清为止。从那以后这个规定便成了惯例。

有一次被抽中的是亨利·德·维勒纳。他的父亲是亨利·德·维勒纳侯爵，父子同名。维勒纳发觉有人在抽签时搞鬼并且怀疑司事知情，因而拒绝支付费用，于是被关了起来。圣器室的一个黑暗角落里有个用来贮水的大陶罐，因为破裂，里面没有盛水，年轻人设法钻进罐子藏了起来。当天晚上，司事和仆人给他送来灯和晚餐，打开门却发现地窖中空无一人，只有一本魔法书摆在桌上。他们万分懊恼地离开了，却忘了关门，于是维勒纳乘机逃了出去。从此以后，维勒纳使用魔法隐身的故事就流传开来。

读者现在看到了这个故事的两个版本，要相信哪一个可以自行选择，我只能说阿兰布拉的哲人们倾向于有魔鬼参与的版本。

在卡斯蒂尔国王胡安二世时期，国王的叔叔亨利·德·维勒纳因其渊博的自然科学知识而享有盛名，因为同样的原因，在那个落后的年代里他被一些人污蔑为通灵法师。费尔南·佩雷斯·德·古斯曼在编纂的名人录中高度评价维勒纳的学识，并且也提到他致力于研究占卜术、解梦、星象和预测。

维勒纳死后，胡安国王得到了他的藏书。有人告诫国王，藏书涉及魔法不宜流传，于是国王下令用马车把藏书运到受人尊敬的高级教士家。遗憾的是，教士虽然虔诚但才疏学浅，关于数学和天文的藏书包含很多数字、图形和星象图，其余那些关于化学或炼金术的藏书包含了很多神秘的外文单词，这些书籍统统被虔诚的教士当作通灵巫术，被付诸一炬，和对待堂吉诃德的藏书一样。

所罗门王印章的图案由两个等边三角形交叉形成的五角星加上外面的一圈圆形组成。依据阿拉伯人的传说，上帝让所罗门王选择他希望得到的恩赐，他选择智慧，于是上帝降下一枚戒指，戒指上刻的正是这个图案。这个神秘法宝是所罗门王拥有智慧和幸运并且取得卓越成就的秘诀，也正是因为这个法宝，他才能维护统治并使国家愈加兴旺发达。有一次，由于所罗门王一时失误，戒指掉进了海里，于是他的才智立即降到普通水准。后来，他通过赎罪和祈祷得到神的谅解，神准许他从鱼腹中找回印章戒指，他这才恢复天赐的聪明才智。为了防止彻底失去这枚戒指，所罗门王将印章戒指的秘密告诉了别人。

据说，这枚印章被穆斯林异教徒用于亵渎神灵，而在穆斯林之前它曾先后落入希伯来人和阿拉伯拜神教教徒的手中，他们利用这个法宝都是为了"怪力乱神之事和邪恶的迷信"。如果读者想要更全面地了解这个问题，可以参考博学的阿萨内修斯·柯克神父所著的《萨拉塞尼卡秘法》。

我想对好奇的读者们再说几句。在这个怀疑主义盛行的年代，很多人对神秘学或巫术都嗤之以鼻，他们不仅不相信法术、咒语和占卜的力量，而且坚决否认它们的存在。对这些坚决否定一切的人来说，过去留下的证据没有任何意义，他们只相信亲身体验后得到的实证。 因为，他们在如今这个年代从未见识过任何法术，所以难以相信在遥远的古代法术十分盛行。 他们没有意识到，随着自然科学的快速发展，超自然的法术逐步退出了历史舞台，日新月异的技术和发明逐渐取代了神秘的魔法。 不过，极少数有识之士坚持认为，神秘的魔法依旧存在，只是现在处于蛰伏状态，时代的进步使它们失去了用武之地。 法宝终究是法宝，即使它只是静静地躺在海底或在古董收藏者积满灰尘的柜子中，历经数千年，它内在的强大威力也会一直保留。

比如说那枚世人皆知的智者所罗门王的印章，它对所有的妖魔鬼怪和法术都具有强大的威力； 那么谁又敢断言，虽然神秘印章已下落不明，但是它就失去了曾经拥有的强大魔力？ 心存疑惑的人应该去塞拉曼加，到圣西普里安洞穴探寻隐藏在其中的秘密，然后再做定论。 至于那些不愿费心调查的人，最好放下疑心，用信任的态度接受前文讲述的传说。

第四十四章　告别格拉纳达

一天，我正在凉爽宜人的浴池大厅中尽情感受奢华的东方风情，突然收到一封信，这让我不得不结束阿兰布拉宫中安宁而快乐的"统治"，告别这天堂般的世界，回到熙攘的尘世。经历过如梦如幻的时光之后，我要如何面对生活中的艰辛和烦乱？感受过浓浓的诗情画意之后，我要如何忍受平凡而枯燥的人生？

离开之前无须做过多的准备。我和一位英国年轻人结伴雇了一辆带顶棚的双轮车，它看着很像加了顶棚的货车，我们计划经由穆尔西亚、阿里坎特和巴伦西亚前往法国。一位长胳膊长腿的无赖充当我们的向导和护卫，据说他做过走私犯，还当过强盗。准备工作很快就完成了，可是离别的日子延宕了一天又一天。那些平日最爱去的地方让我流连忘返，那些美景让我愈发地着迷。

我生活的家庭和社交小圈子，也变得格外可亲。人们听说我要离开，都表现出难过和不舍，使我相信美好的情感存在于心底。终于，离别的日子来临，我不敢和善良的安东尼娅大婶告别，只是与好心肠的小德洛丽丝见了最后一面，眼看她的眼泪就要夺眶而出。我就这样安静地告别了这座宫殿和这里的居民，然后下山去往城里，但是感觉自己还会回来。双轮车和向导都已等候在外面，我与旅伴在小旅馆吃过午饭便踏上了旅途。

为我送行的队伍很单薄，却充满了离情别绪。安东尼娅大婶的侄子曼努埃尔，爱管闲事眼下却没精打采的随从马蒂奥，还有两三个阿兰布拉的残疾老兵——我们已经发展成经常一起聊天儿的伙伴——都下山来为我送行。这是西班牙古老的优良传统之一：人们会走好几里地前去迎接到访的好友，也会走好几里地为他送行。我们动身了，长腿护卫扛着卡宾枪大步走在前面，曼努埃尔和马蒂奥走在车的两旁，残疾老兵跟在后面。

往格拉纳达北面走了一小段距离，道路开始缓缓向山上延伸，于是我下车与曼努埃尔一起漫步前行。他趁机向我吐露心声，是关于他和德洛丽丝之间的爱情。其实，无所不知的马蒂奥·希梅内斯早就把他们的爱情故事告诉我了。曼努埃尔说，医师文凭已经为他们的结合铺平了道路，现在就等主教颁发血亲豁免证书。如果他顺利得到堡垒中的医生岗位，那他的幸福就圆满了！我为他选择终身伴侣的良好判断力和品位表示由衷的祝贺，并且祝愿他们幸福美满；我还表示，相信好心肠的小德洛丽丝很快就会遇到心仪的目标，寄托她的满腔柔情，不用再记挂负心薄幸的猫咪和鸽子。

我与这些善良的人分别，看着他们慢慢走下山还不时回头向我挥手，真是无比伤怀。曼努埃尔有一个光明的未来能安抚此刻的伤悲，但可怜的马蒂奥却仿佛遭受了重创。他从首相和史学家的地位跌回原来的境况——穿着褐色破斗篷，靠家传的织带手艺过忍饥挨饿的生活。尽管这可怜的家伙经常多管闲事，但不知不觉中我对他已产生了深厚的感情。在分别之际，要是我能看到他有一个美好的前途，或许会觉得宽慰一些。我和马蒂奥在外出游历时形影不离，我对他所讲的传说、奇闻逸事和风土人情都很感兴趣。正因如此，马蒂奥提高了对自身价值的认知，进而开创了全新的职业生涯。从此，"阿兰布拉之子"成了一位收入不菲的专职向导，我听说他再也没有穿过我们首次见面时披在身上的那件褐色破斗篷。

日落时分，我们即将拐弯进入群山，我停下来最后看了一眼格拉纳达。站在这座山上可以望见一片壮丽的景象：城市、大平原和四周环绕的高山。眼泪之山正对着我们所在的山峰，它因"摩尔人最后的叹息"闻名于世。当初鲍勃狄尔不得已将天堂般的家园抛在身后，而前方是那条崎岖荒凉的流亡路。眼下我颇能体会鲍勃狄尔当时的绝望。

落日照常将沉郁的余晖洒在阿兰布拉宫的朱红色高塔上。我依稀能够分辨出科马雷斯塔上那个窗外的阳台，我在那里度过了许多如梦似幻的愉快时光。城市周围的果园和花园也被落日镀上了一层金光，紫色的薄雾渐渐在夏日夜晚的大平原上聚集。眼前的一切是那么迷人，可是在我充满离愁的眼中，这样的美景却弥漫着悲伤的柔情。

我想："在太阳落山之前要赶紧离开，我会将这美景深深印入脑海。"

带着这个想法，我继续在群山中向前行进。不一会儿，格拉纳达、大平原和阿兰布拉宫都从我视线中消失了，我生命中一段梦幻的快乐时光就此结束。或许读者会认为，正是这许许多多的梦境才构成了一段令人难忘的时光。